ナオミとカナコ

奥田英朗

幻冬舎文庫

ナオミとカナコ

目次

ナオミの章

1

十日ぶりの降雨は、昨夜遅くから雨足を強め、満開の桜を無情に打ち付けていた。マンションの窓から見下ろす多摩川沿いの桜並木は、大半が花弁を散らし、アスファルトを濃いピンク色に染め上げている。犬に合羽《カッパ》を着せて散歩する老人も、登校中の小学生も、足元を見て歩くばかりだった。人の声はない。ただ単調な雨音が、町全体を包み込んでいる。

小田直美《おだなおみ》は、ヨーグルトとフルーツだけの朝食を手早く済ませ、出勤の身支度に取りかかった。百貨店の外商部に勤務しているため、手抜きは許されない。毎日ちゃんとしたスーツと、清楚《せいそ》なメイクが求められる。顧客の多くは年配の婦人なので、身なりのチェックは厳しい。スリット入りのスカートを穿《は》くだけで、必ず誰かから「ホステスさんみたい」と嫌みを言われる。

ドレッサーをのぞき込むと、口元にブツブツの発疹《ほっしん》が出来ていた。ストレスのせいだ。今の部署に移ってから、しばしば肌に異常が現れる。直美はファンデーションを念入りに塗り込み、なんとか目立たなくした。

バッグに仕事道具を詰め込み、バルコニーの窓を開けて片手を外に出した。雨は相変わらず本降りで、空気は冷たい。少し考え、クローゼットから薄手のレインコートを取り出した。数年前に流行《はや》ったモード系なので、袖を通すことにあまり気乗りしないが、濡れることを思うと、贅沢《ぜいたく》も言っていられない。

ふと観葉植物にしばらく水やりをしていないことを思い出し、急いで薬缶《やかん》に水をくみ、鉢に注いだ。ここに引っ越したとき、親友からプレゼントされた幸福の木だ。一鉢だけでも植物があるというのはいいものだ。この部屋で暮らす生き物は、自分だけじゃない。

家賃九万円の賃貸マンションを出て、駅へと急ぐ。毎朝乗る準急があって、それを逃すと古びた車両の各駅停車が二本続く。それでも遅刻はしないが、エアコンの効きが悪いので、なるべく避けたいところだ。

駅まで徒歩十分。スマートフォンにイヤホンを差し込んで、音楽を聴きながら歩いた。今朝はショパンのピアノ・コンチェルトを選んだ。習慣になったので、音楽がないと間が持てない。

駅のホームには、無表情な男女が列をなしていた。いつもの朝の光景だ。直美はホームの同じ場所から、いつも同じ車両に乗り込む。特に理由はなく習慣だ。中に押し込まれると、だいたい同じ顔ぶれが乗っている。もちろん親近感など湧かず、鬱陶《うっとう》しいだけだ。電車は、似たような二階建て家屋がぎっしりと軒を連ねる住宅街を走った。見渡す限り屋根の海だ。アメリカから来たバイヤーを花見に案内したとき、「ここはスラム街か。危険ではないのか」と怖がったのをいつも思い出す。

およそ二十分間、すし詰め電車を我慢して、新宿駅に到着した。地下道を歩き、勤務先を目指す。駅に近いのが百貨店勤務の利点だ。もっとも通用口しか使えないので、地下道からそのままというわけにはいかないのだが。

直美が四年制大学の文学部を卒業し、「葵《あおい》百貨店」に就職して七年が経つ。大学で西洋美術史を学び、学芸員の資格を取り、美術展の仕事をしたいと思い、選んだ就職先だった。葵は東京を拠点とする老舗《しにせ》百貨店で、日本橋の本店には立派な美術館がある。

新入社員は全員が売り場勤務を経験する決まりがあるため、直美は最初、本店の宝飾品売り場に配属された。しばらくの我慢だと思って二年間勤め上げると、あろうことか新宿店の外商部二課に回された。長引く不況のため、美術館と催事部が業務を縮小し、ポストがなくなってしまったのである。通常、外商部はベテランばかりで、二十代で配属されるのは異例中の異例だ。ゆえに職場に同年代は一人もいない。直美は転職を考えたが、探しても希望を満たす転職先はなく、「もう少し我慢して」と人事部から言われ、思いとどまった。外商部二課に配属されたのは、宝飾品売り場時代、外商部員に連れられて顧客の家を訪問したとき、「評判がよかった」からだそうだ。そう言われれば悪い気はしないが、やりたい仕事でないことに変わりはない。ちなみに一課は法人顧客担当で、二課は個人顧客担当だ。

毎年異動の季節になると、今年こそはと期待するのだが、希望はいまだ叶えられていない。そうこうしているうちに、二十八歳になった。秋には二十九歳、来年は三十歳。指折り数えると、憂鬱になる。直美は独身で、長らく恋人もいない。

午前九時前、通用口で警備員に身分証を提示し、館内に入った。売り場とは打って変わって薄暗い廊下を歩き、従業員専用のエレベーターに乗る。乗り合わせた人たちと朝の挨拶を交わすが、形だけでそれ以上の会話をする者はいなかった。百貨店は売り場店員の多くが仕入れ先からの派遣なので、他人行儀はマナーのひとつだ。

五階で降り、外商部に着いた。どこのオフィスとも変わりない。机が並び、会議テーブルがあり、壁際にはロッカーや棚が並んでいる。課長の内藤がデスクで業界新聞を広げていた。

「おはようございます」

「おはよう。小田君、原田様の家のパソコンの件、どうなった？」

内藤が開口一番、昨日発生した〝お客様案件〟のことを聞いてきた。

「昨日、帰りに寄って解決しました。奥様がスマートフォンに切り換えたんですが、メールがパソコンに届かないことがあるそうで、そのトラブル処理でした」

「君はパソコンに詳しいの？」内藤が意外そうな顔で見た。

「いいえ。プロバイダーに電話して、解決方法を聞いただけです」

「あ、そう。ご苦労さん」二度うなずいて新聞に目を戻した。

〝お客様案件〟とは、外商部に個人顧客から持ち込まれる相談事のことだ。付き合いが長くなると、ほとんど執事のように頼ってくる。ホームパーティーの手筈《てはず》を整えて欲しいとか、玄関に飾る美術品を見つけて欲しいとか、直接商売につながるものから、墓地を探して欲しいとか、税理士を紹介して欲しいとか、業務に関係ないものまで含まれる。外商部が顧客の頼みを断るということは、基本的にない。

直美が経験したものの中でいちばん驚いたのは、都内を運転していて追突事故を起こした社長夫人が、パニックになって外商部に助けを求めてきたことだ。このときは担当の内藤が、警察よりも早く現場に駆けつけ、事故処理と被害者との示談交渉にあたった。感激した社長夫人はその後、内藤から一千万円近い宝飾品やブランド品を購入している。忠誠、信頼関係、そのご褒美としての見返り。これが百貨店外商部の循環である。顧客に対してそれゆえ外商部員はみな真面目で、尽くすタイプで、甘え上手だった。

少しでも皮肉めいたことを言ったり、陰口を叩いたりする人間は、きびしく弾かれた。いやそうな顔ひとつしただけで、客は去って行くのだ。外商部の人事異動の少なさは、一度つかんだ顧客を手放したくないからである。

直美自身は、それほど献身的な人間ではなかったが、仕事をしているうちに自然と腰が低くなった。本来の性格でないぶん、自分を抑え、顧客に愛されようと言い聞かせている。最近では、猛暑の夏は顧客の健康を本気で案じ、台風が上陸すれば顧客の家は大丈夫かと心配するようになった。直美は、環境が人を作るのだと実感した。

「小田君、新規のほうはどうなってる？　部長が気にしてるんだけどね」

内藤が小声で聞いてきた。役員命令で、外商部に新規開拓のノルマが課せられているのである。

「広尾の山下様にはカードをお作りいただきました。目黒の北島様はあと一押しでしょうか」

「君であと一人、何とかならない？」

「埼玉の田中様だったら、いつでもオーケーなんですが」

「あの社長かあ……」

内藤が唸《うな》った。年間三百万円以上使ってくれる上客だが、内々に調べたところ、暴力団とつながりのある建設業者であることが判明した。外商カードの審査は厳しく、金持ちなら誰でも持てるというわけではない。

「今なら審査も緩いだろう。入れちゃおうか」

「課長が判断してください」直美が冷ややかに答える。

「また冷たいことを」内藤が鼻に皺《しわ》を寄せて言った。

「それとも、山形の井上院長先生のお知り合いの社長なら、以前から外商カードを欲しがってらっしゃいますけど」

「そっちはどうなのよ。病院の出入り業者って、おれにはよくわからんのだけど」

「葬儀会社です」

「なんだ、そういうことか。じゃあ次の特別招待会にお呼びして、実績を作ってもらおうか」

「わかりました。張り切って買い物をされると思います」

直美は早速招待リストに名前を書き加えた。

外商部の扱う個人顧客は、湯水のようにお金を使う人たちだ。とりわけ年に数回開かれる特別招待会の客は、一般庶民とは完全に世界がちがった。一流ホテルの宴会場に名だたるブランド品を並べ、全国から客を招く。北海道でも九州でも、交通費と宿泊費は百貨店が負担する。それでも元が取れる。ＶＩＰ扱いされ、気をよくした顧客は、一日で数百万円の買い物をするからだ。百円単位の節約に腐心している主婦が見たら、世の中がいやになってしまう光景だろう。直美も最初は、スーパーで卵を買うように宝石を購入する客にびっくりしたが、これもやがて慣れた。別世界と割り切るだけだ。

始業時間ちょうどに朝礼があり、部長からの業務連絡の後、全員で起立して社訓を唱和した。

「わたしたちはいつもお客様のことを第一に考えます。わたしたちはいつもお客様に笑顔で接します。わたしたちはいつもお客様のご要望に誠意をもって応えます……」

接客業に自我は必要ない。奉仕の精神はある種軍隊的な規律から生まれる。こうした唱和を毎日続けることで、人間は暗示にかけられる。学芸員を目指して入った百貨店で、直美は歯車のひとつとして機械的に稼働していた。

朝礼が済むと、各自顧客のところに散って行く。営業部以上に外商部は店内にいない。仕事は個々の裁量に任されていて、日報以外に報告の義務はない。時間が空けば美術館巡りも出来た。その点だけはうれしい部署だ。

直美はバッグにタブレット端末を入れ、席を立った。

「行ってきます」

「行ってらっしゃい！」

居酒屋チェーンのように、あちこちから一斉に大きな声が上がる。これにはいつまで経ってても慣れないのだが、決まりなので仕方がない。会社はいつだって不合理な集団だ。

この日は、六本木ヒルズに住む社長夫人の自宅を訪れた。夫は飲食店チェーンで成功した実業家だ。ただし本社は北陸で、夫人が二人の子供を連れ、夫抜きで東京に越してきた。理由は子供の学校だ。

「地方にはろくな学校がない」というのが、夫人の言い分である。二人の子供を有名私立大学の付属小学校に通わせるために夫を地元に置き、母子だけで上京して二年になる。東京生活一年目でいきなり三百万円以上の買い物をして、葵百貨店の外商カード保有者となった。

夫人は東京に知り合いがいないせいか、事あるごとに直美を呼び出し、話し相手にした。ときには「一人じゃ淋しいから」とエステにまで付き合わされる。今日もバカラのカタログを届けるだけの用事だが、きっと昼まで解放されないだろう。

限られた人間しか立ち入れない、東京随一の高級マンションの一室で、直美はカタログを開き説明した。

「奥様がお探しのワイングラスはこちらになります。それ以外にも、マティアスという世界的デザイナーがデザインしたホームコレクションもございまして……」

「さすがに値が張るのね」夫人が価格表をのぞき込み、目を丸くしている。

「はい。一般のお客様には、わたしたちもお薦めしません」

「買ったら、また主人に叱られちゃうかも」

「そんなことは……。一生ものですから、後悔なされることはないと思います」

「この前さあ、学校の保護者会の流れで、白金《しろかね》のフレンチレストランを開けてもらってお茶したのよ。その店、食器が全部マイセンで、いいお皿よねえって、そこから食器談義になったんだけど、わたし会話に入って行けなくて、なんか恥ずかしかったのね。だからまずはグラス類から始めようかなあって——」

　夫人が打ち明け話をした。ここ最近は、直美は愚痴の聞き役だ。学校の保護者たちは、みな東京生まれで育ちがよく、地方から出てきた彼女は何かと気後れしている様子だ。

「それは賢明なご判断かと存じます。グラスは、見る人が見れば一目で高価かどうかがわかりますからね。そうやっていい物を少しずつ集めていけば、その間に目も肥えてきて、コレクションも充実すると思います」

「じゃあ、このワイングラスを六個とタンブラーを六個、とりあえずもらおうかしら」

夫人がカタログを指差して言った。

「ありがとうございます」

直美は一度背筋を伸ばしてから頭を深々と下げた。十二点で合計十九万四千四百円の買い上げである。

「バカラに合わせるコースターはいかがですか？　パリのホテルでも使っているコルク製の洒落《しゃれ》た物があるんですが」

直美がバッグからサンプルを取り出して見せた。

「あら素敵。じゃあそれもちょうだい」

「いいえ。これは葵からのプレゼントということにさせてください」

「そう。ありがとう」

夫人が満足そうにうなずいた。たかだか一枚二百円程度の代物である。外商部の交際費はかなり自由に使えた。

「ところで、わたしのイントネーションって変？」

夫人が突然妙なことを聞いた。

「いいえ。変じゃありませんけど」

直美は即座にかぶりを振った。本当は北陸訛《なま》りを少し感じるが、うなずけるわけがない。

「本当？　保護者会でわたしが発言すると、チラッと見たり、クスッと笑ったりする人がいるのよ。子供は順応性が高いから、もう普通に東京の言葉をしゃべってるんだけど、わたしはときどき出るみたい」

「気のせいじゃないですか？」

「小田さんは何とも思わない？」

「ええ」

「じゃあ、おかしいと思ったら言ってね。わたし、直してくれる人がいないから」

「わかりました」

「小田さんには言うけど、わたし、この二年で体重が五キロ減った」

「まあ、羨《うらや》ましい」お愛想で微笑んだ。

「ストレスよ。学校の付き合いって大変。しきたりがいっぱいあって。母親がミニは穿かないとか」

「そんなのあるんですか」

「あるのよ。この前、バーキンを提げて学校に行ったら、周りから『何この人』って顔されて、もう針のむしろ。カルティエの腕時計でも、タンクはオーケーだけどジュエリーはだめとか。もうわかんない」

そのときのことを思い出したのか、夫人が表情を険しくした。

「お嬢様が通う学校は昔からの名門ですから、いろいろ不文律があるんでしょうね」

「いっそリストにして寄越せって言いたくなる」

「ふふ。でも今のうちの我慢ですよ。お坊ちゃまとお嬢様が中等部に上がれば、そこでは内部進学組として、ステイタスが得られるわけですから」

「そうかなあ」

「そうですよ。ところで、今日、お子さんたちは？」

「学習塾の春休み合宿。こっちは楽でいいわ」

「うふふ。羨ましい」

直美の慰めで夫人は機嫌を取り戻し、伸びをしながらイタリア製のソファに深くもたれた。

「さてと、ちょっと早いけどランチ行かない？　御馳走するわよ」

「きゃー、うれしい。ありがとうございます」

直美はシナを作り、両手を合わせせた。甘えるのも仕事のうちだ。

「広尾あたりを開拓したいんだけど、いい店知らない？」

「わたしが知ってるわけないじゃないですか。昼はいつも社食かコンビニ弁当です」

「じゃあネットで探してよ。イタリアンがいいかな」

「かしこまりました」

　直美はタブレット端末を手にし、広尾界隈《かいわい》のレストランを検索した。

「そうそう。週末に夫が来るから、ネクタイをプレゼントしようと思ってるの。グッチかプラダ」

　夫人が言った。

「かしこまりました。では金曜日に三十本ぐらい見繕ってお持ちします」

「そのとき、すき焼き用の牛肉も届けてくれる？　八百グラムほどでいいから」

「かしこまりました。ワインはどうしましょう」

「じゃあお願い。銘柄はわからないから任せるね」

「かしこまりました」

　直美は頭の中にワインリストを思い浮かべた。こういうときは、あまり高価でないほどほどの物を選ぶのが信頼を得るコツだ。ろくに酒も飲めなかったが、銘柄だけはすっかり詳しくなった。

「奥様、有栖川《ありすがわ》公園の近くに評判のイタリアンがありますけど」

「じゃあそこにしよう。予約してくれる？」

「かしこまりました」

こんな言葉を一日に何回も言う仕事に就くとは思ってもみなかった。

直美は、今度は携帯電話に持ち替え、レストランに予約を入れた。

「着替えるから待っててね」

夫人が立ち上がり、奥の寝室へと行く。窓の外に目をやると、東京の摩天楼が一望出来た。下界全体が降り続く雨に濡れそぼっている。ここの家賃はいったいいくらだろう。月百万円は下らないはずだ。子供の教育のためだけに東京に引っ越し、連日湯水のように金を使う。直美は小さく吐息をついた。羨ましいとか妬《ねた》ましいとか、そういった感情はもはやない。ありがたいお客様、ただそれだけだ。

今の仕事は気持ちの切り替えが必要だ。そうしないと庶民が嫌いになるし、自分の生活までみじめに思えてくる。

この日の夜、昔からの友人の服部加奈子《はっとりかなこ》と食事をする約束があった。ところが午後三時過ぎになって、加奈子からキャンセルのメールが入った。風邪をひいて熱があるのでまた別の日にして欲しいというものだった。

直美が心配して電話すると、加奈子は喉《のど》を嗄《か》らした声で「ごめん、ごめん」と繰り返した。見舞いに行くと言うと、「いい、いい。たいしたことないし、うつすと悪いから」と頑《かたく》なに断った。

石川県出身の加奈子は大学の同級生で、直美の唯一と言える友人だった。新潟生まれの直美とは同じ北陸からの上京組ということもあり、互いに親近感が湧き、会ったその日に仲良しになった。二人とも方言がなかなか抜けず、東京にコンプレックスを抱いていたせいもある。落ち込んだときは互いに慰め合い、何でも相談した。

性格はどちらかというと正反対だ。加奈子は気がやさしく控えめで、直美は勝気で仕切りたがりのところがある。プラスとマイナスだから、補い合えて却《かえ》っていいのかもしれない。

ただし価値観は一緒だ。二人とも贅沢を好まず、恋愛に慎重だった。小説と映画が大好きで何時間でも語り合えた。そんなところがより二人を近づけた。

社会人になってからは年に数回しか会わないが、絆は変わらない。会えばたちまち昔に返る。たぶん一生の友人だと直美は思っている。

加奈子は大学卒業後、大手家電メーカーで働いていたが、去年の秋に銀行員と結婚したのを機に退職し、専業主婦になっていた。会社の業績悪化で、社内にリストラの嵐が吹いていたという事情もあるが、加奈子は「子供が出来たら家にいたいから」と、仕事には未練がない様子だった。直美もそれが彼女には合っていると思っていた――。

定時で仕事を終えた後、直美は加奈子のマンションに寄ることにした。加奈子の夫はいつも帰りが遅いので、たぶん一人だ。熱があるのなら自分の夕食を作るのも面倒だろう。雨だから買い物も億劫《おっくう》だ。葵百貨店の食料品売り場で惣菜を買って届ければ、きっとよろこんでくれるにちがいない。加奈子のマンションは同じ私鉄沿線にあった。来なくていいと言ったが、遠慮し合うような間柄ではない。

直美は地下一階に下り、有名店のおにぎりと煮物とフルーツを買い、電車を途中下車して加奈子のマンションに向かった。何度か遊びに行ったことがあるが、駅から近い高層マンションだ。賃貸で家賃は二十万円と聞いたことがある。銀行は福利厚生が手厚く、家賃補助が半額近く出るのだそうだ。

到着して見上げると、雨粒を浴びながら、大きなコンクリートの塊《かたまり》が夜空に向かってそびえ立っていた。電気がついている部屋は半分ほどだ。都会だからいろんな生活の人が住んでいる。

エントランスからオートロックのインターホンを押した。しばらくして「はい」という加奈子の声がスピーカーから聞こえた。

「あ、休んでるところゴメン。わたし直美。晩御飯買って来たんだけど、まだ食べてないでしょ？」

「あ、え、うそ」

加奈子が戸惑いの声を発した。

「ごめん。メールすればよかったけど、帰り道だから直接来ちゃった」

しばらく答えが返って来ない。エントランスのガラス扉も閉じたままだ。迷惑だったのだろうか。二人の間で、これまで拒絶されるようなことは一度もなかった。ずっと学生気分でやって来た。

「渡したら帰る。だから開けて」

まだ応答がない。誰かいるのだろうか。風邪をひいたというのはうそだったのだろうか。

向かい側のフロントから、管理人が怪訝《けげん》そうに見ている。どうしようかと戸惑っていたら、やっと扉が開いた。「どうぞ」加奈子のか細い声がスピーカーから流れる。

直美は管理人に軽く会釈し、エレベーターに乗った。九階で降りてカーペットの敷かれた内廊下を歩く。部屋の前まで来て、呼び鈴を鳴らした。「はーい」とドアの向こうから返事が聞こえる。スリッパの足音が近づき、ガチャンと錠がはずされた。ドアが少しだけ開く。前髪をたらし、マスクをした加奈子が目を合わせず下を向いて立っていた。招き入れてくれる素振りはない。ここで帰れと言うことか。

「ごめんね、いきなり来て――」そこまで言って直美ははっとした。加奈子の頰《ほお》がボールのように腫《は》れていたのだ。おまけにどす黒い痣《あざ》がマスクからはみ出している。思わず息を吞んだ。

「ちょっと、加奈子、どうしたの」

「階段から落ちた」加奈子が俯《うつむ》いたまま簡潔に答える。

うそだと思った。それなら最初から怪我をしたと言うはずだし、隠す理由もない。

「ねえ、よく見せてよ。大怪我なんじゃないの」

「ううん、たいしたことない」

「うそ、うそ。どうしたの。ちゃんとわたしに教えてよ」

加奈子は暗い顔で佇《たたず》んでいた。「何でもない……」語尾が消え入りそうだ。

直美は、直感で誰かに暴行された痕《あと》だと思った。このまま帰るわけにはいかない。急に心臓が早鐘を打ち始めた。

「今一人？　旦那さんいるの？」

「一人だけど」

「じゃあ上げて。ちゃんと説明して。わたしにも言えないこと？」

直美が食い下がると、加奈子は小さくため息をつき、一歩下がった。

「上がっていいよ」ドアを持つ手を離し、廊下を奥へと歩いて行く。

直美はパンプスを脱いで部屋に上がった。「何も出さなくていいからね」と声をかけ、後に続く。２ＬＤＫの十畳ほどのリビングに入り、明るい照明の下で改めて加奈子を見て、さらに大きなショックを受けた。その顔は誰だかわからないほど変わり果てている。明らかに暴力の痕だ。白い肌がきれいだった、美人の、あの加奈子が――。

「どうしたの？　誰にやられたの？　病院は行った？」

矢継ぎ早に質問する。加奈子は立ち尽くしたままだ。直美は横に行って肩を抱き、ソファに腰を下ろさせた。

「ねえ、答えてよ。言えないことなの？」

言葉を発しながら、頭の中でひとつの記憶が瞬いた。先月、一緒にランチを食べたときのことだ。加奈子がそろりそろりナイフとフォークを使うので、どうしたのかと聞くと、家具に脇腹をぶつけて肋骨《ろっこつ》が痛いと言っていた。あれも誰かの暴行によるものではないのか。

真っ先に思ったのは、夫によるドメスティック・バイオレンスだ。とくに確証も根拠もない。ただ、当事者としての経験が直美にはあった。子供の頃、父親に殴られて顔を腫らした母親を何度も見てきた。

加奈子はうつろな目をして、ただ下を向いている。

「お願い。教えてよ。何があったの」

直美が肩を揺すると、それがスイッチだったかのように、加奈子が嗚咽《おえつ》を漏らした。大粒の涙がスカートに落ちる。

親友のただならぬ事態に激しく動揺した。二人はいちばんの仲良しだ。そうやって十八歳のときから喜怒哀楽を共有してきた。

加奈子が肩を震わせて泣いている。直美まで体が震えてきた。

2

直美は朝からおくびが止まらなかった。ペットボトルの水をバッグに忍ばせ、少しずつ飲んでは喉の奥の調子をうかがっている。本当は会社を休みたかったが、大きな商談会が入っていたのでかなわなかった。

胸の中では灰色の気持ちが渦巻いていた。ちょっと油断すると、すべての生気が深い闇に引き込まれてしまいそうだ。今日は雲ひとつない晴天だったので、その対比が直美をますます暗澹《あんたん》たる気分にした。朝起きたときも、見下ろす土手の桜が辛いほど眩《まぶ》しかった。

ゆうべ、加奈子から聞かされた夫の暴力の話に、直美は衝撃を受けていた。同時に、封印していた記憶の箱がひっくり返り、二重のダメージを受けた。かつて瞼《まぶた》に焼き付いた、母が父に殴られる暴力の光景。ドメスティック・バイオレンスは周辺の人間も地獄に突き落とす——。

直美は、まさか親友がそういう目に遭っているとは思ってもみなかった。加奈子が泣きじゃくりながら話した内容は、直美の想像を超えていた。腹立ちまぎれに一発殴ったとか、物を投げつけたとか、そういったレベルではなく、命の心配をしなければならないほど危険なものだった。

加奈子によると、最初のＤＶが始まったのは今年の初め、結婚して三カ月が経った頃だった。深夜、酒に酔って帰って来た夫が決まってセックスを求めることに嫌悪した加奈子が拒むと、突然激昂し、拳で顔面を殴りつけてきた。暗くてはっきりとはわからなかったが、夫の形相はまるで別人で、部屋中に響く怒声が耳を突き刺した。彼女が他人からの暴力を受けたのは初めての経験だった。親にも手を上げられたことはないという。

加奈子は、あまりのショックに泣くことも抗議することも出来ず、腫れた顔を濡れタオルで冷やしながら、布団にくるまって眠れない一夜を過ごした。

翌朝になると、夫は青い顔でうなだれ、ゆうべはどうかしていた、もう二度としないと手をついて謝罪した。加奈子は許すことにしたが、一度でもその人間の暗黒面を見てしまうと、そうやすやすと水には流せない。暴力を受けた恐怖も消えたりはしない。加奈子の心に棘《とげ》は突き刺さったままで、晴れない日々を送ることとなった。

加奈子の夫は、服部達郎《たつろう》という三十一歳の銀行員だった。職場仲間に誘われた合コンで知り合い、付き合うようになった。直美がそれを打ち明けられたのはずっと後になってからで、「照れ臭かったし」というのが加奈子の言い訳だったが、自分なりに様子を見ていたのだろう。つまり浮かれてはいなかったということだ。

交際一年でプロポーズを受け、加奈子は承諾した。東京生まれで有名私立大卒、ルックスもまずまずで、家庭も中の上といったところだった。初めて紹介されたとき、直美は好青年然とした外見に、いかにも加奈子が選びそうな男だと思った。加奈子は万事に慎重で、銀行員という職業はぴったりだ。

　直美は、親友が好きになった相手だからと好意的に見ていたが、気になる部分もないではなかった。三人で一緒にタクシーに乗ったとき、自分の父親のような年齢のドライバーに横柄な物言いをした。「××へやってよ」「そこ右ね」――。レストランでもウェイターに命令口調だった。瑣末《さまつ》なことだが、直美は威張る男が嫌いだった。

　結婚式はホテルの教会で挙げた。派手なことが苦手な加奈子にしては、大盤振る舞いと言えるものだった。新郎側の参列者が多くて、釣り合いを取るのに加奈子は苦労した様子だ。たいして尊敬していなかったゼミの教授を呼んだのも、そういう事情があったのかと後で納得した。もちろん直美も出席したが、新郎の両親がいかにも居丈高に見えて、これから苦労しそうだなと同情したことを憶えている。

　結婚してからは、会う回数がめっきり減った。親友でも既婚者になれば、休日に一緒に買い物をするというわけにはいかない。新婚家庭に押しかけるのも気が引けるし、向こうから招いてくれることもなかった。思えば、直美は達郎にあまり親しみを抱いていなかったのかもしれない。直美が好きなのは、一にも二にもやさしい男だ。

　二度としないと誓ったはずの暴力は、わずか半月後にまた訪れた。二度目は素面《しらふ》のときだった。達郎の実家から送られた梨を冷蔵庫に入れ忘れ、半分腐らせてしまったのが理由だ。生ごみを出すときに見つかり、達郎は見る見る顔色を変えたという。「どうしてそういういい加減なことをするんだ！」いきなり鼓膜が破れそうな声を上げ、髪をつかんで思い切り前後左右に揺すった。加奈子は懸命に謝ったが、聞き入れてもらえず、また何発も殴られた。

二重人格かと思えるほどの夫の豹変《ひょうへん》と容赦のない暴力に、加奈子は恐怖のとりことなった。以後、半月に一度程度の割合で落雷のように起こるＤＶに丸くなって耐え、次はいつだろうとびくびくしながら毎日を過ごしている。

直美がゆうべ聞き出した話はここまでだ。親には相談したのか、なぜ離婚しないのか。聞きたいことはいっぱいあったが、午後九時を過ぎると達郎が帰宅する可能性が高いというので、後ろ髪をひかれる思いで話を中断した。そして加奈子の話を聞き、また実家の母を思い出した。直美が母から父の暴力について話を聞かされたことはない。子供の前ではいつも平静を装っていた。だからそのときの分まで聞き出したい気分だった——。

「お願いだから、誰にも言わないでね」加奈子は泣いて懇願した。直美は帰る道すがら、これは何とかしなければと、同じように怖がっている自分に言い聞かせた。加奈子を見捨てることは絶対に出来ない。彼女が頼れる相手は自分しかいない。直美は胸が張り裂けそうだった。

この日は朝から都内のホテルに出向き、外商のカード会員のための商談会の準備に追われていた。接待する相手は東京に住む華僑《かきょう》たちだ。華僑の会合がこのホテルで開催されるので、それに葵百貨店が便乗する形で別会場を借り、そのまま移動して買い物をしてもらおうという算段だ。課長の内藤が華僑の有力者に気に入られていて実現した。その人物が家を空けるとき、飼い犬の散歩をずっと請け負ってきた成果である。数組の夫婦を接待するため、直美たち若手も駆り出されることとなった。

「小田さん、どうかした？　肌がくすんで見えるけど」

係長の青木光代が近づいてきて言った。同性だけあってチェックが厳しい。直美はストレスを覚えるとすぐ肌に出た。化粧のノリが悪くなり、吹き出物も出た。たぶん明日はもっとひどいだろう。

生理のせいにしようと思ったが、手帳にメモされそうなのでやめた。

「すいません。最近少し寝不足で」

「体調悪くても元気よくね。今日は大事なお客様だから」

「わかりました」

ここ数年、中国人は百貨店にとって重要な客になっていた。華僑はネットワークが強くて大きいので、日本に住む金持ちの華僑を一人取り込むと、本国からも客が押し寄せる。

純白のクロスをかけられたテーブルに並ぶのは、有名ブランドの宝飾品とスイス製の腕時計、各種の美術品だった。総額でいくらになるのか、直美には見当もつかない。会場の中央にはイタリア製のソファが配置され、飲み物も用意されていた。入口と壁際には制服姿の警備員三名が立っている。

準備が出来たところに、華僑の一行が現れた。声が大きいのでいきなり周囲がにぎやかになる。内藤が弾かれたように駆け出し、入口まで行って深々と頭を下げた。

「ようこそお越しくださいました。お忙しい中ありがとうございます」

「いい物がなきゃ買わないよ。あなたたち、何でもわたしに売りつける」

一人の恰幅《かっぷく》のいい紳士が笑って大袈裟に言った。都内で不動産業を営み、何軒もの中華レストランを経営する陳《ちん》会長だ。買い物額が大きいので、外商部員は全員顔を知っている。

「会長、何をおっしゃいますか。わたくしどもは会長にこそふさわしい商品を選んでご紹介しているだけでございます」

内藤が普段より一オクターブ高い声で言った。

陳会長に続いて大勢の華僑がどやどやと入って来た。その数に直美たちは戸惑った。ゆうに三十人はいるのではないか。事前の話では、華人会の幹部が夫婦で六組ほどとのことだった。一夫婦を一人の部員が接待するという予定が立たなくなった。

内藤も焦っている様子だ。

「会長、こちらのみな様は――」

「ああ、これから葵百貨店の内覧会があると言ったら、みんな、わたしも見たいってついてきたの。いいでしょ？　買ってくれるかもしれないよ」

陳会長が屈託なく言った。中にはあまり裕福そうではない男女も見受けられた。おそらく彼らは冷やかしで、買うことはないだろう。

「しかし、椅子や飲み物も急にはご用意出来ませんし……」

「いい、いい。みんな立ってるから。おなかもいっぱい」

内藤が戸惑うのもお構いなく、夫人と一緒に宝飾品のテーブルの前に座った。

「さあ奥さん、好きなの選んでいいよ。ここは値札が付いてないからね。わざと高いのを選ぼうとしてもだめよ」

陳会長の言葉に華僑たちがけたたましく笑う。うしろのほうでは中国語も飛び交っていた。本国からのゲストも交ざっているようだ。関係ない人物まで入れることは出来ないので、最低限の処置として芳名帳に名前と住所を書いてもらうことにした。

「小田さん、至急店に電話して応援を寄越すように言ってくれる？　法人課の人たちでもいいから」

華僑たちが芳名帳に列を作っている間、青木が横に来て耳打ちした。

「はあ、しかしみんな出払っていると思いますが……」

「いいから電話してみてよ」

硬い表情で命令された。直美が会場の隅に走って携帯でかけると、法人課の課長に「無理に決まっているだろう」と叱られた。戻ってその旨を伝える。

「仕方がない。課長は陳会長につきっきりだから、予定を変えてテーブルごとにわたしたちが接客しましょう。みんな、ちょっと集まって」

青木の合図にみなが集合した。

「佐藤さんは腕時計の一番テーブル、小田さんは二番テーブルをお願い。高田君はジュエリーの一番、有本君は二番……」

指示を受けて部員たちは持ち場に散る。直美は白い手袋をはめ、テーブルの前に立った。「どうぞご覧ください」笑顔で接客する。入口付近にいた華僑たちは一斉に群がり、各自商品を手に取り、ためつすがめつし始めた。

「あ、あの……」

　直美は呆気にとられた。勝手に触られては困る。落とされたりしたら大変だ。どう対応していいかわからず、助けを求めて内藤を見たが、陳会長の相手をするのに忙しく、こちらに目を向けてもくれなかった。

「お客様、順番にお願い出来ますでしょうか。商品はわたくしがご案内いたしますので、みなさん、一度ケースにお戻しください」

　やんわりと注意するも、彼らの耳には入らず、中国語で盛り上がっている。ほかのテーブルも同様だった。縁日の屋台のように人だかりが出来ている。しかもうるさい。中国語は普通の会話でも言い争いに聞こえるので、直美は責められているような気になった。

　ただ、大半が金持ちだけあって、商品への食いつきはよかった。直美のテーブルでは二百万円のロレックスのペアが開始五分で売れ、ほかの客も買う気満々に見えた。さすがに華僑は景気がいい。日本経済に元気がないだけに、百貨店は中国人頼みだ。

　いつの間にか子供が入り込み、奇声を発して会場を走り回った。警備員は顧客の子息なので注意も出来ない様子だ。青木が慌ててホテルの従業員を呼び、ジュースとお菓子を用意するよう頼んだ。

一人の派手なメイクをした婦人が、ベゼルにダイヤをちりばめた腕時計を無造作に手にした。

「これ素敵。いくらするのですか」自分ではめようとする。本国生まれの人なのか、中国風イントネーションだった。

「お客様、わたくしがやらせていただきます」

直美は慌てて取り返し、慎重に腕にはめた。

「いかがでございましょうか。ベルトがクロコダイルなので、いろんなシーンに合わせやすいかと存じます」

「たからいくらですか？」

「税込で三百四万五千六百円になります」

「うそー。そんなにするの。高い、高い」

婦人は抗議するように顔をしかめた。けれど気に入ったのか、なかなかはずそうとしない。

「お客様、もうよろしいでしょうか……」

「ここ、優待はないの？」

「外商のカード会員様ですとございますが」

「ねえ、陳さん。陳さんのカードで買ってよ。お金後で払うから」

「いいけど、領収書はぼくの名前になるよ。それだとぼくもありがたいけど」

離れた場所にいた陳会長が振り向き、余裕の笑みで答える。

「じゃあやめた。買わない。陳さん、ここ高いよ」

「朱美《あけみ》さん、上海に帰省したとき買えばいいじゃない。何も東京のデパートで買わなくたって」

「東京で買えばホンモノなの。中国は保証書まで偽造するのことですね」

直美は苦笑しかけたが、慌てて表情を取り繕った。中国人はわざわざ日本で中国の美術品まで買う。偽物をつかまされる心配がないからだ。

なんとか腕時計をはずしてもらう。婦人はまだ名残惜しそうだった。

その間にも華僑たちの買い物は続いた。中には現金払いの客もいて、衝立《ついたて》の奥に設置した会計テーブルは大忙しである。ちらりとのぞいただけでも、数百万円のお札が積まれていた。

陳会長は同胞に対していい顔が出来たことに上機嫌で、夫人に三百万円もするダイヤのネックレスをプレゼントしていた。これだから外商は多額の接待費をつぎ込んでも元が取れるのである。

商談会は約二時間続き、盛況のうちに幕を閉じた。売り上げはいったいいくらになったのだろう。内藤は顔を上気させ、客の一人一人に腰を九十度折って見送りの挨拶をしていた。

喧騒《けんそう》が去り、みなで安堵の息を漏らす。ルームサービスでコーヒーを取り、ソファで一休みした。

「大成功ですね。目標の二千万円はクリアしてます。さすがは課長」

青木が表情を崩し、上司を持ち上げた。

「そうか。おれは密かに三千万は狙ってたんだけどね」内藤は満更でもない表情でソファにもたれ、長くもない足を大袈裟に組んだ。「でもまあ、こうやってお客様との信頼関係から商いが広がるっていうのは、外商冥利《みようり》に尽きるよな。苦労した甲斐があったってもんだ。おれなんか、中国の旧正月の間、ずっと陳会長の犬を預かってたんだぞ。しかもマンションで」

「知ってます。ゴールデンレトリバー」

「部屋中犬の毛だらけ。カミさんなんか、掃除が大変だってブーブー言ってたさ」

「でも、そういう苦労が実を結ぶんですね」

「そう。最後は誠意。我々はお客様の執事でありコンシェルジュでもあるってことだな」

内藤の言葉に部員たちが真顔でうなずき、直美も追従した。外商にいるとこんな演技にも慣れてくる。

十分ほど休憩した後、片付けに取り掛かった。内藤は現金、青木はカード利用のレシートを確認し、金庫型のスーツケースに収めていく。直美たちは担当したテーブルの商品を磨き直した。高価な物だけに指紋ひとつも残してはならない。それもすぐに拭き取るのが鉄則だ。

一個一個、傷がついていないかを確認し、ケースに仕舞っていく。しばらくその作業を続け、残り少なくなったところで直美は血の気が引いた。ケースがひとつ余るのである。

何かの間違いではないかと、辺りを見回す。テーブルの下ものぞいた。それでもない。指先が震えた。腕時計が一個足りない――。

「小田さん、どうかしたの？」青木が聞いてきた。

「あの、腕時計がひとつないんです」

「どういうこと？」

「ないんです。パテック フィリップのローズゴールドが……」

名前を口にして思い出した。あの婦人が値段を聞いた商品だ。たしかアケミと呼ばれていた中年の女だった。

「何だって。もう一度探してみてよ」会話を聞いていた内藤が顔色を変えて駆け寄ってきた。

「探しました。でもないんです」

「思いちがいじゃないの？　そもそもラインナップに入ってなかったとか」

「いいえ。実物を見てます。お客様にご案内したのも憶えています。ダイヤ付きの文字盤で茶色い革ベルトのものです」

「じゃあ消えたってこと？」内藤の声が裏返った。「おい、みんな、ほかのテーブルに紛れてないか探してくれ」

その場にいた全員があたふたと捜索をする。警備員にも手伝ってもらった。内藤はソファのクッションまでひっくり返して、どこかにはさまってないか調べていた。

そんな作業を十分ほど続け、もう探すところがなくなり、全員で立ち尽くした。内藤が険しい表情で口を開く。

「申し訳ないが、みんなの持ち物を調べさせてもらう。なにせ三百万円の品だ。疑ってるわけじゃない。何かの拍子に紛れ込んだかもしれないし、誰かが悪戯《いたずら》で隠した可能性もゼロではない」

部員たちは急いで自分のバッグを手に取り、競うようにして中身をテーブルの上に並べた。警備員もリーダーが率先してチェックを受け、部下も倣《なら》った。少しでも自分に嫌疑がかかることがいやなのだ。

もちろん出てこなかった。そんな不届きな人間がここにいるわけがない。

「小田君、考えられることは？」内藤が沈んだ声で聞いた。「消えてなくなるわけはない。どこかにあるんだ。どこだと思う？」

直美は言葉に詰まった。証拠も何もないが、最後は客の万引きを疑うしかない。仕方なくその旨を発言した。

「お客様が間違えてお持ち帰りになってしまったとか……」

「考えたくないけど、そうなんだよね。お越しいただいたのは華人会の幹部ばかりじゃない。確かに場違いな人も交ざってた。おれとしたことが……」

内藤が唇を噛《か》む。さっきまでの明るさから一転して蒼白の面持ちだ。

「この会場、防犯カメラはないのかしら」

青木が言い出し、みなで天井を見回した。

「ないでしょう。エレベーターや廊下にはあっても、宴会場や客室にカメラがあったら大問題だと思います」誰かが答える。

「さあ、困った。今日の利益の大半が吹っ飛んだ。部長に何て報告すればいいのやら……」

「課長。心当たりってほどではないのですが、紛失した商品、手に取った方が一人だけいました。かなり気に入った様子でしたが、値段を聞いてやめました」直美が遠慮がちに言葉を発した。

「だから？　その人が盗《と》ったのを見たわけ？」内藤が冷たく聞き返す。

「いいえ。そうではありませんが……」

「ちなみに誰よ、その人は」

「アケミさんって陳会長から呼ばれてました」

「誰か芳名帳を持って来い」

男子部員が走って取りに行った。テーブルに置いてページを開き、みなでのぞき込む。

「いたいた。李《り》朱美、豊島区池袋本町」内藤が顔を上げ、直美を見て言った。「率直に言って、どういう印象の人だった？」

「いい身なりはしていましたが、うちの外商カードを発行するタイプのお客様ではないと……」

「どういう意味？」

「ええと……、品のない方でした」

直美は思ったことを言った。時間が経つにつれて、あの婦人がますます怪しく思えてきたからだ。

「そうか。でも証拠がなきゃなあ……」

「とりあえず被害届を出しましょう。保険が下りるかもしれないし」青木が横から言った。

「いいや。盗まれた証拠がなきゃ警察は受理しないね。前にあったんだよ。お客様に届ける商品がバックヤードでなくなって、出入りの配送業者が怪しいって話になったんだけど、店内だし証拠もないから、警察も相手にしてくれなくて結局泣き寝入り」

内藤が腕組みし、大きなため息をついた。

「申し訳ありません。わたしの注意不足でした」

直美が頭を下げる。さっきから指の震えが止まらなかった。被害額が大き過ぎて、目《め》眩《まい》がしそうだ。

「いいや。想定外の事態を招いてしまったおれの責任だ。一人で一夫婦を接客する態勢で君らに指示を出した。保安員でもいなきゃ、万引きまでは手が回らんさ」

「わたし、ホテルには伝えておきます。万が一、出てくるかもしれないし」と青木。

「じゃあ頼む。小田君は警察に行って遺失届を出してくれ。会社の税務処理に必要だし、もしかすると質屋に流れるかもしれないし……。あれってシリアルナンバーは入ってたっけ」

「入ってます。見つかれば特定出来ます」

なくなった腕時計には、一個一個シリアルナンバーが刻印してあった。だから見つかったとき、ほかで買ったという言い逃れは出来ない。

「陳会長にはどうしますか？　一応、お耳に入れておきますか？」

青木が尋ねた。内藤はしばらく考え込み、「やめておこう」と言った。

「自分たちを疑っているのかと気を悪くするだけだと思う。陳会長を怒らせる事態だけは避けないとね。年平均で約八百万円の買い物をしていただいている。華人会全体では一億円近いし、それを失うことのほうが怖い」

部員たちが下を向いて、悔しい思いに耐えている。

直美は大きなショックを受けながら、再び朱美という女の顔を思い浮かべた。もしあの女が盗んだのだとしたら絶対に許せない。悪事を働いた人間が、何の処罰も下されずのうのうと生きている、それがいちばん腹立たしい。

憂鬱な気持ちがさらに増した。加奈子が受けているDVの一件で胸が張り裂けそうになり、その上自分まで災難に見舞われてしまうとは――。
外商部の部員たちは、ホテルでいったん解散し、直美は直接新宿署へと向かった。警務課の窓口で初老のやさしそうな警察官に相談すると、被害額が大きいことから、遺失届を出すだけでなく刑事課にも行くよう言われた。警察って親切なんだと安心しかけたが、刑事課では怖いオジサンが出て来て、担当が出払っているから午後六時以降にまた来るようにとぞんざいに言われた。今夜も加奈子のマンションに行って話の続きを聞くつもりだったので、それが叶わぬこととなった。
直美は加奈子にメールを打った。
《今夜は残業。ごめん、行けない。明日行く。何かあったら何時でも電話して》
返信のメールは三十分ほど経ってから届いた。
《ゆうべはありがとうね。心配かけてゴメン。わたしなら大丈夫。顔の腫れもだいぶ引きました》
短い文面に直美は切なさがこみ上げた。この簡潔なメールに三十分も要するわけがない。加奈子はどう返信しようかと悩み、打っては消し、消しては打ちを繰り返し、直美に心配をかけまいとして、このようなメールにしたのだ。

直美はその晩、コンビニで買ったおにぎりを一個食べただけで胸がつかえた。気分は重く、食欲がまるで湧かなかった。

3

翌日、直美は午前中の顧客回りを手早く済ませ、加奈子の家に行って一緒に昼食をとることにした。仕事先から電話でその旨を伝えると、加奈子は意外にも明るい声で「うん、待ってる」と言った。「パスタ作ってあげるね」とも。もちろん心配をかけまいとして、明るく振る舞っているのだろう。直美など二晩続けてうまく寝つけず、便秘にまでなっている。

駅前の洋菓子店で手土産にクッキーを買い、加奈子のマンションに行った。春らしい花柄のワンピースを着た加奈子は、メイクもしていて、笑顔で出迎えてくれた。ただし、腫れは引いたが青痣はあちこちに残っていて、痛々しさに変わりはない。直美は、あらためて男の暴力に暗澹たる思いを抱いた。

直美は離婚を勧めるつもりでいた。ＤＶが当事者だけで解決しないことは、親を見てわかっていた。男が女に振るう暴力は狂気以外の何物でもなく、当人同士に任せるというのは、見捨てることと変わらないのだ。

ダイニングテーブルで加奈子の作ったアスパラガスとベーコンのパスタを食べた。味付けは塩胡椒《こしょう》だけなのに、プロが作るようにおいしい。

「相変わらず料理がうまいこと」直美が褒めると、加奈子はそれには答えないで、「一人分だと面倒臭いだけだけど、二人分だと作る気になるね。直美が来てくれてよかった」と言って薄く笑った。

「長くはいられないからいきなり聞くけど、加奈子、これからどうするつもり？」

直美が食べながら聞いた。

「どうするつもりって？」加奈子がフォークにパスタを巻きながら聞き返す。

「離婚するのかどうかよ」

「ああ、一昨日のことね。驚かせてゴメン。わたしも暴力を受けた翌日だから、ちょっと我を失ってた。ゆうべ、達郎さんと話したんだけど、もう暴力は振るわないって約束してくれたから、それで許そうかなって――。直美に心配かけちゃったけど、そういうことだから」

加奈子が目を伏せて言う。直美は彼女が言う結論をだいたい予想していた。切り出す勇気があるのなら、とっくに別れているはずだ。夫と話し合ったというのもたぶんうそだ。

「謝ったってまたやるんでしょ？　これまでそれの繰り返しだったんでしょ？」

「でも今回は絶対にもう手を上げないって誓ってくれたから……」

「加奈子、信じるわけ？」

直美が問うと、加奈子は一瞬返事に詰まったのち、「うん」と自分に言い聞かせるようにうなずいた。

「あのさあ、現実を見ようよ。女に暴力を振るう男って、みんな口ではそう言うんだよ。これまで約束を反故《ほご》にしてきた男が、急に守るわけがないでしょう」

「でも、もう一回だけ……」

「加奈子、勇気がいることかもしれないけど、ちゃんと断ち切らないとずるずる続いて、ますます離婚しづらくなるよ」

「離婚、離婚って、それが最良の方法みたいに言わないでよ」

加奈子が少し気色ばんで言った。

「じゃあ何があるのよ。妥協しちゃだめだって。一生の問題なんだから。だいたい一度でも暴力を振るった男と、この先暮らしていけるわけ？　子供が出来る前に、ちゃんとカタをつけたほうがいい。あんた、子供が出来たら、それを自分への言い訳にして、ますます泥沼にはまっていくよ」

　加奈子は返事をせず、下を向いている。

「ところで、旦那さん、子供は欲しがらないの？」

「欲しがるけど……」

「子供が出来たら変わるなんて期待しないほうがいいよ。暴力は病気なんだから、別の治療が必要なの」

「うん……」

「だから出来る前に手を打って――」

「実は隠れてピル飲んでる」加奈子がぽつりと言った。

「そうなの？」直美は驚くと同時に、少し安堵《あんど》した。自分を守ろうという意思はあるのだ。「じゃあ、あなたはわかってるわけじゃない。こういう状況で子供が出来たら、ますます離婚しづらくなるってことが」

「そんなに責めないで」

「責めてない。わたしは本当に加奈子のことが心配なの。今夜も暴力振るわれてるんじゃないかと思うと、食事も喉を通らないし、ぐっすり眠ることも出来ない」

「それは申し訳ないけど……」

しばらく黙ってパスタを食べた。マンションの南側は公園で、桜が満開だった。いかにも新婚の夫婦が憧れそうな物件だ。加奈子がこの新居に引っ越してきたときも、「目の前の公園が決め手だったの」とうれしそうに言っていた。そのときの笑顔が今は遠いものとなってしまった。

「あのさあ……」直美が口を開いた。この前の夜から打ち明けようと思っていた。「加奈子に話したことなかったけど、わたしの父親って、DVの人だったんだよね」

「うそ」加奈子が驚いて食べる手を止めた。

「ほんと。わたしが子供の頃、よく母親を殴ってた。わたしとお姉ちゃんはそれが始まると怖くて怖くて、子供部屋で震えて抱き合ってた」

直美の脳裏にそのときの光景が浮かんだ。前触れもなく、いきなり発せられる父の怒声。その形相は見る見る変わり、頬は決まって痙攣《けいれん》していた。「弘美《ひろみ》、直美、二階に行ってなさい」母が血の気のない顔で言い、姉妹は従った。その後、下からは父の怒鳴り声と、物が壊れる音が響いた――。

「直美の両親って離婚してないよね」

「うん、してない」

「暴力、やんだの？」

「やんだのかな。少なくともわたしが知る限り、中学に上がってからは、母親が殴られた形跡はなかった」

「じゃあやむんじゃない」

「それまでが長いの。わたし、あの頃の記憶がトラウマになってるもん」

「でもさあ、離婚してないってことは、そのあと和解したって言うか、関係修復したって言うか……」

　加奈子が話に食いついてきた。自分に望みを持ちたいのだろう。

「ううん。うちの母親の場合、離婚しないのは一人で生きて行く自信がないからだって。ずっと専業主婦でやってきて、何のスキルもないし、世間の荒波にもまれて生きて行く勇気もないし」

「そんな、自分のお母さんのことを……」

「だって事実だもん。経済的な問題がクリア出来てれば、さっさと別れてたと思う」

「でも、今だって夫婦なんでしょ？」

「形だけね。子供が二人とも独立して、夫婦だけになって、途方に暮れてるんじゃないかなあ。うちのお父さん、去年市役所を定年退職して民間に再就職したけど、働けるのもあと数年じゃない。そのあと一日中一緒に過ごすことになったら、熟年離婚したりして」

　直美は両親の顔を思い浮かべた。六十一歳の父と、五十八歳の母。もうすっかり老けた。父の髪は真っ白で、母は胸も尻も痩《や》せこけた。共に老眼で、小さな字がまるで読めない。

　三年前、姉が結婚して家を出ると、いつの間にか夫婦の寝室が別になっていた。そういうものかと思っただけで、何も聞かなかった。盆と正月には義理で帰省するが、実家で過ごす時間は気づまりでしかない。

「加奈子、離婚を切り出すのが怖いんでしょう」直美が聞いた。

　加奈子は返事をしない。

「わたしは離婚しかないと思う。女を殴る男と暮らして、しあわせになれるわけがない」

　加奈子はずっと俯いたままだ。

「まずは石川の両親に相談してみたら？　それでお父さんから向こうの家に抗議してもらうの」

「だめ。絶対にだめ」加奈子が顔を上げて即答した。

「どうしてよ」

「親には心配かけられない」

「何言ってるのよ。こんな大事なときに」

「親だけはいや。うちの親、人がいいだけの田舎者だから、おろおろして寝込んじゃうと思う」

「そんな――」直美は絶句した。人がいいのは加奈子だ。

「とにかく、親にだけは心配かけたくない」

「わかった。じゃあ警察に行こう。病院で診断書を取って、それで被害届を出す」

「それは大袈裟」

「大袈裟じゃない。今思い切ったことしないと、この先もっとひどい目に遭うし、ますます泥沼にはまり込むよ。旦那さんと話し合って解決すると思う？」

「わからないけど」

「うそばっかり。加奈子は自分でわかってるはず」

直美は説得しながらも、加奈子の心理状態は察していた。電車で痴漢に遭っても声を上げられない女が世の中の大半なのだ。加奈子はその部類に属する。争いが怖くて、自分が我慢するほうを選んでしまうのだ。実際、加奈子が怒り、声を荒らげたところを見たことがない。

ふと壁際のサイドボードを見たら、加奈子の新婚旅行のときの記念写真が額に入って立てかけられていた。笑顔で写る夫の達郎は、ハンサムで目元が涼しく、いかにも好青年然としていた。この男が豹変するのかと思うと、直美はあらためて人の心が怖くなった。

「とにかく、次に暴力を振るわれたら、警察に行こう。わたしが一緒について行ってあげるから。ね、そうしよう」

「うん……」加奈子が力なくうなずく。

「何かあったら絶対に連絡してね。駆けつけるから」

「ありがとう……」

いざとなったら、自分が達郎と対峙《たいじ》しようと思った。それが親友の務めだ。

食事を終え、直美は仕事に戻ることにした。廊下を玄関に向かって歩いているとき、トイレのドアがへこんでいるのに気づいた。これも達郎が暴れたときの爪痕なのだろうか。加奈子が髪をつかまれ、ドアに叩きつけられる——。想像しただけで悪寒が走った。加奈子に確認するのも気の毒になり、聞かなかった。この問題が解決するまで、自分はずっと気が気ではない。

玄関まで見送りに来た加奈子としばし見つめ合う。どちらからともなく前屈《まえかが》みになり、抱擁した。

踵《きびす》を返し、玄関を出る。直美はマンションの廊下を歩きながら、えも言われぬ焦燥感に襲われていた。


その夜、実家の近くで暮らす姉の弘美に電話をした。姉は地元・新潟で会社員と結婚し、子供が生まれ、専業主婦になっていた。今は第二子を妊娠中で、平凡だがしあわせな家庭を築いている。

普段あまり連絡を取り合うことはないが、昼間、加奈子に打ち明け話をしたせいで、両親の近況を知りたくなった。姉の目に今の父と母がどう映っているのか、一度聞いてみようと思ったのだ。

父親のかつての暴力について姉と語り合ったことはない。触れたくない過去として、互いに避けて通っていたところがある。

まずは近況を聞くなど差しさわりのない話をした後、それとなく両親の様子を探ろうとするものの、「元気でやってるよ」という程度のことしか姉が言わないので、思い切って切り出すことにした。

「ところで、つかぬことを聞くけど、お父さんの暴力って、もう治まってるんだよね」

「何よ、急に。そんな話して」

姉が途端に声を低くした。直美は、新婚の親友が夫からＤＶ被害を受けていて、その相談に乗っていることをかいつまんで話した。

「ＤＶって本当にやむのかなあと思って」

姉はしばらく「うーん」と唸り、「実を言うと、直美ちゃんが上京してから、一度あったけどね」と驚くことを口にした。

「わたしが就職してすぐの頃だっけ、あんたが大学三年生ぐらいのときかなあ、わたしが家に帰ったら、お母さんが顔を腫らしてたから、ああまた始まったのかって……」

直美はするすると血の気が引いた。やはり暴力は病気なのだ。

「それで？」

「こっちはもう大人だし、見過ごすわけにはいかないから、勇気を奮ってお父さんを非難したら、お父さん、目を吊り上げて、子供は黙ってろって――」

「ひどいね」

「そうよ。そのときは一回きりだったし、お母さんが、直美ちゃんには黙っててって言うから、わたしもそのままにしておいたんだけど」

「そう……。じゃあ、今はないんだよね」

「と思うけどね。わたし、お父さんとお母さんのことは、あんまり考えないようにしてる」

「どうして？」

「あんたは地元を離れて東京へ行ったし、独身だから気楽でいいのよ。こっちはすぐそばだもん。孫を見せに行かなきゃならないし、親戚の法事やら何やらで、月に一度は実家に帰ってるでしょう。そうなるとお母さんの愚痴も聞かされるし」

「愚痴こぼすんだ」

「こぼすよ、わたしには。不公平だね。わたしだけ」

「ごめん」

姉の口調は非難がましかったが、直美はそれを仕方がないことと受け止めた。自分が上京したのは、東京への憧れと同じくらい、親から逃れたいという気持ちが強かったからだ。

「お父さんが、再就職先の人たちのことを馬鹿だ馬鹿だって家で悪口言うんだって。お母さんはそれを毎日聞かされるから、そういう鬱屈をわたし相手に晴らしてるわけ」

「そう、お父さんなら言いそうだね」

父は昔から自尊心がやたらと強く、近所の悪口ばかり言っていた。

「実はね、わたしハラハラしてるんだよ。お母さん、お父さんと離婚するって言い出したらどうしようって」姉が乾いた口調で言った。「この先、死ぬまでお父さんの顔色うかがって生きて行くなんて、本当にいやだろうし、気持ちはわかるけど、でも離婚してわたしを頼られても、今度はわたしが困るもん」

やっぱりそうかと直美は気が沈んだ。姉と同様、自分も心のどこかでそれを心配していた。

「そういう感じはあるの？」

「正直わからない。親子なのに、わたし、お母さんの考えてることわからないもん。自分の母親をこんなふうに言うの、いやだけど」

「うん。わたしもわからない」

「一人で生きて行く自信がないから、我慢ばかりしてるんじゃないかなあなんて、思ったりするんだけど」

「うん、わたしも同じこと思ってた」

二人でため息をつく。そのとき電話の向こうで赤ん坊の泣き出す声がした。

「あ、康平《こうへい》が起きちゃった。ごめん。寝てると天使なんだけどね」

「ううん、こっちこそ夜分にごめん」

「直美ちゃん、ゴールデンウィークに帰って来てよ。うちの康平と遊んでやって。もうどこにもつかまらないで一人で立ててるんだよ。あとで写メ送ってあげる」

姉が言った。以前はお洒落と旅行にしか興味を示さない姉を、軽く見下すところがあったが、今、母親になった姉を見ると、生き生きとして自信に溢《あふ》れ、直美には羨ましいかぎりだ。

「うん。でも、百貨店は暦通りには休めないけどね」

「なら休みが取れる日に来て。こっちは平日でも大丈夫だから」

「わかった。行く」

電話を切ると、直美はさらに憂鬱になった。両親はやはりうまくいっていないのだ。父が生まれ変わったようには到底見えなかったので、当然といえば当然なのだろうが。そして今の夫婦関係は、母が我慢することだけで成り立っている。

両親が不仲だというのは、子供にとってはとんだ不運だ。幸福な家庭というものが、想像の中にしかない。

しばらくして、姉が息子の写メールを送ってきた。そろそろ髪も生えそろってきて、いっぱしのハンサム顔だった。思わず頰が緩む。ただ一方で不安にも駆られた。果たして自分は母親になれるのだろうか。直美はイメージがまるで湧かないのだ。

4

華僑たちの商談会の日からちょうど一週間後、新宿署の刑事から葵百貨店の外商部に電話がかかってきた。遺失届を出していたスイス製の高級腕時計の一件で、追加聴取したいことがあるので出頭して欲しいとのことだった。届け出をしたのが直美だったので、また行かされることになった。

呼ばれた先は刑事課三係という部署だった。前回刑事課に来たときは、すでに遺失届を別の課の相談窓口に出していることから、事情を説明しただけで帰されていた。

その日、出てきたのは「警部」と名刺に刷られた四十前後とおぼしき刑事だった。

「小田直美さんですね。ご苦労様です」と笑顔で会釈する。前回はいかつい年配の刑事に応対され、直美は畏縮《いしゅく》してしまったが、今回は最初からソフトムードだった。応接スペースに通され、お茶まで出てきた。

いかにも時間が惜しいといった感じで、刑事が用件を切り出してきた。

「早速ですが、確認したいことがひとつ。小田さんが遺失届を出した腕時計っていうのは、これですか？」

刑事がプリントアウトした商品写真を直美に見せた。メーカーのホームページからダウンロードしたものだ。そこに写っていたのは、ベゼルにダイヤをちりばめたローズゴールドだ。

「はい、そうです」

「念のため、商品名、メーカー希望小売価格を言ってください」

命じられて、そらで言う。

「あのね、おたくの百貨店が失《な》くしたパテック フィリップの腕時計、同じブツが質屋に二回持ち込まれてました」

刑事の言葉に、直美は思わず鳥肌が立った。

「そうそう見ない高級品で、しかも今年の新作だから、買い取り担当の従業員も憶えてたみたいですね。一軒目は銀座のディスカウントストアのブランド品買い取りセンター。そこで見積もりをさせて、二軒目が高田馬場の質屋。保証書とケースがないため、いずれの店でも通常の値がつかず、売買には至らず。持ち込んだのは中国人風のイントネーションで話す中年女性。こちらでわかっているのはここまで」

やっぱりそうか——。続いて顔が熱くなる。頭にあのときの女の顔が浮かんだ。名前は李朱美。所在地は豊島区池袋本町。

「小田さん、前回来ていただいたとき、ホテルの商談会会場でなくなったという話でしたよね。それはどういうお客さんだったんですか」

「あの、ええと……」直美は一瞬、言っていいものか迷ったが、隠す理由はないと思い、答えた。「華僑のお客様でした」

「ほうほう」刑事が身を乗り出した。ポーカーフェイスだが、目は鋭く光っている。

「すいませんが、もう一度、そのときの様子を教えてくれませんか。思い出したことは全部」

「あ、はい」

直美は問われるまま、あの日のことを話した。どうせ遺失届を出す際も、下の階の相談窓口で同じ話をしているのである。一人の客がなくなった商品を気に入り、勝手にはめていたことも伝えた。

「その中年の婦人の名前、わかりますか?」

刑事に問われ、直美は再び返答に詰まった。前回は名前までは言っていない。果たして警察に教えていいのか。あの女だけなら躊躇《ちゅうちょ》する理由はないが、外商部の重要顧客、陳会長が連れてきた知人である。

「あの、すいません。それは上司と相談させてもらえませんか?」

直美は返事を保留した。

「どうして？　言うとまずいことでも？」

「お客様のプライバシーにかかわることなので、わたし一人では判断出来ないんです」

「なるほど。じゃあ、この場で上司に問い合わせてください」

直美は席を立ち、一旦廊下に出て内藤の携帯電話にかけた。社内にいてすぐに出てくれた。直美が現在の状況を報告すると、内藤はしばらく唸った後、今すぐ上に伺いを立てるから警察署で待つよう指示してきた。

「問い詰められても言うな。万が一人違いだったら、こっちは大事《おおごと》だ」

「わかりました」

内藤の言う通りなので従うことにした。警察が動いて、ちがっていたら、疑いをかけられたあの女は烈火のごとく怒り出し、陳会長に訴えるだろう。そうなったら今度は陳会長をなだめなくてはならない。

応接スペースに戻り、社が現在検討中であることを告げると、刑事は愛想よくうんうんとうなずき、「じゃあ、待ちましょう。小田さん、その間にこれを見ていただけませんか」と言って、ノートパソコンを持ってきた。

「実はね、買い取りセンターはどこでも防犯カメラが設置されていて、わたしら、よく任意で見せてもらうんですよ。盗品の行方を調べるとき、質屋をあたるのは昔から捜査の基本だからね。刑事ドラマとかで見たことないですか？　で、今回も事情を話して、そのパテック フィリップという腕時計を持ち込んだ女の人に応対したときの録画テープを――、おっと今はテープじゃないか、ディスクね、それを提出してもらったわけ」

　刑事が解説しながらパソコンの操作をした。その間、もう一人の若い刑事がテーブルに来て、直美に向かってひょいと会釈する。

「あ、こいつが地取りしたのね」刑事が顎《あご》をしゃくって言った。「窃盗犯担当の刑事は定期的に質屋を回って、盗品が出回ってないか調べてるわけ。捜査ってのは九十九パーセントが無駄足なんだけど、それを続けていれば、ネタが転がり込んでくるんだよね」

　刑事がテーブルでパソコンを半回転させ、直美に向けた。同時に二人が直美の表情を見逃すまいと凝視した。

　画面に映し出されたのは、カウンターで店員と向き合う女の映像だった。斜め上の角度から固定カメラで撮られている。直美は一目見てあの女だとわかった。同時に怒りがこみ上げた。三百万円もする腕時計を盗んで、早速換金を試みるとは、とんだ食わせ者である。あのときの甲高い声が脳裏に甦《よみがえ》った。

「アップにしましょう」刑事がマウスを操作し、女の顔が大きく映し出された。「最近の機械は凄《すご》いよね。わたしなんかメカに弱いから、ついて行くだけで大変だよ。ほら、こうすると粗い粒子もきれいになる」

その言葉通り、数秒で静止画像がクリアになった。ますます思い出した。派手な化粧をした品のない女だった。高級腕時計など似合うわけがない。

「どうですか？　見覚えある顔ですか？」

刑事に問われ、直美は喉元までそうですと言いかけたが、なんとか思いとどまった。

「すいません。会社の指示を待っているところですから」

「どうして？　見覚えがあるかないかくらい答えられるでしょ」

「すいません」

直美はひたすら頭を下げた。

「あなた、おかしなことを言うね。商品を取り戻したいんでしょ？　三百万円もするブツなんだから」

尚も刑事が迫る。汗が出てきた。そのとき携帯が鳴った。内藤からだった。出ると、刑事さんと代わってくれと言う。救われた思いで携帯を差し出すと、最初は「はい、はい」と聞いていた刑事の顔つきが徐々に変わってきた。

「どうしてですか。確認して欲しいと言ってるだけじゃないですか。……そちらが遺失届を出したんでしょ？　こっちは捜し出そうとしてるのに、どうして協力してくれないんですか」

一転して刑事が詰問調になる。直美は緊張しながら見守った。

「いや、ですからね。遺失じゃなくて被害届に切り替えてくれれば、こちらも動きやすいわけですよ。言ってること、わかりますか？」

なにやら揉《も》めている様子だ。

「わかりました。一日猶予を差し上げましょう。明日は課長さんか、あるいはもっと上の人か、とにかく責任者が来てください。いいですね」

最後は語気強く厳命し、携帯が直美に返された。

「わたしはどうすればいいですか？」耳に当て、小声で指示を仰ぐ。内藤は、「社に帰って来なさい。余計なことは言わないように」と静かに念を押した。

電話を切り、辞去する旨を告げると、刑事が「お嬢さん、こいつが歩き回ってネタを掘り起こしたんだから、手柄上げさせてやってよ」と、若い部下の肩を叩いて大きな声で言った。部下は隣で苦笑いしている。

「上司に言っといてね。そっちが持ち込んだ話なんだから、今更取り消しますなんて言ったら、こっちは納得しないよ」

「はい……」

直美は神妙に答え、逃げるようにして部屋を出た。若い娘だから許された感じだ。階段を駆け下り、警察署の外に出る。振り返って建物を見上げると、屋上で日の丸がそよ風に揺れていた。葵百貨店も毎日正面入口に国旗を掲揚するが、それとは印象がちがって見えた。ここにある日の丸は権力の象徴だ。

それにつけてもあの女である。自分の勘は正しかった。人種偏見はないつもりなのに、中国人というだけで余計に憎らしくなった。なんとしても腕時計を取り返したい、そしてあの女を謝らせたい。

社に戻って内藤に報告すると、誰もいない応接サロンに場所を移動し、開口一番、この件については他言しないよう厳命された。

「今、部長と役員が協議中。詳しいことはわからんが、事を荒立てたくないのだけは確かだから、警察と話し合いを持つことになると思う」

「どういうことですか？」直美が聞く。

「新宿署とうちは古くからの付き合いでさ、要は持ちつ持たれつってことなのよ。再就職先として警察ＯＢも何人か受け入れてるし、少しはこっちの願いも聞いてくれるんじやないかな」

「被害届は出さないってことですか？」

「だってそれを出したら、商品が質屋に出回った瞬間にあの中国人が逮捕されちゃうだろう。本体にシリアルナンバーが刻んであるんだから、向こうは言い逃れ出来ない。こっちは商品が戻って、その点では万々歳かもしれないけど、陳会長と葵百貨店の関係が果たしてどうなるか……」

内藤の言葉は歯切れが悪かった。

「いいじゃないですか、逮捕されても。こっちは被害者ですよ」

「そうだけど、うちがいちばん恐れているのは、華僑のお客さま方と気まずくなったり、あるいは恥をかかされたと逆恨みされたりすることなの」

「じゃあ、放置するんですか？」

「いや、それはないと思う。うちだってそこまで甘くはないだろう。密使を立てて、内々に返却願うっていうのが、無難なセンなんじゃないの」

「そんな……」

直美は虚《むな》しくなった。青臭いかもしれないが、正義を押し通す職場であって欲しかった。

「小田君、そんな顔するな。警察は役員が対応するだろうが、その李朱美とかいう華僑のところへ行かされる窓使ってのはたぶんおれだぞ。気が重いのはこっちだ」

内藤がソファに深くもたれ、大きなため息をつく。直美はオットマンに浅く腰掛け、俯いていた。外商部が管理する応接サロンは、重要顧客専用のＶＩＰルームである。絨《じゅう》毯《たん》はふかふかで、天井からは特注のシャンデリアが吊り下げられている。バーカウンターにはワインセラーまで置いてあった。富裕層は、気分がよければいくらでも金を使ってくれる。

「さて、どうなることやら」と内藤。直美も吐息を漏らした。

サロンの天井スピーカーからは、小音量でモーツァルトが流れていた。

5

李朱美のところへは翌日訪問することになった。問題の腕時計が質流れした時点で、警察が窃盗事件として動き出してしまうので、時間的余裕がないのである。

交渉役に指名されたのは内藤だったが、直美が一緒について行くよう、部長から命令された。クレーム等の対応には必ず複数の社員で当たるという社内規定があり、それに則する形がとられた。

同行することについて直美に異存はなかったが、部長が口走ったひとことには大いに傷つき、悲しくなった。

「元はと言えば小田君の不注意で始まったことだしな——」

それも社員たちの前で口にした。

いったい自分のどこに落ち度があると言うのか。たまたま担当したテーブルに泥棒がいたというだけのことで、責任なら、素性のわからない中国人たちまで入場させてしまった内藤にあるはずだ。

直美は、内藤が何か言ってくれることを待っていたが、部長に向かって「申し訳ありません」と繰り返すばかりで、部下を庇《かば》う言動はなかった。もしかして、知らないところで自分のせいにされているのではないかと、直美はそんな疑念さえ抱いた。

李朱美の昼間の居場所については、陳会長に直接聞くわけにはいかず、あれこれ迂回《うかい》して池袋の事務所をつきとめた。朱美は中国人向けの食料品店とカラオケ店を経営しているらしい。そういえば、池袋駅の西側はすっかりチャイナタウン化していると何かの記事で読んだことがあった。直美は池袋に縁がなく、行くのは五年ぶりぐらいだ。

「先方に用件は伝えたんですか？」

直美が聞くと、内藤はかぶりを振り、「アポなしで行く。外出中なら帰って来るまで待つ」と険しい顔で決意を示すように言った。

同じ日、新宿署には担当役員と部長が行くことになっていた。現場を通り越して、直接署長と会って話をするらしい。おそらく警察と取引をするのだろう。被害届を出さない代わりに、署員の再就職の便宜を図るとか、間接的に商品券を提供するとか——。直美のような平社員には窺《うかが》い知れない世界である。

池袋駅北口は猥雑《わいざつ》さに溢れていた。ビルはどれも古く、アスファルトまでがどす黒い。洒落た感じはどこにもなく、どこか全体に昭和の風情を残していた。少なくとも、若い女が好んで訪れる場所には見えない。

路地をのぞくと、歯抜けのような空き地がいくつもあり、コインパーキングとして利用されていた。いずれは再開発の名の下、巨大なビルに変わるのだろう。

東京一の中国人密集地とのことだが、一見するとどこにでもある商店街で、ローストは豚の臭いが漂ってくることもなかった。ただし見上げると、ビルの看板と窓ガラスに書かれた文字はほとんどが中国語で、彼《か》の国で縁起がいいとされる赤色の多用と相まって、香港の路地裏に迷い込んでしまったかのような錯覚を起こさせた。

薄汚れた雑居ビルの四階に中国食料品店があった。エントランスの看板を見る限り、ビルの店子《たなこ》はすべて中国人らしい。中国人向けのレンタルＤＶＤに、美容室、中国式整体などが入っている。エレベーターを目的の階で降りると、店の入口の蛍光灯が切れかかっていてチカチカと点滅している。日本人なら即座に新品と交換するだろう。中国人はこれを気にしないのかと思うと、直美は交渉に前途多難なものを感じた。

店内には棚が並び、商品が所狭しと陳列されていた。ただし照明は天井からの蛍光灯のみで、倉庫のような素っ気なさである。

商売は繁盛している様子だった。平日の昼間なのに客がたくさんいる。そのほとんどが中国人で、どうやら東京中の中華料理店が、ここでしか手に入らない食材を求めてやってくるように思われた。

店員をつかまえ、李朱美を訪ねてきた旨を伝えると、店員は直美たちの身分も用件も尋ねず、顎でレジ横のドアを指して「社長、あそこね」とぞんざいな仕草で教えてくれた。そこが事務所らしい。

内藤のあとについて歩きながら、直美は武者震いした。果たして無事に済んでくれるのか。

ドアを開け、中に入る。机が八つほど並んだ、ごく普通のオフィスだった。いちばん奥の窓際の席に朱美はいた。パソコン画面から顔を上げ、眼鏡をはずし、誰だという表情をする。ほかには女子事務員が一人いるだけだ。

内藤が、あの女かと目配せし、直美は黙ってうなずいた。

「こんにちは。お邪魔いたします。葵百貨店外商部の内藤でございます。先日は陳会長とご一緒に弊店の商談会にお越しいただいてまことにありがとうございました。つきましては、あのときのことで少しお話がありまして、連絡もなくいきなり失礼とは存じますが、伺わせていただきました」

内藤が甲高い声で来訪を告げる。朱美の顔色がさっと変わった。

「李様、先日はありがとうございました。接客を担当させていただきました小田でございます」

続いて直美が自己紹介し、深々と頭を下げた。

「李様、少しお時間をちょうだいしてよろしいでしょうか。ここでも結構ですし、どこか喫茶店に場所を変えても結構ですし」

内藤がたたみかける。朱美はぎこちない笑顔を取り繕い、「あなた方、何のことかしら。いきなりやって来て、わたしわからないのことですね」と、大袈裟な身振りを交えて言った。

「パテック フィリップについてのお話でございます。ご返却願えないかと、伺いました」

内藤が言うと、朱美は返答に詰まり、顔を赤くした。「何の話かわからないですね」と繰り返し言い張るが、動揺の色は隠せない。

朱美は女子事務員に中国語で話しかけ、事務所の外へと追い払った。応接用のソファに座ることを促され、内藤と直美はスプリングのへたったそれに腰を下ろした。

内藤が身を乗り出し、話を続ける。

「李様がお持ち帰りになられた腕時計、銀座と高田馬場の質屋に持ち込まれたこと、私どもは承知しております。防犯カメラ映像が残っていて、それに李様が映っておられます。弊店が遺失届を出したことにより、警察が都内の質屋に聞き込みをし、発覚いたしました。警察は窃盗事件として重大な関心を示しているようです。このままですと弊店は被害届に切り替えざるを得ず、そうなりますと、警察が捜査に乗り出し、李様にたどり着くのは確実と思われます」

内藤は澱《よど》みなく言葉を連ねた。朱美は口を真一文字に結んで聞いている。

「本日、李様には、どちらかの決断をなさっていただきたく存じます。ひとつ目は、ただちに商品を返却する。ふたつ目は、商品をお買い上げいただく——。ただし、返却に関しては未使用の美品であることが条件です。もしも李様が一度でもご使用なさったのであれば、お買い上げを願います」

内藤が膝に手をついて頭を下げる。直美もそれに倣った。おそらく中国人には理解できない行動だろう。被害者が頭を下げているのだ。

朱美はすぐには言葉が出てこない様子だった。バツが悪そうに横を向いている。

「この件が陳会長のお耳に入りますと、李様もいろいろ不都合なことがおありかと存じます。ですから何卒《なにとぞ》――」

直美は内藤の口上に感心した。相手にうそをつかせれば、こちらは反論し、証拠を示し、追い込むことになる。全部先回りして言ってしまえば、相手は強弁出来ず、結果としてダメージが小さくて済む。

「あなたたちの言てること、わかりました」朱美が口を開いた。照れ隠しなのか、薄笑いしている。続けて言った。

「わたしタダだと思いましたね。あそこに並べられた商品のこと。日本の百貨店はもう中国人が買わないと経営が成り立っていかない。たから、中国人を集めて、サービスしてくれたのかと思いました。それで、一個たけもらって行くことにしました。たって値札が付いていなかったでしょう。普通の商品は値札が付いています。でもなかったから、売り物だとは思わなかったのことですね」

朱美の強弁に直美は呆れた。よくもまあ、いけしゃあしゃあと——。

「左様ですか。それでどうなさいますか。返却なさいますか？ それともお買い上げになられますか？」内藤が聞いた。

「返す、返す。たって三百万円もするんでしょ」朱美が即答した。

「未使用ですか？」

「ミシヨウて？」

「使いましたか？」

「ううん。使てない、使てない」

「今どこにあるのですか？」

「家にあるのことです」

「芳名帳によりますと住所は池袋本町となってます。お近くですから、今すぐ取りに帰っていただけますか？」

「あ、ええと、家にはない。知り合いに預けてある。だから明日また取りに来て」

「今、家にあるとおっしゃいましたが」

「思いちがい。忘れてた」

「では、その知り合いはどういう方で、どこにお住まいですか？」

「同じ上海から来た友たちね。横浜に住んでる」

朱美が中国風のイントネーションで、唾《つば》を飛ばしてまくしたてた。こうなると芝居を観ているようである。

「わかりました。明日の何時に来ればよろしいですか？」

「じゃあねえ……午後一時」

「では明日の午後一時にまた参ります。そのとき、ご返却いただけなければ、警察に被害届を出します。そして陳会長のお耳にも入れることになります」

「それはためね。陳さんは関係ないね」

朱美が大袈裟な身振りで訴えた。

「わたくしどもは、陳会長がお連れしたお客様と認識しております」

内藤は、甘い顔を見せることなく押し切った。

朱美がわざとらしく微笑み、肩をすくめた。よく見れば三十代後半の色香を漂わせた女だった。美人かどうかは別として、男好きのする顔立ちだ。上を向いた鼻も、どこか愛嬌がある。いったいどういう経緯で日本に渡って来たのやら。直美は憤りながらも、一方では彼女の図太さに圧倒された。これだけ面《つら》の皮が厚ければ、悩みもないだろう。

話はわずか五分だった。ここで世間話をするつもりもない。交渉を終えた内藤と直美は、立ち上がり、一礼して辞去した。緊張が解けないまま、出口に向かう。事務所ドアには、商売繁盛祈願なのか赤地に金文字で《福》と書かれた札が逆さまに貼ってあった。直美はその毒々しい色彩に文化のギャップを痛感した。正しいことが通じない人間には、どう対処していけばいいのか、見当もつかない。

事務所を出ると、内藤がひとつ息をつき、声を低くして言った。

「一筋縄ではいかんな」

「そうですね」

「明日なんだが、おれは泊りがけの大阪出張なんだよ。小田君、一人で出来るか」

「えっ。明日わたし一人でここに来るんですか？」

直美は思わず目を剝《む》いた。

「青木女史も別件で出張だ。なんとか頼む」

「わかりました」

そう答えたものの、不安な気持ちが胸の中に充満した。敵の要塞に一人で突っ込めと言われたようなものである。

「ルーペを持参して、傷がないか徹底的にチェックしろ。ベルトを含めて少しでも傷んでたら、買い取りを要求すること。あの女社長、金は持ってるはずだ。店は繁盛してるし、事務所の飾り棚には中国の古美術品がずらりだ」

「そうでしたか。緊張して見てませんでした」

「おれもさすがに腹に据えかねた。ひとことの謝罪もなしだ。ま、連中に謝罪を求めるのが無駄なのかもしれんがな。とにかく妥協はするな。こっちには警察と陳会長という二枚のカードがある。出来るだけ買わせちまえ」

「わかりました。頑張ります」

　うなずきつつも、直美はまるで自信がなかった。相手が小娘一人となったら、朱美はどんな態度に出てくることやら。

　店を出てエレベーターホールに立つ。下りボタンを押して待っていると、チンという音と共に扉が開き、中から荷物を満載した台車を押して若い男が一人降りて来た。制服とおぼしきジャンパーを着ているのでたぶんこの店の店員だ。何気なく顔を見て、直美は声を上げそうになった。加奈子の夫だ。

　驚きで体が凍りつき、動けなくなった。でも、どうしてここに――。

　吸い込まれるように見つめていたら、男が怪訝そうに直美を一瞥《いちべつ》した。とくに反応はない。ということは他人のそら似か。それにしては似過ぎている。体格も、身長も、少し猫背のところも――。

そのとき男が店内に向かって中国語で声を発した。

「有拧来帮帮吾哦《ユーニンレーバンバンウーファ》！」

荷物を運んで来たから手を貸せと言っているのだろうか。同じジャンパーを着た店員が一人駆けて来て、搬入を手伝い始めた。

男は中国人だった。ならば別人だ。

「おい、どうした。行くぞ」

内藤がエレベーターに乗り込み、直美に言った。

「あ。はい」我に返り、慌てて乗った。まだ心臓がドクドクと高鳴っている。

それにしても似ていた。加奈子の夫・達郎には、指折り数えて五回ほどしか会っていない。だから並べて比べれば多少はちがうのかもしれない。しかし印象はまるで同じだ。こんなに似た人間が世の中にいるものなのか。しかも日本と中国という異国間で。

直美は、李朱美という強烈な人物と対峙したということとも相まって、なにやら異次元空間に迷い込んでしまったかのような錯覚を覚えた。

その夜、家に帰って加奈子の結婚披露宴に出席したときの写真を引っ張り出し、達郎の顔を確認した。

やはりそっくりだった。それも他人のそら似というレベルを超えている。もしかして双子の兄弟がいて、何かの事情で生き別れたのではないかと思うほど、瓜二つである。世の中には自分とそっくりの人間が三人いると聞いたことがあるが、それは事実なのかもしれない。これは神様の悪戯だろうか。

加奈子にメールで知らせようかと思ったが、暴力亭主に似た男がいたと聞かされても困るだけだろうと、やめておいた。

加奈子からの連絡はない。それは何事もないからだと、直美は信じたかった。

6

翌日、午後一時ちょうどに朱美の事務所を訪ねると、朱美はまだ出社しておらず、応接セットで、女子事務員が淹《い》れてくれた中国茶を飲みながら待つことになった。自分で時間を指定しておきながらそれを守らないところが、すでに図々しい。

直美は不安な気持ちを振り払うように、背筋を伸ばし、深呼吸した。見たところ、このビルの中にいる日本人はたぶん自分だけだ。今日、ビルのエントランスであらためてテナントを確認したが、見事なまでに中国一色だった。

事務所内を眺め回すと、確かに飾り棚に壺や皿といった美術品が並んでいた。そして壁には数々の写真が掲げられている。その多くは一族との記念写真と思われるもので、中国人の血縁の強さを想像させられた。人が信用できないから余計に一族で結束するのだと、何かの本で読んだことがある。

音を立ててドアが開いた。女子事務員が挨拶をする。直美が振り返ると、真っ赤なスプリングコートを着た朱美が駆け込むようにして入って来た。

「ごめなさいね、待たせちゃって。あら、小田さん一人？　課長さんはとうしましたか？」

いきなりテンション全開で話しかけてくる。

「内藤は出張で来られません。わたし一人で参りました」

直美は立ち上がって答えた。

「座って、座って。ご苦労様。ごめなさいね、わざわざ来てもらって。ああ、そうだ。お昼は食べましたか？　まだなら御馳走します。隣のビルにおいしい飲茶《ヤムチャ》の店があるのことです」

「いえ、結構です」

「お昼食べましたか？　まだですか？」

「まだですが……」

「じゃあ、行きましょう。おなかが空いていては、いい話し合いは出来ないのことですね」

朱美が、座ってと言っておいて踵を返す。

「あのう、商品の返却のほうは……。それが済めば帰ります」

直美が一、二歩追いかけて言った。

「たから、お昼を食べながら話し合いましょう」

話し合うって、何を？　商品は返してもらえないのか——。直美は背筋が冷たくなった。

「そんな心配そうな顔しないで。大丈夫。ちゃんと返しますですね」

朱美がさっさと先を行くので、ついて行かざるを得ない。朱美はエレベーターに乗ってもしゃべることをやめず、「日本の春は桜が咲くからとても好き」とか、「日本の女性はみんなお洒落で見ているだけで楽しい」とか、関係のない話を繰り出した。

隣接するビルの二階の中華レストランに行くと、そこも客は中国人だらけだった。だから店内に飛び交う言葉も中国語だけだ。

朱美は常連客らしく、店員にあれこれ命じ、窓際の四人テーブルを用意させた。注文もメニューを見ることなく勝手に決めた。

「日本人は小籠包《ショウロンポウ》好きでしょ？　ここは本場の味たから、とてもおいしいのことですね。それから大根の餅もおいしいです。野菜は空心菜《くうしんさい》を炒めてもらうことにしました。これも日本人にとても人気があるのことですね」

朱美が笑顔でまくしたてる。

「すいません。李さん、食事は何でもいいですから、商品のご返却をお願いします。この場で、今すぐ」

直美は話を遮り、強い口調で言った。

「ごめんなさいのことね。今はないの」

朱美が急に顔をゆがめ、申し訳なさそうに返事をする。

「どういうことですか」

直美は一瞬にして脈が速くなった。テーブルの下で膝が震えた。

「預けた人がつかまらなかったの。明日なら大丈夫だと思います」

「困ります。今日返していただけないと、警察に被害届を出します」

「そんなこと言わないで。お願い。明日には必ず返すから」

朱美が懇願する。ただしどこか芝居がかっていて、逼迫《ひっぱく》した様子は伝わってこない。

「じゃあ預けた人の名前と住所を教えてください」

「それは言えません。人にはプライバシーがあるのことですね」

どういう言い訳かと、直美は頭に血が上った。

「本当のことをおっしゃってください。三百万円の品物です。弊店は何があってもご返却いただくか、あるいはお買い上げいただくつもりでいます。その場限りの言い逃れが通用するとは思わないでください」

「思てない、思てない。たから返しますって言てますね」

大きな声でやり合っているのに、周りのテーブルはまるで関心を示さなかった。中国人には、騒々しいのが当たり前なのだろうか。

料理が次々と届いたが、直美は箸《はし》をつけなかった。腹が立って食事を共にする気になれない。

「小田さん、食べてください」朱美が勧めた。

「結構です。食欲がなくなりました」

「食べなくてはいけません。中国では礼儀に反します」

盗人のくせに、言うに事欠いて――。直美は声を荒らげそうになるのを懸命に堪《こら》えた。

「明日は必ず返しますね。たから午後一時にまた来てください。そうでなかた場合は弁償します」

朱美がシューマイを頬張りながら言う。

「ちょっと上司に電話で相談します」

直美は席を立ち、廊下に出て内藤の携帯にかけた。大阪にいる内藤はすぐに出た。結果を知りたくて電話を待っていた様子だ。

「結論から申しますと、今日は返却していただけませんでした」

感情を押し殺して告げると、内藤は暗い声で「どういうことよ」と事情説明を求めた。

直美が手短に報告をする。

「本人とお話しになりますか?」

「いや、同じ言い訳を繰り返すだけだろう。おれが思うに、その女社長、すでに腕時計をどこかに売り飛ばしてるな。それも中国人の裏ルートか何かだ。それで、おれたちが追及したから、慌てて買い戻そうとしてるんじゃないのか」

内藤が冷静に推理した。直美もなるほどと思う。

「我々にとって幸いなのは、女社長がちゃんと事務所を構えていて逃げられないことだ。まさか三百万円で夜逃げってことはあるまい。よし、明日まで待とう。その代わり一筆書かせろ。明日には必ずパテック フィリップのローズゴールドを返却しますって――」

「李さん、日本語書けるんですかね」

「漢字でもなんでもいい」内藤が苛立ちを滲《にじ》ませた声で言った。「それで、最後にもう一度念を押せよ。明日返してもらえなければ、その足で新宿署に被害届を出しに行くって」

「あのう。明日もわたし一人ですか」

「しょうがないだろう。おれは明日も大阪だ。試練だと思って頑張れ」

内藤も取り込み中らしく、用件だけで電話を切られた。異国に一人取り残された気分である。

直美はひとつ深呼吸してテーブルに戻った。朱美は呑気に小籠包を食べている。この図太さはいったい何なのか。

「李さん、明日まで待ちます」

「そう。ありがとう」

朱美が顔をほころばせた。

「その代わり、明日必ず返却すると一筆書いてもらいます」

「うん、わかりました。書く。ねえ小田さん、熱いうちに食べて。冷めるとおいしくないのことですよ」

用が済んだ以上同席したくないのだが、まったく箸を付けないわけにもいかないので、点心をいくつかつまんだ。不本意ながらおいしかった。直美は一度香港に行ったことがあるが、そのとき食べた料理を思い出した。この界隈の店は日本人向けの味付けはしていない様子だ。

「小田さん、歳はいくつですか？」朱美が聞いた。

「二十八です」直美が答える。

「結婚してますか？」

「してません」

「恋人はいますか？」

「いえ、いません」

どうしてこんな話に付き合わなくてはならないのか。直美の中で不快な気持ちがふくらむ。

「上海へ来れば、あなたはきっとモテます。何故なら、上海の女はみんな強いから、男たちが嫌がっています。日本の女の人はやさしいので、みんな結婚したがります」

「そうですか」

「上海の女は働かないし、家事もしません」

「じゃあ何をしてるんですか」

「育児だけで、あとは遊んでます」

「いい所ですね」お愛想で追従する。

「でも離婚も多いです。わたしは離婚して日本に来ました。日本の女の人は一生懸命働くので好きです。みんな真面目です。上海から来た中国人、みんな驚きます」

朱美の話を聞きながら、直美はふと思い出した。昨日見かけた、加奈子の夫にそっくりな男のことだ。

「李さんの会社の従業員は、みなさん上海からいらした方ですか？」

「そう。あとは江蘇《こうそ》省と浙江《せっこう》省の人たちですね。隣同士たから、考え方が似ていて信用出来ます。上海人は、北京の人や大連の人を信用しないのことですね。向こうも上海の人間を信用しません。日本人は、中国人みな同じと思てますが全然ちがいます。出身地がちがうと、まるで外国ですね」

「みなさん、どういう理由で来日するんですか？」

「仕事を求めて来ます。日本で三年働くと、中国の田舎なら家が建ちます」

あの男、歳はいくつぐらいだろう。結婚はしているのだろうか。直美の頭の中に、昨日見た光景が浮かぶ。

「中国では、ときどき反日デモが起きますが、あれは職のない若者たちが鬱憤晴らしに暴れているたけです。みんな本当の気持ちは、日本に来たがっています」

朱美はよくしゃべり、よく食べた。その態度に悪びれたところはひとつもなく、直美は怒りのエネルギーをも吸い取られ、ただ諦めるしかなかった。要するに人は、正直であることに何ひとつ利益がない社会で育つと、こうなるのである。そして世界は、朱美のような人間のほうが遥かに多い。

食事の後は一度事務所に戻り、朱美に誓約書を書かせた。朱美は高級そうな万年筆で、まるで挨拶文でもしたためるかのように、すらすらと筆を走らせた。案の定、漢字ばかりの中国語だったが、一字一字を見て行くと、なんとなく内容は理解できた。

「では、明日の午後一時に」直美が腰を折って辞去する。

「はい、はい。わかりました」朱美は笑顔でうなずいていた。加害者のくせに、この堂々とした態度は何なのか。

帰り際、店内を見回し、昨日の男を探した。すると陳列棚の前で商品の補充をしているのをすぐに見つけた。長身なのでいやでも目立つのである。

横顔を見る。やはり似ていた。加奈子に見せたらどんな感想を抱くだろう。男が視線に気づき、直美のほうへと振り向いた。直美は咄嗟《とっさ》に「お茶の葉はどこの棚ですか？」と聞いた。

　男が困ったような顔で、首を伸ばしてほかの従業員を探す。

「あの、プーアール茶はどこですか？」直美が聞き直した。

「ああ、プーアール。それはこちらです」

　やさしい声で答え、棚の前まで案内してくれた。ぎこちない発音からして、日本語があまり得意ではなさそうだ。

「ありがとうございます」直美が礼を言うと、「ごめんください」と軽くお辞儀した。

「こういうときは、〝どういたしまして〟って言うんですよ」と直美。

「ああ、そうでした。ドイタシマシテ」

　男がはにかんで笑った。いかにも純朴そうだ。都会の上海ではなく、周辺の田舎から来たにちがいない。

　案内させた手前、プーアール茶を二袋購入した。会社帰り、加奈子にひとつ届けてあげようと思った。池袋のチャイナタウンで見つけた、彼女の夫と瓜二つの男のことを、やっぱり教えたい。

定時に退社して、またデパート地下で惣菜とワインを買い求め、加奈子の家へ行った。電話で行く旨を伝えると、歓迎してくれた。一日中一人でいるのだから、話し相手が欲しいのだろうと思った。ましてや加奈子は顔に痣を作っているので、出かけることもままならない。食事をして少しおしゃべりするだけでいい。達郎が帰宅する前に直美は帰るつもりだ。だいいち会いたくもない。

少し時間が経ったので、加奈子の顔はだいぶん元に戻っていた。腫れが引き、頰の輪郭も自然なものだ。ただ内出血の痕は、いまだに痛々しい。

今のところ暴力がやんでいる点にだけは安堵した。内心では、さらにＤＶ被害を受けていたらどうしようと、恐れていたのだ。

「加奈子、家で何してるの？」

「何も。掃除と洗濯をしたらすることないから、衛星放送で昔の映画観たり、ネットでいろんな掲示板をのぞいたり、そんな毎日」

二人でイタリアンの惣菜を食べた。外食する機会がめっきり減った加奈子は、プロの作った料理をことのほかよろこんでくれた。

「また仕事をしたいとは思わないの？」

「思うけど、達郎さんが許してくれないと思う」

「許すも許さないも、そんなの加奈子の自由じゃない」

「うん。でも、すんなり行くわけがないことを思うと、言い出す勇気がない」

「じゃあ、どうするのよ。このまま我慢して生きて行くわけ？」

「そんなつもりはないけど……」

「ずるずると決断を先送りしないほうがいいよ。離婚しかないんだから」

「どうして直美が決めるのよ。わたしたちのことじゃない」

加奈子がむきになって言い返した。ワインを飲んで、少し顔色がよくなっている。

「あ、そうだ。今日来たのはさあ、加奈子に教えたいことがあったからなの。もうびっくりしちゃった。わたし、実は華僑の女社長とちょっとした仕事のトラブルを抱えていて、それで池袋の中国人だらけの一帯に行ったのよ……」

直美は事のいきさつを加奈子に説明し、加奈子の夫・達郎に顔も体つきもそっくりの中国人の男がいることを話した。

「ふうん、そっくりな人っているんだ」加奈子が苦笑している。

「あんた、実際に見たら笑ってられないよ。腰抜かすと思う。ねえねえ、今度一緒に見に行かない？」

「いいけど」

「確認の意味で聞くけど、達郎さん、実は双子の兄弟がいるとか、そういうのはないよね」

「ない、ない。妹だけ」

「じゃあ見る価値あり。行こう、行こう。あのへん、中華料理もおいしいのよ。わたし、取り立てに行ったのに、小籠包食べたらついおいしいって言いそうになった」

「でも、その中国人の女社長っていうのも凄いね」

「そうそう。日本人には絶対いない。だって、三百万円もする腕時計を万引きしておいて、ひとつも悪びれてないのね。わたし、商社員にはなれない気がするなあ。中国人とビジネスの交渉なんて死んでも無理」

しばし李朱美の話で盛り上がる。直美の話に加奈子が屈託なく笑うので、直美はうれしくなった。来てよかった。明るい顔の加奈子を見るのは、凄く久し振りのような気がする。

そのとき部屋のチャイムが鳴った。加奈子が弾かれたように腰を浮かせた。壁の時計を見る。午後八時だった。

「もしかして達郎さん？」直美が聞いた。

「わかんない。平日、この時間に帰って来るなんて、まずないけど」

加奈子が立ち上がり、スリッパの音を響かせてインターホンのところまで走った。モニター画面を見る。「あ、達郎さんだ」青い顔でつぶやいた。

直美はワインの酔いが一気に醒めた。達郎とは顔を合わせたくない。でも隠れる場所もない。

「下？　上？」直美がうろたえて聞いた。

「上。もう玄関まで来てる」

「じゃあわたし帰る」

その言葉に加奈子は答えず、玄関へと走って行った。錠がはずされ、扉が開く。

「おかえりなさい。早いのね。今ね、小田さんが来てるの。同窓会の打ち合わせがあって、会社帰りに寄ってもらったの」

加奈子が咄嗟の言い訳をしている。直美は急いでテーブルの皿やグラスを片付け始めた。

ドタドタと廊下を歩く音がして、達郎がリビングに現れた。

「どうも、小田さん。お久しぶりです」明るい声で挨拶した。「あれ、何してるの？」

「もうお暇《いとま》しようと思って、後片付けを……」

「何だ、ゆっくりしてってくださいよ」

「いえいえ。もう終わりました。御飯時だったから、デパ地下で惣菜を買ってきて、ここで食べさせてもらってたんですよ、すいません。図々しくて」

「何を食べたの？　あ、キッシュがある。いいなあ」

「じゃあ食べてください。置いていきます。たくさん買い過ぎちゃったから」

「うれしいなあ」

達郎は快活だったが、どこか不自然さが見て取れた。それはそうだ。加奈子の顔には痣がある。親友ならその理由を問い詰めないはずがないし、加奈子がうそをついて誤魔化し通せたとも考えづらい。達郎にしてみれば、自身のＤＶが妻の友人にばれてしまったのである。

「小田さん、葵百貨店の外商でしょ？　富裕層のお客さん、たくさん知ってると思うけど、今度紹介してくださいよ。ぼくら銀行員は営業ノルマがきつくって」

達郎が仕事の話を振った。

「いえ、いえ。わたしなんかぺーぺーだから、顧客の注文に応えるのがやっとで、踏み込んだ話なんかさせてもらえませんよ」

直美も沈黙が怖くて話を接いだ。

「百貨店の外商部の顧客名簿なんて、高く売れそうだなあ」

「そんなのが流出したら大スキャンダルで、経営陣の首が五人ぐらい飛んじゃいますよ」

　会話を交わしながら、帰り支度をした。加奈子はぎこちない作り笑いを浮かべ、立ち尽くしている。

「ほんとにもう帰るの?」と達郎。達郎の表情もまたぎこちなかった。だいいち体温を感じない。

「はい。家でゆっくりお風呂に入りたいし」

　上着に袖を通した。バッグを手に持つ。ふと思いつき、あらためて達郎の顔を見た。あの中国人と、やっぱり瓜二つだった。髪型もほぼ同じだ。

「じゃあ、休みの日にでもゆっくりおいでよ」

「はい。そうさせてもらいます」

　玄関へと歩く。夫婦で見送りに来た。

「じゃあ加奈子、またね。達郎さん、勝手にお邪魔してすいませんでした」

「御馳走を買ってきてくれて、ありがとう。また来てね」

「それじゃあ、気をつけて帰って」

　挨拶を交わし、ドアが閉まる。廊下を進んでエレベーターに乗ると、心臓が早鐘を打っていた。今は気まずい場から逃れられた安堵感しかない。

一階で降り、エントランスを出て、マンションを見上げた。夜空に向かって、巨大なコンクリートの建物がそびえ立っている。歯抜けのように灯っている窓の明かりが、なぜか直美を心細くした。

駅に向かって歩くと、徐々に足が震えてきた。たった今、加奈子は達郎から暴力を受けているのではないか、そんな想像が浮かんできたからだ。

あり得る。おまえ、あの女にペラペラしゃべったんじゃねえだろうな。ううん、話してない。うそつけ、話したに決まってんだろう——。そんな台詞《せりふ》が頭の中で渦巻いている。

自分は引き返すべきか。いや、取り越し苦労かもしれない。そうそう毎日、暴力を振るわれるわけでもあるまい。しかし、殴られないという保証もない——。

自問自答しながらも、直美には引き返す勇気がなかった。達郎と面と向かってみれば、やはり怖かった。男の力で思い切り攻撃されたら、女には抵抗する術《すべ》などないのだ。

駅に着いた。改札を通り抜け、ホームに立つ。すぐに下りの電車がやって来て、それに乗り込んだ。吊革につかまって、窓の外に流れる夜の住宅街を見つめる。

直美の中でえも言われぬ罪悪感が湧き起こってきた。やはり引き返すべきだった。きっと今、加奈子は殴られている。自分は親友を見捨てたのだ。

直美はしばらく膝の震えが止まらなかった。

7

池袋に行くのは三日連続となった。チャイナタウンの毒気に当てられたせいだろうか、直美の中にはどこか開き直る気持ちがあり、もはや多少のことでは驚かない覚悟が出来ていた。李朱美は、とどのつまりは盗人なのである。こちらから気を遣う必要は微塵もなく、たとえジーンズにサンダル履きで訪問したとしても、文句を言われる筋合いはない。

この日、もし腕時計が返って来なかったら、遠慮なく警察に突き出すつもりでいた。午前中、部長からもそういう指示を受けた。かつて香港支店に赴任した経験のある部長によると、「中国人は常に無茶を言うが、無理とわかればさっさと引っ込める」のだそうだ。「たぶん、これ以上の引き延ばしはないだろう」との見解も示していた。

直美が決意めいたものを抱いているのには、昨夜、加奈子を置いて帰ってしまった罪悪感もいくらか作用していた。今朝、電話で無事だったかどうか聞くことからも逃げていた。これ以上弱い自分であってはならない、こんな盗人相手にも押し切られるようなら、この先の人生は流されるばかりである——。そんな思いが背中を押していた。

さらには、李朱美に対する、逆説的ではあるものの、畏敬の念もどこかにあった。あれだけ厚顔でいられたら、どれだけ楽に生きられることだろう。小さなことで思い悩む自分が馬鹿らしくなる。

事務所を訪れると、すでに朱美が待ち構えていて、「ごめなさいね、毎日毎日」と両手を広げ、化粧の匂いを振りまきながら満面に笑みを浮かべて駆け寄って来た。これはどう判断したらいいのか。

「やっと横浜の知り合いがつかまりました。たから腕時計も戻ってきたのことですね」

朱美の言葉を聞き、直美は、身構えていた分、体の力が大きく抜けた。このやっかいなトラブルがやっと終わってくれる——。

応接用ソファで向き合い、ビロードの布に包まれたパテック フィリップを受け取った。

「よかった。これでわたしも肩の荷が下りたのことですね」

朱美が明るく言った。どこを押せばこういう台詞が出てくるのかと、直美は啞然《あぜん》とするのだが、今は商品を取り返せたことがうれしい。

「それではこの場で検品させていただきます」

直美はそう言って、バッグからルーペと工具を取り出し、テーブルに置いた。手袋をはめ、商品チェックに取り掛かる。まずは本体ケースの裏蓋《うらぶた》を外し、内側に刻まれたシリアルナンバーを確認した。

間違いはなかった。盗まれた該当商品である。

ふと影に気づくと、朱美が身を乗り出し、興味深そうにのぞき込んでいた。

「ふんふん。そこに番号が刻んであるのことですね。なるほど。これじゃあ泥棒は言い逃れが出来ませんね」と感心して他人事のように言った。

直美は返す言葉も見つからず、中華文化圏そのものと対峙している気がした。

続いてルーペを使って傷がないかを調べる。ガラス面、金属面、宝石のいずれにも傷はなく、艶《つや》やかに光っていた。さすがの中国人も、高価な物とあって丁寧に扱ったようである。

最後にクロコダイルのベルトを確認する。裏側の穴の横に小さなひっかき傷が見つかった。おそらく朱美本人が腕にはめたときに、うまく穴の位置が合わず、ピンの先によってついたものだろう。

直美はどうすべきか逡巡《しゅんじゅん》した。専用ワックスを使って磨けば消える傷である。だからさほど深刻な問題ではない。だいいち時計本体ではなく、革ベルトの傷だ。

「とう、きれいなままでしょ？」

朱美が自信あり気に言う。これで文句はなかろうという態度に見えた。

「ベルトに傷があります。李社長、これを一度でもお使いになられましたか？」

カチンと来たので、直美は反射的に言い返した。

「ううん。使てない、使てない」

朱美が慌ててかぶりを振る。

「ここを見てください。革にひっかき傷があります」

直美は両手で持ってベルトを突き付けた。

「とこ？　とこですか？」朱美が目を凝らす。傷の場所がわかったらしく、軽く鼻で笑った。「こんなものは傷ではありませんね。たぶん初めからついていたものです」

「いいえ。パテック フィリップをはじめとするヨーロッパのブランド品は、厳格なチェックをかいくぐって、やっとお客様の手に届く物です。その間には、私ども百貨店も橋渡し役として存在し、目を光らせています。どんな小さな傷も、見逃すということはありません。ですからこの傷は、李社長か、あるいは横浜のお知り合いがつけたものです」

直美は誰かに操られるかのように言葉を連ねた。人を問い詰めるのは生まれて初めてだ。意外な行動に自分でも驚いている。

「でも、これを傷っていうのは大袈裟なんじゃない？　こんなの中国人なら一人として気にしないのことですね」

李朱美が薄笑いを浮かべて抗弁した。

「ここは中国ではありません。世界一お客様の目が厳しい日本です。そういう中で葵百貨店は商売をさせていただき、信頼を得てきました。中国の皆様がわざわざ日本の百貨店でお買い物をなさるのは、日本人の売るものならば間違いはないと信用していただいているからではありませんか？」

「それはそうだけど、こんな小さな傷ぐらいで……」

「これが三万円の腕時計なら、お客様もうるさいことはおっしゃらないでしょう。しかしこれは三百万円する腕時計です。わずかな傷さえも、許されないんです」

「でも、こっちが傷をつけたっていう証拠はあるのことですか？」

李朱美が反論した。

「ございます。ディスカウントストアの買い取りセンターの記録に残ってます。その時点でベルトは無傷でした」

直美は何食わぬ顔でうそを言ったが、内心は気持ちが昂《たかぶ》っていた。

「じゃあ、とうしろというのですか？」

とうとう李朱美が気色ばんだ。

「李社長、お買い上げいただけませんか？」

直美は冷静を装い、思い切って言ってみた。半分は脅しだが、理はこちらにある。

「冗談じゃない。三百万円なんてお金はありません」

李朱美が大きな声を発する。従業員がデスクで驚いていた。

「いいえ。李社長は裕福なお客様であると認識しております。この事務所にも古美術品がたくさんございます」

直美は壁の陳列棚を見て言った。

「ニセモノに決まってるでしょう。ホンモノをこんなところに並べる馬鹿がとこにいますか。すぐに中国人の泥棒が入って来て盗まれてしまいます。あるいは従業員が盗みます。そんなの、中国人の常識です。油断すると盗まれる。中国では盗まれるほうが悪いのことです」

李朱美が、従業員がいるのもお構いなくまくしたてた。

「李社長、そういう言い訳は中国でしていただけますでしょうか。何度も言いますがここは日本です。お買い上げいただけませんか？」

「それは出来ないのことですね。お金ありません」

「本体は無傷です。ですからベルトだけお買い上げいただくという方法もありますが。お値段、調べますが、恐らく十万円もしないと思います」

「あなた何を言っているのですか。ベルトだけ買ってとうするの？」

「お手持ちの腕時計に付けたらいかがですか？」

直美が慇懃《いんぎん》に微笑んで言う。なにやら自身の中でサディスティックな感情が湧き起こってきた。警察と陳会長。切り札があるというのは、なんと立場の強いことなのか。

「ねえ、小田さん。もう許してよ」

李朱美は急に泣きそうな顔になり、態度を一変させた。

「そうだ。あなた個人に迷惑料を払います。何度も足を運んでもらたし、時間も取らせたから、それに対しての迷惑料を払います。二万円払います。それでなかたことにしてください」

「いいえ。そういうお金を受け取るわけにはいきません」

「とうしてですか？　あなた得するのことですよ」

「日本でそういう賄賂《わいろ》は通用しません」

あんたね、ここは中国じゃないんだよ——。直美は心の中で啖呵《たんか》を切った。

「じゃあとうすればいいの？　小田さん、教えてちょうだい」

　李朱美が膝に腕を置き、屈み込んだ。

「わたくしどもは、まだ謝罪の言葉をいただいてません」

　直美が告げる。しばし沈黙が流れた。別に謝って欲しいとは思わないが、目の前の女社長を一度屈服させたかった。

　李朱美が顔を上げ、早口で言った。

「前にも言いましたが、この時計はただと思いました。たから持ち帰ったのことですね。つまり誤解だったわけです。わたしは盗っていません」

「どこの世界に、三百万円もする腕時計をただでプレゼントする百貨店があるというんですか？」

「中国と日本の関係は特殊です。かつて戦争で日本は中国人をたくさん殺しました。たからそのお詫びにいろいろくれるものと中国人はみな思てます」

　あくまでも強弁する李朱美に、直美はある種の感動を覚えた。中国人が絶対に謝らないというのは本当なのだ。

「それ、本気でおっしゃっているのでしたら、警察と陳会長の前でもぜひ同じ言い訳をなさってください」

「それはいけません。別の方法を考えましょう」

李朱美が腕組みし、ソファにもたれ込む。厚顔にそろそろ亀裂が見えた。

「李社長、買いましょうよ。この腕時計、欲しかったんじゃないですか？」

直美が半分茶化して言った。腕時計が手元に返って来たので、気持ちに余裕がある。

「ねえ、小田さん。本当に許してよ、大した傷じゃないでしょう」

「そうですねえ……。では、ほかの商品をお買い上げになりませんか？　たとえばカルティエの三十万円程度の腕時計とか。それならお値段も十分の一になりますから、ご負担も少ないかと思いますが」

「それはとういうことですか？」

「わたしも手ぶらでは帰れないということです」

直美が李社長を見据えて言う。直美の中にはもはや快感めいたものまであった。自分が中国人相手に遣り合うなどとは想像もつかなかった。内藤が一緒なら、黙って横にいただけだろう。誰も頼れないから、却って大胆になれた。

李朱美が考え込んだので、直美はすかさずバッグからタブレット端末を取り出し、カルティエのカタログページを映し出した。

「これなんかいかがですか？　ミスパシャというモデルです。スチール製のクオーツ時計で、消費税込で三十万六千七百二十円。オーソドックスな意匠ですので、あらゆる場面にお使いいただけるのではないかと……」

「いいけど、もう少し安いのにしてよ」

李朱美がとうとう折れた。直美は、戦いに勝利したと心が躍った。

「それじゃあ、タンクのソロはいかがでしょう。二十三万五千四百四十円になります」

李朱美がカタログ写真を見比べる。しばらく考え込んだのち、「でも、とうせ買うならこっちがいいかなあ」と高額なほうを指した。

「李社長、さすがにお目が高い。これは今世界中で大人気なんですよ」

「そう。でも、本当にこれで終わりにしてくれますか」

「お約束します。お買い上げ、ありがとうございます。店に戻り次第、在庫を確認します」

直美は深々と頭を下げた。

李朱美がひとつため息をつき、真顔で口を開く。

「あなた、日本人じゃないみたい。まるで中国人ですね。もし百貨店を辞めたらうちに来ませんか。いつか貿易事業に手を広げたいと思てます。そのときは、小田さんのような有能な日本人を雇いたいのことですね」

「そうですか。では、そのときはぜひ」

「本当ですか？」

「条件次第で考えます」

微笑んで返事した。腹を割って話したせいか、ある種の親近感が芽生えていた。直美は、この女社長が嫌いではなくなった。だいいち自分を「有能」と褒めてくれた。

「ねえ、おなか空いちゃった。何か食べない？」と李朱美。

「食べましょう。わたしもおなかペコペコです」直美が明るい声で返す。

李朱美が苦笑いではあるが、表情をくずした。

「じゃあ、昨日とはちがう店に行きましょう。辛《から》いものは大丈夫ですか？」

「大丈夫です」

二人一緒に事務所を出た。店内の従業員たちが頭を下げる。その中に、達郎に瓜二つの男もいた。向こうが「あっ」という顔をして直美を見ていた。昨日声をかけたことを憶えていたようだ。直美は、この池袋チャイナタウンと何かの縁が出来た気になった。

8

平日に二日続けて休みが取れたので、直美は実家のある新潟に帰省することにした。

正月にも帰っているため、それほど久しぶりといった感じはない。地元で暮らす姉が息子と遊んでやってと言ったのを受け、従った形だ。

直美は暦通りに休めないことが多く、何かのきっかけがないと実家には帰らなかった。とくに三十近くになると、元同級生とも疎遠になり、帰ったところで遊び相手がいない。おまけに親が結婚を急《せ》かすようなことばかり言うので、帰省が気の重い行事になっていた。

ただ帰らないわけにはいかないので、こうして一泊二日ぐらいで顔を出すのが、義理を果たすには都合がよかった。これでお盆はパスする理由が出来た。

この間、加奈子とは会っていない。様子伺いのメールを一度送ったきりだ。《ねえ、変わりはない？》という問いに、《うん、とくに変わりはないよ》との返信があっただけだ。果たしてこれは本当なのか、確かめるのが怖くて直美は直接会うのを先送りしていた。もしも新たなDV被害を受けていたら、自分はどうやって加奈子を守れるのだろう。それを考えると、夜も眠れない。

昼過ぎに実家に着くと、姉の弘美が息子を連れて遊びに来ていた。早速甥《おい》の康平を抱き上げる。

「うわー、重い。今何キロ？」直美が聞いた。

「十キロぐらいかな。抱っこして散歩したりすると、夜には腕の筋肉がパンパンに張るんだよ」

弘美は眉を下げて大変そうに答えるのだが、醸し出す雰囲気はいかにも穏やかだった。おなかもそろそろ目立ってきていて、八月に出産予定の第二子は女の子とわかったらしい。妹の直美が見ても、姉はしあわせな人生を歩んでいる。

「康平が将来、東京の大学へ行くって言ったら、直美ちゃん家《ち》に下宿させてね」

姉が口元に笑みをたたえて言った。

「うん、いいよ。その頃どういう家に住んでるかわからないけど」

「あんた、いつか出世する気がするわ」

「どうして？」

「昔から自立心が強かったし、勇気もあるし」

「うそ。そんなこと言われたの初めて」

直美は、姉がそんなふうに自分を見ているとは思ってもみなかったので、少なからず驚いた。

「小学六年生のとき、町内子供会の会長になって、公園の遊具を男子ばっかりが使うのに異議を唱えて順番制にしたでしょう。ああいうの、傍《はた》から見てて直美ちゃんは勇気あるなあって思ってた」

「そんなことぐらい……」

「わたしなんか、臆病だから、黙って周りに従う性格だったもん。地元を飛び出して東京で一人暮らしをするなんて、想像したこともないし」

「ふふ……」

直美は曖昧《あいまい》に笑って聞き流した。生まれ故郷でおそらく一生を過ごすであろう姉には、東京で暮らす妹を過大評価しているところがあった。実際は、志望のキュレーターにもなれず、今は下っ端の外商部員でしかないのに。

母が林檎《りんご》を剝いて居間にやって来た。母娘三人で話をするのは久しぶりだ。と言っても、赤ん坊がいるので、もっぱらウーウーと声を発するだけの天使を中心にして、目を細めてあやすのが主である。赤ん坊とは、なんと座持ちのする存在であることか。

「直美ちゃん、結婚はまだ?」母がお茶をすすりながら聞いた。

「まだ。お母さん、お正月にも聞いたでしょう。あれから三カ月ちょっとしか経ってないのに、変わるわけないじゃない」

「こっちで見合いでもすっか?」

「しません」

直美は口をとがらせて言いかえした。親子とはいえ、母の遠慮のなさには毎度むっとする。

「なら、あんたはずっと東京だね」

「そうだけど」

「いいね。安気で」

母が物憂げに言う。直美は返事をしなかった。

「お母さん、今度東京へ遊びに行ってもいい？」母が話を続けた。

「いいけど、何しに来るの？」

「東京スカイツリーに昇りたいし、あんたのデパートで買い物もしてみたい」

「お父さんと来るの？」

「ううん。一人」とんでもないといった顔でかぶりを振る。「弘美ちゃんが行くなら一緒でもいいけど」

「行けないって。康平がいるのに。家のこともあるし」姉がすかさず断った。

「お父さん、再就職先ではちゃんとやってるの？」

話のついでに、直美は父のことを聞いてみた。

「さあ、どうだろう。職場の悪口ばっか言ってってっけどねえ。専務が馬鹿だとか、経理が杜撰《ずさん》で話にならないとか」

　母が声をひそめて言う。愚痴をこぼすときのパターンだ。

「公務員の天下りは、ただでさえ煙たがられるんだから、おとなしくしてたほうがいいんじゃないの」

　直美が言った。

「だめだめ。お父さんは昔から民間を馬鹿にしてたでしょう。ろくな学校も出てない程度の低い連中だとか、役所が指導してやらんと予算組みひとつできんとか、そんなことばかり言ってたじゃない」

「そんなの、わたしは知らないけど」直美は肩をすくめた。

「そら子供には言わないわよ。お母さんには言ってたの。栄町のキムラ工務店の社長なんか、公共事業が欲しいっけ、よくうちにお酒を持ってきたけど、お父さん、そのときはいい顔で相手をしてても、社長が帰ると、また馬鹿が来たとか、あんな半端な会社に仕事を任せられっかとか、悪口ばっかり言ってさ……。あの工務店の奥さん、お母さんと昔から顔見知りだったたっけ、こっちまでいやな気持ちになったて」

　母のおしゃべりに姉が目配せした。こっちはいつもこれを聞かされてるんだから――。顔にはそう書いてある。

「今でも付き合うのは、市役所時代の人たちだけだしねえ。町内のシニアサークルも馬鹿にして入らないしさ。この先もっと歳を取ったら、どうするんだろうねえ」

母の愚痴は延々と続いた。この前、姉から電話で聞いていたので、余計に特異なものとして耳に飛び込んだ。娘たちが一人立ちし、父が定年退職して、母も自身の老後を考えるようになり、そのせいでこれまでの軋《きし》みが浮き彫りになったのだろうか。少なくとも少女時代は、こんな母親だとは思いもしなかった。

直美は暗い気持ちで聞いていた。母の人生とは、どういうものだったのか。

姉は相手にならず聞き流していた。康平を膝に乗せ、ほっぺをいじって遊んでいる。

「ゴルフだって、お金がかかるし、いつまで出来ると思ってるんだろうね。さっさとゲートボールに切り替えれば安上がりなのにさ、町内の馬鹿どもとは話が合わないって――。馬鹿、馬鹿って、毎日それればっかりだし」

「もういいよ、そんな話」直美は向きを変え、康平を抱かせてもらった。

「給料なんか半分になったがに、今でも仕立て屋で背広を作るし……。そもそも総務なんて着て行くところなんかないんだから、あつらえる必要だってないでしょう」

母は、ほかに話し相手がいないのか、娘二人にいつまでも愚痴をこぼした。

姉が帰った後、午後六時過ぎに父が会社から帰宅した。直美はあらためて父が定年退職し、民間に再就職したことを実感した。役所時代の父といえば毎晩残業で、平日に家で夕食をとることなどまずなかった。おそらく今の職場では、大した仕事はしておらず、お飾りのポストで緊張感のない日々を送っているのだろう。そして夜の接待とも縁がなくなった。

葵百貨店にも再就職組の男たちがいたので容易に想像できた。たいていは閑職で、周りに気を遣っている。

「おう、帰って来たか」

父は娘の帰省に相好《そうごう》をくずした。直美も笑顔で返す。ただし態度は素っ気ない。子供の頃は父が母に暴力を振るうことに脅え、思春期以降はその反動で避けてきたので、大人になったからといって急に仲のいい親子を演じるには無理があるのである。

「直美、元気でやってるか」

「うん、やってるよ」

「景気はどうだ」

「まあまあかな。一時ほどひどくはない」

短い会話を交わすと、もう話すことがなくなった。

晩御飯はすき焼きだった。帰省するとたいていそうだ。娘がいるときぐらいでないと食べられないからだろう。両親の場合、夫婦二人きりの夕食とはどんなものなのか。会話が弾むとはとうてい思えない。

親子三人でテレビを眺めながら鍋をつつく。

「直美、結婚はまだか」

父が母と同じことを聞いた。

「うん、まだ」

直美はテレビを向いたまま答える。

「市役所の独身を今度家に連れて来てやろうか。三十過ぎても結婚してないのがごろごろいるぞ」

「わたしがこっちの公務員と結婚したらどうなるの。いきなり新潟と東京で別居じゃないの」

「新潟にも百貨店はあるぞ」

「そりゃあるでしょう」

「もう東京暮らしは充分だろう」

「それどういう意味？」

「そろそろ三十だし、将来のことも考えないとな」

「考えてます」

直美が面倒臭そうに答えると、父はそれ以上言ってこなかった。母は会話に加わらず、黙ったままだ。上等な霜降り和牛なのに、早く時間が過ぎることだけを願っている。もし自分が実家で暮らすようになったら……。そんな事態は考えたくもない。

食事を終えると、父は新しくリフォームした書斎にこもり、書き物を始めた。「郷土史の本を出すんだって」と母が小声で教えてくれた。「役所に出入りしてる印刷会社が、サービスで出してくれるんだって。売れるわけもない本を」と楽屋話も付け加えた。公務員は退官後もいろいろ得をすることが多いようだ。

直美は、母と二人でいるとまた愚痴を聞かされるので、二階のかつての子供部屋のベッドで横になり、持ってきた文庫本を開いた。

階下からは、話し声ひとつ聞こえてこない。父が平均寿命まで生きるとすれば、この先二十年くらいは二人だけの暮らしが続くことになる。二人とも息が詰まらないのだろうか。直美には不思議でならない。

読書にはまったく集中できなかった。仕方がないのでスマートフォンでずっと興味ない掲示板をハシゴしていた。

翌日、父は直美が起きる前に出社した。カーポートから車が出て行くエンジン音をベッドの中で聞きながら、これで義務の半分を終えた気がして、緊張が解けた。

下に降りて一人だけの朝食をとる。母がテーブルの正面に腰掛け、お茶を淹れた。

「次はお盆？」

「さあ。休めるかどうかもわかんないし」

直美は答えながら落胆した。今回の帰省でお盆は免除されたつもりだったのに。

「ゴールデンウィークは休めるが？」

「顧客次第。担当のお得意さんの来店予定が入れば、日曜祝日でも出勤する」

「ふうん。大変な仕事だね」

「お母さんたち、ゴールデンウィークはどうしてるの？」

「別に決めてないいて。渡辺さんたちと日帰りバスツアーでも申し込もうかって話してるけど」

「たまには夫婦で温泉にでも行ってきたら？」

直美は、母がいやがることをわざと言った。

「いや、いやや。旅先でも文句ばっかり言われるから。やれ支度が遅いだとか、小銭ぐらい用意しておけだとか、こっちは役所の部下じゃないんだから。行っても疲れるだけ」

母が顔をしかめて手を左右に振る。昨日から愚痴を聞かされ、いい加減にうんざりした。

「そんなにいやなら、お父さんと離婚したら？」

勢いで口走ってしまう。母がさっと顔色を変えた。

「だってこの先、一緒に暮らすの大変じゃない。老後は長いよ。お父さんだって、あと数年で今の会社を辞めなきゃならないだろうし、そうなったら一日中家にいて顔を突き合わせていかなきゃならないでしょう。わたしがお母さんの立場なら我慢出来ないと思う。残りの人生、我慢して生きるか、好きなように生きるか、そういうの、とても大事だと思うし……」

言った直美本人が焦り、余計なことまで口にしていた。

「離婚なんて、お父さんが許してくれないって」

母が顔をこわばらせて言った。

「許すも許さないも、結婚っていうのは互いの意思で成り立つもので、お母さんがいやならこの家を出て行けばいいだけのことでしょう」

「家を出て、どこで暮らすのよ」

「アパートでも公団でも、どこでも探して入ればいいじゃない」

「お母さん、お金がないもん」

「弁護士を間に入れれば、絶対に財産の半分は獲れる。わたしなら、お母さんの味方になってあげるよ」

「そんな……」母が言葉に詰まった。まさか娘からこんな話をされるとは思っていなかったらしく、困惑した様子だ。「でも、そうなったら、お父さんがまた暴力振るいそうで、お母さん、怖いわ」

「逃げればいいじゃん。そういう理由なら東京でかくまってあげる」

話がどんどん核心に突き進んでいった。これまで口にしたことのない、母娘で避けて通ってきた、父の暴力についての話だ。

「そうだけどさ……」

「どうせ昔みたいにはいかないでしょう。お父さんだって還暦過ぎて力もないし」

「ううん。こっちだって弱くなってるろ、今殴られたら、死ぬかもしれないて」

「お父さんが手を上げたら、とにかく逃げる。そして警察に駆け込む」

「お母さん、自信ないわ」

母がそう言い、俯いた。いつの間にか顔は蒼ざめている。

「わたしはもう東京で一生暮らすつもりだし、お姉ちゃんはよそに嫁いだ人間だし、この先は夫婦二人きりだからね。決めるなら早いうちがいいと思う」

「あんた、親になんてこと言うが」

「わたしだって言いたくないけど、見ていて辛そうだから」

「お姉ちゃんは何か言ってるが？」

「何も」

以前電話で話したときは、親の離婚を恐れているところとこぼしていたが、直美は隠した。さすがに頼られても困るとは言えない。

「お母さん、やっぱり自信ないて」母が再び言った。

「あ、そう。そりゃお母さんが決めることだからね」

「近所付き合いもあるし、町内に友だちも多いし。渡辺さんとか、近藤さんとか、助け合って生きて行こうねって、前から話してるし。それなりに満足してる」

「そう。じゃあいいけど」

すっかり気まずくなり、直美は黙って朝食に戻った。母はテレビをつけ、ぼんやりと眺めている。

「お父さん、早く死んでくれたほうがいいね」

本音をぶつけ合い、心が剝き出しになってしまったせいか、直美はそんな台詞を吐いていた。

母は一瞬顔色を変えたが、何も言わず、振り向きもしなかった。

テレビではワイドショーのレポーターが、タレントの誰某《だれそれ》が酒気帯び運転で検挙されたと、まるでテロリストでも捕まったかのように騒いでいる。

直美は、朝食を終えたらさっさと東京に戻ろうと思った。

9

直美はもう二週間以上、加奈子と連絡を取っていなかった。仕事が忙しかったこともあるが、理由の大半は、加奈子に起きているかもしれない事態を知ることが怖かったからだ。直美の心の中には、常にさざ波が立っている。それは逃げていることの疾《やま》しさによるものだ。

その間、池袋の李朱美から二度呼び出しを受けた。いずれも、得意先への贈答品を選んで欲しいとか、輸入した中華食材の味見をして欲しいとか、たわいもないものだった。外商カード会員でもないくせに電話一本で呼びつけるとは、いかにも中国人らしい図々しさだが、その都度ランチを御馳走してくれるので、とくに文句はなかった。と言うより本心を明かせば、直美自身、朱美の話を聞くだけで気が紛れて、呼び出されるのをどこか望んでいるところもあった。この女社長はあくまでも前向きで、少しのことにはびくともしない。その強さが今の直美には羨ましくて仕方がないのである。

この日は会社近くの店で飲茶をつまみながら、朱美が自分から身の上話を始めた。上海の旧家に四人兄妹の末っ子として生まれ、現在三十七歳。離婚歴があって子供はいない。父は貿易商、母は共産党幹部の娘で、何不自由ない少女時代を送ったが、祖父が党内で失脚するとたちまち家業は衰退し、今家族はカナダやオーストラリアなどで散り散りに暮らしているのだそうだ。

「わたしの両親は、シンガポールで貿易の仕事を続けていますが、あまり景気はよくないのことですね。いちばん上のお兄さんがカナダで不動産業を始めて、それが順調なので、両親もいずれはカナダに移住すると思います」

話の端々に、華僑ならではのグローバリズムが垣間見え、直美は世界中にチャイナタウンがある民族の逞《たくま》しさを痛感させられた。

「わたしは日本で成功して、ここで長く暮らしたいと思います」

「故郷は恋しくないですか？」直美が聞く。

「恋しくても生活は別です。中国人の愛国心を日本人は誤解してるのことですね。わたしたちは中国人であることから逃れられない。たから中国人の地位を高めなくてはならない。そういう理由のことです。日本人はいいですね。愛国心を主張しなくても、誰からも疑われない、攻撃もされない」

朱美は直美相手によくしゃべった。これも部長の受け売りだが、中国人は一旦心を許すと家族同然に扱うとのことだ。どうやら自分は気に入られたらしい。

「たから日本人相手のビジネスは、わたしも気が楽です。うそをつかないというのは、世界では珍しいのことです」

「中国人はどうなんですか？」直美が聞くと、朱美はしばし返事に詰まり、目を泳がせた後、「あなた、それは、言わなくてもわかるでしょう」と苦笑いした。

朱美は直美のことも根掘り葉掘り聞いた。自分も話したのだから、あなたも話しなさいということなのか。相手が外国人だと逆に構えなくて済み、直美は生い立ちから家族のことまで、自分にしては珍しく素直に話した。両親が不仲なことも打ち明けたのだから、きっと誰かに聞いて欲しかったのだろう。

「あなたの親は、とうして離婚しないのですか？」朱美が不思議そうに聞く。

「さあ……」直美は首を傾げつつ、「たぶん、母に一人で生きて行く自信がないからだと思います」と答えた。

「日本の女の人、みんなやさし過ぎるのことですね。前にも言いましたが、上海の女の人はみんな気が強いです。我慢して結婚生活を続けるなんてことは絶対にありえません」

朱美が確信的に言うので、直美はふと聞いてみたくなった。

「もしも、旦那さんが奥さんに暴力を振るう人だったら、上海ではどうなりますか？」

「仕返しされます。まず無事では済みません」

朱美は怒ったように語気を強めて答えた。

「奥さんが仕返しするんですか？」

「自分で出来なければ、親兄弟が代わりに仕返しします。たとえば、もしわたしが旦那さんに暴力を振るわれて、自分の力では対抗出来なかったら、いちばん上の兄がカナダから駆けつけて、やっつけるのことですね」

「わざわざカナダから？」

「当たり前のことです。こういうときに助けなくて、とうして家族ですか。家族がいなければ近くの友たちが助けます。それが友情です。ちがいますか」

朱美は真剣な面持ちで言葉を連ねるのだった。

「日本の女は、泣き寝入りする人が多いんですけど、どう思いますか？」

　直美の頭の中に、加奈子の痣だらけの顔が浮かんだ。

「間違ってます。日本人は言いたいことを我慢する。それはとてもよくないのことです。中国では、黙っていたらやられる側のままです。とうして日本の女の人は、そんなにおとなしいのことですか？　わたしは日本に来て、まずそのことにいちばん驚きました」

「一歩下がって男の人を立てるように躾《しつ》けられるからですかねえ……」

「それはよくないのことですね。もっと自己主張するべきです」

「じゃあ、わたしも聞きますけど、上海の女の人は、どうしてそんなに強いのですか？」

「それは何度も聞かれた質問ですね。わたしもいろいろ考えました。でも答えられません。自分の血の濃さは、自分ではわからないものです」

　朱美の澱みのない返答に、直美はなるほどと納得した。まったくその通りだ。自分の性格をいちばんよく知っているのは、周囲の人間だ。

　打ち明けついでに、仲のいい友人が夫から暴力被害を受けていて、悩んでいることを話した。

　このときは朱美が表情を険しくし、「殺しなさい」と言い放った。

「そんな男に生きている価値はないのことですね。殺されても文句は言えません」

「それはちょっと……」さすがに直美は絶句した。「殺したら刑務所行きじゃないですか。割に合わないでしょう」

「じゃあ捕まらなくてもいい方法を考えなさい。わたしなら上海旅行に連れ出して、そこでギャングに頼んで殺します。中国のギャングだから、日本の警察は手を出せません。中国の警察は日本人旅行者が一人死んだくらいではろくな捜査をしません。それで終わります」

朱美が事もなげに言う。直美はこの女社長ならやりかねないなと思った。きっと中国人にとって生きることは戦いなのだ。だから己の生活を守るためのうそや策略は、すべて正当防衛なのである。

「わたしもそれくらい強くなりたいです」

直美がため息交じりに言った。

「あなたは充分強いです。わたしが会った日本人の女の人でいちばん強いのことですね」

朱美が手を挙げ、ワゴンを呼んだ。そこには色とりどりのデザートが並んでいた。

「さあ、甘いものを食べて仕事がんばりましょう」白い歯を見せる。

直美は励まされた気になった。つい先日までは憎むべき盗人だったのに、今ではある種敬意の念を抱いている。

その日、仕事が定時で終わったので、直美は思い切って加奈子の家に行くことにした。これ以上避けて通るのは卑怯だと自分を鼓舞しての行動だ。加奈子は自ら助けを求める性格の人間ではない。家族や友人に心配をかけまいとして、我慢することを選んでしまう人間だ。それゆえ事態を悪化させ、ますます逃れられなくなる。DVが急にやむはずはない。暴力を受けている可能性のほうが高いのだ。

事前にメールを入れたら、しばらくして《ゴメン。今夜は外出の予定があるの。またね》という簡潔な返事が送られてきた。外出するということは、顔の痣が消えたということで、亭主からの暴力は受けていないのだろうか。それならそれでいいのだが、自分の目で確かめないと気持ちが治まらない。

直美は加奈子の住む町の駅で途中下車し、彼女のマンションを目指した。外から見上げて、部屋に明かりが灯っていなければ、本当に外出しているのだし、灯っていたらうそをついているということだ。

少しは修羅場に慣れたのか、あるいは朱美の話に勇気づけられたのか、直美の中にはどこか攻撃的な気持ちがあった。緊張感はあるが、少なくとも脅えてはいない。視線が探すのは九階の角部屋だ。

加奈子のマンションの前に立ち、下から階を数えながら、顔を上に向けた。

明かりが灯っていた。もう一度数え直す。間違いなかった。うそをつかれた。すなわち会いたくない理由があるということだ。

ひとつ大きく息をして、エントランスに入った。インターホンを押す。十秒以上待っても応答がなかった。もう一度押す。変化はない。加奈子はきっとモニター画面に映った直美を見て、居留守を選ぶことにしたのだ。

そのとき帰宅してきた住人が現れ、電子キーでロックを解除し、中に入って行った。直美は何食わぬ顔で後に続いた。エレベーターにも一緒に乗る。「こんばんは」微笑んで挨拶もした。

九階で降りて、廊下を進む。加奈子の部屋の前で立ち止まり、ドアに耳を近づけた。かすかに中からテレビの音が聞こえた。無礼を承知でドアの郵便入れに指を突っ込み、少し押し上げた。部屋に明かりはついている。やはり加奈子は家にいるのだ。

直美は、今度は玄関横のインターホンを押した。エントランスとは音がちがうはずだから、加奈子はびっくりしているにちがいない。

「加奈子。いるのわかってる。開けて」

直美は大きな声を発した。応答はない。

「お願い。中に入れて。いろいろ話がしたいし」

部屋で息を殺している加奈子の姿が目に浮かんだ。

「わたし、帰らないよ。開けてくれないと、ずっとここにいるよ」

たたみかけて言い、耳を澄ます。数秒後、廊下を歩く音がして、加奈子がドアの向こう側に来た。「お願い。帰って」か細い声で言う。

「だめ。想像はついてる。見せられる顔じゃないんでしょ。また旦那に殴られたんだ」

加奈子が返事に詰まっている。

「わたしを避けてどうするの。あんたの話を聞けるのはわたししかいないよ。そうでしょ。それともほかにいる？　いいからドアを開けて。でないと、あんたますます追い込まれるよ。一人で抱え込むつもり？　今に気が狂うよ」

直美は冷静に説得した。同い年だが、今は保護者の気分だ。

「ちょっと待って」と加奈子。

ロックのはずれる音がした。直美は自分に言い聞かせた。加奈子がどんな顔で出てこようと、驚かないこと――。

ドアが五十センチほど開いた。いきなりどす黒く変色した額が目に飛び込んだ。加奈子が髪をうしろで束ねていたので、額を覆うものがなく、より衝撃が大きかった。

直美は玄関に入り、ドアを閉め、無言で加奈子を抱きしめた。これは話し合いで済む問題ではないと確信した。戦わなくてはならないのだ。達郎という狂った男と。

加奈子も何も言わなかった。涙も見せない。ただうなだれ、立ち尽くしている。

とりあえず部屋に上がり、居間のソファに体を寄せ合って座った。

「いつやられた怪我？　昨日？　一昨日？　もっと前？」

「三日ぐらい前かな……」

「これって素手？　もしかして凶器とか使ってるんじゃないの？」

「ううん、素手。向こうも痛いみたい。氷水で冷やしてたから」

直美は目をそむけたくなるのを堪え、加奈子の顔を凝視した。唇は上下とも切れていて、ソーセージのように膨らんでいる。右の瞼が腫れて目をほとんど覆い隠している。そして全体がどす黒く、白い肌はどこにもない。

「病院へは行ったの？」直美が聞いた。

「行ってない」

「どうしてよ」

「達郎さんが行くなって言うから。薬局でいろいろ薬を買って来てはくれたけど」

「ふざけんじゃないよ」直美は目も眩《くら》むほどの憤りを覚えた。

「ねえ加奈子、もう離婚しかないよね。まさかこの期に及んで、もう少し様子を見るとか言わないよね」

直美が肩に手を置いて諭す。加奈子はそれには返事をしない。

「切り出すのが怖いのなら、病院で診断書を取って、警察に被害届を出そう。それで弁護士を探して、離婚訴訟を起こして、慰謝料を取る。裁判の間はわたしがかくまってあげるから。それでいいでしょ？」

「……無理だと思う。わたし出来ない」加奈子がかすれ声でつぶやいた。

「どうしてよ。病院も、警察も、わたしが全部付き添ってあげる。あんたは聞かれたことに答えていればいいだけ。それなら出来るでしょう」

「ううん。そんなことしたら、もっとひどいことになると思う。冗談じゃなくて、直美まで殺されるかもしれない」

「あんたの旦那がわたしたちを殺すってこと？　そこらの名もない男じゃあるまいし。大手の銀行員でそんなの出来るわけないでしょう」

「そんなことない。あの人、一旦頭に血が上ると、前後の見境がなくなって、ただの暴力マシンになるんだから。そうなったら、わたしだけじゃなくて、親兄妹だろうが、友人だろうが、全員犠牲になる」

「加奈子、考え過ぎなんじゃない？　そんなことしたら、旦那だって一生刑務所暮らしで人生台無しだし、へたすりゃ死刑だし、その上向こうの実家の親だって世間に顔向け出来なくなるし、失うものが多過ぎて、少しは考えるでしょう」

「だからそういうこと考えないのよ。わたしに暴力を振るうときは発狂して、普通じゃなくなるの。ニュースでよく報道されるじゃない。復縁を迫った元夫が、元妻の実家に押し掛けて親兄弟を皆殺しにして、自分も自殺するとか。わたし、初めてわかった気がした。そういう人間が世の中にはいるの。家族のことを考えると全身が震えて、何も出来なくなる」

「でもそれはあくまでもレアケースで、実際そこまではしないんじゃない？」

「達郎さんの場合はそのケースなの。直美は知らないからよ。あの人が一旦暴力を振るい出すとどうなるか……。警察に被害届を出したとするじゃない。それで暴行傷害で逮捕されるとするじゃない。そうなったら達郎さん、銀行は辞めさせられるし、社会的信用も収入も全部失うじゃない。そういうの、全部わたしのせいになるわけ。だから復讐心の塊になって、草の根を分けてもわたしを捜し出して殺すと思う」

加奈子がそう訴え、体を震わせる。直美の目の前にいるのは、精神的に支配された人間の姿だった。今の彼女に抵抗する気力はまったくない。そもそもこんな目に遭わされて、逃げもせず、黙っている。

「じゃあ、外国に逃げようか」

「だめだって。言ったでしょう。そうなったら実家が襲われる」

まるで子供のような脅え方だ。恐怖のとりこになるとはこういうことなのかと、直美は途方に暮れた。

「ちょっと冷静になろう。加奈子の旦那だって、別にプロレスラーってわけじゃないんだし、強いのは女に対してだけでしょう。だから、親戚のちょっと強そうな従兄弟にでも頼んで、警告してもらえば、案外簡単に収まるんじゃないかなあ。わたし思うんだけど、ストーカーだって、反撃されると意外なほどおとなしいって言うし。そもそも自分より弱い相手を探して、つきまとったり、攻撃を仕掛けたりしてるだけじゃない」

「でも、反撃されたときはおとなしくなっても、時間が経てばまた元に戻ると思う。だって警察に駆け込んだ被害者が、結局は殺されるわけでしょう」

加奈子が苦しそうに訴える。そう言われれば確かに、世間にはそんな事件が山ほどある。

しばらく身を寄せ合ったままでいた。もう涙も涸《か》れたのか、加奈子は泣かなかった。ただ暗くため息をつくばかりだ。

「いっそ、二人で殺そうか。あんたの旦那」

直美が言った。もちろん勢いで言っただけだが、口にした瞬間、殺すという選択肢がポンと心の中に出現し、その違和感のなさに自分でも驚いた。達郎が生きている限り、加奈子は脅え続ける。ならば達郎に死んでもらうことは、重要な選択肢のひとつだ。中国人ならそうすると、朱美が言っていた。

直美の頭の中がぐるぐると回った。人を殺す。世界のどこかで今現在も起きているであろう、人類の基本的行動のひとつ――。

「わたし何かで読んだけど、死体が出てこなければ、警察は動かないんだってね。この国の失踪者って、年間数万人いるそうだから、いちいち取り合うことなんか出来ないじゃない。だから殺して山の中に埋める。加奈子は警察に失踪届を出す。旦那の親兄弟と職場の人は騒ぐだろうけど、失踪する動機でもあれば、警察はいちいち捜査しないんじゃないかなあ」

直美が発する言葉を、加奈子は黙って聞いていた。直美の腕の中で、小動物のように丸まっている。

「だからさあ、失踪する理由があればいいんだよね。顧客の預金を使い込んでいたとか、不正融資したとか。銀行ってスキャンダルをいちばん恐れるから、加奈子の旦那にそういうことがあって失踪したら、捜し出すより隠蔽するほうを選ぶような気がするし」

直美はその場の思いつきを口にしながら、本当にこれが実現出来ないものかと、喉をからからにしながら考えた。冗談ではなく、達郎には死んでもらったほうがいい。いや、死に値する人間だ。

「加奈子の望むことは何？」

直美が聞くと、加奈子は少し考え込んだ後、「普通の暮らしがしたい」と言った。

「ちゃんと夜は眠れて、おいしい水が飲めればいい」

「何よ、おいしい水って」

「苦いの。水が。最初は口の中が切れて、ひりひりして痛かったんだけど、それに慣れたら、今度は苦く感じるようになった」

「そう……。精神的なものだね、きっと」

おいしい水か――。直美は心の中でつぶやいた。今の加奈子は、平凡な日常さえも貴重なものなのだ。それを失った彼女は、出口の見えない迷路にはまり込んでいる。そして、そこから脱出する気力も奪われている。夫の暴力によって。

ますます加奈子が不憫《ふびん》に思えた。ここで彼女を見捨てたら、自分は一生自責の念に囚われるだろう。

直美の喉の奥から、狂おしいほどの焦燥感が込み上げてきて、どうにも抑えることが出来なかった。

10

翌日から直美の頭の中は、いかにして達郎に消えてもらうかという空想に支配されることとなった。たとえ警察や裁判所などの公的圧力を使って離婚出来たとしても、達郎が生きている限り、加奈子は脅え続けなければならない。彼女の安息の日々を取り戻すためには、達郎を排除することがもっとも確実な方法なのである。

「殺す」という言葉は避けたくて、「排除」と言い換えることにした。言葉の問題は大事である。別に達郎を殺したいわけではない。いちばんいいのは本人が病死か自殺でもしてくれることだ。それが叶わないから、次善の策としてこちらから排除するのだ。

手っ取り早い策として最初に思い浮かんだのは、誰かに頼んで排除してもらうことだ。李朱美社長に事情を話したら、中国人社会を通じて、殺し屋の一人ぐらい紹介してもらえそうな気がする。そして物取りの通り魔的犯行に見せかけ、中国刀で一突きし、実行犯はすぐさま本国に逃がす——。

しかし、あまり現実的とは思えなかった。朱美だってさすがにそこまでは協力してくれないだろう。もしばれたら共犯になり、彼女自身の立場まで危うくする。

続いて考えたのはマンションからの転落死だ。酒に酔った達郎が、自宅マンションの九階ベランダから身を乗り出し、誤って転落する。実際には、何らかの方法で達郎を酔い潰し、直美と加奈子で担ぎ上げ、ベランダから落とす——。

この場合は自分たちの演技力がすべてだ。警察は何だって疑うだろうから、夫婦間のトラブルから、保険金の状況から、一通り調べることだろう。妻の顔に痣が残っていれば、DVの可能性も調べるにちがいない。そうなったとき、加奈子はとぼけ通せるのか。直美だって自信はない。

そのほかに事故死を装うものとして、風呂場での溺死、薬物の誤飲、駅のホームからの転落、なども頭に浮かんだが、いずれにせよ死体がある限り警察は司法解剖し、背後関係を調べる可能性が高いため、加奈子がそれに耐えられるかが鍵となる。

やはり失踪したことにするのがよさそうに思えた。死体が出てこなければ、警察は動きようがない。達郎が失踪するに足る動機をこちらでうまく工作できれば、興味も示さないはずだ。そして失踪理由が業務上の不正行為だったら、勤務先の銀行も出来るだけ触れまいとするだろう。

達郎の排除方法は何でもいい。勇気だけの問題だ。血は見たくないので、寝入ったときに二人でロープなどを使い、首を絞めるというのが無難な手だろう。そして富士山麓の樹海でも、丹沢の山奥でも、どこでもいいから人が行きそうにない場所に埋めて、数日後に加奈子が失踪届を警察に出す。これで終わりだ。

考えることが慰めだった。

そんな空想を日々頭の中で巡らせていたら、まったく非現実的なことでもなかろうという気持ちが、間欠泉のように胸の奥から噴き出してきた。達郎は死に値する。それは揺るぎない。となれば排除の方法が問題なだけで、仕方なく自分たちでやることにした――。道理か無理か。そう考えると、あながち無理でもない気がしてくる。

最初は思考のすべてがどこか逃避的で、「こうなったらいいな」という子供じみた空想の中に浸っていたに過ぎなかったのだが、やるべき事柄と思うと、徐々に輪郭を見せ始めた。とにかく達郎を排除しないと、加奈子の未来はない。

もっとも、その思いも土台のない砂上の建物のようで、「人を殺《あや》めるなんて自分に出来るわけがないではないか」とふと我に返ったり、「いや、害獣の駆除だと思えば心は捨てられる」と意を強くしたりと、日々不安定に揺れ続けていた。

　果たして自分の思いはどこまでのものなのか。天を見上げて自問しても、答えは何ひとつ返っては来ない。


　この日は内藤課長から、顧客の引継ぎがあった。この時期に担当を増やされるということは、すなわち六月の定期異動も期待出来ないということで、直美は小さく落胆したが、今の気持ちの中では瑣末なことに過ぎなかった。

「代々木《よよぎ》の斎藤さん。知ってるよね？　商談会で何度か顔を合わせてるし。七十九歳でマンションに一人暮らしの未亡人。もうあれが欲しいこれが欲しいというお歳でもないらしくて、もっぱら話し相手なんだけどさ。亡くなったご主人は医師会の元理事で、昔からお世話になってた人だから重要顧客であることには変わりないわけ。君だとちょうど孫ぐらいの歳だし、可愛がってもらえると思うから。もう了解は得てある。行けば必ず土産はくれるよ」

　外商部でいう土産とは、商品の購入のことである。

「一応、別に暮らしてる娘さんが買い物にはチェックを入れてるみたいだから、宝飾品とかは遠慮して、お皿とか、調度品とか、そういうのでお付き合いいただくといいよ」

内藤は、直美が朱美の件を一人で解決したことがよほどうれしかったのか、急に笑顔を振りまくようになった。この担当替えも、成績を上げさせてやろうという親心なのだろう。ただし部長に対しては、自分の指揮の下、華人会との関係を保ちつつ、無事商品を取り戻したということになっているらしい。係長の青木が、「まったく課長は調子いいんだから」と陰口を叩いていたと、直美の耳にも入って来た。

これもどうでもいいことだった。少なくとも内藤は女に暴力を振るわない。それだけで善人に思えてくる。

早速挨拶がてら、斎藤宅に出向いた。代々木の高台に昔からある旧いレンガ造りのマンションの最上階だ。有名人も何人か住んでいるので、デパートの外商部員にはよく知られたヴィンテージマンションである。聞いた話では、医師で病院経営者の夫は七年前に亡くなり、以後ライオンズクラブの活動をしていたが、今はそれも降りて、何の予定もない毎日を過ごしているとのことだ。

「小田直美さんね。よくいらっしゃいました」

斎藤夫人が首を傾げるように会釈し、にこやかに迎え入れてくれた。背中は少し曲がっているが、それ以外はしゃんとしている。白いブラウスに、薄いグレーのスカート、足元はアラベスク模様の室内履きだ。若づくりをせず、自然に年齢を受け入れている印象を持った。これ見よがしにブランド品を身にまとう顧客とは大違いである。品がいいとはこういう婦人を指して言うのだろう。地方出身の直美にはまばゆいばかりである。

居間に通されると、すでに紅茶が用意されていた。葵百貨店では扱っていない北欧製の高価なカップとソーサーだ。

「素敵なカップですね。グスタフスベリの品物、うちでもご提供出来るといいんですけど」直美が恐る恐る褒める。

「まあ、さすがは外商さん。若いのによくご存じね」斎藤夫人が白い歯を見せてよろこんだ。「これはいただきものだけど、ロイヤルコペンハーゲンは葵さんで沢山揃《そろ》えてるのよ」

「もちろん承知しております。いつもありがとうございます」

淹れてくれた紅茶は、少し味が変だった。香りも立っていない。もちろん顔に出すわけにはいかず、微笑んでごまかした。斎藤夫人は普通に飲んでいる。

「小田さんは、お生まれ、どちらなの？」

「新潟市です。中心地からは離れていて、ほんと何もないところです」

「田舎は何もないのがいいのよ。最近はどこでもショッピングモールが出来て、似たような景色ばかり」

「うちの田舎もそうです。地元商店街が消え去ったせいで、マイカーがないとどうにもならないんです」

「そう。大変ねえ」

しばらくとりとめもない世間話をした。気候のこととか、最近のニュースのこととか。大学では何を専攻したのかと聞かれ、西洋美術史だと答えたら、大袈裟に感心し、実は自分も美術館巡りが趣味だと言う。話を聞くと、それなりの知識は持っていることがわかった。さすがは山の手の有閑マダムである。直美は共通の話題が見つかったことにほっとした。

「さてと、小田さん、今日は何を薦めてくださるの？」

話が一段落したところで、斎藤夫人から切り出してくれた。

「はい。本日は備前焼の陶器をいくつかお持ちいたしましまして……」

直美がトランクケースを手元に引き寄せた。

「テーブルを片付けましょう。これじゃあ狭いわよね」

斎藤夫人が立ち上がる。

「あっ、奥様。わたくしがやります」

「いいの、いいの。自分でやるから」

直美を制し、自分でカップを下げた。

広くなったテーブルに、備前焼の皿や小鉢を並べる。

「これは秋山崇徳作の引出《ひきだし》黒茶碗で、ご存じかもしれませんが、岡山の無形文化財保持者の先生の作品になります。そしてこちらは、藤原完徹作の黒酒呑で……」

直美が、ゆうべ憶えてきた口上を述べる。斎藤夫人にはカタログを手渡し、興味のある品は速やかに取り寄せる旨を伝えた。

「そうねえ、どれがいいのかしら。ここにある中から、小田さん、二つ三つ選んでよ」

斎藤夫人が穏やかに言う。

「そうですねえ……」

直美は、あらかじめ決めておいた推薦商品を二品提案した。合わせて八万円。最初なので少し遠慮した。

「じゃあ、それをいただくわ。いつものように請求書を送ってね。あ、そうだ。それでね、小田さんにお願いがあるの。この前送られてきたハンドバッグの請求書なんだけど、まだ振り込んでないのよ。それでね、通帳と印鑑を預けるから、帰りにかもめ銀行の代々木支店に行って、振り込んでおいてくれない？」

「えっ、わたくしがですか？」

直美は耳を疑った。顧客の通帳を預かるなどとんでもない話だし、そもそもそれを頼むほうもどうかしている。

「葵さんなら信じてるから」

斎藤夫人はあくまでもほがらかだ。

「いえ、それはちょっと……」直美は眉《まゆ》を八の字にして辞退した。「振り込みでしたらいつでも結構ですから、ご家族がいらっしゃったときにでも……」

「それがね、娘の恵美子が夫の海外赴任でシンガポールについて行って、今いないのよ。息子は病院が忙しくて、親の面倒どころじゃないし。ねえ、小田さん、お願い」

「すいません。それは上司と相談させていただきます。支払いが遅れていることを気になさっているのでしたら、どうぞお気遣いなく。奥様でしたら、当店はいくらでもお待ちします」

直美はひたすら頭を下げた。自分の一存で決められるわけがない。

「そう。頼めないの。わたし銀行に行くのいやなのね。待たされるのもいやだし、支店長が代わったら、扱いも適当になったし」

「奥様、インターネットバンキングを始められてはいかがですか？　それでしたら自宅にいながら振り込みが出来ますが」

「わからないのよ、機械のことは。だったらそれも小田さんがやって」

斎藤夫人が困り顔で訴える。直美は半ば呆れつつ思った。この老婦人は、いい家に生まれ育ち、病院を経営する一族に嫁ぎ、何不自由なくこれまで生きてきたのだろう。だから人を疑うことを知らないのだ。

同時に別の想像もよぎった。もしも性質《たち》の悪い出入り業者がいたら、騙《だま》すことなどわけがない。

「あら、どうしましょう。わたしとしたことが、おしゃべりに夢中になって、小田さんにお茶も出さなかった」

突然、斎藤夫人が頰を両手で包み、素《す》っ頓狂《とんきょう》な声を上げた。直美は驚いて体を引いた。何のことを言っているのか。

「ごめんなさいね。すぐに用意するから。小田さんはお紅茶がいい？　おコーヒー？　それとも日本茶かしら」

お茶ならさっき紅茶を供され、もう飲んだではないか。そしてテーブルも使うために本人が片付けている。

直美が訝《いぶか》っていると、「じゃあお紅茶にしましょうね」と、微笑んで言い、キッチンへと消えて行った。

どういうことか？　若手だからからかわれているのだろうか。それとも、まさか、すでに紅茶を出したことを忘れているとでもいうのか。

しばらく居心地の悪い時間を過ごしていると、さっきと同じ器をお盆に並べ、斎藤夫人が満面の笑みで現れた。

「ねえ、ねえ、このカップ素敵でしょ。いただきものなんだけど」

どう反応していいかわからず、直美は息を呑んだ。斎藤夫人は認知症なのではないか。そうとしか思えない。そんな話、引継ぎでは聞いていないから、恐らく内藤課長も気づいてなかったのだろう。

試しに言ってみた。

「これ、グスタフスベリのカップですね」

「まあ、よくご存じで。さすがは葵の外商さん」

斎藤夫人が無邪気によろこぶ。

高齢で金持ちの未亡人が一人で暮らしている。これは危険なほど無防備だと心配しつつ、直美の中でもうひとつのひらめきがあった。もちろん斎藤夫人に高価な物を売りつけるという話ではない。達郎をはめるために利用できないかということだ。この前会ったとき、達郎は、外商の顧客を紹介してよと言っていた——。

「ねえ、小田さんは大学で何を専攻したの？」

「西洋美術史です」

「あらそうなの。実はわたし、趣味が美術館巡りなのよ」

斎藤夫人が目を輝かせ、一時間前とまったく同じ話をする。直美はポーカーフェイスを保ち、世間話に付き合った。こうするよりほかになかったからである。

カップに口をつける。出された紅茶は、さっきにも増して味が薄かった。

11

一晩考えた末、直美は外商の顧客、斎藤夫人を達郎に紹介することにした。これがどういう展開につながるのか、さしたるプランがあるわけではなかったが、とにかく一歩を踏み出したくて決心した。

達郎はことぶき銀行の新宿ブロックのファイナンシャル営業というから、エリア的にはちょうどいい。紹介する理由としては、現在取引している銀行の対応に不満を抱いていて、もっと親切にしてくれる銀行があれば預金を移したいという顧客がいる、代々木在住なのでよかったら相談に乗ってあげてもらえないか——というものだ。

直美は頭の中で口上を何度も繰り返した。不自然さはないはずなので、達郎から疑われることはないだろう。
午前中、誰もいない外商部のVIP用応接サロンで加奈子に電話をした。顧客を紹介
したい旨、伝言役を頼むと、「直美、何か企んでるの？」とすぐさま返された。直美が
達郎のことを思うわけがないので、疑うのは当然だろう。
「どうなるかわからないけど、あんたの旦那をはめてやろうかと思って」
直美は、達郎に紹介する顧客が認知症の疑いが濃い一人暮らしの老女であることを打
ち明けた。葵百貨店の外商部に頼り切りで、都合よく使えそうなことも伝えた。
「ちょっと、本気？」加奈子は半信半疑の様子だった。
「自分でもわからないけど、あんたをこのままには出来ない。だから達郎さんには消え
てもらうのがいちばんいいと思ってる」
直美が率直に言うと、加奈子は絶句し、電話の向こうで喉を鳴らした。
「わたしにも確固たる意思があるわけじゃないんだよ。でも、何か行動を起こさないと、
辛くて、辛くて、じっとしていられない」
「どうしてよ。わたしのことじゃない」
「ほんとにね。自分でも説明がつかない。でもさ、主な理由はあんたが無抵抗だからだ

よ」

「わたしのせいなの？」

「そう。加奈子のせい。あんたが警察に駆け込むなり、弁護士を雇って離婚調停を起こすなりしてくれたら、わたしも少しは楽になる」

「だから、そんなことしたらわたしが殺されるって」

「でしょ？　だから旦那に消えてもらうしかないじゃない」

直美が持論をぶつけると、加奈子がまた黙った。しばらく互いに吐息を漏らし合う。

「つまり直美が言いたいことは、わたしたちで達郎さんを殺すってことなの？」

加奈子がぽつりと言った。わたしたち――。直美は、加奈子がそう口にしたことを意外に思った。自分も勘定に入れている。馬鹿なことを言わないでと、端《はな》から取り合わないと思っていた。

「殺すって言うのやめようよ。排除するだけだから」

直美は話を続けた。

「どういうこと？」

「言葉の問題って大事じゃない。蠅《はえ》や蚊を殺すとは言わないで、退治とか、駆除とか言うでしょ。それと同じ。わたしには排除の意識なの」

「うん、そうね……」

「わたしだって、どこまで本気かわからないわよ。でもさあ、このまま流されていいわけないじゃん。あんた、一生暴力を振るわれて、牢獄の中で暮らすようなものだよ。それでもいいいわけ？」

「よくないけど……。でも、どうして直美がそこまで気にしてくれるのか、やっぱりわからない」

加奈子が話を戻した。

「じゃあ親友だから。それでいい？」

実際のところ、直美も自分の感情が説明出来なかった。平凡な女が、人を殺すことを考えている。それも半ば義務感のようなものに突き動かされてのことだ。

「本当のことを言えば、わたしだって自分がよくわからないけどね。何を夢みたいなことを考えているんだろうと思ったり、排除出来たら絶対に隠し通せる自信があると思ったり。ほんと不安定。加奈子と一緒だよ」

「……わたしね、前に台所で包丁を研いでるとき、これで達郎さんが寝入ったときに心臓をブスリと刺すと解放されるかなあって頭に思い描いて、包丁を振りかざして練習したことがある」

加奈子の話を聞き、直美は一瞬背筋に鳥肌が立った。加奈子の心の中には、実は殺意があるのではないか――。

「あら、そうなの。いいんじゃない。そういうの」

直美はわざと軽く返答した。

「でも、実際に達郎さんが帰って来ると、体が縮こまって言うことを聞かなくなるんだけど」

「でも、そういうの、頭に思い描くだけでも進歩なんじゃない」

「そう思う？」

「そうだよ」

「実はわたしもそう思った。いよいよとなったら殺して――じゃなくて、排除出来るかもって、そういう選択肢が、小さな可能性だとしてもわたしにあるっていうのは、なんか暗闇にひとつだけロウソクの火が灯った気分って言うか――」

加奈子がうれしそうに言う。

そうだ、やっぱり選択肢なのだ――。直美は意を強くした。排除するという選択肢があることが、自分への励ましになるのだ。

「よかったじゃない。じゃあ最終的にどうするかは先送りにして、計画を推し進めよう。

だから旦那に代々木の顧客の件、伝言しておいてね。罠《わな》にかかってくれれば、また次のステップを考える。どっちにしろ、わたしたちに一枚カードが入るってことだから」

「うん、そうだね」

「耐えられる？」直美が聞いた。

「うん。びくびくする毎日は変わらないけど」加奈子が答える。

「今度暴力を振るわれたら、もう隠さないでね。そうなったら、わたしたちは排除することを真剣に考える。これは運命なんだと思おう」

「そうか、運命か」

「そう、運命」

二人で言い聞かせるように確認し合った。

電話を終えると、直美はソファに深々と身を沈めた。天井を見上げる。シャンデリアのクリスタル装飾が、照明を浴びて光り輝いている。しばらく眺めていた。自分の心の中にもロウソクの火がひとつ灯った気がした。今のところ、それは小さな灯に過ぎないが、少なくとも漆黒の闇ではなくなった。加奈子は毎日震えて生きているが、それだけではなかった。脱出する意思はあるのだ。

何やら足場がひとつ出来た感があった。もっともそれは、二人のしようとしていることことを支えるには、まだまだ頼りないものなのだが。

　加奈子に伝言を頼んだら、その日のうちに達郎から携帯に電話がかかってきた。よほど成績を上げたいのか、あるいはノルマがきついのか、釣り糸を垂れたらすぐに当たりがあった感じである。

「うれしいなあ。その人、病院を経営してた院長の未亡人だってね。うちに預金を移してくれるのかなあ」

　達郎に、以前マンションで直美と顔を合わせたときの気まずさはどこにもなく、あくまでも快活だった。

「全額ってわけにはいかないけど、口座を開設したら、支払いの振り込みとかもあるし、ある程度は移してくれるんじゃないかしら。わたし、先方に一度確認してみますけど」

「ありがとう。じゃあ、ぼくは電話を待っていればいい？」

「うん。こちらからかけます」

「ちなみにその人、歳はいくつ？」

「七十九歳だと聞いてますけど」

「おお、ラッキー。八十歳を過ぎると、投信を買ってもらったりするとき、家族の同意書が必要になって来るんだよね。七十九歳ならぎりぎりセーフ。もし買ってくれるなら、手間が省ける」

「そうですか」

よくわからないが、それはこちらにも都合がよさそうである。

直美は一旦電話を切り、深呼吸した。これから斎藤夫人に、銀行の口座開設を頼まなければならない。こちらのことは完全に信頼しているし、大丈夫だとは思うのだが。心臓がドキドキした。

斎藤夫人宅に電話すると、夫人は「小田さん。ちょうどよかった」と素っ頓狂な声を上げ、今から来てくれないかと言い出した。

「テレビが映らないの。リモコンのスイッチを押しても、ウンともスンとも言わないのよ」

直美は今すぐ訪問することを了承した。どうせリモコンの電池切れとか、操作ミスとか、そういう勘違いと想像出来たが、斎藤夫人にとって機械はすべてブラックボックスなのだから仕方がない。

果たして駆けつけてみると、テレビ本体の電源スイッチがオフになっていたため、リモコンが用をなさなかっただけのことだった。掃除でもしたとき、スイッチを押し込んでしまったのだろう。

「ごめんなさいね」

　斎藤夫人がしきりに恐縮している。直美としては頼みやすくなった。

「奥様、先日、取引銀行が最近あまり来てくれないというお話をなされていたと思うんですが、もしよろしかったら、ほかの銀行の口座を開設して、そこからインターネットで当店に振り込む形を取られたらいかがですか？　そうすれば銀行の窓口に行く必要が一切なくなりますから」

「わたし、インターネットって聞いただけで怖くなるのよ」

　夫人が両手で頬を包み、不安そうな目で見た。

「大丈夫です。ことぶき銀行の新宿エリア担当に知り合いがいますから、わたしが全部お世話させていただきます。振り込みのときは、わたしが操作しますし、それ以外のことも、たとえば、お米をネットで買うとか、そういうこともお手伝いします。ほら奥様、先日お伺いしたとき、近所のお米屋さんがコンビニになったから、もう配達してもらえないって、おっしゃってたじゃないですか」

「そう、お米。わたし、それがいちばん困ってるのよ」

「じゃあ、インターネットを始めましょう。パソコンなんて安いものです」

「パソコンはあるの。娘が買い替えたとき、古いのをうちに持ってきて、お母さんもパソコンを始めなさいって——。そのときのパソコンが押し入れに入ってるのよ」

「じゃあ簡単です。わたしが初期化して、プロバイダー契約も、設定も、すべてやります」

直美は気がはやった。特別パソコンに詳しいわけではないが、それくらいなら自分にだって出来る。

「そうねえ、お願いしようかしら。銀行より、わたしはお米なの」

斎藤夫人が乗って来たので、早速パソコンを押し入れから出してもらい、スイッチを入れた。ネットバンキングを始めてもらうためには、一刻も早く使える状態にしておく必要がある。

「ねえ、お紅茶淹れるわね」

斎藤夫人は全部直美に任せきりで、操作を覚えようという気もない様子だった。ブラインドタッチでキーボードを叩く直美を、少し離れた場所から眺めるだけだ。

直美の携帯には会社や得意先から何本も電話がかかってきたが、出ないで作業に没頭した。自分は少しずつ何かに取り憑《つ》かれつつある。

　翌日はマンション前で達郎と待ち合わせた。加奈子に暴力を振るう男だとわかってから、会うのは苦痛であり、緊張を強いられる。直美は明るく振る舞いつつも、なるべく目を見ないようにして話した。

「斎藤さんはここ数年、膝を悪くしてあまり出歩きたくない方なんですよ。だから外商が買い物から、役所の手続きから、何でも面倒を見てるんですけど、銀行のことになると、さすがに通帳や印鑑を預かったりするわけにはいかないから、達郎さんにお願い出来ないかなって。今はかもめ銀行の代々木支店に口座を持ってるんですけど、ご主人が亡くなられてからは、だんだんと扱いが格下げされてる感じがして、それが不満みたいです」

「ちなみに金融資産はどれくらい持ってそう？」達郎が小声で聞く。

「さあ、そこまでは……。でも、葵百貨店で年間五百万円以上の買い物はずっとしていただいているので……。それもカード決済じゃなくて銀行振り込み」

「うそ。どうしてカードじゃないの？」

「昔の人だから現金主義なんですよ。店側としてはカード会社の手数料が発生しない分、ありがたいんですけど……。それと、夫に頼りっきりの生活を送ってきたせいで、ちょっと浮世離れしたところがあるのかしら」

「ふうん。高齢者にはいるよね、そういう人。普通預金に一億円以上を平気で置いてる人って」

達郎はしきりにうなずいていた。

二人で斎藤夫人を訪ねると、若い話し相手がまた家にやって来たことを無邪気によろこび、いつものように紅茶を出してくれた。それは以前にもまして味が薄かったが、達郎は驚くことなく、何食わぬ顔で飲んでいた。どう思ったか、直美のほうが気になった。

「奥様、昨日もお話しさせていただきました通り、ことぶき銀行に口座を作っていただき、ネットバンキングを始めてくだされば、振り込み等はすべてご自宅にいながら行うことが出来ます」

直美が前日の話を確認すると、斎藤夫人はまるで警戒することなく、「うん、わかったわ。だからあとは小田さんがやってちょうだい」と預金通帳を差し出した。

「いえ、これはわたしが見るわけには……」直美が焦って押しとどめる。

「普通預金に五千万円ぐらいは入ってるんじゃないかしら。自動引き落としもいくつかあるから、全部移すってわけにはいかないけど、二千万円かそこらならいいわよ」

斎藤夫人があっさりと承諾する。夫人の説明によると、夫が他界したとき金融資産の二分の一を相続したが、銀行が系列の証券会社の人間を連れてやって来て、二億円分のファンドラップを買わされ、その直後にリーマンショックが起きて大きな含み損を抱えるはめになったそうである。

「それで、うちの子供たちが支店長を呼び出して、金融の素人に何でものを売りつけるんだって抗議したら、それ以来、向こうは家族を恐れてあまり近づいて来ないのよね」

紅茶をすすり、不服そうに言う。達郎が身を乗り出して話に加わった。

「斎藤様、それは災難でしたね。あのときは多くの投資家が含み損を抱えて大変な目に遭いましたが、リスク分散を勧めなかった銀行の担当者には大いに責任があると思います。簡単に言ってしまうと油断です。それまでの安定した株高に慢心して、お客様への事前説明がおざなりになっていたんですよね。これはすべての銀行員の反省すべき点ですが、お客様に大きな損を与えてしまい、そこで改めて企業コンプライアンスを見直そうということになったんです」

「ごめんなさい。むずかしいこと言わないでちょうだいね。わたし、わからないから。かもめ銀行の人も、むずかしい話をいっぱいして、それで気が付いたら契約書に判子を捺《お》していて、わたし大損したのよ。もう息子や娘に怒られちゃって――」

斎藤夫人が微笑みながらも、毅然《きぜん》と言い返した。銀行に対しては今でも不信感があるようだ。

「わたしは葵百貨店の外商部を信じてるから、小田さんに任せるの。だからわたしに説明するより、小田さんに説明したほうがいいわよ」

「はい。わかりました。そのようにさせていただきます」

達郎は平身低頭した。直美にとってはとんだ買い被りだが、願ってもない展開である。

「それでは、ことぶき銀行新宿支店に普通預金口座を開設するに当たり、いかほどお移しいただけますでしょうか」

「小田さん、どうしよう。いくらがいい？」

斎藤夫人はそんなことまで直美に聞いた。

「とりあえず三千万円でどうですか。うちへの支払いは当面その中から充てることにして、足りなくなったら、かもめの定期を解約してまたことぶきに移すというのは……」

資産家の執事になった気分で、直美が提案した。

「じゃあそうしてちょうだい。手続きは全部小田さんにお願いね」

「かしこまりました。ただし、預金を移すときだけ、銀行の窓口までご同行願います。ご面倒でしょうが、うちから車を出させていただきますので……」

「はい、はい。わかりました」

斎藤夫人が気のない返事をする。この夫人にとってお金はどうでもいいことなのかもしれない。

　話がまとまったので、その場で口座開設の手続きを始めた。達郎が鞄から必要書類を取り出し、斎藤夫人がそれに書き込む。「ねえ、ここって何番地だっけ」住所欄の所でペンを止めて聞いた。

「少しお待ちください」

　直美は素早くアドレス帳を取り出し、斎藤夫人の住むマンションの番地を読み上げた。

「そうそう、そうだったわ」

　恥ずかしがるでもなく、淡々と書き進める。

　達郎はとくに反応は見せなかったが、直美は認知症がばれないかと肝《きも》を冷やした。達郎と会わせるのはこの先なるべく避けたほうがよさそうだ。あとは自分がそばについて、すべてをやるのだ。ネットバンキングの開設は、すべてパソコン操作で出来る。

　用件が済み、斎藤夫人宅を辞去すると、達郎があらためて礼を言った。

「小田さん、ありがとう。預金獲得ノルマの数カ月分を達成しちゃった。今度飯でも奢《おご》るからね」

「いえ、いえ。いいです。こちらこそありがとうございました。お客様に銀行を紹介出来て、わたしも面目が立ちました」

直美が即座にかぶりを振る。一緒に食事だなんて死んでもいやだ。

「今日中に開設の手続きを済ませるから、明日にはネットバンキングの申し込みが出来ます。その後一週間ぐらいで暗証カードが書留で届くから、それ以降はネット振り込みもオーケーです」

「はい、わかりました」

「出来れば三千万円のうち、一千万円でいいから、投信か債券を買ってもらえないかな。現在の株と為替の相場だと、まず損をさせることはないと思う。斎藤さん、小田さんの言うことなら聞いてくれそうだし、一度頼んでみてくれない？」

「じゃあ折を見て……」

ここは言葉を濁しておいた。直美の狙いは、斎藤夫人の預金を達郎が着服したように見せかけるものだが、その前段階として、少しぐらいは餌を撒《ま》いておいたほうがいいかもしれない。

もっとも、それは達郎を排除する前提での行動だ。そのことを思うと、頭の半分が痺《しび》れた感じになる。

今のところ罪は何ひとつ犯していない。しかし次の一歩は、間違いなく犯罪となるだろう。

達郎とは駅で別れた。加奈子の名前は一度も口にすることはなかった。妻の親友という関係で、それはあまりに不自然だったが、直美にそんな余裕はなかった。

気がつくと脇に汗をびっしょりとかいていた。

12

もはや直美の頭の中は、いかにして達郎を世の中から排除し、それを隠し通すかという考えに占拠されていた。まるで推理作家のように日々思考に耽《ふけ》り、いろいろな方法を模索し、ゲームのようにシミュレーションを繰り返している。何かに似ているなと思ったら、それは恋愛だった。好きになった人のことが、片時も頭から離れない。それと同じことをしている。

本当に実行に移す気でいるのか、自分でもよくわからなかった。しかし一人でいるときは、常にその計画が頭に浮かび、それを動かすことに夢中になっている。

基本計画はこうだ。達郎を絞殺して山奥に埋める。斎藤夫人の銀行口座からいくらかを達郎の口座に移し、妻の加奈子が引き出す。そして加奈子が警察に捜索願を届け出る。直美が斎藤夫人の預金が誰かに不正操作され、消えてしまったと、ことぶき銀行新宿支店に問い合わせる。そこで銀行は達郎が顧客の金を着服したことを知る。銀行員がいちばんやってはならない犯罪だ。

ここで金額が問題になる。被害額が三千万円だと、銀行は警察に届け出る可能性が高い。だから全額はやめておいたほうがいい。けれど一千万円なら銀行は被害額を補塡《ほてん》し、もみ消しを図るのではないか。

その点については賭けるしかないが、斎藤夫人の被害は出来るだけ抑えたいので、一千万円で行ったほうがよさそうだと思っていた。もっとも斎藤夫人にとっての一千万円は、お小遣いの年額くらいのものだろうけれど。

そしてその金は、直美たちの物にする気はなかった。お金が欲しくてやるわけではないのだ。慈善団体に少しずつ寄付するとか、東日本大震災の被災地に届けるとか、そうやって使うつもりだ。そうしないと、この行為を心の中で正当化できない。

不思議なもので、そうやって考える時間が積み重なるほど、計画そのものが既成事実化する感じがあり、それに比例するように、直美の心は落ち着いていった。自分には案外冷血な部分があるのではないかと、そんなことを思い始めている。

その日はまたしても李朱美から呼び出しがあった。それも商品の購入ではなく、相談事があると言う。もうこの頃になると、朱美の図々しさにはまるで腹が立たなくなっていて、逆に恩を着せてさらに商品を売りつけようと直美は思っていた。それに、朱美の話し相手をするのは楽しい。

「わたしのお願い事は、アパートを借りるのに保証人になってくれませんかということですね」

いつものようにランチを食べながら、朱美が事もなげに言う。さすがに直美は躊躇した。知り合って間もない人間によくそういう頼み事が出来るものだ。

朱美の説明によると、これまで従業員寮として借りていたアパートが老朽化による取り壊しで、退去しなければならなくなった。新しいアパートを池袋で見つけたが、不動産会社から、契約に際して連帯保証人を二人付け、そのうちの一人を日本人にして欲しいと要求されたとのことだ。

「もう一人の保証人は陳会長ですね。でももう一人、日本人の保証人が必要ですが、わたしには日本人の知り合いは小田さんしかいないのことですね。たかだか家賃は八万円です。これくらいの金額をうちの会社が滞納することはありえませんね。たから絶対に迷惑はかけません。小田さん、とうかお願いね」

朱美は人に物を頼むときも堂々としていた。恐縮した素振りがひとつもないのは、中国人にとって、これも一種の交渉事だからだろう。

　直美はどうしようかと考えた。人情としては引き受けてもいい。それに万が一のことがあっても、朱美の言うように、アパートの家賃程度でひどい事態には陥らないだろう。

「日本では連帯保証人になると、契約人と同じ責任を負わされるんですよ」

　直美は一応、事の重大性を説いてみた。

「わかってるのことですね。連帯保証人は日本独特の制度です。中国ではありえません。なぜなら、第三者が誰かの支払いを保証するという発想そのものがないからです。仮に中国でそんな制度があったとしても、連帯保証人の引き受け手などいないでしょう。誰が信じますか、そんなもの」

　朱美が率直に言うので、直美は苦笑してしまった。

「日本で中国人がアパートを探すのは大変ですね。日本人なら連帯保証人は二人もいらないでしょう。中国人たから差別されてるのことです」

「それはわたしに言われても……」

「お願いします。引き受けてくれたら恩に着ます」

　そう言いつつ、頭ひとつ下げないのが、彼女らしさである。

　直美は引き受けることにした。もちろん見返りも求めてだ。

「社長。ではわたしのお願いも聞いていただけますか。来月、葵百貨店で骨董品展が開催されるんですが、外商も売り上げノルマが課せられています。少しご協力いただけると幸いです」

慇懃に微笑んで言うと、朱美はしばし直美を見据えた後、「仕方がないのことね」と吐息交じりに返事をした。

「ただし二十万円まで。そして中国で転売し易い日本の古美術品であること。いいですか？」

「ありがとうございます。わたしも保証人の件、了承いたしました」

交渉が成立すると、食事の後、事務所でアパートの賃貸借契約書にサインをした。印鑑は三文判を朱美が買って捺すことになった。それで異存はない。

用が済んだので帰ろうとしたら、達郎に瓜二つの中国人従業員が事務所に入って来た。食材の入った段ボール箱を台車で運び入れている。

久し振りだったので、視線が吸い込まれた。

「あの男の人は何て名前の人ですか？」直美が朱美に小声で聞く。

「林竜輝《りんりゅうき》と言います。とうかしましたか？」

「いえ、とくに……」

「ハンサムですが、中国に奥さんと子供がいるのことですね」

「そんなんじゃありません」直美は即座にかぶりを振った。「ちょっと、そっくりな人を知っているので……」

「中国人ですか？」

「いえ、日本人です」

「そうですか。同じ東アジア人たから、似ている人がいても不思議ではないですね。西洋人から見ると、中国人も日本人も区別がつきません」

つい見つめていたら、林竜輝という男が振り返り、目が合った。直美を憶えている様子でぺこりと頭を下げた。

「林さん、こちらに来て」朱美が呼び寄せた。「あなたたちが住むアパートの保証人、この人に頼みました。葵百貨店の小田さんです。あなたもお礼を言うのことですね」

彼女の紹介に、林竜輝は恐縮した様子で眉を下げ、「ありがとございます」と礼を言った。同じ中国人でも朱美とはちがって純朴そうである。やはり田舎の出身なのだろう。

直美は林竜輝の顔を眺めながら、何かに使えないかと考えていた。もちろん、達郎を排除する計画のことである。家族だって遠目には達郎本人だと思うはずだ。アリバイ工作か何かに利用出来たら……。急には思い浮かばないが、知恵を絞ってみる価値はある。

「林さんは真面目で働き者のことですね。今三十歳で、うちでは一年半前から働いています。日本語はまだまだですが、うまくなったら営業の仕事も頼みたいと思てるのことですね……」

直美は朱美の言葉を上の空で聞いていた。

翌日、池袋の不動産会社から直美の携帯に電話がかかってきた。朱美から、連帯保証人になるに際して確認の電話があるかもしれないと聞いていたので、その件かと思って出ると、そうではなく、困ったような声でいろいろ聞かれた。そのひとつは、どういう人が住むのか知っているのかという問い合わせだ。

「いいえ。わたしは李社長の担当をさせていただいている葵百貨店の社員で、そのアパートに住む中国の人たちまでは知りません」

直美がそう答えると、不動産会社は次のようなことを言い出した。

居住する従業員のパスポートのコピーを提出するよう求めたところ、曖昧な返事ばかり繰り返してちっとも見せようとしない。そういう態度だと、当社としても家主に説明出来ないので、連帯保証人たる貴女にどういうことか聞いて来て欲しいとのことだった。

直美は早速トラブルかと呆れた。中国人を相手にして、事がすんなり運んだためしがない。まったく李社長は――。もうすっかり慣れたせいか、心の隅で嗤《わら》う余裕があった。

仕方がないので朱美に電話をすると、朱美も困った様子で、「実は一人パスポートを持てない従業員がいたのことですね」と物騒な事情を打ち明けた。

「昨日、小田さんに紹介した林さんです。留学ビザで入国したと聞いていたので、アルバイトとして雇っていたのことですね。ても昨日、パスポートを見せて欲しいと言ったら、失くしたとか、人に貸したとか、はっきりしない言い訳ばかりするので、問い詰めたら、実は密入国だとわかりました。彼は台湾経由で沖縄に上陸した密航者でした。わたし騙されてたのことですね」

「密航なんて出来るんですか？」

直美が聞いた。一般人としてはにわかに信じがたい話である。

「それは海に囲まれてるから簡単ですね。中国には密航を斡旋する業者がいます。日本にも業者がいて、沖合で漁船に乗り移るのことですね。日本に渡ってしまえば、働くところたくさんあるし、お金を中国の家族に送って、そろそろと思えば品川の入国管理局に出頭すれば、強制送還されるので、ただで帰国できます」

「社長は、雇うとき身元確認しないんですか？」

直美が聞くと、朱美は一瞬返事に詰まった後、「聞き取りはしますが、パスポートの提示までは求めませんのことですね」と言い訳した。密入国者とわかると雇えないので、曖昧なまま済ませているのかもしれない。

「で、アパートの契約はどうなるんですか？」

「二人住まわせる予定だったので、もったいないのことですが、当分は林さんを抜きにして一人にします。それなら不動産会社も文句は言わないと思います」

「じゃあ、林さんは？」

「可哀想だけどクビにします。密入国者とわかって雇い続けると、入管の調査が入ったとき、今度はわたしが罰せられますね」

それはもっともである。直美は林竜輝の顔を思い浮かべた。

「林さんはどうなるんですか？」

「まだ中国には帰らないでしょう。三年は働かないと家が建ちませんから。彼は身分を隠して別の店で働くと思います。中国式マッサージとか、中華レストランの皿洗いとか。とのみちパスポートがないのたから、目立たない場所で隠れて暮らすことになりますね」

「三年で家が建つんですね」

「上海は無理ですが、田舎なら大きな家が建ちます」

そのとき、直美の頭の中でアイデアがひらめいた。彼はパスポートを持っていない――。

「社長、林さんとは、解雇した後でも連絡取れますか？」

「そりゃあ中国人社会はとこかでつながってますから、連絡は取れると思います。だいいち彼は自分のケータイを持ってるのことですね。身分証なくても裏取引されています」

「今度、その番号教えてください」

「それはいいですけど……、とうしてですか？」

電話の向こうで朱美が訝っている。

「なんでもいいですから。こっちの都合です」

「前にも言いましたが、彼は中国に奥さんも子供もいるのことですね」

「そんなんじゃなくて――。いえ、そっちのほうがいいんです」

直美は興奮してしゃべっていた。達郎と瓜二つの中国人が、密入国者として東京にいる。つまり林竜輝は、本来東京にはいないはずの人間なのだ。

朱美が番号を教えてくれたのでメモした。今夜にでも加奈子に知らせようと思った。

今思いついた完全犯罪のシナリオを――。

興奮しながら、直美は足が五センチほど宙に浮いた感じがした。誰かが自分を連れて行こうとしている。その誰かは、別の自分なのかもしれないが。

　また頭の中の半分が痺れていた。

13

　林竜輝の新しい職場は、同じ池袋の中華レストランの厨房だった。李社長の食品店とは目と鼻の先だ。彼らは、チャイナタウンという小さな世界で生息するしかないのだろう。

　調理師の腕前があるとは思えないので、恐らく皿洗いだ。低賃金であることも容易に想像できた。フルタイムで働いても、月の手取りは十万円程度なのではないか。以前、テレビのニュース番組で、研修生名目で来日する中国人労働者の月給を知ってびっくりしたことがある。社会主義国家の国民が、資本主義の底辺に置かれているとは、なんとも皮肉な現実である。

　直美は、恐る恐るかけた電話で、林竜輝本人の居場所を聞き出した。最初は警戒し、話すことすら渋っていたが、「会ってくれたら五千円差し上げます」と言ったら、戸惑いながらも口調をやわらげ、今の働き先を教えてくれた。そして会うことも承諾した。もしかしたら、妙な誤解を受けたのかもしれないが。

待ち合わせ場所は池袋西口公園。時間は林竜輝が午後三時を指定した。きっと店の休憩時間だろう。この日の第一の目的は、達郎に瓜二つの中国人がいるという事実を加奈子に信じさせることだ。

直美は数日前、加奈子に会って自分の立てたプランを開陳した。事が事だけに、言葉を選びながら慎重に話した。紙とペンを用意し、時系列で何をすべきかを家庭教師のように説明した。

推理小説にでもなりそうな大胆なトリックに、もっと驚いてくれるかと思いきや、加奈子はそれ以前に、達郎にそっくりの人間が池袋のチャイナタウンにいると直美が前に話したことを、あまり信じていなかったらしく、その先に進めない様子だった。

「そっくりって言っても、本当は似てる程度なんじゃないの？」

「ううん。瓜二つ。達郎さんを知ってる人なら、誰だって見ればぎょっとする」

「でも、近くで見ればやっぱりちがうんじゃないの？」

「近くで見ても一緒なんだって。髪型もほぼ一緒」

直美が強く主張しても、疑いの態度を解こうとしないので、とりあえず加奈子に林竜輝を会わせることにした。実物を見たら、加奈子もこの計画を天の配剤だと思うはずである。神様が与えてくれたチャンスなら、逃すのは罪のような気がしてならない。

　少し早めの時間に公園に到着し、東京芸術劇場のすぐ前に建つオブジェの前で待機した。ここなら現れた林竜輝をまず遠目に見て、全体像から顔のアップまで順次確認することが出来る。

　念のため、加奈子には達郎のパスポートのコピーを持参してもらった。直美としては、なんならこのまま交渉に入ってもいいくらいの気構えでいる。

　男を待ちながら、加奈子は緊張した様子で体を揺すっていた。顔も青白い。直美もつられて落ち着きを失った。これからしようとしていることこそ、犯罪への初めの一歩だ。斎藤夫人に勧めた銀行口座開設など、これに比べればまだ準備段階に過ぎない。

　バッグに入れてあったペットボトルの水を取り出し、喉を湿らせた。加奈子が「わたしも」と言うので手渡すと、二口、三口と続けて飲んだ。

　林竜輝を口説き落とそうと思いつつ、引き受けられたときの脅えも直美の胸中にはあった。自分にどれほどの覚悟があるのか、未だによくわからない。彼が提案を拒否したら、ほっとしてしまうかもしれない。

　東京はもう夏の陽気だった。コンクリートの地面からの照り返しが、脛《すね》をじりじりと焦がし、風がないため熱気が公園全体に溜まっている。汗が顔に浮かび、呼吸も荒くなってきた。

午後三時になり、どこからともなく時報音が聞こえた。「来なかったりして」加奈子が、そうあって欲しいような口調でつぶやく。

「来るって」直美は来て欲しかった。せっかく勇気を奮って電話をしたのだ。

通行人を凝視していると、北の方角から白い厨房服を着た男がやって来た。彼だ——。

直美は急に脈が速くなった。

「ねえ、ねえ、あの人。よく見てて」直美は加奈子の腕をつかみ、顎をしゃくった。

加奈子が視線を向ける。「えっ、えっ、うそ……」隣で絶句した。

「そっくりでしょ」

「うーん……、どうなんだろう」

一度は絶句した加奈子だが、すぐに疑問を口にした。

「そっくりでしょう」

「確かに遠目だと似てるけど……」

「瓜二つじゃない。よく見てよ」

直美は抗議するように言った。最初見たとき、こっちは腰を抜かしそうになったというのに。

「うん、そうね。確かに似てるかも」

加奈子がうなずいたが、反応は芳《かんば》しくなかった。やはり毎日顔を突き合わせている夫婦だと、そう簡単に瓜二つだとは思えないのだろうか。

林竜輝が近づいて来た。困惑した表情をしている。こちらが二人なので、ますます用件がわからなくなったのだろう。二メートルほど手前で立ち止まり、直美と加奈子を見比べた。

「こんにちは。突然すいません。時間は大丈夫ですか」直美が聞いた。

「一時間たけなら大丈夫」

林竜輝が発した声はうわずっていた。表情も硬く、緊張している様子だ。きっとこの中国人青年は、プライベートで日本人と話す機会などなく、ましてや若い女となると初めての経験なのかもしれない。

「じゃあ、すぐそこの喫茶店で話しましょう。あ、その前に、こちらはわたしの友人で白井《しらい》加奈子さんです」

直美が旧姓で紹介して、加奈子を見ると、まだ凝視したままだった。

「ねえ、加奈子。こちら林さん」

「あ、すいません。は、初めまして」

「こちらこそ、初めまして」

林竜輝が丁寧にお辞儀をする。その動作もぎこちなくて、いかにも純朴そうだった。李朱美とは正反対である。

三人で公園近くの古びた喫茶店に移動し、いちばん奥のテーブル席についた。コーヒーのいい香りがするが、老夫婦が経営していて、場末感が漂っている。人に聞かれたくない話なので、あらかじめ探しておいた寂《さび》れた店だ。

「何を飲みますか？ もちろんわたしが払います」直美が聞く。

「じゃあ、アイスコーヒー、お願いします」林竜輝は遠慮がちに答えた。

同じものを三人分注文する。

その間も、加奈子の目は林竜輝に釘付けになっていた。遠慮のない視線に、林竜輝はたじろいでいる。

「ねえ、そんなに見ちゃ失礼」

直美が肘《ひじ》でつつくと、加奈子はそれには答えず、「眉は抜いたほうがいいね」と静かに言った。

「眉を整えればオーケー。一見して達郎さんに見える」

「どっちよ。正直に言って。この人を身代わりにしていけると思うのか、いけないと思うのか」

「いける」加奈子が直美のほうに向き直った。「ごめん。直美の言う通り、達郎さんに似てる。わたしは細部まで知ってるから、先にそっちに目が行っちゃった。少し引いて全体を見れば、瓜二つと言っていいかも。徐々にわたしも驚いてきた。直美がびっくりしたのは無理ないと思う」

「よかった」

直美はほっとした。似てるか似てないかは、計画の根幹なのだ。

「じゃあ、話を進めてもいい？」

「うん」

加奈子が力強くうなずいてくれたので、直美は話を始めることにした。ゆうべ考えてきた口上だ。林竜輝は日本語が得意ではなさそうなので、出来るだけわかりやすく説明しなければならない。

「わたしたちは、あなたに仕事を頼みたいと思っています。それは、あなたが、ある日本人のパスポートを使って、中国に帰るという、それだけの仕事です。ただし、中国に帰ったら、そのパスポートは燃やして、二度と使わないでください。報酬は……、報酬という言葉はわかりますか？」

「ごめなさい。わからない」

林竜輝が申し訳なさそうに首を傾げた。

「報酬とは、あなたにあげるお金のことです」

「給料のことですか？」

「そうそう。給料」

直美は、思わず人差し指を振った。

「わたしたちの頼みを聞いてくれたら、給料をあげます。その金額は二百万円です」

直美が独断で決めた金額を言った。斎藤夫人の口座から一千万円抜くので、そこから支払うつもりだ。

「それは日本のお金ですか？」林竜輝が聞く。

「もちろん。元じゃなくて円。一万円札が二百枚」

直美が指を二本立てて突き出した。林竜輝はキツネにつまれたような顔をしている。

「二百万円。わかりますか？」

「わかりますけど、とうしてそんな大金をわたしにくれますか？」

「それは聞かないで欲しいんです。正直に言いますが、大金を払うということは、法律に反することをお願いするからです。あなたは他人になりすまして、その人のパスポートで日本から出国します」

「パスポートはニセモノですか？」

「いいえ、本物です。あのね、実は林さんにそっくりな日本人がいるので、そのパスポートを使えば、疑われずに帰国出来るの」

林竜輝がむずかしい顔で首を傾げる。まだ日本語を習得中となれば、己の理解力を疑うのも無理はない。

「じゃあ、これを見てちょうだい」

直美はパスポートのコピーを出すよう加奈子に促した。加奈子がバッグからそれを取り出す。テーブルに置いて差し出すと、林竜輝は一瞥したのち、えっという顔になり、身を乗り出して見入った。

「林さんにそっくりな人がいて、その人のパスポートです。これを使えば、出国でも入国でも疑われないと思います。だから林さんは、このパスポートを使って中国に帰ってくれればいいのです」

「でも……、何のためですか？」

「だからそれは言えません。言えないことだから大金を払うのです。二百万円あれば、中国の故郷に家を建てられるんじゃないですか？　李社長から聞きました。林さんは家を建てるお金を稼ぐために、日本にやって来たと——。しかも、林さんは密入国なのでパスポートを持っていません。だからこの話は、林さんにとってとても得をする取引だと思います。どうですか？」

直美が言った密入国の言葉に反応し、林竜輝は表情を硬くした。

「いつ取り締まりがあるかと、びくびくしながら日本で働くより、二百万円もらって、さっさと中国に帰って家族と暮らすほうがいいと思いませんか？　これも李社長に聞きました。林さんには奥さんも子供もいるそうですね。離れ離れで暮らすのは淋しくありませんか？　もう一年半、会ってないんでしょ？」

「わたし、ちょっと信じられません。とうして他人のパスポートを使って中国に帰るだけで、二百万円ももらえますか？」

「それを出来るのが、あなたしかいないからです。だってこのパスポートの日本人と林さんは同じ顔でしょ？」

直美はコピーされたパスポートの写真を指で叩いた。

「この人は誰ですか？」

「それは言えません。そういう秘密も含めての二百万円なんです」

直美が回答を拒むと、林竜輝はまたむずかしい顔になり、腕を組んで黙り込んだ。

「お願い。引き受けて。二百万円貯めようと思ったら、二、三年はかかるんでしょ？　しかも家族と離れ離れで。それより二百万円もらって今すぐ帰るほうがいいじゃない。子供に会いたくないの？　まだ小さいんでしょ？」

「四歳の女の子と二歳の男の子です」

林竜輝がうなずいて言った。

「可愛い盛りじゃない。三年も離れて暮らすなんて人生の損失だと思うけど」

「中国は一人っ子政策ですが、農村部は許されます。たから二人目を作りました」

「そう。兄弟はいたほうがいい」

「子供二人、お金たくさんかかります」

「そうよ。だから引き受ければいいじゃない。全部解決するわよ」

「わたし、田舎者です。たから都会の人怖いです。何か騙されてる気がして、いつも怖いです」

「うん。その気持ちはわかります。いきなりこんな話をされて、信用しろって言うほうが無理だもの。でも信じて欲しい。わたしたちは林さんを騙そうとは思っていない。確かに他人のパスポートを使うことは犯罪だけど、泥棒とか、暴力とか、そういうのに比べたら小さなことだし……。それに、林さんは元々不法入国して日本にいるわけで、それを思えば、全然怖がることなんかないんじゃないかな」

「もし引き受けるとしたら、そのお金はいつくれますか?」

「成田空港で渡します」

「それだと、わたしは帰れないです。なぜなら中国人のブローカーに借金があります」

「何のブローカー?」

「日本に渡るためのブローカーです」

「ああ、密入国の手引き役のことね。で、いくら借金があるの?」

「わたしたちが、一度台湾に行って、そこから船に乗って日本に入国するのに五十万円かかります。そのお金は日本で働きながら返すことになってます」

「まだ返してないんだ」

「あと三十万円残ってます。ですから、それを払わないで帰国すると、ブローカーが追いかけてきます。中国の家族も危険です」

「ふうん。そういう組織があるんだ」

直美は、世界にはざらに存在するであろう闇の社会を想像し、ため息をついた。平和な日本で暮らす自分たちは、水槽の金魚並みの呑気さで生きている。

「その三十万円も立て替えるって言ったら？」

「少し考えます」林竜輝が直美を見据えて言い、しばし間を置いてから、「ところで、飛行機代はわたしが払うのですか？」と続けた。

「じゃあ、それも払います。チケットはこちらで手配します。二百万円は純粋な報酬。でもここまで。これ以上は払いません。だから林さんは、やるかやらないか、三日以内に決めてください」

「わかりました」

話が一段落し、沈黙が流れる。三人ともアイスコーヒーに口を付けていないことに気づき、それぞれグラスを手に取った。

加奈子は終始黙っていた。自分ではどうしていいかわからず、固唾《かたず》を呑んで見守っている様子だった。下手に口をはさまれるより、そのほうがありがたかった。この男に、自分たちの正体を知るヒントを与えたくない。

「このパスポートの人は生きていますか？」

林竜輝が顔を上げ、ドキリとすることを言った。

「生きてますよ」

直美は即答したが、動揺で一瞬顔が熱くなった。危うく「まだ生きてます」と言いそうになったのだ。

「わからないことだらけですね」林竜輝が初めて微笑み、肩をすくめた。

「ごめんなさい。でも無事に出国さえしてくれれば、迷惑がかかることはありません」

「オーケー。では考えます」

「ありがとう。でも周りに相談しないで、林さん一人で考えてください」

「わかりました……」

林竜輝は腕時計に目をやり、「もう休憩時間終わるですね」と言い、立ち上がった。

喫茶店から出て行く。直美は全身の力が抜け、椅子の上でへたり込んだ。加奈子は林竜輝の背中をいつまでも目で追っている。

「ねえ、どう？」直美が聞く。

「どうって……」

「似てるどころの騒ぎじゃないでしょ？」

「うん。徐々にそう思えてきた」

「この計画、完璧だと思わない？」

「うん、思う。でもうまくいくかなあ」

加奈子が言った。その口ぶりは、やる気になっているようにも聞こえた。

「それはわたしたち次第。簡単じゃないことだけは確か」

直美は自分に言い聞かせるように言った。実際その通りだ。男を一人殺すことが、簡単なわけがない。ただ、この身代わりのトリックにはたまらない魅力がある。それは、人の通常の感覚を麻痺させてしまうほどの――。

「なんか、うまく言えないけど、導かれてる感じあるかも」

「そう。わたしたち、導かれている」

喉の渇きがなかなかやまないので、コップの水を一気に飲み干した。脇の下は汗でびっしょり濡れている。

さて、この先はどうなるのか――。大海原に、女二人が小さなボートで漕ぎ出してしまった。胸の中でいろいろな感情が渦巻いていた。

14

林竜輝に会った翌日から、直美は微熱が続いた。風邪をひいた様子はないので、きっとストレスによる症状だろう。一日だけでも休みたかったが、外せない予定が連日入っていたので、解熱剤を飲んで仕事をした。

「小田君、絶好調じゃないか。李社長にまた美術品をお買い上げいただいたんだって？　催事部もよろこんでたよ。いっそのこと、李社長に外商カード作っちゃうか」

直美の体調が悪いことも知らず、上司の内藤が軽口を叩く。内藤は、腕時計の盗難問題が片付いて以降、ずっと機嫌がよかった。担当役員から直々にお褒めに与《あずか》ったらしい。その日は部下を集め、「外商の力量は、いかにしてお客様の顔を立てつつ事を収めるかだ」と、役員の言葉を引用し、訓辞まで垂れてくれた。

達郎を排除するプランを思いついてからは、会社の仕事がどれも取るに足りないことのように思えてきた。顧客からのクレームだとか、納期のトラブルだとか、社内の軋轢《あつれき》だとか、悩むのも馬鹿らしくなる。自分の生存がかかっていると、日常の悩みなど悩みでなくなるのだと直美は痛感した。中国人の強さもきっとそんなところにあるのだろう。李朱美たちは日々生存競争をしている。だからうそもつくし、人の物も盗る。それで平然としている。

直美は、もしも首尾よく事が運んだら、李朱美の下で働くのもいいかと思い始めていた。ベンチャービジネスで一旗揚げるとか、何でも自由に出来そうだ。

その日は、朝から代々木の斎藤夫人のサポートに追われた。銀行からインターネットバンキングの暗証カードが郵送されて来たので、使い方を教えるためだ。もっとも斎藤夫人は、パソコン操作を覚える気が端からないので、直美がウェブページをブラウザに登録するのだが。

口座開設に当たっては、とりあえず三千万円を以前の銀行より移した。その手続きも直美がやった。斎藤夫人を伴って従来の取引銀行の支店窓口で振り込み依頼をすると、支店長が挨拶に出てきたが、揉み手をして微笑むだけで、何も聞かれることはなかった。金融商品を売りつけて損をさせている負い目があるのだろう。

そして買い物もしてもらった。プラダのキーホルダーだ。お孫さんにあげたらよろこばれますよ、とセールスしたら、簡単に買ってくれた。早速、インターネットバンキングで支払いを済ませる。

斎藤夫人は快活だった。若い直美を相手に話すのが楽しいらしく、用が済んでも解放しようとしない。いつもの薄い紅茶を出して、身の上話をした。

「わたしはね、夫が死んで初めて一人暮らしを経験したの。結婚するまでは実家だったし、結婚してからはずっと夫と一緒だったし……。それでね、夫がいよいよ死にそうだってとき、わたし、子供たちに何て言ったと思う？」

「さあ……、何ておっしゃったんですか？」

「わたし、お父さんが死んだら、一人旅をしてみたいって。そう言ったの」斎藤夫人が手で口元を隠し、けらけらと笑う。「後で子供たちに散々からかわれて。お母さん、こんなこと言ってたよって……。小田さん、わたしって薄情かしら」

「いいえ。きっとうちの母も同じようなことを言うと思います」

直美は自分の両親を思い浮かべて答えた。うちの母なら安堵を隠さないかもしれない。

「そうよねえ。だって最後の二年くらいは看病で大変だったんだもの。このままじゃ共倒れだってときに、やっと逝ってくれたから、やれやれって——。長年連れ添った夫婦ほど、最後は冷静になるものなのよねえ。結局、葬儀でも涙ひとつ出なかったし」

「そうでしたか……」

「そりゃあ、夫に感謝する部分はたくさんあるけど、わたしたちの年代なんて、嫁は家で家事と育児と夫の世話、それから老いた親の面倒を見るのが当たり前だみたいなところがあったから、そういうのから全部解放されたのが、夫が死んだときなのよ。だからわたし、思わず一人旅がしたいって——」

「うふふ」

「こんな話、まだ独身の小田さんには有害よね。夢を壊しちゃうから」

「いいえ、そんなことはありません。うちは……」直美は、身内の話もどうかと思ったが、会話の流れで言っていた。「親が不仲で、たぶんこの先の老後は辛いだろうなあって思ってます」

「あら、そうなの。子供としても心配よね」

「父は昔から母に暴力を振るってたんですよ。だから、もう離婚すればいいのにと思うんですが、母は我慢して一緒にいるし……」

「暴力を振るうの？　それはだめよね」

斎藤夫人が見る見る表情を曇らせた。

「すいません。こんな話をして」

「ううん。いいのよ」やさしくかぶりを振り、慰めてくれる。「実を言うと、わたしだって、夫が死んでくれないかって思ったことが何度もあったのよ」

「そうなんですか？」

「そう。若い頃から常に愛人がいたし、金銭に関してもいい加減だったし。最期のほうで入退院を繰り返してたときでも、おとなしく病院にいてくれればいいのに、少しよくなると、家に帰る、家に帰るって――。自分が医者のくせして聞きわけがないのよ。それで家に帰ってくればわたしが介護しなきゃならないでしょ？　いくら夫でも介護用おむつを替えるなんて、ホントいやなものよ。小田さんだから話すけど、薬の誤飲でもしてポックリ逝ってくれないかなんて、何度も想像したわよ」

斎藤夫人が、そのときのことを思い出したのか、顔をしかめてまくしたてた。

「わたし感じたんだけど、男って、心のどこかに女房を召使いのように思ってるところがあるのよね。自分のおむつを替えさせるなんて、愛する人に頼めるわけがないじゃない。人の気持ちなんか考えないってことでしょう。それ以前に、働いてるときならまだしも、仕事をリタイアした後も家事一切を女房にやらせるってどういうことよ。おかしいじゃない」

「うちの両親も、父がリタイアしたら、きっとそういう関係になると思います」

「じゃあ、離婚も選択肢よ——って、わたしが言うことじゃないわよね。うふふ。ごめんなさい」

斎藤夫人が肩をすくめて笑った。

「小田さん、結婚の予定はあるの？」

「いいえ。今のところあまりしたいとも……」直美がかぶりを振る。

「だめよ。結婚はしなきゃ」

「そうですね……」

とっくに適齢期なのに、直美には結婚願望がほとんどない。もしかしたら、子供の頃より両親の不仲を間近に見てきたせいだろうか。同年代の女たちが、年頃になって一斉に夢見る将来が、自分にはまるで他人事なのだ。

そのとき携帯電話が鳴った。誰かと思って見ると、林竜輝からだった。一瞬にして背筋に緊張が走った。

「すいません。会社からです」

咄嗟にうそを言ってソファから立ち上がり、廊下に出た。

「はい。小田です」

「ええと、わたしは池袋の林ですね」

「わかってます」

「この前のことですが、引き受けることにしましたね」

待っていた返事なのに、頭の中が真っ白になった。

「もしもし、聞こえてますか？」

「はい。聞こえてます」

「わたし、引き受けますね。これからとうしたらいいですか？」

林竜輝の声はかしこまっていた。彼も決心を要したのだろう。

「それではあらためてこちらから連絡します。電話を待っていてください」

直美が答える。その声がかすれた。

「わかりました。電話待ってます」

電話が切れると、全身に鳥肌が立った。これで駒が揃ってしまった。とうとうプランが動き出したのだ。心臓が早鐘を打った。

どうしよう。達郎を本当に排除出来るのか。自分と加奈子にその覚悟は本当にあるのか——。

いいや。やらなければならない。やらないと、加奈子がおいしい水を飲める日は戻らない。やらないと、自分も救われない。そしてあの男を排除することに良心の呵責《かしゃく》はない。

また頭がぐるぐると回った。ここ数日で何度目であることか。

小刻みに膝を震わせながら居間に戻り、これで辞去する旨を斎藤夫人に告げた。

「あら、そう。ごめんなさいね。長く引き留めて。で、今日は何を薦めてくださるの？」

斎藤夫人が微笑んで言う。

いや、それは、さっきプラダのキーホルダーを——。

「半日付き合わせておいて、何も買わないなんてこと、わたしはしないのよ」

直美の混乱にお構いなく、斎藤夫人はしゃべり続けた。その甲高い声が、直美の耳を素通りしていく。

15

頭の中を整理するため、直美は一日代休を取った。有給休暇を消化するよう総務部からずっと言われていたので、気兼ねなく休むことが出来た。

前の晩、社内懇親会があり、気の置けない同期たちと久しぶりに会ってアルコールを口にしたら、なにやら張っていたものが緩んで飲み過ぎてしまった。入社して七年目。それぞれが仕事上の鬱屈や諦めを抱えていて、それを聞けただけでも心が癒された。世の中、こんなはずじゃなかった、と思っている人間のほうが多いのだ。直美もその一人だ。今となっては、希望の仕事をさせてもらえないことより、もっと以前の生い立ちや青春時代にまで遡《さかのぼ》って、こんなはずじゃなかった、と心の中でつぶやいている。

目が覚めたら、午前十時を回っていた。熟睡した充足感が全身を包み込んでいる。夢も見なかったのはいったいいつ以来だろう。余韻に浸りたくて、しばらく布団を被ったままでいた。

遮光カーテンの隙間《すきま》から漏れる光は、薄く勢いのないものだった。耳を澄ますと、かすかに雨音が聞こえる。天気予報では朝から終日雨だと言っていた。晴天よりそっちのほうがいい。太陽が照っていると、平日の昼間、一人で部屋にいる自分が咎《とが》められているような気になる。

直美は布団の中で寝返りを打ったり、伸びをしたりの動作を繰り返していた。そうすると、蓄積していた疲れがすべて体外に排出され、二十歳の頃の若さを取り戻していくような気になった。

来年には三十歳になる。ずっと先のことだと思っていたのに、確実に時は刻まれる。そろそろ「若い女」という魔法のカードが使えなくなる。まだ何も手にしていないのに。

二十分ほどぐずぐずと時間を過ごし、ベッドから降りた。窓まで行き、カーテンを開けると、景色全体が灰色だった。多摩川沿いの土手には、傘をさして犬を散歩させる老人が一人いるだけで、あとはきれいに無人だった。

窓を開けて空気を入れ替える。ひんやりとした空気が心地よかった。考え事をするにはちょうどいい気候だ。

顔を洗い、コーヒーを淹れ、ヨーグルトだけの朝食をとる。スマートフォンを専用スピーカーにつないでクラシックを聴いた。ショパンのピアノソナタが部屋に流れる。昨日までの緊張感がうそのように、直美の神経は一本一本が茹《ゆ》でたパスタのようにしんなりと落ち着いていった。
朝食を終えると、テーブルを片付け、ファックス用紙とボールペンを用意した。ノートには書きたくない。証拠が残るし、気分的にもいやだ。
直美はひとつ深呼吸し、少し考えてから《Clearance Plan》と書いた。和英辞書で「排除」を引いたら、いろいろな英単語が出てきたが、その中で「クリアランス」という言葉がいちばん響きがいいのでプラン名に使うことにした。クリアランスと言えば、セールを連想する。だから在庫処分するように、達郎を排除してしまうのだ。
《排除する。是か非か》
続けてそう書き、ボールペンで乱暴に斜線を引いた。いきなり振出しに戻ってどうする。直美は自分を叱咤《しった》した。すでに林竜輝の了解を得たのだ。斎藤夫人の口座も開設した。シナリオは完璧だ。この神様が与えてくれたような完璧なプランが、自分を誘惑する。やれと言っているのだ。
《排除する、排除する、排除する》
紙に殴り書きした。力を込め過ぎて紙が破れた。ペンを置き、紙をくしゃくしゃに丸めてゴミ箱に投げ捨てる。突然、武者震いが起こり、目を閉じ何度か深呼吸した。気持ちを鎮《しず》め、残りのコーヒーを飲み干した。

これは排除だ。人を殺すと思わないこと。そしてもう空想ゲームではない。額に入れて飾りたいほどの完璧なプランを、実行に移さない手はない。自分はこのプランに恋している――。

やり直すため、新しい紙を用意した。

まずはランダムに、懸案事項を書き出していく。どうやって殺害するのか。絞殺か、薬殺か、酔わせて風呂に沈めるか、それとも包丁で一突きか――。

これは最初にイメージしたように、絞殺でいくのがよさそうだ。手っ取り早いし、血を見なくて済む。ロープは丈夫なほうがいいが、ネクタイや電気コードでだって絞殺できるのだから、こだわるほどでもないだろう。

絞殺する場所は、加奈子の自宅だ。寝付いたところで、加奈子から連絡をもらい、直美が部屋に入り、実行する。それまでは近くで待機する。近くってどこだ。一人でバーやスナックに入る勇気はない。幹線道路沿いのファミレスだっていやだ。だいいち夜遅い時間に女一人は目立つ。となると車か。どうせ殺害したら、外に運ばなければならない。風呂場でバラバラにするとか、そんな恐ろしい選択肢はない。どうしても車は必要だ――。

確か達郎は車を持っていたはずだ。休みの日は自分で車を運転してよくゴルフに行くと加奈子から聞いたことがある。ということは、マンションの駐車場に置いてあるのだろうか。

　確かな情報が欲しいので、加奈子に電話で聞くことにした。ついでに声も聞きたい。

携帯にかけると、すぐに出た。

「ちょっと聞きたいんだけど、あなたの旦那、車は持ってたよね。どこに停めてあるの？」

「地下の駐車場だけど」

　加奈子が怪訝そうに答えた。

「どんな車？」

「ＢＭＷ。中古だけどね」

「凄いじゃん」

「だから中古。三百万かそこらだったと思う」

「加奈子も運転するの？」

「ううん。もし運転して電柱にでもぶつけたら、わたし殺されちゃう。達郎さんだってわたしには触らせない」

「ちなみに、最後に運転したの、いつ？」

「いつだろう。五年くらい前かなあ。実家に里帰りしたとき、お父さんが親戚の家でお酒を飲んじゃって、免許持ってるの、わたししかいなかったから、恐る恐る運転して帰ったことがあったけど」

「あ、そう。じゃあペーパードライバーだね」

「うん。車がどうかしたの？」

「今ね、代休取ってプランを練ってるのよ。あんたの旦那を排除した後、どこかに運ばなきゃなんないでしょう。だから車が必要なの」

直美がもったいぶらずにさらりと言うと、加奈子は一瞬間を置いたものの、「そうだね。やるとなれば、車がいるね」と話に乗って来た。

「もうひとつ、参考までに聞くけど、加奈子、旦那を埋めるならどこがいい？」

「そうね、当然、人里離れた場所だと思うけど……」

加奈子がやけに積極的に言う。何か様子が変だと思った。少しは怖気づくものと思っていた。

「加奈子、どうかした？」

「うん？」生返事だけで答えようとしない。

「言いなさいよ」

「……今朝、達郎さんに味噌汁をぶっかけられた」

「どうして……」直美は血の気が引いた。

「味が薄いって、急に怒り出して」

「で、あんたは無事なの？　火傷《やけど》しなかったの？」

「した。太腿《ふともも》が赤くなってて、軟膏《なんこう》を塗ってる」

「暴力は？　殴られなかった？」

「風呂場に逃げ込んだから大丈夫。達郎さん、遅刻しそうだったから、そのまま会社に行った。だから助かった」

直美はその光景を想像し、静かに怒りが込み上げてきた。

「病院に行かなくてもいいの？　わたし、そっちに行こうか？」

「いい。前にもあったから。それで火傷用の軟膏が家にあるの。心配しないで。いつものことだから」

直美は言葉が出てこなかった。加奈子はこんなひどい日常に慣れっこなのだ。怒ることも忘れている。

「やっぱ排除だよね」

直美が言うと、加奈子は「うん」と、ただの返事なのか、肯定なのか、どちらともとれる調子で返事をした。

「また電話する」

「わかった……」

電話を切り、直美はまた深呼吸をした。体の中で細胞が蠢《うごめ》いている感覚があり、何割かは制御を失っていた。考えてみればここ数日はずっとそうだ。ちょっとしたことで、精神がバランスを崩す。

新しいコーヒーに淹れかえ、プランを練ることに戻った。どこまでいったっけ。そう、車だ——。

車はある。鍵の場所ぐらいは加奈子も知っているだろうから、そこに待機して、死体を運ぶときも利用すればいい。しかし問題は、誰が運転するかということだ。加奈子はペーパードライバーだというし、自分だって同じようなものだ。学生時代に運転免許を取ったが、実際の運転経験は新潟に帰省したときしかない。それも短距離だ。

死体を埋めるとしたら、少なくとも近場ではない。富士山麓の樹海とか、丹沢の山奥とか、そういった人が滅多に足を踏み入れない場所だ。そこへ行くには高速道路を使わなければならない。

誰かにドライバー役を頼むことは出来ないか。トランクの中身を知らせないで、別荘地まで連れて行ってもらうのなら、さほど怪しまれない気がするのだが――。

　いいや、埋める場所まで車で運ばなければならない。キャスター付きの大型トランクケースに死体を入れるとしても、女の力では緩い坂道さえ引いて登れないだろう。自分で車を運転するしかないのだ。それは自分がやろう。加奈子の運動神経は、直美が知る限り褒められたものではない。

　直美はペットボトルの水を飲み、ため息をついた。早急に運転感覚を取り戻す必要がある。いや、取り戻すというより一からの練習だろう。その車もどこかで調達しなければならない。レンタカーなど借りたら、あちこち擦《こす》って大変なことになりそうだ。

　どこかで車を調達できないか。真っ先に頭に浮かんだのは李朱美だった。今度は朱美に電話した。

「葵百貨店の小田です。お仕事中にすいません。今電話よろしいでしょうか」

「うん。いいですよ。ただし今日は何も買いませんのことですね。わたしこの前、美術品の壺を買いました」

　李朱美は相変わらず直截的だった。この図太さに直美は励まされる。

「あ、いえ。仕事じゃないんです。個人的なことなんですが、李社長、お車は持ってますか」

「車？　わたしは車を持てませんが、会社の車ならあるのことですね」

「それ、高級車ですか？」

「ううん。商品を運搬するための車だから、高級車じゃないですね。車種は知りませんが、日本車のバンです」

「それ、マニュアルですか？」

「マニュアルて何ですか？」

「車を運転するとき、ギアチェンジするじゃないですか。それが手動なのか、自動なのか……」

「ああ、わかりました。オートマです」

よかった。マニュアルだったら手も足も出ない。直美は李社長から車を借りられないかと頼んだ。

「図々しいお願いで申し訳ないのですが、その車をわたしに少し貸してくれませんか？」

「うん、いいわよ。使う用事がない日ならいいのことですね」

李朱美はあっさりと承諾した。直美は、なんていい人なのかと、これまでのいきさつを忘れて感激した。

「ありがとうございます。もしぶつけたら、ちゃんと修理してお返しします」

「いいのことね。とうせボロだから。もうあちこちへこんでる。日本人、車に神経質過ぎる。みんなしてピカピカに磨いて。中国では考えられない」

それを聞いてますますうれしくなった。

「じゃあお借りするとき、また電話します」

「わかりました。ああ、ガソリン代だけはちゃんと払ってね」

「もちろんです」

電話を切る。李朱美の親切にかなり気を取り直した。

そうだ、車を借りたらついでに埋める場所の下見をしよう。決行した夜にトランクに死体を乗せたまま、埋める場所を探してうろうろ走り回るわけにはいかない。

直美はタブレットをオンにしてグーグルの航空写真を映し出した。とりあえずの候補地として神奈川県の丹沢湖周辺を見て行く。丹沢が頭に浮かんだのは、学生時代、サークルの合宿で行ったことがあったからだ。あのときは加奈子も一緒だった。湖畔のバンガローに泊まったが、周囲がまったくの原生林であることに驚き、日本の自然の豊かさを思い知った。あの山に埋めれば、まず発見されることはない。死体が出て来なければ発覚しないのだ。

きっと決行当日は予期せぬことだらけだろう。そのためにも入念な下調べが必要となる。埋める場所の見当をつけておくくらいのことではだめなのだ。

事前に掘っておこう。それがいい――。直美はひとりごちた。女二人で男一人を埋める穴を掘るのに、どれくらいの時間がかかるか見当もつかない。現場に死体を運んでから掘るのは無茶が過ぎる。

要するにリハーサルが必要なのだ。揃えるものを揃え、タイムスケジュールを決め、その通りにやってみる。問題が見つかれば軌道修正する。

直美は壁のカレンダーを見た。次の休みは明後日だ。携帯を手にし、再び加奈子にかけた。

「明後日、予定ある？」

「ないけど」

「車で丹沢に行かない？」

「いいけど、何しに？」

「埋める場所探し」

直美はリハーサルが必要であることを説明した。加奈子はうんうんと相槌《あいづち》を打ち、聞いている。

「穴もあらかじめ掘っておくから、悪いけど、軍手とスコップをふたつ用意してくれない」

「わかった……。そうね、穴はわたしも事前に掘っておいたほうがいいと思う。当日探すのは不安だし、雨だったりしたら大変だし」

加奈子が同意してくれた。腰が引けた感じはなかった。

「作業が出来る服装で来てね」

「うん、わかった。軍手とスコップね。うちの近所にホームセンターがあるから二人分買っておく」

「ありがとう。じゃあ車が空いているか李社長に聞いてみるから、また連絡する」

続けてもう一度、李朱美に電話した。「明後日なら空いてるわ。好きにお使いなさい」と簡単にオーケーの返事をくれた。もはやお姐《ねえ》さんと呼びたくなる頼もしさである。

直美の中で、進むべき道が整いつつあった。

16

丹沢への下見の日は、朝から緊張しておなかがゆるかった。ヨーグルトさえ食べたくないので、朝食はトマトジュースを飲んだだけだ。おくびが断続的にこみ上げてくる。

ゆうべはいやな夢をたくさん見た。高速道路を走行中、ブレーキが利かなくなって前方の車にどんどん近づいていき、パニックに陥るとか、狭い山道を進んだら行き止まりで、バックして戻ろうとしたら、脱輪して転落しそうになるとか、車の運転にまつわるものばかりだった。

女にとって車道は弱肉強食の世界に見えた。車を運転したがらない女が多いのは、そこが男社会で、思いやりの気持ちがほとんどないからだ。少しもたついたくらいですぐにクラクションを鳴らす。女が運転していると見ると、露骨に顔をしかめる。きっと大きな鉄の箱を操ることで、男たちの頭の中に全能感でも湧いてくるのだろう。思い返せば自分の父も、ハンドルを握っているときは、ほかの車に対して「この下手くそが」としょっちゅう毒づいていた。これからそんな世界に身を投じるのかと思うと、直美は心底憂鬱になった。

しかし逃げることは出来ない。やらないとプランは完成しない。

直美は汚れてもいいようにユニクロのジーンズを穿き、汗をかいたときのために着替えの下着とTシャツをバッグに入れた。足元は、何年か振りに靴箱から出したコンバースのバスケットシューズだ。

自分に気合を入れ、まずは池袋の李朱美の店まで行く。社長は不在で、事務員から鍵だけ渡された。車は裏の駐車場にあるという。

「社長が、ガソリンは満タンにして返してと言ってました」

二十歳ぐらいにしか見えない中国人娘が、上手な日本語で言った。そんなことづけが、いかにも李朱美らしくて、直美は逆に心が和《なご》んだ。

裏手の駐車場に行って車を見ると、薄汚れたカローラのバンで、前後のバンパーにたくさんのへこみ傷があった。かなり安堵した。これなら少しぐらい擦っても心が痛まない。ボディの横っ腹には《中華食材ニュー池袋》と大きな文字が書かれていた。

早速乗り込み、シートを前に出した。計器類を見回す。特に変わった車ではなさそうだ。ダッシュボードには取ってつけたようなカーナビが装備されていた。非常にありがたいのだが、使い方がわからない。

エンジンを始動させ、ギアシフトをDレンジに入れ、恐る恐る発進した。ゆるゆると進み、道に出る。いきなり自転車が路地から出て来て、直美は慌ててブレーキを踏んだ。車が急停止して前のめりになる。厨房服を着た中国人らしき若い男が、何食わぬ顔で前を横切っていった。ちょっとアンタ、危ねえだろう——。父と同じように自分も毒づいていた。

おおよその道順はゆうべ地図を見て頭に入れてあった。山手通りを南に下って、初台から甲州街道に入り、高井戸で左折して環八を走る。加奈子のマンションは千歳船橋にあった。たぶんもっと効率的な道順があるのだろうが、細い道はなるべく通りたくないのだ。

慎重に車を走らせる。車間距離を保ち、流れに乗ることだけを心掛けた。そうしていれば、誰からも叱られない気がする。考えてみれば、初めての東京でのドライブだった。すれ違う車のドライバーは大半が男だ。地方なら当たり前にいる女性ドライバーが、東京にはほとんどいない。直美はますます心細くなった。

たちまちてのひらが汗ばみ、何度もジーンズの太腿で汗を拭った。エアコンを付けたいのだが、よそ見する余裕がない。信号待ちで停まったとき、やっとスイッチを入れた。古い車なので、効きはあまりよくない。カーラジオからは、演歌が流れていた。曲を変えたいのだが、どれがチューニングスイッチかわからない。すぐ脇を大型トラックが轟音と共に通り抜け、思わず首をすくめた。直美は、大草原に放り込まれた兎《うさぎ》の心境だった。

加奈子は自宅マンション前で待っていてくれた。ゆっくりと近づき、軽くクラクションを鳴らすと、加奈子はこちらに気づいて眉間に皺を寄せ、車内を凝視した。そして運転席にいるのが直美とわかると、白い歯を見せ、続いて車体の文字を見て、目を丸くした。

路肩に車を寄せて停まる。とりあえず加奈子の家にはたどり着いた。全行程の一割にも満たない距離ではあるが、ひとまず肩の力が抜けた。車から降りると、緊張で強張っていたのか、背中が攣《つ》りそうになった。

「普通の車だと思ってたからびっくりした」

加奈子がおかしそうに言った。

「贅沢言わないの。ほかに借りる当てがないんだから」

直美が言い返した。

「でもさあ、もしも丹沢で警察の職務質問にあったら、山菜採りですってごまかせるね」

「うん。最近は中華でも使うんだって言い張ろう」

二人とも無理に明るく振る舞っているところがあった。今日の目的を考えたくないから、感情を迂回《うかい》させている。

加奈子の足元には段ボールの長い箱があった。

「それがスコップ？」直美が聞く。

「そう。一本千二百円。念のために長靴も買った。直美の分もあるよ」

「そう。ありがとう」

バンのハッチを開け、荷物を詰め込んだ。

「じゃあ行こうか」

「直美、運転は大丈夫？」

「平気、平気。ここに来れたから丹沢にも行ける」

直美は胸を叩いた。強がっていないと、たちまち気持ちがしぼんでしまう。

加奈子が助手席に乗り込み、「あ、中はきれいなんだね。ナビも付いてるし」とつぶやいた。

「あんた、ナビの使い方わかる？」

「だいたいなら。わたしいつも、達郎さんが運転するとき、助手席で操作する係だから」

「じゃあやってよ。行先は丹沢湖のレークサイド・キャンプ場」

直美が頼むと、加奈子が画面をタッチして三分とかからずに設定を済ませた。《案内を開始します》という合成音声が発せられる。

「へえー。加奈子、機械使えるじゃん。学生時代は、テレビの配線も出来ずに男子に頼んでたのに」

「それって一年生のときの話でしょう。あれから何年経ってるのよ」

「うん、そうだね……」

　確かにその通りだと、直美は思い込みを反省した。自分が知っている加奈子は、すべてが受け身の女の子だった。今もそのつもりで接しているところがある。

　車を発進させた。ナビの指示に従い、環八に戻る。用賀から東名高速に乗れば、あとは一直線だ。ただし、その高速道路が直美には初体験である。百キロなんてスピードが果たして自分に出せるのか。

　左車線を走ると、ときどき駐車している車に阻まれるので、ずっと中央寄りを走った。自分は人に迷惑をかけていないか、それが怖くてキョロキョロと周りを見てばかりいる。

　間もなく東名高速入口の表示板があった。緑色の大きなそれを見上げたら、喉がごくりと鳴った。うまく合流出来るだろうか。自信はまったくない。

　砧《きぬた》公園を右手に見ながら、大きな交差点を緩やかに右折すると、すぐ先に高速の入口レーンが見えた。多くの車がなだらかなレーンに吸い込まれていくので、直美は後についていて行った。

上り坂でグッとアクセルを踏み込む。視界が徐々に広がり、フロントガラスに空が開けた。高架式の道路と同じ高さになる。すぐ右隣を車がビュンビュン走って行く。直美はウインカーを出した。すぐ前を走っているのはトラックだ。それが合流したのを見て、一台やり過ごし、ハンドルを切る。なんとか合流出来た。

「やった。乗れた」直美は思わず声に出していた。

「わたしまで力入っちゃった」助手席で加奈子が足を踏ん張っていた。

「高速道路って、乗っちゃえば楽だよね。信号はないし、歩行者はいないし」

「そうそう。ただ真っ直ぐ走るだけ」

そんな会話を交わした矢先、すぐに料金所が現れた。上部に《一般》《ＥＴＣ》と二種類の表示がある。どっちのゲートに入っていいかわからない。

「加奈子、加奈子。どっちを通ればいいの？」焦って聞いた。

「わかんない」

「あんた、旦那とドライブしてんじゃないの」

「だって隣に乗ってるだけだもん」

ずんずん近づいてきた。

「どっち、どっち」

「両方表示してあるゲートもあるからそこに入ったら」

「そうか。そうしよう」

アクセルを緩めたら、うしろからクラクションを鳴らされた。進路を変え、併記してあるゲートに入る。前の車は徐行しただけで踏切にあるようなバーが自動的に開き、通過して行った。直美も後に続こうとする。でも開かなかった。どうして自分だけ。何が悪かったのか。半ばパニックになり、急停車する。後続車から容赦なくクラクションを浴びせられた。トラックだったので、音の大きさに縮み上がった。

「ETCってわかった」加奈子が言った。「赤外線で読み取って、後からクレジットカードで請求が来るやつ。この車、古いから付いてないんだ。だから通行券を取らなきゃ開かない」

「通行券って？」

「もう過ぎちゃった。わたしが取ってくる」

加奈子が車から降りて、発券機から通行券を抜き取った。バーが開いた。「すいませーん」トラックの運転手に愛想よく謝っている。

ものの十秒で戻ってきた。「さあ行こう」加奈子が促す。

アクセルを踏む。汗がどっと出た。こんな関門が、この先いくつあるのか。直美は口の中がからからに渇いて、唾も出てこなかった。

丹沢湖に着いたのはおよそ二時間後だった。車の運転に慣れた人ならきっと一時間半もあれば余裕で来られるのだろう。直美は車線変更が怖くて、ひたすら左側車線を走っていた。貨物を満載した大型トラックはさすがに鈍重で、後について走るのはかったるかったが、追い越す勇気がゼロなので、後について走るしかなかった。

大井松田で高速を降りてからは、ナビが懇切丁寧に案内してくれた。《五百メートル先、左折です》と、やさしい女の声で教えてくれるのだ。ナビが付いていてよかったと心から思った。

さらには、田舎なのでほとんど交通量がないことが、直美を楽にしてくれた。うしろから急かされたり、狭い道ですれ違ったりするストレスがないのである。この頃になるとやっと余裕が出て、カーラジオから流れる曲が耳に入るようになった。加奈子も鼻歌を口ずさんでいる。高速道路走行中は、助手席で身を硬くしているのが手に取るようにわかった。彼女も乗っているだけで疲れたことだろう。

湖畔の売店でスポーツドリンクを買って飲んだ。平日とあって人影はどこにもない。車も走っていない。

「おなか空かない？　おにぎりあるけど」加奈子が言った。

「作ったの？」

「うん。直美ばかり働いてるから、わたしも少しは役に立たなきゃと思って」

「食べる、食べる」

直美は加奈子の気遣いがうれしかった。

加奈子がバッグから包みを取り出す。すぐ先に芝生があったので、そこに腰を下ろすことにした。太陽の光が降り注ぎ、湖面がキラキラと輝いている。山では鳥が鳴いていた。

包みを広げた。おにぎりだけではなく、唐揚げとポテトサラダもあった。鮭のおにぎりを頬張る。

「おいしい」

「空気が澄んでるしね。遠足みたい」

「ここでキャンプしたときのこと、加奈子、憶えてる？」

「うん。オリエンテーリングの最中に雨が降って、後輩の男女二人が行方不明になって、みんなで捜したら、隣のキャンプ場のバンガローの中でいちゃついてて、直美が激怒してみんなの前で叱りつけたこと」

「言うと思った」直美は苦笑した。

「直美、潔癖なところがあるもんね」

「そういうの、潔癖って言うの？」

「言うんじゃないの？　ふしだらな人間が許せないんだから」

「あの頃は純真だったの。今はちがうよ」

あのときのことは、直美の中ではちょっとしたトラウマになっていた。後輩二人に向かって「あんたたち不潔」と非難したのだ。昭和の時代ならまだしも、平成になって「不潔」はないだろうと、後で自己嫌悪に陥った。

直美のそんな性癖は今もある。親友の受けたＤＶに、当人以上に憤っているのがその証だ。天誅《てんちゅう》を下したいと思っている。

「さてと、山のほうへ行ってみようか」

直美は立ち上がり、お尻の草を払った。

「いい場所、見つかるといいね」

加奈子がてきぱきと後片付けをする。

弁当を食べている間、人を見かけることは一度もなかった。

車で湖を周回する道を走った。山に向かう小道があちこちにあるものの、舗装路ではなく、傾斜もきついため、入って行く勇気がなかなか出ない。このまま走り続けても埒《らち》が明かないので、意を決して渓谷に沿った一本の小道に入ってみた。

「ねえ、大丈夫？　バックで戻らなきゃなんないよ」加奈子が心配そうに言った。

「そうだ、考えてなかった」

急に怖くなり、十メートルほど入っただけで車を停めた。降りて少し歩くことにする。片側が山の斜面で、もう片側が崖である。掘れそうな場所はない。

「平らな所がないときついね」

「そうだね。ほかもいろいろ見てみよう」

車に戻り、加奈子に誘導してもらい、バックした。

「オーライ、オーライ」

その声を頼りに、慎重にアクセルを開ける。

「ストップ！　ストップ！　もっと右に切って！」

慌ててブレーキを踏んだ。

崖から落ちるくらいなら、山側の木に擦ったほうがましなので、つい片側に寄ってしまう。

体をねじりながらの運転なので、首が痛くなった。ペンギン並みの速度で、そろそろと後退する。汗が顔中に噴き出てきた。

なんとか元の道に戻り、大きく息をつく。もう帰りたくなっている。けれど、ここで引き返すわけにはいかない。

加奈子を乗せ、今度はキャンプ場を目指して走った。平坦な場所でないと車が入れず、穴を掘ることも出来ないことを理解したからだ。

ただ、キャンプ場に着くと、今度は周囲に納屋が建っていたりして、人跡があちこちにあった。山間部では平地が貴重であるため、何かしらに利用されているのである。

「うまくいかないね。わたしの考えが甘かったかもしれない」

「現実は厳しいってことね」

だんだん口数も少なくなってきた。頭の隅に計画変更の文字がよぎる。東京に帰ってもう一度練り直したほうがいいのかもしれない。

「丹沢はだめだ。場所を変えよう」直美が言った。

「そうだね。富士の樹海のほうがいいかもしれない。一応平坦だし」と加奈子。

「これから行ってみる？」

「わたしならいいけど、直美にばかり運転させてるから申し訳ない」

「いいよ、そんなの。ここまで来たんだから行こう」

加奈子がカーナビを設定して、富士の樹海を目指した。曲がりくねった峠道を、中古のカローラのバンが突き進んでいく。この頃になると運転にも慣れた。車幅の感覚もだいたいつかめた。対向車がいないので、ヘアピンカーブは車線をまたいで走った。窓を開けると、木々の香りと共に気持ちいい風が吹き込んできた。ただのドライブならどんなに素晴らしいことか。

直美はすべて片が付いたら車を買おうと思った。鳥のように、一人でどこへでも好きな場所に行ける。これはお金で買える自由だ。

峠の頂上に差し掛かると、車を停められるスペースがあった。少し休憩したかったのでそこに車を入れた。降りて背伸びをする。深呼吸もした。

「ねえねえ、直美。この中はどう？　いい感じじゃない？」

加奈子がすぐ横の森を眺めながら言った。直美も近づいてのぞいてみた。

「うん。割と平坦だよね」

「ちょっと入ってみようか」

物は試しと二人で森に分け入った。最初は笹が生い茂っていたが、少し入ると地面が見えた。一帯は落ち葉で覆われ、木が密生していないため、掘り起こすスペースも豊富にある。

「地面、軟らかいよ」加奈子が足で踏みつけながら言った。確かに黒土で弾力がある。

「よし。じゃあ掘ってみよう」

車に戻り、荷室からスコップを下ろした。長靴に履き替え、軍手をはめる。

再び森に入った。道から二十メートルほどの場所にスコップを刺してみた。

「あ、サクサク掘れる」

「ほんとだ」

細い木の根がたくさんあるものの、スコップを立てると難なく切ることが出来る。

「やった。ここにしよう」

「うん、二時間もあれば掘れるよ」

いきなり声が弾んだ。なんという巡り合わせだろうか。たまたま休憩で停車した峠の頂の脇に、こんなに適した森があったとは。

女の力でも、スコップは面白いように土に刺さっていった。すっかり気を取り直し、二人は作業に没頭した。

二時間と経たずに縦一メートル五十センチ、横と深さが七十センチほどの穴が掘れた。

「掘れた、掘れた。これって凄くない？」

直美はスコップを放り投げ、地面に尻もちをついた。息が切れたが、爽快感が勝った。

「凄い、凄い。何よりこの場所を偶然発見したのが凄い」

加奈子が上気した顔で言った。

「加奈子のおかげだよ」

「ううん。直美のおかげ。ここまで連れて来てくれたんだもん」

顔を見合わせ、笑みを交わした。お互い汗まみれでひどい顔だ。

「ねえ、山中湖まで下りたら日帰り温泉ないかな」

「あるんじゃない？　スマホで探してみる」

「よし、じゃあ撤収しよう」

用意しておいたビニールシートで穴を覆い、落ち葉を被せた。掘り起こした土は隠しようがないが、ここに人が入って来る可能性はほとんどゼロに思えた。

後片付けを済ませ、車のナビで場所を確認すると、三国峠のいちばん高い地点だとわかった。DV男を埋めるのにはもったいないほどのいい場所だ。

車で峠を下った。そろそろ傾きかけた日が、山全体を赤く染めている。もうひとつ峠を越えると、急に視界が開け、眼前に富士山が現れた。夕陽を背に、悠然とそびえている。

「うわーっ」二人揃って声を上げた。

「何これ。こんなの初めて」

「わたしも。こんなに近くで全体を見たのは初めて」

直美は富士山の威容に興奮した。この美しさはいったい何なのか。まるで神が宿っているかのようだ。

「わたしたち、何かに導かれてるね」加奈子が言った。

「うん、そうかも」

直美も同感だった。丹沢湖でくじけそうになり、それでも諦めずに次を目指したら、三国峠に行き当たった。これは神様のお導きだ。深く息を吸い込み、決意した。もう迷わない。達郎を排除する——。

車を駆りながら、飽かずに富士山を眺めていた。

17

達郎を埋める場所が決まったので、直美と加奈子は死体を運ぶためのスーツケース探しに入った。達郎は身長百七十七センチで体重は約七十キロとのことだった。

「うちの旦那、結婚してから五キロぐらい太ったと思う」加奈子が言う。

「あんたは太ったの？」直美が聞くと、加奈子は「わたしは三キロ痩せた」と一瞬表情を曇らせ、苦笑いしていた。

最初はネット通販で物色したが、容量何リットルとか、深さ三十センチとか数値が記されていても実感がわかないので、葵百貨店の鞄売り場に足を運んだ。顧客を連れてよく行く売り場なので、担当の女の主任とも顔見知りだ。

「お客様のリクエストで、長期旅行用のスーツケースを探してるんですが、いちばん大きいのってどれですか？」

直美が聞くと、いくつか商品を出して見せてくれたが、一目見て男一人を入れるには容量が不充分だとわかった。入れられるのは子供か、せいぜい小柄な女ぐらいだ。

「もっと大きいのはありませんか？」

「売り場で扱ってるのはせいぜい百二十リットルくらいまでかなあ。それ以上になると取り寄せだけど」

主任がそう言って、各社のカタログを出してくれた。順に見て行くが、スーツケースに大人の死体を詰めるのはサイズ的に無理がありそうだ。

「ルイ・ヴィトンのパンフレットなんかを見てると、もっと大きなトランクが出てたりしますけど、ああいうのは取り扱ってないんですか？」

直美が続けて尋ねた。

「ああ、小田さんが言ってるのは、豪華客船の旅にドレスを何着も持ち込むような、そういうトランクのこと？」

「そうそう。そういうのです」

「あれはトランクって言うよりコンテナで、ほとんどが受注生産。お望みならメーカーに問い合わせるけど」

主任の答えに直美は落胆した。今から作ってもらう時間的余裕はない。

「すぐに必要なんですけど」

「じゃあうちは無理かなあ。バッグじゃなくて葛籠《つづら》を探してみたら？」

「ツヅラって何ですか？」

「小田さん、葛籠を知らないの？　竹とか檜《ひのき》とかの薄板で編んだ、蓋付きの箱で、衣類をしまっておく……。田舎に行くとまだ使ってるじゃない」

「はい、はい、わかりました」

主任に説明を聞いて直美は理解した。相撲取りや旅芸人の一座の巡業などにも使われている大きな箱のことだ。

「うちでも扱ってます？」

「さあ、わたしは聞いたことがないなあ。でも、あったとしても誰が運ぶわけ？　一般の旅行客には使えないよ」

「そうですね。キャスターも付いてないだろうし」

「そのお客様、何を運ぶわけ？」

主任に質問され、一瞬達郎の顔が脳裏をよぎったが、直美は何食わぬ顔で「さあ、そこまでは聞いてませんが」ととぼけた。

「荷物が多いのなら、スーツケースを二個使えばいいんだし。一個で運ぶってことは、大きなものを入れたいんでしょ？」

「そうですねえ……。大きな人形とか、そんなのかなあ……。そのお客様は古美術品がお好きな方なので、旅行先で大きな人形とか、そういうのを買って、持って帰りたいのかもしれません」

つい人形などと口走り、直美は焦ってしまった。主任は首を傾げている。

「すいません。外商のお客様って、変わった方が多くて」

「わかる、わかる。わたしも、高さ一・五メートルの仏像を運べるものを何か見つけてくれって、そんな頼み事をされたことがあった。外商のお客様だと、わたしらは断れないし」

主任が勝手に誤解して同情してくれた。

「そのときはどうしたんですか？」

「大きなスポーツバッグを探して届けたけどね」

「スポーツバッグ？」

「そう。スポーツバッグならあるのよ。大きなのが。自転車やサーフボードのキャリーバッグとか、そういうのだってあるし」

なるほど、サーフボードのキャリーバッグなら人も入りそうだ。

「うちで扱ってます？」

「リクエストがあれば探すけど、神田界隈《かいわい》のスポーツ専門店へ行ったほうが早いし安いと思う」

「わかりました。ありがとうございます」

直美は手がかりを得て気がはやった。スケジュール帳を見ると、外回りの仕事があったが、顧客に電話をかけて別の日にしてもらい、神田まで出かけることにした。もはや直美の頭の中は、達郎のクリアランス・プラン以外のことを受け付けなくなっていた。このプランは自分の作品のような気がする。早く完成させたい。その気持ちが喉元まで込み上げて来て、じっとしていられないのだ。

新宿から地下鉄に乗って小川町《おがわまち》駅で降り、靖国通り沿いのスポーツ用品の大型店に飛び込んだ。浅黒い顔の、いかにもスポーツマン然とした店員をつかまえて、サーフボード用のキャリーバッグを出してもらう。初めて見たそれは、確かに大きさは充分で、男一人を難なく収められそうだった。ただ、取っ手はあるものの、持ち上げて運ぶのは大変そうである。それに死体を入れたら不自然にふくらみ、目撃されたらごまかしようがない。

「ちょっとほかの探し物もあるので……」と店員に礼と断りを言って、直美はサイクリングのフロアに行ってみた。こちらは女店員だったが体格がよく、体育大のアルバイト女学生といった感じだった。見るからに健康そうな肉体エリートの店員たちに、直美は少し気後れした。疚しい企てを胸に抱いているせいで、余計に我が身が日陰者に思える。

競技用自転車のキャリーバッグを見せてもらうと、こちらも大きさは充分で、形が四角いため使い勝手もよさそうだった。ただ、やはり運ぶには台車が必要だ。理想を言えば、スーツケースのようなキャスターが欲しいのだ。

「キャスター付きってないんですか？」

直美が聞くと、店員は訝しげな顔になり、「何キロのロードレーサーなんですか？」

と逆に質問された。

「すいません。実は自転車を運ぶんじゃないんです」

直美は事情を説明した。と言っても作り話だ。自分は古物商のアシスタントをしてい て、蚤《のみ》の市などで骨董品を買い込んだときに運ぶ大きな入れ物が欲しくて探していると いう言い訳だ。

「キャスター付きのバッグですか……」店員は人がいいらしく、腕組みして考えてくれ た。「遠征バッグというものなら、あるにはありますが……」

「何ですか、それは」

「正式名称は知りませんが、わたしたちの間では遠征バッグって呼んでます。バレーボ ール部やバスケットボール部が、試合や合宿で遠征するとき、ボールを運ぶための大き なキャリーバッグです」

直美が見せて欲しいと頼むと、店員はどこかに電話をかけて問い合わせ、「しばらく お待ちください」とバックヤードに消え、五分ほど経ってから、大きな箱状のキャリー バッグを引いて現れた。

「これなんですけどね。百五十リットルあって、カタログではいちばん大きなサイズで す」

　店員が言う。直美は一目見るなり、「これ、これ。これでいいです」と声を発していた。それは黒い繊維素材のキャスター付きバッグで、形は長方形。底部と側面にはアルミの骨組みがあり、強度も充分。葛籠を縦にしたような形状で、子供なら二人は入れそうだ。

　手にして持ち上げたり引いたりした。大きな割に驚くほど軽い。さすがに業務用品は性能が高い。

「バレーボールだと十六個入ると、カタログには書いてあります」と店員。

「それだけ入れば充分です」

　最適なバッグが見つかったことにうれしくなり、直美は笑顔で返答した。

「思い出しましたが、テレビ局の人が撮影機材運搬用に買って行ったことがあります」

「そう。わたしも似たようなもの。バレーボールなんて縁がないから」

「どうなされますか？」

「買います」

　直美が勇んで言うと、店員は初々しく白い歯を見せた。値段は六千九百八十円だった。なんて安いのか。高額商品ばかりで、値引きもしないデパートの商売がとんでもなく傲慢に思える。

レジカウンターで会計をしているところに、加奈子から携帯に電話がかかってきた。

「あのさあ、わたし今ホームセンターにいるんだけど、スーツケースだといちばん大きくてもアレが入りそうにないのね。それでポリ容器ならどうかなと思ってさ……。百六十リットルなんてものもあるのよ。それに入れて台車で運ぶのが現実的かなあって……」

加奈子が声をひそめるでもなく、普通の相談事のような口調で話した。その声の向こうでは、威勢のいいセールス・アナウンスが流れている。

「それならもういい。たった今、わたしがいいやつを入手した」直美が言う。

「そうなの。どんなやつ？」

「遠征バッグ」

「何、遠征バッグって」

「見てのお楽しみ。今日、定時退社するから、七時までには行ける」

加奈子もちゃんと探していてくれたことに、直美はうれしくなった。加奈子は日増しに積極性を増している。これまでは直美が牽引役を務めている感があったが、今はすっかり対等なパートナーだ。

大きな遠征バッグは梱包することが出来ないので、「宅配便でも送れますけど」という店の申し出を断り、そのまま引いて帰ることにした。

住所も名前も知られたくなかった。発覚しないことを前提に計画は進めているが、それでも出来るだけ証拠になるものは残したくない。

通りを引いて歩くとさすがに目立った。少し考え、タクシーを止めた。こんなものを引いて駅の改札をくぐれば、駅員だって無意識に記憶する。今は影のように目立たないでいたいのだ。会社に到着すれば、保管場所などいくらでもあるので、移動だけ気をつけたい。

タクシーのトランクにはぎりぎりで入った。図らずもリハーサルの一環となり、意思がますます強まった。三国峠での一件といい、全部がうまく回っている気がする。

午後七時前に加奈子のマンションに到着し、入手したバッグを披露すると、加奈子は目を丸くし、「こういうのがあるんだね」と世の中に感心していた。

「いくらしたの？　わたしが払う」

用意していたのか、財布を手にして言う。

「最後に精算しよう。タクシー代とか、いろいろあるし。お互い立て替えということで、代々木の斎藤さんの口座から一千万円いただいたときに、その中からもらうの」

「じゃあ、そうしよう。斎藤さんには申し訳ないけど」

「ううん。恐らく銀行が被害額を補塡して揉み消すはずだから、誰も懐は痛まない」

「そっか。完璧だね」

「そう。完璧なの」

二人でうなずき合った。

早速、遠征バッグの収納力を試してみることにした。二人とも身長百六十センチで似たような体格なので、加奈子に入ってもらう。

リビングの空いているスペースにバッグを置き、蓋になる部分のファスナーを開ける。加奈子が底面に足を乗せ、丸くなって横たわった。

「余裕じゃん。ファスナー閉めるね」

直美が周回しているファスナーを閉じると、加奈子はきれいに収まった。

「どんな感じ？」

「どんなって、それほど窮屈じゃないけど」

「あんたの旦那、入りそう？」

「折りたためば誰でも入るんじゃない」

「じゃあ、立たせてみるね」

　直美は腰を落とし、キャリーのハンドル部分を持ち上げた。さすがに重いが、キャスターが支点となるので、女の力でも苦労することはない。

　引っ張って少し動かしてみることにした。

「何してるのよ」とバッグの中から加奈子。

「動くかどうかのテスト」

　アルミの骨組みは造りが頑丈で、ねじれることもなかった。さすがは業務用品である。海外のブランド品など、信奉者が崇《あが》めるほど頑丈ではないことを直美はよく知っているので、皮肉のひとつも言いたくなった。

　人を入れて運んでも大丈夫なことがわかり、加奈子を外に出した。

「じゃあ次だね。七十キロ相当の物を入れて、車のトランクに積んでみよう」

　直美が言うと、加奈子が「こんなものを用意しておいたんだけど」とキッチンの隅を指差した。そこにはミネラルウォーターのケースが六個積んである。

「水って一リットルで一キロじゃない。比重が一だから」と加奈子。

「うん。理科で習った記憶がある」直美はうんうんとうなずいた。

「ケースには二リットルのペットボトル六本入ってるから、一ケースで十二キロ、六ケースで合計七十二キロ。実際にはペットボトルと箱の重さもあるから、それ以上。充分でしょ。カクヤスに電話して配達してもらった。どうせいつも利用してるから」

「冴えてるね、加奈子。わたし、あんたの家にある本でも詰めて試そうと思ってた」

直美は、いよいよコンビの息が合ってきたことに気持ちが昂った。計画は完璧だから、あとは段取りと遂行が肝心なのだ。

二人でバッグにミネラルウォーターのケースを詰めた。一ケースの十二キロが思った以上に重いので、直美は不安に駆られた。全部で七十キロ以上になったとき、女二人で持ち上がるのだろうか。

詰め終えると、ファスナーを閉め、二人でバッグを立たせた。キャスターを転がして玄関へと運ぶ。

「じゃあ、地下の駐車場へ行こうか。案内して」

「うん。わかった」

玄関を出て外廊下を進む。エレベーターで地下一階まで下りた。

マンションの地下駐車場は、百台近い車が停められる大きなスペースで、初めて入り込んだ人間にはちょっとした迷路のようだった。青白い蛍光灯が、コンクリートを照らし、全体が寒々しく見える。壁の向こう側から車のエンジン音が聞こえた。車の出入りは結構あるようだ。

加奈子の先導で達郎のＢＭＷの前まで来た。車のことはまるでわからないが、前日のカローラのバンとちがい、いかにも高級そうに見えた。

トランクに入れるためにはうしろに回らなくてはならないが、隣の車との間隔が狭いので、バッグを引いて入ることが出来ない。

「車を一度出さないとだめだね」

直美が言うと、加奈子が「すぐ先に来客用の駐車スペースがあるから、そこに移動しようか」と提案した。

加奈子からキーを受け取る。それは初めて見る楕円形の小石大のものだった。

「何これ」

「キーだって。ボタンを押すとドアロックが解除される」

言われた通りにすると、確かに解除された。

運転席に乗り込む。今度はエンジンのかけ方がわからなかった。

「ねえ、加奈子。どこにキーを差すの？」

「メーターの下の所。あとは赤いスタートボタンを押すの」

直美は戸惑いながら、なんとかエンジンを始動させる。これも図らずも貴重なリハーサルとなった。当日、いきなりＢＭＷに乗り込んだら、操作方法がわからずパニックになるところだった。

身を乗り出し、恐る恐る発進させ、来客用の駐車スペースへと移動させた。場所はいちばん奥だった。目立たないのがいい。

トランクを開け、バッグをその前で横にした。足を広げ、腰を落とし、バッグを両端から二人で持ち上げる。

だめだった。十センチぐらいは浮くが、その先、トランクの高さまでは、とてもではないが持ち上がりそうにない。

思い切り力を込めて、二度試して、諦めた。二人で荒い息を吐く。

「やり方を変えよう。立たせたまま、一方をトランクの端に載せて、もう一方を二人で持ち上げて、押し込む」

「そうね。それがいいと思う」

バッグの頭のほうをトランクの開口部に寝かせ、もう一方の端に二人で手をかけた。

「いくよ。せーの」

声を合わせて、渾身の力で持ち上げた。歯を食いしばり、指先の痛みに耐える。膝の位置まで上がると、急に踏ん張りやすくなった。

「いける、いける」直美が言った。半分は自分への励ましだ。

膝を伸ばし、トランクへと押し込んだ。

「リアシートが倒せるから、ちょっと待って。前にそうやってスキー板を積んだことがある」

加奈子が一旦バッグから手を離し、後部ドアから中に入り、座席の背もたれ部分を手前に倒した。荷室がいきなり広くなり、奥まで押し込むだけでよくなった。再び二人で全体重をかけ、見事収納する。

「やった、やった」

「うん。出来た」

二人とも息を切らし、膝に手をついてしばらく動けなかった。腕の筋肉がパンパンに張っている。

「じゃあ、出そうか」

「出すほうはたやすいんじゃない？　持ち上げなくていいんだから」

「そうだといいけど」

願った通りにはならなかった。トランク開口部の、わずか五センチほどの段差を越えるのに、またしても全力を振り絞る必要があった。

呼吸を整え、指がちぎれるかと思うほど力を込め、なんとか持ち上げて引っ張り出す。

疲労困憊《こんぱい》して、しばらく口が利けなかった。汗まみれになりながら、互いに顔を見合わせる。何を考えているか一目でわかった。当日、これを出来るのかという不安だ。

「いくらキャスターが付いてても、これを引っ張って森の中を進むのは大変かもね」直美が言った。

「わたし、明日東急ハンズに行って滑車とロープを買ってくる。木の枝に滑車を引っかけて、ロープを通して引っ張れば、力は半分で済むじゃない」加奈子が言った。

「それはいい考えだね。加奈子、もしかして、理科得意だった？」

「こんなの、小学生でも思いつくって」

青白い蛍光灯の下、目につくものはコンクリートしかない無機質な地下駐車場で、しばらく体力の回復を待った。その間、何台かの車が出入りしたが、直美たちの行動に関心を示す者はいなかった。

「じゃあ、片付けようか。車を戻して。バッグと水はどうしよう」

「同じ階にトランクルームがあるから、そこに入れておこう。どうせ達郎さんは普段見もしない場所だから」

腕時計を見ると、午後八時を回っていた。再びＢＭＷに乗り込み、元の駐車スペースに戻す。これも一苦労だった。バックに慣れていないし、もし擦って傷つけたら、達郎が加奈子を犯人だと決めつけ、暴力を振るうに決まっている。

無事に駐車し終え、部屋に戻り、バッグから水を取り出し、トランクルームに片付けたときは、精根尽きて立っているのも辛かった。

「おにぎり作ってあるから食べて行って」と加奈子。

「ありがとう。気が利くね」

「わたし自身のことだもの」

また顔を見合わせる。言葉はなくとも、互いの意思を確認出来た。

準備は着々と進んでいる。あとは決行に向かって突き進むだけだ。

18

達郎を排除するのは三日後の金曜の夜と決めた。土日を挟むため、行方不明が勤務先の銀行に発覚するのに二日間の猶予が生まれる。そのほうがいろいろと都合がいい。加奈子によると、金曜日はたいてい酒に酔って遅い時間に帰宅するらしい。

「支店長の誘いだから断れないみたい。単身赴任で、家に帰ってもすることがなくて、それで部下を引き連れて飲み歩くんじゃないの。銀行って、男社会だし、運動部体質だしね」

その指摘には納得した。思い返しても、大学時代、多くの運動部の男子たちがOBに引っ張られて銀行への就職を決めていた。上下関係も厳しいのだろう。彼らがノルマを懸命に果たそうとする姿は、従順な兵士のようだ。

いちばん大事なキーパーソン、林竜輝の携帯に電話をかけ、土曜日に出国出来るかと聞いたら、当初は「そんな急には……」と戸惑っていたが、直美が「二百万円、いらないわけ？」と強く出ると、「わかりました」と素直に承諾した。ただしその前に、ブローカーに借金を返さなくてはならないと言う。

「この前も話しましたが、三十万円です」

「憶えてる。そのブローカーは東京にいるの？」

「東京にもいます。福岡にも大阪にもいます」

「そっか。大きな組織なんだね。マフィアみたいなものか」

直美は、いつのまにか裏社会までが自分の近くに存在することを思い、不思議な感覚に囚《とら》われた。つい半月前まで、自分は平凡な会社員だった。それが不法入国の中国人と渡り合っている。世界は案外狭いのかもしれない。

「じゃあ、明日池袋に行きます。三十万円渡すから、それで清算してください」

「わたしがすること、何かあるですか？」

「あります。お金を下ろしてもらう役。それはまた追って連絡します」

「わかりました」

林竜輝が心変わりしていないことに安堵した。彼を欠いて計画は成り立たない。

上海への航空券は加奈子に手配を頼んだ。達郎のクレジットカードを使い、インターネットで購入すればより都合がいいので、その旨を指示した。

あとは、斎藤夫人の口座から別の口座に金を振り込まなければならない。これに関しては、加奈子の口座を使うことにした。達郎の口座のほうがいいことはわかっているが、何かの折、本人にチェックされたらお仕舞いである。妻名義の口座に振り込んで、その後下ろしたたというシナリオを通すつもりだ。

斎藤夫人のところには明日行く。達郎を同伴してだ。達郎から、斎藤夫人に一千万円の投資信託を買ってもらえないかと昨日電話で頼まれ、渡りに船だと承諾した。金融商品をセールスしたとき、斎藤夫人が認知症らしいことを知り、顧客の預金を不正に引き出す行為に及ぶ——。こういったシナリオもあったほうがいい。

もっとも全体としては、無理な筋書きであることは否めなかった。大手銀行の若手社員が、借金に困っているとか、誰かに金品を要求されているとか、そういう理由もなしに、顧客の金に手を付けて海外に逃亡する。それもたかだか一千万円の金で——。勤務先も実家も、みんなが困惑することだろう。これに関しては、下手な脚色をして疑われるより、謎として通すことにした。

周りから問い詰められても、加奈子は「わからない」「心当たりがまるでない」と繰り返す。あとは周囲に、「達郎にはどんな心の闇があったのか」と勝手に臆測してもらう。

どうせ疑われたりはしないのだ。一人の銀行員の男が失踪した。調べてみたら、顧客の金を盗んでいた。パスポートもなくなっていた。きっと銀行は裏から手を回して、日本から出国したかを調査する。結果、上海へ向かったことが判明する。ここから、達郎が殺されたかもしれないなどと誰が想像するというのか。

直美はこの日、得意先回りの途中、ホームセンターに寄ってキャンプ用のロープを買った。それは柔らかくて丈夫で、力いっぱい引っ張っても手が痛くなさそうなロープだった。蛍光グリーンの色合いもポップで気に入った。せめて暗い色は避けたかったのだ。

翌日、駅で達郎と待ち合わせ、斎藤夫人の家に向かった。事前にアポイントメントを取り、投資信託の話を持ちかけると、斎藤夫人は、それにはまるで関心がない様子で、

「小田さんに任せる」と言うだけだった。

「それより牛乳と卵が切れてるの。あ、それから、悪いんだけどおたくのベーカリーでクロワッサンをふたつ買ってきて。ごめんなさいね、お使い頼んで」

「いいえ、それがわたくしの仕事ですから」

直美は快く了承した。頼ってくれたほうが、こっちとしてはありがたいのだ。

達郎はいつも通り快活だった。清潔な白いワイシャツに、プレスの利いた紺のスーツを身にまとい、靴もきれいに磨いてある。短めの髪もほどよくブローしてあり、誰の目にも好青年として映ることだろう。

しかし直美は知っている。朝、ズボンにアイロンがかかっていないと、加奈子は殴られるのだ。ひどいときには髪をつかまれ、部屋中を引きずり回されるのだ。

「斎藤様にはリートをご購入いただこうと思ってるんだけど、小田さんはどう思う?」

道すがら、達郎に聞かれた。

「さあ、わたしは投信の種類ってわからないから……。外商担当としては、出来るだけ安全なものがいいんですけど……」

直美は首を傾げて返事したが、実際はどうだってよかった。どうせ週末には達郎は消えていて、損失が出たとしても銀行が内々に補填するはずだ。

「いっそのこと債券も一千万円ほど買ってくれると、ぼくとしてはうれしいかな」

達郎は速足ですたすたと道を進んだ。

「それはどうかなあ……。ノルマがあるんですか？」

ついていく直美はほとんど駆け足だ。

「証券会社じゃないから具体的ノルマはないけど、無言のプレッシャーはあるかなあ。支店長なんか、成績の悪い部下を露骨に無視するし」

「そうなんですか」

「飲みにも誘ってもらえない。そうなったら、次の異動で格下の支店に行かされる」

「達郎さんは毎週飲みに誘われるからいいじゃないですか」

「えっ。なんでそんなこと知ってるの？」

達郎が歩きながら振り返った。

「あ、ええと、加奈子から、達郎さんは、週末はいつも職場の飲み会で遅くなるって聞いたことがあるから」

直美は焦りつつ、何食わぬ顔で答えた。

「そうね。金曜の夜はどうしても飲んじゃうね。定例会だから」

達郎が苦笑して言うので、直美は意を強くした。やはり、明後日は確実に酔って帰宅しそうだ。決行は金曜の深夜しかない。

斎藤夫人の家では、達郎が熱心に投資信託の説明をした。

「最近の株価と為替相場を見ると、大きな下落はまずないと考えられます。ですから今ご契約いただければ、八月には手数料分を増やして、年度末にはそれなりの利益が得られるのではないかと見込んでいます」

「あ、そう。いくら儲かるの？」

斎藤夫人は、パンフレットを見てはいるものの、やすりで爪を磨きながらだった。

「たとえば日経平均株価が一万六千円に届くようでしたら、二百万円は利益が出るのではないかと……」

「あら凄い。一千万円が元手で二百万円も」

「もちろん、損失が出る場合もあるわけでして……」

「わかってます。博打《ばくち》みたいなものなんでしょ」

「いえ、博打と言うのはちょっと……。多くの方がなさっている資産運用ですから……」

達郎は笑顔をくずさず、セールストークを続けていた。

「小田さんはどうなの？　小田さんがいいって言うなら、買うけど」

「わたしですか？」突然振られ、直美は慌てた。さて、なんと答えるべきか――。

「わたしは経済も金融も素人ですが、実感として景気は上向いていると思います。その証拠に、葵百貨店では売り上げが六カ月連続で前年比を上回っていますし、たぶん、この流れは続くとわたしたちは見ています。ですから、金融商品は今の時期に買うのが賢明かと……」

「わかりました。小田さんが言うなら買ってもいいわ」

斎藤夫人がうなずき、パンフレットを閉じる。最後まで興味がなさそうだった。仮に二百万円儲かったとしても、この夫人には微々たる金額なのだから仕方がない。購入したのは、単なる付き合いだろう。

それを自覚しているのか、達郎はしきりに恐縮し、口には出さないものの、直美の後押しに感謝している様子が雰囲気から伝わった。

達郎が契約のための書類をテーブルに並べる。斎藤夫人が「小田さん、書いてよ」と言うので、それは無理だと二人で説き、何とか自筆でサインをしてもらった。

「ありがとうございます」

達郎が深々と頭を下げた。こういうときの達郎は腰の低い営業マンそのものだ。

「投信の運用状況は毎日ネットバンキングで確認出来ますが、わたしが月に一度はご報告に参ります」

「あらそう。よろしくね。ネットなんて、わたし使えないから」

「言ってくだされればわたしが見ます」直美が言う。

「そう。よろしく」

契約が終わると、達郎だけが辞去した。直美が、外商担当の用事があると言って、先に帰したのだ。

「今日の投信の件、明日にも口座から引き落とされると思いますので、ネットバンキングの残高を念のために確認させていただけますか？」

直美は、考えてきたうそを言って、パソコンを用意してもらう。斎藤夫人は何ひとつ疑うことなく、隣の部屋からノートパソコンを持ってきた。

「奥様。わたし、フォションのクッキーを持参して来たんですが、ご一緒に食べませんか？　紅茶も用意しますけど」

直美がバッグから袋を取り出し、提案する。

「あら、クッキーなんてうれしい。紅茶はわたしが淹れるわ。ちょっと待っててね」

斎藤夫人がいそいそと席を立つ。こうなることを見越しての作戦だった。

パソコンの電源を入れ、画面を起動させた。ネットバンキングのホームページを呼び出し、前回写し書きしたメモを片手に、契約者番号と暗証番号を打ち込む。斎藤夫人の口座が映し出された。

《振込・振替》をクリックし、振込先である加奈子の口座番号を入力した。金額はネットで振り込める最高額の一千万円。最後の関門となる認証番号も打ち込んだ。

急に心臓が高鳴りだした。今自分がやっていることは、完全な犯罪である。《実行》をクリックした段階で、もう後戻り出来なくなる。

顔が熱くなった。汗も噴き出た。右人差し指でクリックした。あ、しちゃった。そんな感じだった。これ以上、何も考えないことにした。

画面が変わり、《振り込みが完了しました》という文字が大きく映された。

直美は電源を切り、ゆっくりとパソコンを閉じた。

夜になって、直美は林竜輝に会った。三十万円を渡すためだが、もう一度顔を見て、念を押したかったからだ。余計な話をしたくないので、喫茶店ではなく西口公園のオブジェの前で待ち合わせた。

「土曜日の夕方には日本から発《た》ってもらいます。用意は出来てますか？」

「大丈夫です。用意は出来てます」

林竜輝はすでに仕事を辞め、荷物もまとめたり処分したりしたらしい。それを聞いて直美は安堵した。土壇場で降りられることが、いちばん怖かったのだ。

「じゃあ土曜日は都内にいてください」

「わかりました。行くところないから、池袋にいます」

「信じてるから。裏切らないでね」

直美はついそんなことを言ってしまった。自分の声が上ずっている。

林竜輝が、一呼吸置いて答えた。

「中国人がうそつくの多いことは知ってます。でもわたしはつきません」

「ありがとう」

三十万円の入った封筒を手渡すと、近くのベンチに移動した。林竜輝の眉を整えるためだ。

直美が眉抜きのピンセットを取り出し、これから眉毛を抜く旨を伝えると、林竜輝は最初ぎょっとしたが、おとなしく従ってくれた。

「日本の男の人は変ですね。中国で眉毛を抜くのは女の人だけです」

「わたしも変だと思う。外国へ行くとオカマだと思われるよね」

公園のベンチで眉を抜く。行き交う人たちは誰も関心を示さなかった。

「うん、似合う、似合う」

直美は眉を整えた顔を見て、微笑んで言った。林竜輝は照れていた。

「それじゃあ、また連絡します」

立ち上がり、二、三歩後ずさりしてから踵を返した。速足でその場を後にした。湿気を含んだ夜の空気が肌にまとわりつく。天気予報では、これから週末にかけて下り坂になるとのことだ。

酔客であふれる街を、最後は駆け出して駅へと向かった。

19

決行当日、直美は朝から仕事に追われていた。担当顧客からの急な呼び出しが続き、都内を駆けずり回る羽目になった。姪《めい》の結婚祝いに腕時計を贈りたいのでいくつか選んで持って来て欲しい、ついでにサプリメントが切れたのでそれもお願い。ヨガを始めたいんだけど葵百貨店のカルチャー・スクールにそういうのあったかしら、あったらパンフレットを届けてちょうだい——。直美は顧客の手足となり、各所に電話で問い合わせ、実際に出向き、営業にあたった。息つく暇もなかったが、余計なことを考えずに済んで、却ってよかった。何もなかったら、今夜のことに頭が占拠され、落ち着かない時間を過ごしていたことだろう。真夏のような暑さの中、西は国立《くにたち》から、東は小岩《こいわ》までの大移動の一日だった。おかげで下着もブラウスも汗でじっとりと湿っている。早く帰ってシャワーを浴びたいと思った。汗を流して、少し休んで、夜のために少し仮眠をとりたい。

一方、加奈子は重要な任務をこなしてくれていた。林竜輝と会って、斎藤夫人の口座から着服した金を下ろしてもらう作業だ。

これに関しては、ゆうべ加奈子が調べたところ、ATMで下ろせる金額は百万円までと判明し、電話連絡を取りながら二人で焦ったという経緯があった。まさか窓口で下ろすわけにはいかない。大金だから本人確認されることは必至だ。直美は土壇場で不備が露呈したことにうろたえてしまったが、逆に加奈子が冷静でいてくれた。

「しょうがない。金曜、土曜と百万円ずつ下ろそう。それで林さんへの報酬を払う。残りは返そうよ。ATMで下ろすのは林さんだけ。ほら、防犯カメラに記録されちゃうから、わたしじゃマズイのよ。今頃気づいちゃった」

加奈子は今日、一人で池袋まで行き、林竜輝を呼び出し、自分のキャッシュカードを渡し、暗証番号を教え、駅の地下街にあるATM出張所で百万円を下ろさせた。林竜輝は素直に協力したという。とくに問題なく終えたというメール報告を受けたときは、親友がいるありがたさを痛感した。一人だったらとっくにくじけてしまっていただろう。

早く帰りたいのに、退社時間になると、課長の内藤に呼び止められた。

「小田君。悪いんだけど、次回の商談会のDMの文案、大至急考えてくれない？　部長が明日の午後から出張することになってさ。コピー・チェックを受けられるのが昼までだから」

内藤も一日外回りだったせいか、額が脂《あぶら》でてかっていた。疲れて不機嫌そうにも見えた。

「これからですか？」

「そう。だって君、明日は休みでしょ？　休日出勤してやるって言うのなら、それでもいいけど」

「いえ。明日は予定があるので……」

「じゃあ頼むよ」

内藤は素っ気なく言い、社内のどこかに消えた。

直美はため息をつき、パソコンを再び起動させた。出展する商品リストを広げ、ダイレクトメールの文案を練る。

《謹啓　皆様におかれましては、ますますご健勝のこととお慶び申し上げます。平素より格別のご高配を賜り、厚く御礼申し上げます――》

出だしの定型文をキーで打ったところで、早くも文章に詰まった。いつもなら一時間もあれば終えられる仕事なのに、頭がうまく回らなかった。考えれば考えるほど、迷路に入り込んだような焦燥感に襲われる。知らない間に額に汗が滲んでいた。

「小田さん、どうかしたの？　顔色悪いけど」

係長の青木が声をかけてきた。

「ちょっと気分がすぐれなくて……。でも大丈夫です」

どうやら自分は顔色が悪いらしい。指摘され、余計に疲労感が増した。

「じゃあ悪いんだけどさあ、新作浴衣《ゆかた》受注会の案内状もお願い出来ない？　小田さんのコピー、上手だから」

青木が取ってつけたような笑みを浮かべて言う。

「それっていつも外注してるやつじゃないんですか？」

「それが今年から変わったのよ。催事部が経費削減で外注を減らしたもんだから、印刷物もみんな社内で作る羽目になったの」

「急ぎなんですか？」

「そう。だって聞いたでしょ？　部長、明日の昼から出張だって」

直美は、喉の奥から酸っぱいものがこみ上げてきた。自分でやってくださいと言いそうになるが、もちろんそんな勇気はない。

「わかりました。資料を出しておいてください」

「ごめんね。今度ケーキ奢るから」

青木が手を合わせてシナを作った。さて困った。仮眠をとることは難しそうだ。

パソコンの画面を睨《にら》んでいても、何も浮かびそうにないので、直美はノートとペンを小ぶりのトートバッグに入れ、席を立った。屋上に行って風にあたって気分を変えたい。夏場は一角をビヤガーデンにしているので、少し騒々しいが、一人にはなれる。

従業員用のエレベーターで屋上まで行き、自販機でペットボトルの緑茶を買い、ビヤガーデンとは反対側の園芸コーナーのベンチに腰を下ろした。日はまだ完全に沈んではいないが、まばゆい照明の下では、会社帰りのサラリーマンやOLが賑やかに飲んで食べている。ふと、自分はまったく空腹を覚えていないことに気づいた。時間がなかったので、昼は駅で立ち食い蕎麦《そば》を食べただけなのに。何か入れておいたほうがいいのではないかと思ったが、喉を通りそうにないのでやめた。体が欲していないのだ。

文案を練るつもりが、ビヤガーデンのほうばかり眺めていた。どうして自分はあの中にいないのだろう。あの中で、同僚や女友だちと騒いでいて当然の年齢だ。それなのに一人だけ離れ、急に言い付けられた仕事をしている。いや、仕事などどうでもいい。今夜、人一人を殺そうとしている若い女がここにいる。万全のプランを立て、確信犯として事に臨もうとしている自分がいる。そのことの異常性に、なぜか一片の気負いも葛藤《かっとう》もなく。

適当な感情が湧いてこなかった。空白感ともまたちがう、どす黒い思いが心の底に沈殿したまま、ぴくりとも動かない。いったいいつから自分はこうなったのか、それすら遠い昔のように思えて、もしかして生まれたときから今日という日を迎えることを運命として抱えていたのではないかと、枠を失ったように、思考がどんどん拡散していく。

とりあえず、直美は加奈子にメールを打った。少なくとも計画に変更がないことだけは確認したい。

《ごめん、残業が入った。そっちに行くの遅くなりそう》

加奈子からはすぐに返信があった。

《了解。予定通り達郎さんは職場の飲み会。帰りは終電だから午前一時近いと思う。ゆっくり来ればいいよ》

メールの文字だけなのに励まされた気がした。この空で、ちゃんと二人はつながっている。

直美は気を取り直し、ノートを広げた。首を左右に曲げて筋を伸ばし、仕事に取りかかる。しばらくすると、屋上のざわめきが意識から消えた。


仕事を終え、会社を出たのは午後十時過ぎだった。急いで帰宅し、シャワーを浴び、何か食べようかと思ったが、相変わらず食欲はどこかへ消えたままなので、ジュースだけ飲んで済ませた。

仮眠は諦め、一時間だけソファで横になり、少しでも体力を回復させることにした。無駄に動くと、気持ちまで削がれていく気がする。テレビをつけ、音声を消して、ニュース番組の映像だけを眺めていた。

午後十一時半になったところでソファから起き上がり、ジーンズとTシャツに着替えた。汚れてもいい、捨てるつもりだった物を選んだ。ロープ、軍手、懐中電灯、予備のシャツをトートバッグに詰めた。前回同様、汗みどろになるのは必至だ。

直美は、今から家を出ると加奈子にメールで知らせ、部屋をあとにした。夜道を駅まで歩き、ホームで上りの電車を待ち、時間通りにやってきた終電のひとつ前の電車に乗る。新宿へ向かう上りなので、この時間は乗客がまばらで、車内は閑散としていた。

斜向かいの座席では、どこの帰りか見当もつかない初老の女が、背中を丸めて、うつらうつらしている。ドアのそばには、ヒップホップ風のファッションに身を包んだ若い痩せぎすの男が、イヤホンで音楽を聴きながら体を揺すっている。誰も直美には関心を示さなかった。これから人を殺しに行く女が、同じ車両に乗っているとも知らないで――。

加奈子の住む駅で降り、また夜道を歩いた。幹線道路の方角から暴走族がエンジンを吹かす爆音が聞こえた。パトカーのサイレンも。金曜の夜なので、若者たちはみんな夜更かしをするのだろう。

加奈子のマンション前まで来て、高層の建物を見上げた。半分以上の部屋に明かりがついていた。そのひとつひとつに人生があることに、なんだか不思議な感じがした。

加奈子にメールを打つと、直後に電話で折り返してきた。

「エントランス・ホールで待ってて。すぐに降りて行くから」

彼女の声は落ち着いていた。オートロックが解かれ、ガラス扉が左右に開く。中に入って待っていると、すぐに加奈子がエレベーターで一階まで降りてきた。扉を開けたまま、「早く、早く」と手招きされ、直美はエレベーターに乗り込む。B1のボタンを押し、地下駐車場に降りた。

「はい、これがBMWのキー。もうひとつは駐車場からマンションに入るときの共通キー。ついさっき、達郎さんから終電で帰るってメールがあったから、あと十分ぐらいで着いちゃう」

キーを手渡された。

「どれくらいで寝付きそう?」直美が聞いた。

「お酒が入ってるから、すぐに寝ちゃうと思うけど」加奈子が答える。

「わかった。じゃあ、寝付いたらメールちょうだい」

「スポーツバッグの中に、滑車とか必要なものを入れてある」

「ありがとう。ロープはわたしが持ってる」

「じゃあ、足りないものはないよね」

「うん、ないと思う」

二人でうなずき合う。加奈子はすぐにエレベーターで部屋のある階へと戻り、直美は駐車場に停めてある達郎のBMWに乗り込んだ。もう日付が変わっているので、さすがに車の出入りはない。しんと静まり返ったコンクリートの空間に、ときおり排水管を水が流れる音が響いた。

誰か来たとき目撃されるとまずいので、リアシートに移って横になった。スマートフォンを握り締め、目を閉じると、ふいに睡魔が襲ってきた。

いけない。ここで眠るわけにはいかない。いや、少しくらいなら寝たほうがいいのではないか。三十分、じっとしているより、体力的にはいいに決まっている。そんなことを考えていたら、闇に引っ張られるように、意識が薄れていった。


直美は夢を見ていた。夢とわかっていての夢だ。小学生の頃、父親が家にいると、ひたすら緊張を強いられた。絶えず顔色をうかがい、平穏な時間が過ぎることを願っていた。しかし、父の怒りは予告もなしに爆発した。夢の中でも、母の淹れたお茶が熱いという、それだけのことでさっと顔色が変わり、「おれに火傷を負わせる気か」と声を荒らげた。そして大声を出している自分に興奮し、顔を真っ赤にして、手にした湯呑を壁に投げつけた。「何をするんですか」母が言う。すると父の感情はさらに昂り、やおら母の頬を拳で殴りつけた。母は、ただ視線を泳がせるだけで、殴られるままだった。ああ、また始まった。直美は絶望の淵に追いやられる。

実のところ直美がいちばん見たくなかったのは、父の暴力よりも母の小動物のような目だった。抵抗せず、泣きもせず、声も出さず、殴られ続けている。支配された人間の表情を、直美は子供のときから知っていた。

姉の弘美と手を取り合い、二階へと逃げて行く。子供には、その場から逃げ出す選択しかなかった。助けることが無理だとわかっているので、あとは耳と目をふさぐことしかできなかった。体の震えが止まらない。

お母さん、どうして離婚しなかったの。夢の中で、大人になった直美がなじっている。母は不服そうな顔で、あんたたちがいたからじゃない、小さな子供を二人連れて家を出て、どうやって食べて行くのよ、と言い返す。そんなの言い訳、お母さんに勇気がなかったからよ、と直美が声を荒らげる。あんた、親に向かってなんてことを言うの。だってそうじゃない、生活保護を受けたっていいし、生きて行く道はいくらでもあったはずよ——。

そのとき、手に感電したような衝撃を受け、直美は跳ね起きた。メロディが耳に飛び込む。チャイコフスキーの『くるみ割り人形』だ。スマートフォンが手の中で鳴っている。ああ、そうだ。加奈子からの連絡を待っていた。

直美は目眩を堪え、電話に出た。

「わたし。達郎さん、もう寝付いた」加奈子の低い声が聞こえた。

「わかった。これから行く」

直美は二度、三度と深呼吸してからバッグを手に車を降りた。急ぐ必要もないので、ゆっくりと歩を進める。キーでドアを開け、マンションのエレベーターに乗り込んだ。「9」のボタンを押し、動いていく階数表示のランプを見上げる。

「チン」と軽い音がして、扉が開いた。降りて廊下を歩く。部屋のそばまで行くと、ドアが十センチほど開いていて、中から加奈子が外の様子をうかがっていた。直美を見つけると、扉を広く開けて招き入れた。

直美は近づいてぎょっとした。まず目に飛び込んだのは、加奈子の鼻に詰められた白いティッシュだ。鼻血を出したの？　はっとして顔を見ると、目の縁に赤い内出血の痕がある。一瞬にして鳥肌が立った。

「どうしたのよ」ささやき声で聞いた。

「達郎さんに殴られた」加奈子が悲しい目をして答える。

「何かあったの？」

「ううん、何でもない。いつものこと」

「それにしたって理由はあるでしょう」

直美が問うと、加奈子はしばらく口ごもった後、目を伏せて、「酔っ払って帰ってきて、セックスしようとするから、ちょっといやそうな素振りを見せたら、急に激昂して……」と話した。

直美は思わず加奈子の全身に視線を走らせた。それでやられたの？　とは聞けなかった。

「ひどいね」

「ほんと」

もはや怒りより悲しみの感情のほうが大きかった。どうしてこんな男が世にいることを、神様は許したのか。

直美は靴を脱いで、部屋に上がった。抜き足差し足で廊下を進み、寝室の前に立つ。中から小さないびきが聞こえた。

「熟睡してる？」

「してると思う。お酒が入ってるし」

直美はバッグからロープを取り出した。束ねてある結び目をほどき、一方の端を加奈子に持たせた。ここまできたら、一気に突き進んだほうがいいと思った。逡巡は大敵だ。どうせもう引き返せない。あと数時間、感情を押し殺そう。押し殺そう。呪文のように心の中で唱える。

「じゃあ、いくよ」直美がささやいた。

「あのさあ、三分間ぐらい絞めたほうがいいみたい。短いと案外簡単に蘇生するみたいだから」

加奈子が低い声で言った。直美が思わず横顔を見ると、「こっちもネットでいろいろ調べたのよ」と説明した。

ドアをそっと開け、寝室に入った。消灯してあるが暗闇ではない。目の前に仰向けの姿勢で眠っている達郎がはっきりとわかった。直美はベッドの窓側に回り、中腰になった。加奈子は入口側に立ち、ロープを手にして達郎を見下ろし、どうやって首に巻きつけるか算段を立てていた。

五秒ほど間を置いて、加奈子が動いた。そっと達郎の頭を持ち上げると、枕とマットの隙間にロープを差し込む。頭を下ろし、すっと静かに引っ張り、まずは首の下にロープを通した。達郎は完全に眠りに落ちていて、一切反応することはなかった。

直美はロープの一端を手にした。このとき武者震いが起きた。電気が流れたように、全身が大きく震えた。大きく息を吸い込み、空唾を飲み込む。汗が背中を伝った。とうとうこのときがやってきた——。

「わたしはやるけど、いいんだよね」直美がささやき声で言った。無意識に出た言葉だった。

加奈子は動作を止め、五秒ほど黙ったのち、「それ、わたしが聞こうと思ってた」と目を細くして言った。

しばらく見つめ合い、互いに無言でうなずいた。直美も立ち上がり、ロープの両端を互いに差し出し、達郎の首の上で一回輪を通して、端を交換した。そしてゆっくりと引っ張りながら、達郎の胸の上に下ろした。

これで準備は出来た。あとは二人して、ロープを思い切り引っ張るだけだ。

滑らないよう、直美が手にロープを巻き付けていると、加奈子が首を伸ばし「いい？」とささやいた。直美がうなずく。加奈子は左手を開いて挙げ、五からカウントダウンした。
五、四、三……。加奈子が完全に腹をくくっていることに直美は驚いた。
二、一。直美は腰を下ろし、足をベッドの側面に置き、全体重をかけた。
「うげっ」というヒキガエルが鳴くような声を発し、ベッドの上で達郎が跳ねた。直美は夢中でロープを引っ張った。バランスが取れているということは、向こう側では加奈子が同じく力一杯引っ張っているということだ。達郎が足をバタバタと動かしている。背中を反らした。ベッドが激しく揺れた。直美は歯を食いしばって引っ張った。

三十秒ほどして、ベッドの揺れが治まった。達郎が抵抗をやめ、ぐったりとした。それでも怖くてしばらくは力を緩めなかった。

「ねえ、まだ」直美が言った。

「まだ三分経ってない」加奈子が答える。

三分間が永遠に思えた。もはや無抵抗だから余計に怖い。首がちぎれるのではないかと、そんな想像までした。時間よ過ぎろ。早く過ぎろ。心の中で叫ぶ。

「もういいんじゃない」加奈子が息を切らして言った。

「うん、そうだね」

直美は引っ張るのをやめ、膝をついた姿勢で呼吸を整えた。ベッドの達郎はピクリとも動かない様子だ。正視したくないから、ちゃんと見てはいないのだが。

先に加奈子が立ち上がり、達郎をのぞき込んだ。一度喉を鳴らしてから、「死んだみたいだけど」と言った。

「バッグに詰めようか。遠征バッグ、トランクルームにあるから、わたし取って来るね」

加奈子が寝室を出る。「わたしも行く」思わずそう言い、直美は後に続いた。ここで死体と一緒にいたくない。

玄関を出て廊下を二人で歩く。直美の心臓はまだ高鳴っていた。激しい鼓動が、喉のすぐ奥で鳴っている。

加奈子に大きく動揺した様子は見られなかったが、それでも速足なのは、じっとしていられないからだろう。

廊下の明かりで、あらためて加奈子の顔を見ると、さっきとは一変してどす黒く腫れ上がっていた。加奈子は奥歯を嚙みしめ、まっすぐ前を見ていた。

トランクルームからバッグを取り出し、また部屋に戻った。ベッドの下に横にして置き、ファスナーの蓋を開けた。

「この人、失禁してるわ」加奈子が言った。そういえば大便の臭いもする。直美は、首つり自殺をすると失禁すると昔どこかで聞いたことを思い出した。

「シーツもマットレスも替えないと」

「そうだね」

二人でベッドに乗った。加奈子が脇に手を入れ、直美が足を持った。

「いくよ。せえの」

持ち上げる。足元がマットレスなのでうまく踏ん張れない。思ったより重かった。ベッドの端まで運んだとき、大きくバランスを崩し、二人揃って、死体もろとも床に転落した。

「大丈夫?」

「うん。大丈夫」

直美は荒い息を吐きながら、左肘を押さえた。打撲くらいはしたようだ。

死体はバッグのすぐ脇に横たわっていた。

「このまま転がそう」

加奈子が言う。二人並んで死体の片側を、パジャマをつかんで反転させると、うまくバッグのフレームの上に乗ってくれた。ただし、このままでは収まらない。

「足を折りたたまないと。早くしないと死後硬直が始まるよ」と加奈子。直美がうなずいていると、「これもネットで調べたのよ」と付け加えた。

死体の足を持ち上げ、屈曲させると、便の臭いが鼻についた。

「ちょっとこのまま押さえてて。布テープを持ってくる。それでグルグル巻きにしよう」

加奈子が寝室を出て行く。もはや加奈子が先導役になっていた。

直美は、まるでストレッチ体操のトレーナーのような恰好で、死体の脛を押さえつけている。ただし目はそむけていた。死体は口から泡を吹いているのだ。

加奈子が布テープを持って戻って来た。「そのままね」直美に指示し、屈曲状態の死体の足をテープでグルグル巻きにした。

バッグの蓋を被せる。死体を奥に押し込めながら、ファスナーをぐるりと閉めた。なんとか収まった。プラン通りだし、まだ過程の段階なのに、大きな達成感があった。

「やったね」加奈子が大きく息をついて言った。

「やった、やった」直美は何度もうなずいた。

「じゃあ、車に運ぼうか。それで夜が明けるのを待とう」

「そうだね」

時計を見ると、午前二時を過ぎていた。長い一日になりそうだった。この先もすべきことが山のようにあるのだ。

直美は両手で自分の頰を叩いた。そして加奈子と力を合わせて、死体の入ったバッグを起こした。

20

午前四時になって、再び行動を開始した。それまで、直美はリビングのソファで横になったが、眠れる道理はなく、ただ体を丸めてじっとしているだけだった。加奈子はダイニングテーブルに突っ伏していた。その間、二人は口を利かなかった。

「直美。サンドウィッチあるけど食べる？」

加奈子が冷蔵庫から牛乳やらジュースやらを取り出し、テーブルに並べて言った。

「いらない。食欲ない」直美が答える。

「晩御飯はちゃんと食べたの？」

「ううん。実は昨日の昼にお蕎麦を食べたきり」

「じゃあ無理してでも食べようよ。これからも重労働が待ってるんだよ」

加奈子の言うこともっともなので、直美は差し出された玉子サンドを頬張った。手作りらしい。マヨネーズが多めでおいしかった。

テーブルにつき、ひとつつまんだら、なんとなく後を引いて、ハムサンドも食べた。これで充分だ。

「加奈子。パスポートと航空券とお金、あるわよね」

「もちろん。全部昨日から用意済み」

加奈子は、新たな提案もした。達郎のスマートフォンを林竜輝に渡して、上海で処分してもらおうと言うのだ。そうすれば調べられた場合、GPS機能により国外に出たことが立証される。

「わたし、加奈子を少し誤解してたかもしれない」

直美が頬杖をついて言った。

「どういうふうに?」

「こんなに強いとは思わなかった」

「強くないよ。夫に殴られて、抵抗ひとつ出来ないんだもん」

「でも、今日なんか、加奈子のほうが落ち着いてた」

「そうかな」

「そうよ」

「わたしね、心の中に避難場所を作れるようになったのよ」

「避難場所?」

「そう。夫のDVに遭ってるとき、今の自分は仮の人生の中にいる、本当の人生は別の場所にあるんだって、そう思うことにして——。そうすると不思議と耐えられるのよ。まあ、逃避だけどね」

「ふうん……」

「わたし、今夜、達郎さんを排除したけど、トラウマにはならない自信がある。避難場所と現実を、心の中で交換すればいいだけだもん」

加奈子が気負うふうでもなく言う。直美は答えに詰まったが、それならそれでいいことだと思った。加奈子が平然としていてくれたほうが、自分も忘れられる。

　食事を終えたところで、出発することにした。外はそろそろ明るくなっていた。天気予報では終日曇りだ。暑くならなくて助かる。山の上なら涼しいくらいだろう。

　地下の駐車場に降り、ＢＭＷを発進させた。町に人の姿はほとんどない。新聞配達員と犬の散歩をする老人を見かけるくらいだ。道が空いているので、直美はアクセルを強めに踏んだ。

　カーブのとき、荷台のバッグが大きく横滑りした。ああそうだ、死体を積んでいた。それを思うとさすがに気持ち悪かった。

　早朝の高速道路はさらに空いていた。リハーサルのときは、ビュンビュンとほかの車が走る中で大きな緊張を強いられていたので、却って拍子抜けするほどだ。

「この分だと早く着いちゃうね」直美が言った。

「いいじゃない。早く進む分には」加奈子が助手席で答える。

「そうだけど、峠で人に見られたら目立つじゃない。こんなに朝早く」

「誰も気にしないって。もし聞かれたら山菜採り。それでごまかせるって」

「そうだね」

　道中、それ以外に会話はなかった。加奈子はスマートフォンでどこかのサイトを見ている。直美はカーラジオから流れる音楽を聴きながら、車を駆った。東の空は一面が灰色の雲だった。晴天でなくてよかったと思った。お天道様には、あまり見られたくない。

三国峠の頂上に着いたのは午前八時だった。前回と同じ場所に車を停め、まずは、掘った穴がそのまま残っているか確認するため、雑木林に入った。直美は少しドキドキした。誰かが見つけて埋めたとか、そんないやな想像もしていたのだ。

穴は手つかずの状態で残っていた。ビニールシートは被さったままで、それを隠すための落ち葉も動かされた形跡はない。まずは安堵した。

ビニールシートの覆いを剝《は》がし、穴の中にスコップがふたつあることも確認した。そして車に戻った。トランクを開け、バッグを引きずり出す。リハーサルの成果が出て、さほど苦労することなく、地面に下ろせた。ここからが難関である。軟らかい土の上を果たして引いて行けるのか。

砂利の地面から森に入った途端、遠征バッグのキャスターは用をなさなくなった。径の小さな車輪なので、いともたやすく土に埋まってしまう。

「これは早々に滑車の出番だね」

加奈子が腰に手を当てて言い、バッグから滑車とロープを取り出した。五メートルほど先の木の枝に引っかけ、ロープを通し、一方をバッグのハンドルに括《くく》りつける。

二人で綱引きのように引っ張った。滑車の威力は劇的で、バッグはずるずると土の上を引きずられていく。直美は滑車を発明した人類の叡智《えいち》に感謝したくなった。

五メートル移動したところで、今度はその先の木の枝に滑車を引っかけ同じように引っ張る。そんな作業を四回ほど繰り返し、なんとかバッグを穴の縁まで移動させることが出来た。

笹の上に腰を下ろし、しばし休憩する。死臭を察知したのだろうか、朝早くだというのに、カラスではない何か大きな鳥が数羽、上空を旋回していた。

「バッグのまま埋める？」直美が聞いた。死体を見たくないからだ。

「だめ。白骨化するのが遅れる」加奈子が静かにかぶりを振った。

直美はもはや感服するしかなかった。ここ数日、加奈子が二人いるのではないかという変わりようだ。

ここまできたら自分も開き直ろうと、自らを鼓舞し、直美は立ち上がった。バッグのファスナーを開き、死体と再び対面する。顔は完全に紫色だった。達郎は口を開け、白目を剝いている。さすがに凝視することは出来なかったが、逃げずに見たという自信にはなった。

二人でバッグのフレームの一辺を持ち上げ、死体を穴に落とす。あっけなくゴロンと転がり落ちた。パジャマは着せたままだ。硬直しているので脱がせるのは無理だと判断した。ただの肉体となった達郎にスコップで土を被せる。ここへきて直美は急に実感が湧いた。自分は、とうとう一人の人間をこの世から排除してしまった。もはや取り返しはつかない。だから、何が何でも悔いたりはしない――。全身に鳥肌が立ったが、加奈子には悟られたくない。表情を隠し、黙々と作業をした。

埋め終えたところで土を踏み固め、落ち葉や枝を被せてわからないようにした。前回に掘り返したときの土が少し余ったので、怪しまれないように付近にばら撒いた。

「これでいいんじゃない？　この場所に展望台の公園が出来るとか、リゾート開発されるとか、そういうことでもない限り、発見される可能性はゼロだと思う」

加奈子が手の甲で額の汗を拭いながら言う。

「そうだね。スコップはどうしよう。持って帰るのいやだし、捨てていく？」

「うん。遠征バッグも、滑車も、ロープも、持って帰りたくない。でもここに捨てるのはマズイから、場所を変えてバラバラに捨てて行こう」

加奈子は最後まで気丈だった。

車に戻り、帰り支度をしていると、ダンプカーが二台続けて走ってきた。こんな場所に若い女がいるのが珍しいらしく、遠慮のない視線を向けられた。もっともすぐに忘れるだろう。まさか死体を埋めていたとは、誰も思うまい。

走り去るダンプカーを見送ってから、汗でぐっしょりと湿ったTシャツを着替えた。ペットボトルの水を飲む。上空を舞っていた鳥は、いつの間にか消えていた。

東京に戻ったときには、正午を過ぎていた。高速道路が事故で一車線の区間があり、渋滞したせいだ。車内ではほとんど会話はなかった。「なかなか進まないね」「間に合うかなあ」「間に合うでしょう」「飛行機が夕方でよかったね」——。そんなやりとりがあった程度だ。

一旦、加奈子のマンションに車を置いて、今度は東京駅へと向かった。林竜輝とは午後二時に待ち合わせている。成田エクスプレスで一緒に成田空港まで行き、無事出国するのを見送って、すべてが終了する。

林竜輝は、待ち合わせ場所に指定しておいた丸の内地下北口の動輪の広場で、心細そうな顔をして佇んでいた。垢抜けないTシャツを着ているが、よそ行きの服も持っていないのだろう。彼の姿を見つけたとき、直美は心底安堵した。これでクリアランス・プランは完結する。

ただ同時に背筋が寒くなった。半日前に殺したばかりの達郎とそっくりの人間が目の前にいるのだ。

「林さん、約束守ってくれてありがとう」直美は近寄ると、別人なのだと確認するように男の腕に触れた。

「こんにちは」林竜輝は、照れた笑みを浮かべ、頭を下げた。

「荷物、これだけ？」

直美が聞いた。彼の足元には、安そうなスポーツバッグがひとつあるだけだ。

「着替えだけ。ほかのものは全部友だちにあげました」

「そう。ブローカーにお金は払ったの？」

「払いました。明日中国に帰ると言ったら、びくりしてました」

「まさか、わたしたちのことは話してないわよね」

「話してない。李社長にお金借りたとうその説明しました」

「じゃあいい」

「二人とも、とうかしましたか？　疲れてるみたいに見えます」

林竜輝が二人の顔を交互に見て言った。

「何でもない。気にしないで」加奈子が答えた。「それよりもう一回お願い。駅前に銀行の支店があるから、そこで百万円下ろして欲しいの。昨日の分と合わせて二百万円。それが林さんの報酬になるから」

「わかりました」

三人で一旦駅舎を出て、通りをはさんだすぐ前にあることぶき銀行の支店に入った。加奈子がキャッシュカードを渡し、林竜輝が一人でＡＴＭから百万円を下ろした。その金は加奈子が預かる。

「お金を渡すのは最後です。ごめんなさいね。わたしたち、怖いのよ。ここで林さんに逃げられたら終わりだから」

「わかてます。わたし逃げない」

林竜輝は穏やかな表情を崩さなかった。

再び駅に戻り、切符を購入し、三人で地下深くのホームまで行き、成田エクスプレスに乗車した。およそ一時間の車中、何もすることがないので少し眠ろうと思ったが、睡魔は周辺を回るばかりで近寄ってこず、眠いのに眠れないという不安定な状態と闘うこととなった。加奈子も目を閉じてはいるが、眠っている様子はなかった。

成田空港に到着すると、航空会社のカウンターへ行き、林竜輝を横に従えて、直美が搭乗手続きをした。パスポートと予約確認書を見せると、難なく搭乗券と引き換えてくれた。そして空港内のカフェに入り、最後の確認をした。

「林さん、いいですか。これがあなたのパスポートです。あなたはこれから上海空港で中国に入国するまで、服部達郎という人間になりすましてください。だから出国は日本人のゲートに並んでください。出国手続きのとき、絶対に口を利かないこと。ありがとうございます、も言ってはいけません。あなたの発音で言うと、日本人ではないことがばれてしまいます」

「わかりました」林竜輝は神妙な顔でうなずいた。

「機内では入国カードにいろいろ記入しますが、いちばん下にあるサインの欄には、パスポートと同じサインをしなければなりません。だから、今ここで練習しましょう」

直美は紙とボールペンを取り出し、林竜輝にサインの模倣をさせた。さすがは漢字の母国出身だけあって、簡体字ではない日本の漢字をすぐに憶えたが、筆跡まで真似るのは難しそうだった。直美が心配顔でいると、林竜輝は、「わたし、大丈夫と思います」と白い歯を見せて言った。

「日本のパスポート、信用あります。世界中とこの空港でも疑われないね。係官も日本人相手だと、サインなどちゃんと見ない。中国人の間では常識ね。たから日本人のパスポート、海外では高く取引されてます」

直美はその言葉を聞き、少し安心したと同時に、このパスポートは林竜輝が中国に帰ったのち、どこかに売られるのだろうと確信した。もっともそんなことは織り込み済みだ。林竜輝がこの先使わなければいいのだ。

「林さん。言っておくけど、もしもあなたがこのパスポートでまた日本に来たら、あなたはその場で逮捕されます。だから上海に着いたら、すぐに燃やして捨てることを勧めます」

直美はひとこと脅しておいた。

「それから、当分日本には来ないこと。出来れば一生」加奈子が付け加える。

林竜輝は何か言いたそうだったが、「わかりました」とうなずいた。

「ねえ林さん。もうひとつだけお願い」加奈子が、バッグからスマートフォンを取り出し、テーブルに置いた。「あなたにこれを渡します。これを上海まで持って行ってください。そしてSIMカードを抜いて、売るなり捨てるなりしてください。その間、もし誰かから電話がかかってきても絶対に出ないこと。お願い出来ますか？」

「わかりました」

林竜輝は最新の日本製スマートフォンを手に取ると、子供のように目を輝かせ、ポケットにしまった。

「じゃあ最後になったけど、報酬をここで払います」

直美が加奈子に促す。二百万円の入った封筒が加奈子から林竜輝に手渡された。

「トイレで中身を確認してきてもいいですか？」

「下ろしたばかりのお金じゃない。どうして……」

「中国人、お金数えるの、当たり前」

「じゃあ、ここで数えて。テーブルの下でいいじゃない」

すかさず直美が言った。ここで逃げられたら最悪である。

林竜輝は小さく肩をすくめると、テーブルの下で札束を数え始めた。ただし、無駄な行為とわかったからか、すぐにやめ、封筒に戻してバッグに仕舞った。

「じゃあ、少し早いけど、そろそろ行こうか」

直美としては一刻も早く、林竜輝を出国審査カウンターの向こう側に押しやりたかった。そうすればもう戻って来られないのだ。

三人で出発ロビーを歩き、セキュリティ・チェックの入口前に来た。

「林さん、くれぐれも口を利かないこと」最後に念を押す。

「わかりました」林竜輝はうなずくと、右手を差し出した。

直美は思わず手が出て、握手をした。加奈子も応じた。

金属ゲートをくぐる林竜輝の背中を見守る。何事もなく通過した。林竜輝が振り返り、手を振った。直美と加奈子も手を振り返した。階がちがうので、この先の出国審査までは見られない。あとは無事に通過出来ることを祈るだけだ。

「行ったね」加奈子がつぶやいた。

「何も起きませんように」直美が胸の前で手を組んだ。

「大丈夫よ。日本のパスポートだもん」

「そうだよね」

二人で踵を返す。「直美、おなか空かない?」と加奈子が言った。

「そう言えば空いたかな」直美はおなかに手をやった。

「何か食べて行こうよ。林さんの乗った便が飛ぶの、見届けたいし」

「そうだよね。じゃあ、飛行機が見えるレストラン」

階を上がって飲食店のフロアに行くと、滑走路側に各種レストランが並んでいた。

「ねえ、中華料理があるけど」

「じゃあ、中華にしよう」

二人顔を見合わせ、笑った。頬が緩んだら、急に全身の力が抜けた。

「ビールも飲みたいなあ」

直美が言った。ふと気づけば、喉がからからに渇いていたのだ。

「賛成。冷たい生ビールで乾杯しよう」

加奈子が弾むような足取りで店内に入って行く。

窓際のボックス席に案内され、ソファの背もたれに身を預けた。えも言われぬ解放感が、体の奥底から湧いてきて、頭のてっぺんから足のつま先までをやさしく包んだ。終わった。全部終わった。もうこんな苦労をしなくて済む――。

二人で何度も顔を見合わせ、微笑みを交わす。直美は自分が生きていることを実感した。

カナコの章

21

朝、目覚めたら、まばゆい光がカーテンの隙間から差し込み、寝室全体を薄明るく染め上げていた。寝返りを打つと、下ろしたてのシーツが心地よく滑り、足の脛から先がやさしく撫でられた。服部加奈子は、ふたつの枕を独り占めし、ダブルベッドの真ん中でマットレスのスプリングに身を委ねていた。目を閉じて、呼吸を繰り返す。新品は、匂《にお》いがいい。

昨日の日曜日、加奈子が朝一番で起こした行動は、商店街の家具店に飛び込んで、マットレスを購入することだった。今日届けて欲しいので何でもいいから在庫のある物を、とリクエストしたら、定価で二十万円もする展示品を薦められ、三割引いてくれるというので購入した。ついでにシーツも夏蒲団も新調した。個人商店だったため、対応は迅速で、午後にはもう商品が届き、汚れたマットレスは廃品として引き取ってくれた。この先しばらくは、家具を買い替えたり、不用品を整理したりの日々が続きそうだ。達郎の自慢だったオーディオセットは、ずっと邪魔に思っていたので、真っ先に処分したい。その場所に北欧製のチェストを置き、リサ・ラーソンの陶器を並べるのだ。

サイドテーブルの時計を見ると、午前八時を回っていた。いつもなら夫を送り出し、NHKの朝のドラマを見ながら、食事をしている時間だ。

達郎は毎朝七時四十分に家を出た。起床は七時だ。加奈子はそれより四十分前に起きて、朝食の支度をしなければならなかった。トーストだと簡単なのだが、達郎は和食しか許さなかったので、ご飯を炊き、味噌汁を作り、魚を焼き、もう一品何かを用意した。ときどき手抜きをしてゆうべの残り物を出すと、「続けて同じ物を食わせるのかよ」と、朝から尖った声を浴びせられた。

達郎が食事をしている間、加奈子には寝室のクローゼットからワイシャツとネクタイ、ソックス、ハンカチを取り出し、ベッドの上に並べるという仕事があった。その日着て行くスーツにはブラシをかけ、消臭剤を吹きかけ、壁のフックにかけておく。まるで召使いのような朝の日課だったが、今日からはすべて解放される。

ベッドの中でしばらくぐずぐずと過ごし、八時半になって起きることにした。冷蔵庫からヨーグルトとバナナを取り出し、ダイニングテーブルで食べた。テレビはつけなかった。窓の外からは、都会の喧騒が塊となった、ドーンという低周波音しか聞こえてこない。

昨日は意外なほど落ち着いていられたが、今はさすがに緊張が高まりつつあった。九時を過ぎれば、必ず銀行の新宿支店から電話がかかって来るのだ。「服部さんがまだ出社していないのですが、何かありましたか？」という問い合わせの電話が。加奈子はそこで芝居を打たなければならない。

落ち着くこと。焦ってしゃべり過ぎないこと——。加奈子は自分に言い聞かせた。達郎が失踪したからといって、殺人を疑う人間はまずいない。調べれば、国外に出たことになっているし、顧客の金を横領したことも露呈する。達郎の家族は騒ぐだろうが、不祥事を隠したい銀行は幕引きを図るはずだし、警察だって捜索願を届け出たくらいで動くとは思えない。死体が出ない限り発覚はしないのだ。

ところで林竜輝は無事中国に入国できたのだろうか。あれから一日半が過ぎている。もしも入管でパスポートの不正使用がばれたのなら、真っ先に本来の持ち主である達郎の所に連絡があるはずだ。連絡がないということは、何事も起きずに通過出来たということなのだが。現時点では、それを信じるほかない。

加奈子は窓の外を見やった。薄曇りの空は、万遍なくスプレー塗装したかのように表情はなく、遠近感もなかった。この空の下、新しい一週間が始まろうとしている。直美も出勤途中のはずだ。

直美とは昨日一日連絡を取り合っていなかった。きっと彼女も落ち着かない気持ちでいることだろう。直美に出来ることはもうない。相方がしくじらないよう願うだけなのだ。

　加奈子はそれを思うと全身に鳥肌が立った。自分がしくじれば、直美にも累が及ぶ。二人は共犯者だ。一緒になって達郎を排除してくれた直美を、これから自分は守らなければならない。

　掛け時計を見る。まだ九時にもならない。時間がなかなか過ぎてくれなかった。

　九時半になって電話が鳴った。待ち構えていたはずなのに、加奈子は飛び上がらんばかりに反応した。鼓膜を震わすほど、心臓が高鳴る。ひとつ深呼吸して、受話器を手に取った。

「はい、服部です」

「ことぶき銀行新宿支店の山本と申します。いつもお世話になってます」

　かけてきたのは達郎の同僚だった。一度だけ行員の家族親睦会で挨拶を交わしたことがある。

「はい、こちらこそ」

「すいません。服部君、もう家を出てますか？」

山本の声は明るかった。人当たりのよさそうな顔を思い出す。

「あ、いえ。もしかして、うちの主人、出勤していませんか？」

加奈子は低い声で言った。

「ええ。まだ来てないんですよ。携帯にかけてもつながらないし、どうしたのかなあと思って……」

「そうですか。実は主人、土曜日から所在がわからなくて、わたしも捜していたんです」

「えっ。そうなんですか？」

「はい……。土曜日の昼近く、今日は休日出勤だと言って家を出まして、それから連絡が取れてないんです。わたしも何度も携帯にかけてはいるんですが、同じようにつながらないし、メッセージを入れても返事がないし……」

加奈子は落ち着いて演技することが出来た。山本は受話器の向こうで困惑している。

「それで、わたし、あちこち電話で問い合わせようかとも思ったんですけど、前にも連絡なしに外泊したことがあったし……。そのときは麻雀をしてそのまま後輩のアパートに泊めてもらったって言ってたんですけどね……。だから早とちりして主人に恥をかかせてもいけないと思って、躊躇してたんですよ。それで月曜の朝まで様子を見ようと思って……。もしかしたら、どこかに泊まって、そこから銀行に出勤してるんじゃないかって思ったりもしたんですけど……。出勤してないわけですよね」

「ええ。出勤していません」山本が周囲の耳を気にしたのか、ここで声を潜めた。「ということは、行方がわからないってことなんですかね」

「出勤してなくて、そちらでも連絡が取れないってことは、そうかもしれません」

「服部君の実家には聞いてみました？」

「いいえ。これからかけてみます」

「そうしてください。でも、土曜日の休日出勤って本当ですか？」

「はい。そう言って出かけました」

「ぼくら、金曜日の夜に一緒に飲んでて、そのときは翌日出るなんて言ってなかったんですけど……」

「そうですか……」

「ではもう一度確認します。服部君は土曜日の昼頃家を出て、そのあと消息がつかめていないってことですね」

「はい」

「わかりました。奥さん、このまま家にいてください。それで実家に聞いてみてください。ぼくは、仕事関係で問い合わせてみます。それでまた電話します」

「はい……」

電話を切る。顔が熱かった。体温が一気に上昇した感じだ。

加奈子は立ち上がると、目的もなくリビングを歩き回り、気持ちを落ち着かせようとした。時間は置けない。先送り出来ないことが、今日はいっぱい待ち受けている。

大きく息を吐き、町田の達郎の実家にかけるために電話を手にした。

義母とはそつなく接しているが、打ち解けたことはない。結婚した当初、達郎の好物はこれとこれで、嫌いなものはこれとこれで、きれい好きだからパジャマはこまめに洗ってあげてね、などと細かな指示を受け、直感で距離を置いたほうがいいと判断した。

それでも月に一度は実家に顔を出すことを求められ、その都度生活の様子を事細かに聞かれた。達郎が行方知れずだと告げたら、パニックになってマンションへ押し掛けてくるかもしれない。

「はい、服部です」

義母はよそ行きの声で電話に出た。

「あ、お義母《かあ》さん。加奈子です。実は……」

加奈子は深刻な声色を使い、現状を説明した。落ち着いていては不自然だと思い、言葉を詰まらせる箇所も作った。

「じゃあ達郎は会社に行っていないってこと？」

義母の声のトーンがいきなり上がった。

「そうなんです。今、同僚の山本さんがあちこち連絡を入れて捜してくださってはいるんですが……」

「ちょっと、どういうことなのよ」

「わからないんです。携帯電話にかけても出ないし」

「どうして今日まで黙ってたのよ。もう二晩も帰っていないってことなんでしょ？」

「はい。でも、以前にも連絡なしで外泊をしたことがあったので、月曜の朝までは待とうと思って……」

「どこかで事故にでも遭ったんじゃないの。加奈子さん、すぐに警察に問い合わせてみて」

義母が強い口調で言う。そっちの心配で来たかと、加奈子は虚を衝かれた。自分は考えもしなかった。

「でも、交通事故ならニュースになるでしょうし、持ち物からすぐに特定出来ると思いますけど……」

「そんなの、わからないじゃない。ショックで記憶喪失になったとか、財布を盗まれて、身元不明のままどこかの病院に担ぎ込まれたとか」

ずいぶん突拍子もない推理だが、それだけ動揺しているのだろう。

「じゃあ警察に問い合わせてみます」

「問い合わせたら、またすぐに電話ちょうだい。いいわね」

「わかりました」

電話を切り、また深呼吸した。本当に今日は大変な一日になりそうだ。

問い合わせた事実だけは残したいので、最寄りの警察署に電話をした。代表にかけたら、どういう用件かと聞かれ、夫が土曜日から行方知れずなのだが、被害者が身元不明の交通事故とかが起きていませんかと尋ねると、交通課に回され、当然のようにそのような事故は起きていないと事務的に返答された。ついでに捜索願はどこに出すのか聞いたら、最初は生活安全課の相談窓口で伺います、とのことだった。一両日中に出向くことになりそうだ。

再び義母に電話し、警察に問い合わせた結果を報告した。

「銀行は？　銀行はどうなの？」

義母は気が気でない様子で、声がどんどん詰問調になっていった。

「二度目の連絡はありません。これから聞いてみますが」

「早くしてちょうだい。それでまた電話して。加奈子さんに心当たりはないわけ？」

「ないんです」

「夫婦喧嘩したとか、そういうのは？」

「してません。いつも通りでした」

「まさか家出じゃないわよね」

「それはないと思うんですが……」

「もう、どうして二日間も放っておいたのよ」

「ですから、前に無断外泊したことがあったので……」

「加奈子さん、ちゃんと面倒見ないでどうするのよ。あなた専業主婦でしょう」

ついには叱責を浴びる羽目になった。

義母との電話を終えると、入れ替わるように、また山本から電話がかかってきた。

「どうでした？　実家に聞いてみましたか？」

山本が急いた様子で言う。

「はい。義理の母に聞きましたが、心当たりはないそうです」

「こっちもブロック店や本店に聞いてみたんですが、誰も知らないみたいです。それで、服部君はスマホを持って出かけてますか」

「はい。そうだと思います」

「だったらGPS機能で場所がわかるはずですから、電話会社に問い合わせてみてください」

「そんなこと、出来るんですか？」

「事前設定されていれば出来ます。たぶん服部君も設定してると思います。ぼく、前に居酒屋でスマホを落としたことがあったんですが、電話会社に問い合わせたら、すぐに場所が特定出来て戻って来たことがあったんです。請求書に契約者番号があるので、それを告げれば調べてくれるはずです」

「わかりました。やってみます」

加奈子は予期せぬ指示に慌てながら、林竜輝にスマートフォンを渡したのは正解だったと思った。林竜輝はＳＩＭカードを抜いたはずだから、特定出来る場所は成田空港までだ。

どうせ結果はわかっているが、ここでも調べたという証拠だけは残したいので、電話会社の相談窓口にコールし、位置情報の捜索を依頼すると、暗証番号の入力を求められ、本人確認が出来ないと情報提供は行えないと至極当然のことを言われた。

仕方がないので、加奈子は夫が行方不明で捜していると訴えたが、その場合でも警察を通さないと無理だと説明された。なるほど個人情報の壁は厚そうだ。

さてどうするか。加奈子は思案した。こちらとしては、成田空港でＧＰＳの足取りが消えたと判明したほうが都合がいいのである。とりあえず、達郎のパスポートがなくなっていることを、銀行に教えておこうか。タイミングとしては、今がちょうどいいくらいだ。

新宿支店の山本にかけた。まずスマートフォンの追跡調査は本人以外は受け付けてもらえない旨を伝え、続いてパスポートの件を打ち明けた。

「実は、夫の持ち物を調べてるところなんですが、パスポートがなくなってるんですよ。貴重品をしまってある引出しに入ってなくて……。もしかしたら、わたしに無断で外国に行ったんじゃないかって……。まさか海外出張の予定なんかはありませんよね」

「あるわけないです。あったらこっちも騒いでません」山本が即座に言い返した。「奥さん、本当に心当たりはありませんか？」

「ないです」

「じゃあ、服部君に変わった様子はありませんでしたか？」

「変わった様子と言われても……」ここで加奈子は考えるふりをした。失踪したことにするためには、何かあったほうがいいのかもしれない。「そう言えば、何か考え事をしてるような感じはありましたが……」

「どういうことですか?」

「うまく説明は出来ませんが、心ここにあらずといった感じで、晩御飯何が食べたいって聞いても、生返事しか返ってこなかったことはあります」

適当なうそを言った。どうせ彼らは確かめようがない。

「それはいつ頃ですか?」

「先週ぐらいからですけど……」

山本が受話器の向こうで考え込んでいる。荒い鼻息が聞こえた。

「奥さん、これから支店長と相談しますので、しばらく家にいてください。あ、そうだ。もしものときのために奥さんの携帯の番号を教えてもらえますか」

山本に求められ、携帯の番号を交換する。そして再度、義母に電話をした。銀行でも心当たりはなく、同僚や上司が心配しているらしいと伝え、本人のパスポートがなくなっていることも付け加えた。

「どういうことよ。あの子、無断で海外に行ったってことなの?」義母がとうとう声を荒らげた。「わたしに説明してちょうだい」

「ですから、わからないんです。突然いなくなって、わたしも混乱してるんです」

「ほかになくなっているものは？」

「わかりません。でも、出かけたときは手ぶらでした」

　義母は「まあ」とか「もう」とか、言葉にならない言葉を発した後、これから加奈子のマンションに来ると言い出した。

「でも、来ていただいても、何も出来ることはありませんし……」

「だって、じっとしていられないじゃない。何か手がかりが見つかるかもしれないし」

「もしかしたら、実家に連絡があるかもしれませんから、誰かいたほうがいいんじゃないかと思うんですけど……」

　加奈子が咄嗟の言い訳をすると、それも一理あると思ったのか、義母は駆けつけることを取り下げた。

「少しでも何かわかったら電話ちょうだいね」

「もちろんです」

　電話を終えたら、喉がからからに渇いた。冷蔵庫からペットボトルの水を取り出し、喉に流し込む。落ち着くまで、どれほどの時間がかかるのだろうか。義母の狼狽《ろうばい》ぶりからすると、容易には捜索を諦めないだろう。それを思うと急に心細くなってきた。

直美の声が聞きたくなり、携帯に電話したら、接客中ということで一旦切られたが、二十分ほど待っていたら、向こうからかけてきた。

「どう？　みんな慌ててる？」

直美が心配そうに聞いた。

「うん。銀行も実家も、かなり慌ててる。やっぱりただでは済まないと思う。人が一人消えたんだもの」

「そうだね。頑張って。わたしも全力でサポートする。いつでも連絡して」

「ありがとう。直美の声を聞いたら、ちょっと勇気が出た」

「いつまでも騒いではいられないから、海外に失踪したってわかれば、捜索は打ち切ると思う。それまでの辛抱」

「うん、わかってる」

「夜は眠れる？」

直美の質問に、はたとゆうべのことを思った。そういえば熟睡した。

「うん、眠れる」

「わたしも。土曜の夜も日曜の夜も、八時間たっぷりと眠った」

「じゃあ、わたしたち大丈夫だよね」

「そう、大丈夫」

互いに励まし合ったら、かなり気持ちが落ち着いた。肩の力も抜けた。

加奈子はハーブティーを淹れ、リビングのソファに腰を下ろし、ゆっくりと飲んだ。昔ヨガ教室に通っていたときの呼吸法を思い出し、静かに吸ったり吐いたりを繰り返した。すると、朝から無秩序に蠢いていた体中の細胞が、徐々にその活動をやめ、やがて正常な配列に戻った。

いざ本番を迎えると、さすがに平常心というわけにはいかないが、案外自分は冷静だなと加奈子は妙な感心をした。腹を括れば、人間はいかようにも振る舞えるということなのか。

もっとも、殺人事件が起きたときなど、実は犯人だった被害者宅の隣人が、何食わぬ顔でテレビの取材に応じ、「いい人でした。とくにトラブルはなかったと思います」などと答えていたりする場面がよくあるので、人間とは元々いかようにもとぼけられる生き物なのかもしれない。

三十分ほど安静にしていたところで、また山本から電話がかかってきた。午後四時頃、支店長と一緒に来訪するという。行員が一人いなくなって、電話のやりとりだけでは済ませられないというのは当然のことだ。ここで加奈子は二本目の矢を放った。

「パスポートがなくなっているのは、さっきお話ししましたが、実は新たに、わたしのキャッシュカードがなくなっていることに気づいて……。それでネットバンキングで口座を見たら、金曜土曜と二回に分けて百万円ずつ引き出されていたんですよね。そのうえ、水曜日には、まったく知らない人の名前で一千万円が振り込まれていて……。わたし、何のことかまったく身に覚えがないんですけど、もしかして夫がしでかしたことなんでしょうか」

加奈子が打ち明けると、山本は「それは何のことか、ぼくにはわからないんですけど……」としばし言葉に詰まり、「ちなみに振り込まれた先はどういう名前でしたか？」と聞いてきた。

「サイトウジュンコさんという人です」

「で、その名前に心当たりはないと」

「そうです」

「奥さんの口座はうちの銀行ですか」

「はい。結婚してから作った口座で、経堂《きょうどう》支店です」

「差支えなければ、口座番号を教えていただけませんか」

「わかりました。少しお待ちください」

加奈子は通帳を貴重品入れから取り出し、番号を教えた。

「ありがとうございます。まだ不明なことが多過ぎますが、とりあえず午後四時前後に伺います」

山本の口調がより深刻なものとなった。ただの失踪ではないと思い始めたのかもしれない。

賽《さい》は投げられた——。こんな台詞、自分で使う日が来るとは思ってもみなかったが、今の心境はまさにその言葉通りだった。


午後四時を十分ほど回った頃、山本と支店長が来訪した。二人とも険しい表情で、「どうも」「お邪魔します」と言うだけで、ろくに目も合わせず、時候の挨拶もなかった。加奈子が恐縮して招き入れる。リビングのソファで話す雰囲気でもなさそうなので、ダイニングテーブルに座ってもらった。

「あのあと、何か新たにわかったことはありますか？」山本が聞いた。

「いいえ。とくには……」冷えた麦茶を出しながら、加奈子が答える。

「スーツケースとか、衣類とか、なくなっている物はないですか？」

「スーツケースはあります。衣類も、少なくとも大量に持ち出した形跡はありません」

「じゃあ、ほとんど手ぶらでいなくなったと考えていいわけですか」

「そうだと思います……」

山本と支店長が顔を見合わせる。その先は支店長が話を引き継いだ。

「いろいろ不可解なことがあって、簡単には説明出来ないんですが、ご家族がいちばん心配していらっしゃるだろうし、わかっている範囲のことを正直にお話しします。ただし奥さん、他言無用でお願いします」

「はい……」

「奥さんの口座に振り込まれていた一千万円は、服部君が最近新規で開拓した顧客の口座から振り込まれたものです。斎藤順子さんという方ですが、奥さんに心当たりはないんですよね」

「ええ、ありません」

「これは先週の水曜日に、ネットバンキングで振り込まれたもので、服部君の日報によると、この日は斎藤さんのお宅に伺って、投信の契約を結んでいます。ですから、そのときに斎藤さんのパソコンを使って行われたものと考えられるんですが……。実は本日、電話で斎藤さんに、最近どなたかにネットでお金を振り込んだことはございませんかとお尋ねしたところ、自分はパソコンなど使えないから、何のことかわからないと言われまして……。どうもご高齢の方らしく、話がなかなか通じないというのもあるんですが……。とにかく、奥さんの口座に入った一千万円は、斎藤さんのお金だということです」

「はあ……」

加奈子は何のことかわからないという表情を作り、曖昧にうなずいた。

「それで、奥さんの口座から金曜土曜とそれぞれ百万円ずつ引き出されているということですが、暗証番号を知っているのは、奥さん以外に誰かいらっしゃいますか？」

「主人が知っています。わたしの名義ですが、そもそも口座を開設したのは主人なんです」

加奈子は咄嗟にうそを言った。これでいいのか。一瞬頭が混乱する。

「なるほど。じゃあご主人が引き出した可能性が高いわけですね」

「はい、そうだと思います」

よかったようだ。自分はしくじってはいない。

「ちなみに引き出されたATMは、金曜日が池袋西口出張所、土曜日が丸の内支店ですが、これに心当たりは？」

「ありません」

「現在、防犯カメラの映像を確認出来るよう、本店のセキュリティ部署に申請しておりまして、早ければ今夜中、遅くとも明日の午前中には見られることになっています。ですから、それによって事件性の有無がはっきりすると思うんですが……」

「はあ、そうですか……」

加奈子は林竜輝に金を下ろさせてよかったと心から思った。うっかり自分で下ろしていたら、すべてが台無しになるところだった。

「ちなみに、事後承諾になって申し訳ありませんが、奥さんの口座、さきほど凍結させていただきました。またどこかで金を下ろされる可能性が高いと考えられますので」

「はい。わかりました」

「それで、つかぬことをお伺いしますが……。服部君が誰かに脅迫されていたとか、そういうことはありませんでしたか」

支店長が加奈子の顔色を窺いながら言い、山本も同様に視線を向けた。

「いいえ、そんなことは……」

なるほど、こっちはそういう心配で来たか——。加奈子は、この推理もまた想定していなかった。

「今夜、ブロック長や本店の部長を交えて対策会議を開くのですが、わたくしどもは服部君の失踪に関して、何者かに脅迫、監禁されたという可能性もゼロではないと考えています」

「えっ、そんな、監禁だなんて……」

加奈子は青くなり、両手で頬を包んだ。もちろん演技だが、目の前の男二人は、慌てて落ち着かせようとした。

「あくまでも可能性です。ぼくらだって根拠があって言っているわけではありません」

山本が身を乗り出して言う。

「可能性をすべて列挙して、ひとつずつ消していくということです。どうか怖がらないでください」

「はい……」

支店長も口調を和らげた。

「銀行員というのは、ときとして顧客から恨まれることもあるわけでして……。たとえば、投信を勧めたお客様から、『おまえのせいで損をした、どうしてくれる』と責められたり、あるいは融資を断った事業主から、『おまえらが梯子《はしご》をはずしたから会社が倒産したんだ』と抗議を受けたり……。最近では、暴対法が厳しくなり、暴力団関係の口座はすべて解約するよう警察の指導を受けているのですが、その過程でトラブルがあったりと、結構逆恨みされるケースがあるんです。何か聞いたことありませんか」

「とくには……。主人は家で仕事の話を一切しなかったので……」

「小さなことでもいいんです。山本に聞いたところ、何か考え事をしているような素振りが見受けられたとか……」

「あくまでも主観ですが、そんな感じもありました」

「不審な電話がかかってきたことは？」

「そうですねえ……」

加奈子は思い出す振りをした。ここは何か謎をでっち上げたほうがいいのかもしれない。

「そういえば、夜の十時近く、主人の携帯に電話がかかってきて、主人は発信先を確かめると、リビングを出て寝室で二十分近く話し込むなんてこともありました。誰からって聞くと、仕事の電話って言ってましたけど……」

「それはいつ頃ですか？」

「十日ぐらい前だったと思います」

加奈子は壁のカレンダーを見て答えた。

「それは一回だけですか？」

「同じケースかどうかわかりませんが、わたしがお風呂から出ると、主人がむずかしい顔で誰かと電話をしていて、わたしを見ると、話しながらまた寝室へ移動したこともありました」

「どんな様子でした？　深刻そうだったとか、怒っていたとか、謝っていたとか」

「いい電話じゃなさそうだなって印象は受けましたが、それ以上のことは……」

「何か思い出したことはありませんか」

支店長のしつこい尋問が続いた。手帳にメモを取りながら質問するところから見て、事前に聞くべきことを用意してきたのだろう。その結果は本店に報告しなければならないのだ。

面談は三十分以上続いたが、加奈子がわからないを繰り返すので、話は堂々巡りをするばかりだった。そして達郎のパスポート紛失に関しては、もしも海外に行ったとすれば、そちらのほうが救いがあると、支店長が意外なことを言った。

「縁起でもないことを言って大変すいません。国内での失踪ならわたしたちは自殺を心配しなければなりません。しかし海外に出たとなれば、服部君はちゃんと生きているということです。今のところ彼にどのような事情があったのか、あるいは何かの事件に巻き込まれたのか、想像もつきませんが、彼は生きて帰って来るということです」

加奈子はまたも虚を衝かれた。実際に事が運ぶと、思いもよらない反応ばかりである。

「今はＡＴＭの防犯カメラ映像の結果待ちです。見知らぬ人物が下ろしたのなら事件、本人が下ろしたのなら失踪、わたしたちはそう考えています」

支店長の沈痛な面持ちに、加奈子は少し同情した。

「奥さん、警察に届けは出してますか？」

「いいえ、まだです」

「でしたら、明日までお待ちください。映像の件がはっきりしてから出したほうがいいと思うんです」

「そうですね。わたしもそう思います」

「実を言うと、銀行員の失踪はそう珍しいことではないんです」支店長が深くため息をついて言った。「今年の初めにも、これは関西の支店なんですが、不正融資を重ねた課長級の行員が失踪して、のちに自殺をしまして。さいわい新聞沙汰にならずに済んだのですが、コンプライアンスの徹底通知が全支店に回ったばかりなんですよ」

「うちの主人は何か不正を働いたんでしょうか？」

加奈子が不安気な顔を装い、聞いた。

「いいえ。ですから調査中です。ただ、支店の顧客の口座から一千万円が奥さんの口座に移され、その中から二百万円がすでに引き出された、それだけは事実です」

　支店長が正面から加奈子を見据え、物憂げに微笑んだ。

「それから明日にでも、奥さんの口座から斎藤さんの口座へ、一千万円を移し戻します。異存ありませんよね」

「もちろんです」

「書類は不要です。なかったことにしたいので、記録も改ざんします。この点についても他言無用で願います」

「わかりました」加奈子が神妙な顔でうなずく。

　結局、林竜輝に渡した二百万円は持ち出しになりそうだ。そううまくはいかないか。もっともこれは瑣末なことだ。達郎の預金は自分のものになる。

　支店長と山本は、この後もすべきことが沢山あるようで、話を終えると急いで帰っていった。加奈子への慰めの言葉はなかった。不正スキャンダルの可能性があり、彼らもそれどころではないのだろう。

　加奈子は銀行からの訪問を受け、何か手応えをつかんだような気になった。自分たちの行ったプランは正しかった。これでＡＴＭの映像を支店長たちが見たら、顧客の金を着服して海外に逃げたと思うだろう。そうなれば、後は揉み消しに走るはずだ。

緊張が解けたら、また直美の声が聞きたくなった。銀行とうまく対応出来たことを知らせたいのと、そつなくこなした自分を褒めて欲しかったのだ。

電話をすると、仕事中だったが、少しだけ話し相手になってくれた。「あとちょっとの辛抱だから頑張ってね」と励ましてもくれた。

「全部片付いたら、一緒にヨーロッパにでも遊びに行かない？」

加奈子が思いつきで言うと、直美は「行く、行く」と即答で乗ってきたので、あらためて親友のありがたさを痛感した。これで目標が出来た。

夜になって義母と義父がマンションにやって来た。来られてもしょうがないのだが、家でじっとしていられないのだろう。会社役員の義父の帰宅を待ち、息せき切って駆けつけてきた様子だった。

加奈子は義父を相手に、銀行と話したことなどを順序立てて説明し、あとはわからないで通した。義父は比較的落ち着いていたが、義母はすっかり狼狽し、まるで小さな子供を捜すように、クローゼットを開けてのぞいたり、ベランダに出て隅から隅まで点検したりと、無駄な行為を繰り返していた。母親とはこういうものなのだろう。息子は恋人なのだ。

銀行より実家のほうがやっかいであるように思えた。加奈子は気を引き締めた。親が簡単に諦めるはずもない。

義母たちは一時間ほどで引き上げて行った。加奈子は長い一日を振り返り、よく頑張ったと自分をねぎらった。

冷蔵庫を開け、缶ビールを飲んだ。今夜もぐっすり眠れそうな気がした。

22

火曜日は朝九時ちょうどに銀行の支店長から電話がかかってきた。それはATMの防犯映像が確認出来たという知らせだった。

「昨夜遅く、本店に呼ばれて見てきたのですが、池袋と丸の内で現金を引き出した人物は、二件とも服部君のようでした」

支店長は、暗くはあるが落ち着いた声で言った。彼らにとって最悪なのは、他人が引き出したという事態なので、無事は確認出来たという気持ちがあるのかもしれない。加奈子は銀行側が当人だと信じていることにひとまず安堵した。

「それで、警察への届け出の件なんですが、とりあえずは家出の可能性が高いということで、今日中に最寄りの警察署に捜索願を出していただけますか？」

「はい。もちろん、そのつもりです」

「そちらだと、何署になりますか？」

「成城東署です」

「わかりました。セイジョウヒガシ、と」メモを取る音が聞こえる。「それから、顧客の口座から一千万円を移し替えた件、ＡＴＭからそのお金を引き出した件については、警察に話さないでください」

「はあ……」

「ご異存はあるかもしれませんが、それを話すとご主人は横領罪の容疑者になってしまいます。それに銀行も事情を聴かれることになるので……」

「ええ。わかります。そうします」

加奈子にはそのほうが都合がよかった。事件にされては困るのだ。

「ただし、あくまでも暫定的な措置で、うやむやにする気などありませんので、その点はご安心ください。うちとしては何者かに脅迫されていたのではないかという可能性も捨ててはいません。今日から本店の監査と労務が入って、服部君がかかわった仕事について洗いざらい調べることになっています。ですから、今しばらくはその結果を待ってください」

「わかりました」

「それで、あの後、思い当たったこととか、家からなくなっていたものとか、ありませんかね」

支店長が聞いた。

「そうですねえ……とくには……」

加奈子が言葉に詰まる。もっと失踪を予感させるエピソードを出せたらいいのかもしれないが、急には浮かんでこなかった。

「昨日伺ったときに、服部君に不審な電話があったとおっしゃってましたが、それについてほかに思い出すことはありませんか」

「いえ、とくには……。不審な電話かどうかもわかりませんし」

「奥さんの知る限りでは、二度あったということですよね」

「はい……」

「何月何日の何時頃かって、わかりませんか？」

「すいません。そこまでは」

加奈子は少し焦った。思いつきで言ったことに、銀行は関心を寄せているようだ。少しでも手がかりが欲しい状況の中では、当然かもしれないが。

「じゃあ、手帳やカレンダーを見ながらゆっくり思い出してください。明日、本店の人間を連れてまたお邪魔します。何でもいいです。思い出したことがあったら、すべて箇条書にしておいてください」

「あ、はい」

電話を終えると加奈子は深くため息をついた。やはり当分は達郎の捜索に振り回されそうだ。銀行も達郎の実家も、そう簡単には引き下がらないだろう。

そのとき、義母から電話がかかってきた。ナンバーディスプレイの《マチダ　ジッカ》という文字を見ながら、出るのをやめた。警察署への届け出に、自分もついて行くと言い出しかねない。携帯の番号は教えていなかった。すぐ聞かれることになるとは思うが。

加奈子は呼び出し音から逃げるように寝室へ行き、グレーの地味なワンピースに着替えた。捜索願を出すのに、明るい色はまずかろう。クローゼットを眺めながら、これからはこのスペースをすべて一人で使えるのだと思ったら、今の憂鬱な気持ちも少しは慰められた。落ち着いたら洋服も買いたい。達郎は加奈子の服装にも口出しをした。清楚でフェミニンな装いを好み、妻がミニスカートを穿くことを嫌った。この夏は肌を露出する服を着てみたい。

　電話は一度やみ、十秒と経たずにまたかかってきた。その音を無視して、加奈子は警察署へ行くため家を出た。


　成城東署では、電話で説明された通り、生活安全課の相談窓口を訪ねた。そこは人の出入りが多く、部屋全体がざわついていて、自分の持ち込んだ相談が小さなものでしかないことを思い知らされた。

　出て来たのは退官間近とおぼしき白髪の警官で、カウンター越しに話を聞いてくれた。

「そりゃあ奥さん、心配だねえ。そうかあ、旦那さんがいなくなっちゃったのかあ」

　書類を出してきて、ボールペン片手にいろいろ質問してきた。加奈子がこれまでに起きたことを順を追って話す。

「なるほど。それで土曜日のお昼頃、銀行に出勤すると言って出かけて、それっきり連絡が取れないわけだ」

　警官は柔和な物腰で、親身に聞いてくれたが、どこか表面的でもあった。

「で、勤務先の人たちは何て言ってるの？」

「銀行もあれこれ手を尽くして捜している様子です。でも、今のところ手がかりがないみたいで……」

「警察に届け出ることについて、銀行は何も言ってなかった？」

「ええ、とくには……」

加奈子が神妙な顔で答える。口止めされたことは当然言わなかった。

「じゃあ事件性はないってことですよね。旦那さんに仕事上のトラブルがあって、それで行方不明になったとかだったら、銀行だって慌てるだろうし、奥さん一人には来させないし……」

警官が微笑む。事件として扱わなくて済むことに、安堵しているように見えた。

「それじゃあ、用紙を渡しますから、必要事項を書き込んでくれますか。わからないことは『不明』って書いておけばいいからね」

警官に指示され、加奈子は《行方不明者に係る届出》とプリントされた用紙に向かった。ここではたと思い出す。

「あ、そうだ。夫のパスポートがなくなっていたんです」

「パスポート？　それは確かですか？」

「ええ。いつも入れてあった引出しからなくなっていたんです」

「それじゃあ海外に出かけた可能性もあるね」

「そうなんですよ。出国した記録があるかどうか調べていただきたいんです」

　加奈子が言うと、警官は眉間に皺を寄せ、「それはうちではねえ……」と言葉を濁した。

「入管は法務省の管轄だから、警察が自由に調べられるものではないんですよ。そりゃ事件性があるなら、真っ先に調べるけど、ただの家出となると、そこまではねえ……」

「でも、それだと国内にいるか、それとも海外にいるか、こっちはわからないわけですよね。国内にいるなら捜すことは出来ても、海外だともう捜しようがないわけで……。どっちかわからないと、対策も練れないんですよ。お願いします。調べていただけませんか」

　加奈子は食い下がった。達郎の出国記録が証拠として示されないと、銀行や町田の実家はいつまでも諦めない。

「奥さん、繰り返しますけどうちでは無理。事件に巻き込まれた可能性があって、《特異行方不明者》として扱うのなら、もちろん警察から入管に問い合わせるけど、それだって裁判所の命令が必要ですからね。だって個人情報だもの。日本はそういうところ、とても厳しいんですよ。警察はいつもがんじがらめ。だからただの家出だと余計にむずかしいわけ。そこのところ、どうかご理解を」

警官がカウンターに手をついて、形だけ頭を下げる。いつの間にか家出ということにされてしまった。加奈子にとって、その点はありがたいのだが。

結局、警察署には三十分ほどいて、捜索願を提出しただけで帰ることとなった。「何かあったら連絡しますから」と、最後に警官が言ったが、それは何もしないということだろう。加奈子は首尾よく任務を終えたことにほっとした。

警察に軽くあしらわれたことで、半分くらいは免罪された気にもなった。一人の人間が消えたからといって、世の中に変化があろうはずもないのだ。


家に帰ると、留守番電話にメッセージランプが灯っていた。録音は二件あり、ともに義母からだった。内容は聞くまでもなかったが、一応再生すると、「達郎とまだ連絡は取れてないの？　電話ちょうだい」と怒ったような声と鼻息が録音されていた。

加奈子は紅茶を淹れ、一杯飲んでから電話をした。

「加奈子さん、どこへ行ってたの」義母は端から非難口調だった。

「警察です。捜索願を出してきました」

「そう。で、どうだったの。捜してくれるって？」

「いいえ。家出扱いなので、たぶん何もしてくれないと思います」

く言った。

「どうして家出って決めつけるのよ。事件か事故かもしれないじゃない」義母が語気荒く言った。

「でも、何か証拠がないと、警察は動いてくれないみたいです」

「みたいですって、加奈子さん、しっかりしてよ。他人事みたいに。あなたの旦那さんなのよ。家出する理由がないのに、どうして家出なの。もっと強く言って、警察を動かさないとだめでしょう。窓口の担当者の名前を教えてちょうだい。わたしがもう一度頼んできます」

電話なのに、まるで義母の唾を浴びているような気になった。

「それは、ちょっと……。実は今朝、銀行の支店長から電話があって……」

加奈子は、昨日は話していなかった、顧客の預金の着服疑惑と、ATMの防犯カメラ映像の件を打ち明けることにした。タイミングとしてはいい頃合いだ。

「支店長さんの話によるとですね……」

達郎が顧客の預金を勝手に移し、ATMで二百万円を引き出した件を順序立てて話すと、受話器の向こうで義母がしばし絶句した。

「うそよ、そんなの。達郎がお客さんのお金に手を付けたなんて。そんなこと達郎がするわけないでしょう。何を言ってるの。だいたい加奈子さんはそんな話を信じるんですか」

「いいえ。わたしも、そんなはずはないと思っているんですが、でもＡＴＭのカメラ映像には……」

「加奈子さんはその映像を見たわけ？」

「いいえ。見てませんが」

「わたしが直接見ます。今日にでも支店長に会って来ます」

「でも、それは……」

とんだ藪蛇《やぶへび》だった。しかしいつかは知らせなくてはならない。

「電話番号を教えてちょうだい」

「お義母さん。明日、支店長と本店の方がまた来ますので、よろしかったらそのとき同席しませんか？」

加奈子は苦し紛れに提案した。本当は同席などして欲しくないが、勝手に銀行に押し掛けられるよりはましだ。

「わかったわ。明日の何時？」

「まだ未定です」

「じゃあ、わかったら電話ちょうだい」

義母がなんとか引き下がってくれた。そして携帯の番号を聞かれ、仕方なく教えた。これからは居留守も使えなくなる。

電話を終えると、立っているのも辛くなった。朝からいろんなことがあり過ぎた。

加奈子はソファに深く身を沈め、大きく息をついた。両足をテーブルに乗せる。

白い天井をぼんやりと見つめた。豆ほどの小さな蜘蛛《くも》が一匹、せわしなく脚を動かし、端から端へと大縦断を敢行している。頑張れ、頑張れ。心の中で声援を送った。あの蜘蛛はわたしだ。

さて、今日やるべきことは——。目を閉じ、考えると、なかった。

そうか、もうないんだ。警察へ行くだけだった。それに気づくと、心がすうっと軽くなった。壁の時計を見る。まだ昼前だ。午後が丸々自由になる。

加奈子は外出することにした。近所は人目があるので新宿にしよう。ホテルのレストランでちょっといいランチを食べて、デザートも楽しもう。書店にも寄ろう。たまには小説でも読みたいものだ。学生時代は図書館に通い、海外文学に耽溺《たんでき》したこともあった。ディーネセンあたりを読み返してみようか。きっと今なら感じ方も変わっているはずだ。

加奈子は支度をして家を出た。ふと思いついて、駅前の眼鏡店でサングラスを買った。

変装というには大袈裟だが、心理的なバリヤーが欲しかった。

大振りなデザインのそれをかけたらもう一段階、心が軽くなった。ウインドウに映る自分が、三歳は若返ったように見えた。


夜、直美から電話があった。明るい声で「加奈子、朗報」と切り出したのは、林竜輝に関する情報だった。

「実はわたし、林さんがちゃんと帰国したかどうか、ずっと気になってて、池袋の李社長に伝手《つて》をたどって調べてもらってたのよ。林さんは中国の実家に帰りましたかって。そしたら……。ジャーン。無事帰国してました」

「よかった」加奈子は胸を撫で下ろした。懸念事項のひとつだったのだ。

「だから達郎さんのパスポート記録は、土曜日に成田から出国し、その日のうちに上海で中国に入国ということになるってわけ」

「ねえ、それなんだけど、警察に捜索願を出したとき、パスポートの話もしたんだけど、警察は調べる気がないみたい。入管は法務省の管轄だし、今のところ事件性がないから、個人情報がどうとか言って――」

「大丈夫。ことぶき銀行っていったらメガバンクじゃん。銀行が裏から手を回すはず。

うちでさえ警察のOBが何人もいるくらいだから、ことぶき銀行なら霞が関の元官僚がたくさん天下ってるって。法務省OBもきっといるから、絶対に調べてくれると思う」

「そうね。そうかも」

「海外に失踪したとわかれば、みんな捜すのを諦めるんじゃないの」

「うん。でも、実家はそうはいかないかなあ。義理の母なんてかなり取り乱してるし」

「それは仕方がないよ。親だからね。でもいつか諦める。時間が解決してくれるって。年間の失踪者の数なんて、警察が届け出を受理しただけで八万人だって。わたし思わず電卓で計算しちゃった。一日平均二百人以上だよ」

「どうりで警察も事務的なわけだ。何かあったら連絡しますって、そんな軽い感じだったし」

「だから大丈夫。どんと構えていよう」

「うん。そうだね」

「ところで、今度の金土とわたし休みが取れるんだけど、一泊で温泉にでも行かない？」

「それはどうかなあ。達郎さんの実家にばれたら大変なことになるよ。夫が行方不明なのに妻は旅行に出かけたって、怪しまれちゃう」

「だから北陸に行くの。加奈子が心労で体調を崩したことにして、心配したお母さんが一度顔を見せに帰って来てって言うからって言い訳」

「そうか。帰省が理由ならいいかも」

「日本海を見て、温泉に浸かって、新鮮なお刺身でも食べて――」

直美が楽しそうに言う。

「わかった。行く」

加奈子はきっぱりと返事した。夢見たことを実行に移すのだ。

直美とは一時間以上、長電話をした。そんな自由もうれしかった。

23

翌日、支店長と本店の労務担当が来訪し、あらためて事情聴取を行った。義母も同席し、四人でテーブルに向き合った。

義母はげっそりとやつれていた。それでも身だしなみはちゃんとしていて、よそ行きのときにはめるカルティエの腕時計が左腕に光っていた。

銀行側は防犯カメラの画像プリントを持参していて、まずそれを提示した。

「これがそのときの画像です」支店長が厳しい表情で言い、差し出す。さすがに加奈子は心臓が高鳴った。義母は自分の息子だと認めるのだろうか。

　義母はバッグから老眼鏡を取り出し、鼻にのせて凝視した。

「暗くてよくわからないけど……」

「影になっているのと、解像度がどうしても低いので、通常のスナップのようには写りませんが、それでも人物が誰であるかはわかると思います」

　支店長が厳粛な面持ちで言った。

「ねえ、加奈子さんはどう思うの？」振り向いて聞く。

「達郎さんだと思いますけど……」加奈子は遠慮がちに答えた。

「親子でも、顔をまじまじと見るってあまりないのよねえ。とくに成人してからは、会話も少なくなってたし……」

「お母様、ショックを受けていらっしゃるとは思いますが、わたくしどもは、お金を引き出したのが服部君でまだよかったと思ってるんです。もしもこれが他人なら、服部君は事件に巻き込まれたということで、つまり、この画像によって服部君の無事が確認出来たということです」

「そう言われれば、そうかもしれないですけど……」

義母が一旦は納得したのか、声のトーンを下げた。

「それで、問題となった斎藤順子様のところに、わたくしどもが昨日伺いまして……。口座から無断で預金を移したことについては伏せて、服部君のことで話を聞いたのですが……。何というか、あまり話が嚙み合わないというか、あちこちに飛んで会話にならないというか……」

「端的に言うと、あのお客様は認知症ではないかと、わたくしどもは認識しています」

横から労務担当が引き継いだ。「どうやら、自分の口座がどうなっているかもわかっていないらしくて……。斎藤様には服部君が、先週、投信を販売していますが、そのことも忘れているし、何か質問するごとに、百貨店の外商担当者の名前を出されて、その人に聞いてくれと……」

直美のことが出て、加奈子はどきりとした。ただし、疑われてはいないようだ。

「認知症だとどうなんですか？」義母が聞いた。

男二人が顔を見合わせ、支店長が言った。

「お母様の前で言い難いのですが、本店の監査の見立てとしては、認知症の顧客に口座を開かせ、そこから一千万円を着服した可能性が高いと……」

「うそです。達郎はそんなことをする子じゃありません」

義母が即座に強い口調で言い返した。

「わたしたちもそう信じたいのですが、これだけ証拠があると、ちょっと……」

支店長がむずかしい顔で言った。今度は労務担当が話を続ける。

「それから、パスポートがなくなっていたという件ですが、それは現在調査中です。ちょっとルートが複雑なので、今日明日にわかるというわけにはいきませんが、遅くとも今週中には」

「そんなの成田空港に問い合わせればすぐにわかるんじゃないですか?」

義母が無茶なことを言った。

「それは無理です。出入国管理は法務省が執り行っているので、そちらに問い合わせることになります。ただし、警察の捜査ではないので、裁判所命令も得られないため、独自のルートを使ってということになります」

「どういうことか、よくわかりませんけど」

「当行には法務省OBも警察OBもいますので、その方たちから手を回して、内密に教えてもらうことになります。うちとしては搭乗便も特定して、渡航先まではっきりさせたいと思っています」

なるほど、直美の言った通りの展開になったと加奈子は感心した。

「そんな……」義母がテーブルに肘をつき、声にならない声を上げる。そして大きく息を吐いたのち、二人の男を見据えて言葉を発した。「達郎が海外に行ったって、わたしには信じられません。あの子は親に無断でどこかに出かけるような子じゃないんです」

「親御さんとしてそう思うのは当然かと存じます。しかし、実際に行方をくらましているわけですから……」

「何かの間違いです」義母の声が徐々にヒステリックになっていく。

「とにかく、調査結果を待ちましょう」

「もしも海外に行ったとして、銀行は達郎を捜してくれるんですか」

「それは……」支店長が言葉に詰まった。

「ことぶき銀行なら世界中に支店があるんでしょ？　そこの人たちを使って捜していただけるんですよね」

　支店長と労務担当は視線をそらし、返事をしなかった。

「だって一人の行員が行方不明になったんですよ。銀行を挙げて捜索するのが当たり前じゃないですか」

「お義母さん、それは無理なお願いだと思いますよ」さすがに言い過ぎだと思い、加奈子が諫《いさ》めた。「人から聞いたんですが、失踪者は年間八万人を超えるそうです。だから、出てくるのを待つしかないみたいです」

「待つしかないって、加奈子さんはそれで平気なの？」

「いえ。わたしは捜します。家族だから当然です。でも職場の方たちは毎日の仕事もあるし……」

「ずいぶん冷たいのね。ことぶき銀行って家族主義だって聞いてましたけど」

支店長と労務担当は、何か言いたいのを堪える様子で黙っている。

「あのう……」話を変えたくて、加奈子が聞いた。「支店長が前におっしゃってた、誰かに脅迫されているんじゃないかって話はどうだったんでしょうか」

「それも調査中です」支店長が答える。

「何？　何ですかそれ。わたし聞いてませんよ」

義母がまた咬《か》みつくので、それには加奈子が説明した。

「じゃあ、達郎は何かのトラブルに巻き込まれたってことなの？　加奈子さん、あなた、そのことは警察でちゃんと言ったの」

「いえ、それは言ってません」

「どうして言わないのよ。言えば事件かと思って捜査してくれるでしょう」

「お母様。その件は、こちらから奥さんに言わないでくださいとお願いしたんです」

支店長が助け船を出してくれた。場の空気は、興奮する義母をなだめる三人という図式だ。

「先ほど申しましたように、まだ調査中ですし、今のところ疑うような案件は出て来ません。一方的な逆恨みの可能性も含めて、今後も調査は続行する予定です」

「逆恨みって——。達郎は誰かに逆恨みをされてたんですか」

「いいえ。ですから可能性の話です」

労務担当が困り顔で口をはさむ。これ以上冷静な話し合いは出来そうになかった。

「奥さん、それではパスポートの件もありますし、またあらためて伺わせていただくということでよろしいですか」と支店長。

「はい。それで構いません。よろしくお願いします」加奈子が頭を下げる。

「ちょっと、これで終わりなんですか？」義母が異を唱えた。「そんな悠長なことを。じゃあうちの子はいつ帰って来るんですか。支店長さん、そちらからも警察に捜査を働きかけてくださいな」

「お母様、残念ながら事件だという証拠が出てこない限り、警察は動きません」

「だから、ことぶき銀行の力で何とかして欲しいって——」

義母の訴えを遮るように、支店長と労務担当が立ち上がった。

「奥さん、また連絡いたします」

一礼して、踵を返す。義母はまだ何か言っていたが、彼らは取り合わなかった。

加奈子が玄関で見送り、リビングに戻ると、義母がまるでオシッコを堪える少女のような顔で貧乏揺すりをしていた。

「お義母さん、どうかしましたか？　気分でも悪いんですか？」

「加奈子さん、達郎が帰って来なかったらどうしよう」

さっきまでとは一転して、弱々しい声で言った。

加奈子が返事に詰まる。あまり冷静なことも言えないし、そうかといって一緒になって悲嘆に暮れるのは演技に自信がない。

次の瞬間、義母の目から大粒の涙がこぼれ落ちた。

「タッちゃん、どこへ行ったのよ」

ハンカチを目に当て、泣きじゃくり始めた。

そうか、還暦も間近な女が泣くのか。これも想定していなかった。義母は簡単には諦めてくれそうにない。母親なら当たり前なのかもしれないが。

加奈子はどうしていいかわからず、テーブルのグラスを片付け、流しで水を出して洗った。一応しおらしく、肩をすぼめて作業した。

うしろではとうとう義母が号泣していた。

24

一泊旅行の行先は富山になった。加奈子の出身地・石川と、直美の出身地・新潟の間を取った形だ。決めたのは直美で、飛行機のチケットから宿の予約まで、すべて彼女がやってくれた。「忙しいのにごめんね」加奈子が謝ると、「あんたが手配するといろいろ証拠が残るでしょう」と、直美は女スパイにでもなったような台詞を口にし、うふふと笑った。

「調子はどう？　わたしは快調だよ。夜もぐっすり眠れるし、食欲もあるし。加奈子がDVの恐怖にさらされていることもないと思うと、なんだか気が楽になってね。心配事から解放されるって、いいよね。わたしね、お客さんに食事に連れてってもらったの。銀座のイタリアン。ワインがおいしくてさあ、普段お客さんの前だとあまり飲まないようにしてるんだけど、なんかほどけちゃって、グイグイ飲んじゃって、食後にはグラッパまで飲んで、お客さんに『小田さん、お酒強いのね』って呆れられちゃった」

直美は饒舌《じょうぜつ》だった。そのときも一時間以上の長電話になったほどだ。

当日は、新宿駅で待ち合わせ、二人で羽田空港に向かった。天気は快晴。北陸も同じらしい。直美は白のショートパンツに紺色のパンプス、上はピンクの半袖カットソーという、すっかり夏の装いだった。打ち合わせたわけでもないのに、加奈子も似たようなファッションだ。レモンイエローのタンクトップに、麻のシャツを羽織っている。結婚指輪は、もちろんはずした。

空港では待ち時間に朝から白ワインを飲んだ。

「乾杯しようか」直美が言う。乾杯の理由は、達郎のパスポートの出国記録が確認されたからだ。

昨日、支店長と労務担当が再度やって来て、銀行が人脈を駆使して調査した結果を報告した。達郎は土曜日の午後に成田から出国していた。夕刻発の上海便の搭乗名簿にその名があった。こうなった以上、銀行としては手の施しようがない。本日から三カ月の休職扱いにするが、それまでに本人が出て来ない場合は懲戒解雇とする。一旦凍結した加奈子の口座は凍結を解除するが、キャッシュカードは無効にしたので新規で作り直して欲しい。新しい事実が出てこない限り、調査はこれで終了させていただく――。

「失踪の動機は依然不明ですが、仕事上のトラブルも見当たらないので、あとは家族間か個人の問題かと……」

労務担当が冷たい表情で言う。こっちも被害者だと顔に書いてあった。

「毎日一緒に仕事をしていたわたしとしては、誠に残念です。本当に何があったのか……」

支店長はいくぶん同情的だった。

このことを義母に電話で知らせると、「うそよ、ありえない」とわめいていたが、途中で義父が代わり、落ち着いて話を聞いてくれた。もちろん納得は出来ないだろうが、人生経験を積んだ会社役員らしく、最後まで抑制的だった。

「加奈子さんも大変だろうけど、しばらくは耐えてください。帰って来るとみんなで信じましょう」と慰めてもくれた。

これで自分たちのクリアランス・プランは完遂した。

電話を終えたとき、加奈子はへたり込み、床で大の字になった――。

「じゃあ乾杯」と直美。

「うん。乾杯」と加奈子。グラスがチンと鳴る。

顔を見合わせ「うふふ」と笑い合っている。誰が見ても仲良しOL二人組の気晴らし旅行だ。

九時三十分発の富山行の便に乗り、定刻通り一時間で富山空港に到着した。ここで直美が突然、「レンタカーを借りよう」と言い出した。

「だってバスに乗るのはかったるいし、タクシーはお金がかかるし、レンタカーのほうが安上がりになると思う。それに、どこでも自由に行けるじゃない」

「いいけど、運転大丈夫？」

「大丈夫。わたし、この前運転して度胸がついちゃった」

「じゃあ、そうしようか」

加奈子に異存はなかった。

空港内のレンタカーのカウンターに行き、申し込みをした。マイクロバスで近くの営業所に案内され、手続きをする。選んだのはライトブルーの小さなエコカーだ。「お気をつけて。いってらっしゃい」と、店員に笑顔で見送られた。

まずは富山城を目指す。カーナビに目的地をセットして市街を走ると、直美は余裕のハンドルさばきで車を駆った。

「ホント、運転うまいね」加奈子が感心する。

「だから経験だって。一度殻を破ると、恐怖心がなくなるの」

「わたしもペーパードライバー、卒業しようかなあ」

「そうすれば。地下駐車場にはＢＭＷもあることだし」

「あれは処分する。だっていやじゃない」

「そりゃそうだ」

「すぐに処分すると薄情な女だと思われそうだから、三カ月待って、それで売る。百万くらいで売れるといいけど」

「そうそう。加奈子、蓄えはどうなってるの？」

「わたしの貯金が五百万円と少し。旦那も同じくらいかな」

「高給取りの割には少ないね」

「浪費家だから。それで銀行側が言うには、預金者が死んだら口座は即時凍結されるけど、失踪の場合は何も出来ないから、奥さんが下ろす分には自由だって」

「やったじゃん」

「そうなの。斎藤さんの一千万円は返したから、林さんに渡した二百万円が損失になるけど、トータルでは黒字」

「やっぱりヨーロッパだね」

「うん。そうそう」

車内では会話が弾んだ。陽光を浴びて、エコカーはきびきびと走る。

富山城は地味な城だった。平城《ひらじろ》で背も低い。建物内の富山市郷土博物館を見学すると、もう観るべきものがなくなった。

「そういえばここ、小学校の遠足で一度来たことあったわ」と直美。

「実はわたしも。直美が行きたいんだと思って黙ってたけど」加奈子が言った。

「何よ、言いなさいよ。時間、損しちゃった」

二人で苦笑いした。

昼時になったので、向かいに建つホテルでランチを取ることにした。夜は旅館の和食なので、ここでは中華レストランを選んだ。

直美は海老炒飯、加奈子は天津《テンシン》麺を注文し、半分食べたところで交換した。食後は甘いものが欲しくなり、デザートに胡麻団子と杏仁豆腐を追加オーダーした。二人とも食欲は旺盛だ。

再び車に乗り込み、今度は高岡の瑞龍寺《ずいりゅうじ》に向かった。ここも二人とも遠足で訪れていたが、ほかに観たいところもないし、行くことにした。どうせおしゃべりするだけの旅なのだ。

「ところで加奈子、仕事はどうするの？　いつまでも遊んでるわけにはいかないでしょう」

直美が聞いた。

「そうなのよ。再就職先、探さなきゃ。でも見つかるかなあ。事務の経験しかないし、英検ぐらいしか資格はないし……」

加奈子自身、ここ数日はそのことを考えていた。

「今から大企業はむずかしいだろうけど、かといって派遣は身分が不安定だし。小さくても正社員がいいと思うよ」

「直美、どこか雇ってくれるところない？」

「どうかなあ。わたしが思いつくのは池袋の李社長ぐらいだけど」

「それ、いいかも」

「うそ。本当に？」

「一度会ってみたいし。直美、その社長のこと好きなんでしょ？」

「好きとか嫌いとかじゃなくて、勇気をくれる人。李社長を見てると、くよくよしてる自分が馬鹿らしくなる」

「じゃあ余計に働きたい」

「じゃあ聞いてみるね。条件だってあるし。手取り二十万以上は欲しいじゃない」

「条件はいいって。贅沢言わない」

「だめよ、安売りしちゃ」

話すことはいくらでもあった。

瑞龍寺では長い回廊を歩いた。国の重要文化財だけあって、意匠は細部まで美しく、荘厳な佇まいは心を鎮めてくれた。平日だから観光客はほとんどいない。見かけるのは、リタイア後の旅行と思われる初老の夫婦ばかりだ。法堂《はっとう》では緑の芝生が目に眩しかった。野良猫が数匹、石塔の日陰でまどろんでいる。

子供の頃来たときとは感じ方がまるでちがった。お寺がある町はいいなと、日本に生まれた幸運に感謝している。

寺の次は雨晴《あまはらし》海岸に行った。波穏やかな白浜の海岸で、天気がいいから海の向こうに立山連峰が、城壁のように鮮やかに立ちはだかっているのが一望出来た。

二人でため息をつきながら眺めていると、若い男二人組がするすると近づいてきて、「どっから来たの？」と声をかけてきた。イントネーションからして地元の青年のようだ。

「東京からですけど」直美が答えた。

「どこに泊まるの？」「夜は何か予定あるの？」と、あれこれ聞いてくる。どうやらナンパらしい。

感じのいい若者なので不快感はない。きっと年下だ。ナンパされたことに、加奈子は心が浮き立った。いったい何年振りか。

直美がうまくあしらってくれた。直美も同じ気持ちらしく、頬が緩んでいる。二人してしばらくクスクスと笑い合った。

宿は氷見《ひみ》の大きな温泉旅館だった。雨晴海岸同様、富山湾と立山連峰の見事な景色が見渡せる露天風呂があり、チェックインを済ませるなり、浴衣に着替え、二人で出かけた。更衣室を出ると、そこには誰もいなかった。

「きゃーっ、わたしたちだけ」直美がはしゃぐ。夕陽を浴びて、海面がキラキラと輝いている。つがいの海鳥が上空を舞っている。

湯船にざぶんと浸かる。「うーん。しあわせ」加奈子が唸った。心からそう思った。

「来てよかったね」

「ほんと。帰りたくないくらい」

「ねえ加奈子。あのマンション、いつまで住むつもり?」直美が聞いた。

「三カ月はいないとね。それくらいは待つ振りをしないと」加奈子が答える。

「そうだね。引っ越すならどこにする?」

「同じ沿線がいいけど。でも、就職先が決まってからかな。通勤もあるし」

「うん、そうだね」

ふう。はあ。二人で何度もため息を漏らす。

「わたしも転職しようかなあ」直美が言った。

「どうして？　今の仕事、いやなの？」

「いやじゃないけど希望したものではない。やっぱりキュレーターになりたい」

「もったいないよ。給料もいいのに」

「お金じゃないって。人生、充実させたいじゃない」

「そうだね……。二人でリセットしようか」

「うん。まだ二十代だし、諦めるのは早いもん」

「そうね。その通り」

ふう。はあ。いつまでも吐息を交換し合う。

夕食は部屋で食べた。豪勢な和食のフルコースだ。つきだしに始まり、お造り、焼き物、煮物、全部揃っている。地元の漁師料理、かぶす汁が胃に沁みた。お酒も飲んだ。

いつか直美が言っていたことを思い出した。あんた、おいしい水を飲みたくないの？

——。加奈子はその願いが叶ったと思った。もう水までが苦い日々とは永遠に別れられる。

　いくらでも食べられそうなので、焼き牡蠣《がき》を追加注文した。簡易コンロの網の上で、蓋を開けられたばかりの牡蠣が身悶《みもだ》えしている。

「きゃーっ」「かわいそう」「でも食べるんだもんね」

　些細なことに、二人で笑い転げた。


　十畳間の和室に布団を敷いてもらい、並んで寝た。まだ十時を回ったばかりだが、睡魔はすぐそこで手招きしている。

「ところで加奈子、親には話したの？　旦那がいなくなったこと」

　直美も眠いのか、あくびを噛み殺して言った。

「うん。一応電話で簡単な説明はしたけどね」

「それで？」

「最初は心配してた。向こうの親と一緒。事件にでも巻き込まれたんじゃないかって──。でも客の金を横領して海外に逃げたらしいって言ったら怒り出した。さっさと離婚しろって」

「あはは。よかった。そういう反応で」

「離婚って双方の署名捺印が必要じゃない。この場合はどうなるのかなあ」

「どうだろう。区役所に聞いてみれば？」

「そうだね。帰ったら聞いてみる」

「今はだめだよ。三カ月経ってから」

「そうか。気をつけないと」

窓の外からかすかに汽笛が聞こえた。空気が澄んでいるからだろう。

「ねえ、電気消していい？」と直美。

「うん、いいよ」

部屋が闇に包まれた。

「明日、どこに行こうか」

「能登へ行ってみない。久しぶりだし」

「それいいかも」

「サザエの壺焼きがおいしかった記憶がある」

「あはは。食べることばっかり」

しばらくすると、直美の寝息が聞こえた。もう寝たのか。そう思ったら、加奈子の意識もすうっとどこかに引っ張られていった。

25

北陸旅行から帰ってすぐの日曜日に、加奈子は達郎の実家に呼ばれた。家族で対策を練ろうというのである。電話をかけてきたのは義父だった。

「話し合ったところで何か解決策が見つかるとは思えないけど、加奈子さんも家に一人でいると不安が募るだけだろうし、みんなで会って話でもしませんか」

義父はやさしい口調だった。嫁を気遣っている感じが伝わった。

「食欲ないかもしれないけど、近所の寿司屋から出前を取るから、そのつもりで来てね」

食欲はあるし、刺身は北陸で散々食べてきたので飽き飽きしているのだが、ほかの物がいいとは言えず、加奈子は「はい」としおらしく返事をした。

もちろん達郎の実家など行きたくない。また義母が取り乱すのかと思うと、胃がずしりと重くなる。しかし断る勇気もないし、あとしばらくの我慢だと自分に言い聞かせ、行くことにした。

出がけにドレッサーの前に座ると、肌の色艶がよかった。とんだ温泉効果である。疲れた様子を出したほうがいいと思い、わざとファンデーションを厚めに塗った。髪はうしろで束ね、地味な印象を装った。

義父の話では、義母はここ数日寝込んでいるらしい。食事もほとんど喉を通らず病院へ行って点滴を受けているとのことだ。果たして義母が息子の帰還を諦める日はくるのだろうか。そのことを考えると加奈子は不安になる。

昼時、達郎の実家に出向くと、そこには義妹の陽子がいた。加奈子と同い年で、独身で、大手不動産会社で企画開発の仕事をしていた。達郎以上の自信家で、会社でいかに重要な仕事を任されているかを、いつもアピールしていた。加奈子はこの義妹が苦手だった。西洋人が好みそうな派手なメイクをし、ブランド品で身を飾るのも、自分とは趣味がちがい過ぎる。

活発な陽子もこの日はさすがに表情が暗かった。都心のマンションで一人暮らしをしているのだが、母親が心配でここ数日は実家に帰って来ているらしい。ラフな服装の陽子を加奈子は久し振りに見た。

義理の両親、義妹、加奈子の四人でリビングに集まった。モダンなインテリアは、ショールームからそのまま一式揃えたような隙のなさで、加奈子はいつも居心地が悪かった。内装も家具も明る過ぎる。

「お義姉《ねえ》さん、体のほうは大丈夫？　うちのお母さん、まるで病人だから、お義姉さんのことも心配になって」

陽子が聞いた。同い年だが、陽子は加奈子を「お義姉さん」と呼んだ。しっくりこないが、世間のしきたりだから仕方がない。

「ううん。わたしは大丈夫。無理にでも食事はとるようにしてるし」

「痩せてない？」

「どうだろう。体重計に乗ってないから」

加奈子は答えながら、陽子の視線が自分の全身をくまなく観察したような気がして、一瞬緊張した。陽子は見るからに世事に長《た》けていそうだった。どんな人生経験を積んだのかは知らないが、男にも女にもウブではなさそうだ。

「だいたいのことは、お母さんから聞いたけど、お義姉さん、本当に心当たりないの？」

「うん、ないの。いきなりって感じ」

「でも、毎日一緒に暮らしてたら、お兄ちゃんに何か変わったところがあったんじゃないの。たとえば、考え事をしてる時間が多かったとか、何かに脅えていたとか」

「わからなかった。達郎さん、毎晩帰りが遅くて、ここ最近は大した会話もなかったし」

「じゃあ、夫婦の会話を避けていたとか」

「うーん、とくには……」

いきなりの質問攻めに、加奈子は顔が熱くなった。

「おい、陽子。加奈子さんを問い詰めるようなことはするな。加奈子さんだって、心当たりがあれば、とっくに話してるさ」

義父が陽子をたしなめた。

「でも、お義姉さんに思い出してもらわないと、わたしたちはお手上げじゃない。お兄ちゃんがいなくなって一週間が経ったから、少しは動揺も収まって、何か思い出したんじゃないかって……」

「それにしたって陽子は性急過ぎるんだ。いちばんショックを受けてるのは加奈子さんだぞ」

義父が言うと、長椅子で横になっていた義母が体を起こし、「わたしだって同じくらいか、それ以上のショックなのよ」と顔をゆがめ、非難がましく義父に言葉をぶつけた。

「わかった、わかった。みんな一緒だ。まさか達郎がこういうことをしでかすとは、誰も思ってなかった」

「しでかすって何よ。達郎を犯罪者扱いして」

「いや、そういうつもりじゃなくて――」義父が言葉に詰まる。

「でも、お兄ちゃんがお客さんの預金を不正に移して、そこから二百万円を引き出したのは事実だから、今のところ〝しでかした〟わけよ」

「陽子までなんてことを言うの。兄妹でしょう。あなた、お兄ちゃんを信じられないの？」

「信じたいけど、動かし難い証拠があるんだし、仕方がないでしょう。お母さんは少し冷静になってよ」

今度は義母と陽子が言い合いになった。加奈子はひたすら身を縮めて聞いている。

「わたし思うんだけど、お兄ちゃんは、何かに追い詰められて、精神的にパニックになって、ああいう行動に出たんじゃないかなあ。だってたった二百万円の横領で海外に逃げるなんて理屈に合わないじゃない。仮にお金目当てなら、銀行の窓口が開く月曜日まで待って、一千万円全額を下ろして逃げるはずだし、そもそも全額横領したとしても、そんなの自分の将来と引き換えにするほどの金額じゃないでしょう。これが二億、三億っていうのなら、まだ話がわかるけど。一千万じゃ割に合わない」

陽子が一人掛けソファに深くもたれ、腕組みし、模範解答を述べるように理路整然と言った。

「お義姉さん、立ち入ったことを聞いてなんだけど、お兄ちゃんの貯金っていくらあった？」

加奈子に聞くので、「五百万円ぐらいだけど……」と答えた。

「それは下ろしてないの？」

「うん、今のところ。どこかで下ろしたら、銀行が教えてくれることになってる」

「ほらあ。おかしいじゃない。自分の貯金が五百万円あって、それでどうして二百万円横領して行方をくらますのよ。全然辻褄《つじつま》が合ってない」

陽子の指摘に、加奈子はますます居心地が悪くなった。確かにその通りだ。完璧なプランのつもりだったが、それは日本から出国したというシナリオが成功しただけで、動機と行動に関しては理屈に合わないことだらけである。しかし、もう修正は出来ない。不可解な行動で通すしかない。

「やっぱり達郎はトラブルを抱えてたのよ」義母がため息をついて言った。「それで誰にも相談出来ず、逃げ出したい一心で、行方をくらましたのよ」

「お兄ちゃん、性格的には内弁慶だしね。子供の頃からそうだったじゃない。学校ではおとなしいくせに、家では虚勢張ってたし」

「そうなのよ。あの子、本当は気が小さいのよ。だからこんな後先考えない行動に出ちゃうのよ」

「わたし、落ち着いたら帰って来るんじゃないかと思ってるんですけど。だって中国語も話せないのに、上海でこの先暮らせるとは思えないし……」

加奈子が恐る恐る言った。そういう希望を与えて実家を少しでも沈静化させたい。

「そうかしら」義母がすがるように乗ってくれた。

「ぼくもそう思うよ。まだ三十一歳だ。残りの人生を棒に振るほど馬鹿じゃないだろう。頭が冷えたら、帰って来ると信じよう」

義父もうなずいた。

「それっていつなのよ。五年、十年先なんて言ったらいやよ」と義母。

「それはないだろう。帰って来るなら早いよ。時が経つほど帰りにくくなるわけだから」

義父は終始冷静だった。加奈子にはありがたい存在である。

「うちの会社も年に一人は失踪するけどね」陽子がソファで膝を抱えて言った。「この前も、地権者に調子のいいこと言って、地上げをまとめた営業部の人間がいたんだけど、実は部長に却下されて、それを地権者に言えなかったものだから、契約書持ったまま消えちゃった」

「その人、出て来たの？」義母が聞く。

「うん。一週間ぐらいしてね。奥さんと小さな子供を連れて沖縄に行ってたみたい。家族には、勤続十年の特別休暇を消化するよう会社から言われて、それで旅行に行くぞって強引に連れ出したんだって。切羽詰まると、人間どういう行動に出るかわからないってこと」

「達郎はいったい何に追い詰められたのよ」

義母が宙に向かってつぶやいた。

「だからそれは考えてもわからない。銀行は、仕事のトラブルはなかったって結論を出したそうだけど、そんなの鵜《う》呑《の》みにしないほうがいいよ。組織は基本的に隠蔽体質だもん。当事者が消えてくれたなら、そっちのほうが都合がいいってこともあるだろうし」

陽子の言うことにはそれなりの説得力があり、義母は悲しそうな顔でうなずいていた。

そこへ寿司の出前が届いた。一目見て上等であることがすぐにわかった。お吸い物も、その場でポットからお椀《わん》に注いでいる。お茶は加奈子が淹れた。夫の実家だから、湯呑の場所ぐらいは知っている。

「食欲ない」と言う義母を、義父が「一貫でも二貫でもいいから」と説得し、みんなで食べ始めた。

いったい一人前いくらだと言いたくなるほど、寿司はおいしかった。鮪《まぐろ》など北陸の旅館で出されたものより艶っぽい。雲丹《うに》は軍艦巻きの海苔から溢れている。

加奈子の知る限り、服部家は食通だった。米と味噌は産地から取り寄せたもので、野菜は有機野菜だった。家の奥にはワインセラーがあるし、供されるクッキーはいつも帝国ホテルのものだ。

達郎もまた食べ物にはうるさかった。ハンバーグやトンカツの皿に二品以上の付け合わせがないと、「手を抜くな」とすぐに怒った。親からの影響なのだろう。

そういえば結婚したとき、義母に実家に呼ばれて、服部家の味噌汁の作り方を教えられたことがあった。そこに嫁の味付けを尊重するという姿勢は微塵もなかった。あのときから、加奈子はいやな予感がしていたのだ。

「ところで、なんで上海なんだろうね」寿司をつまみながら陽子が言った。「お兄ちゃんって、上海に行ったことあったっけ」

「さあ、ないと思うけど……」義母が加奈子を見た。

「わたしも聞いたことありません」

「それってかなり不自然じゃない。普通、一度も行ったことのない場所には逃げないって。たいていは土地勘のある場所でしょう。何かあるね。上海に」

陽子の指摘に、加奈子はお尻のあたりがむずむずした。プランを終えてみれば、確かに不自然と思われそうなことがたくさんある。

「探偵とか雇ってみる?」と陽子。

「探偵に見つけられるのか。達郎は海外にいるんだぞ」義父が言った。

「そりゃあ上海に派遣して捜させるなんて無理な話よ。大都市なんだし。そうじゃなくて、なんでお兄ちゃんが上海に行ったか、その理由がわかれば、少しは解決の糸口が見つかるんじゃないかって、そう思ったの」

「そうね、それはやってみる価値ありよ。お父さん、いい興信所知らない? 会社の信用調査とかで、興信所を使うこともあるんでしょ?」

義母が訴えた。

「会社の調査とは別物だろう」

「とにかく、何もしないよりはましじゃない。わたし、達郎のマンションで銀行の人たちに会ったけど、何かしてくれる感じがまったくなかったのよ。それどころか迷惑そうな顔までされて。警察だってあてには出来ないんでしょ。ねえ、加奈子さん」

「はあ、そうですね。家出人扱いなので……」加奈子が答えた。

「だったら何かしましょうよ。達郎がどうしてこんなわけのわからない行動に出たのか、調査してもらいましょうよ」

「興信所ってお金がかかるんだぞ。経費別で日当五万円とか、そんなのざらだから」

義父は乗り気ではない様子だった。

「いいじゃない、お金ぐらい。わたし、毎日じっとしているのが辛いのよ」

「うん、そうだけど……。陽子はどう思う」

「とりあえず相談だけでもしてみれば？　手がかりがなくて無理だって断られるかもしれないけど」

加奈子は会話には加わらないで、黙って寿司を食べた。大丈夫だと自分に言い聞かせる。興信所を使ったところで、何もわかるはずはない。そもそもトラブルなどないのだから、落としてもいない落とし物を探すようなものだ。

いつの間にか寿司を食べ終えていた。ガリも平らげた。寿司桶にはご飯粒ひとつ残っていない。ふと視線を感じ、顔を上げると、陽子と目が合った。

一瞬にして顔が熱くなった。つい無心に食べてしまった。巻物ぐらいは残すべきだったか。

陽子は少し考え込むような素振りを見せ、食事に戻った。何か感づいたのだろうか。

いや、感づくも何も、自分を怪しむ理由はひとつもない。加奈子は湯呑に手を伸ばし、お茶を飲んだ。

そのとき腹部に痙攣が起こり、胃が何かにつかまれたような感覚を覚えた。動悸もした。加奈子がむせ返る。続いて喉の奥から酸っぱいものがこみ上げてきた。それが胃液だとわかり、慌てて立ち上がった。

義理の両親と陽子が何事かと見上げる。加奈子は口を押さえ、「すいません」となんとか声を発し、リビングからキッチンへと走った。トイレに行くのは間に合いそうにない。

加奈子は流しに顔を伏せ、嘔吐《おうと》した。食べたばかりの寿司ネタとシャリが、口から一気に吐き出される。

「お義姉さん、大丈夫?」背中に声がかかる。陽子がすぐうしろまで来ていた。

「ごめんなさい。大丈夫です」加奈子が咳き込みながら答える。

「加奈子さん」義父も駆けつけてきた。

「すいません。せっかくとっていただいたお寿司を」目から涙が出てきた。

「いいんだよ、そんなこと。こっちこそ申し訳ない。気を遣って全部食べてくれたんだね。食欲がないなら、残してもよかったのに」

義父がそんな誤解をしてくれた。加奈子は食欲がなかったわけではない。ただ突然、胃が痙攣を起こし、吐き気を催したのだ。

胃の中の物を全部もどしたら、やっと動悸が治まり、内臓も落ち着いた。すると今度は立ち眩みがして、キッチンの椅子に腰を下ろした。義父がコップに水を入れて持って来てくれた。加奈子が一口飲む。

「顔色が悪いね。やっぱり衰弱してるんだよ。タクシーを呼んであげるから、マンションに帰ってゆっくり休みなさい」

「はい。そうします」

どんな形であれ、解放されたことに安堵した。今日も明日も、一人で寝ていたい。

陽子が腕組みし、何か考え込んでいるように見えた。いや、気のせいだ。実家を相手にして緊張しているから、そう見えてしまうだけだ。

加奈子は、落ち着け、落ち着けと自分を励ましていた。

26

週が明けて、達郎の同僚である山本から電話があった。「服部君からは依然連絡なしですか」という問い合わせだったが、会って話をしたいとも言ってきた。

「今度は支店長は連れて行きません。だから、お互い忌憚《きたん》のない話を……」なにやら含むところがありそうな言い方だった。

　加奈子は気乗りしなかったが、断れず、駅前のコーヒー・チェーン店で会うことにした。「残業があって午後九時以降でないと行けない」と山本が言うので、家の外にした。夫の同僚でも、夜に男を部屋に招き入れるのは抵抗がある。

　約束の時間に行くと、すでに山本は店内にいた。加奈子を見つけるなり立ち上がり、「何がいいですか？　ぼくが払いますから」と言って、アイスコーヒーをオーダーして運んでくれた。店の窓側のテーブル席で向かい合う。空いていて、周りに客はいない。

「本当にすいません、遅い時間に。平日に定時退社なんてまずないのが銀行なので……」

　山本が微笑んで頭を下げる。彼の前にはホットドッグがあった。まだ夕食を取っていないのだろう。

「もちろん、わかってます。夫もそうでしたから」加奈子が答える。

「あれから二週間以上が経つわけですが、奥さん、体調を崩したりしてませんか」

「少し崩しました。食べたものをもどしたり……」加奈子は昨日のことを言った。

「そうですか。そりゃそうですよね、旦那さんがいきなり行方をくらましちゃったんだから。普通じゃいられませんよ。ぼくも夜になると、『服部のやつ、今頃どこで何をしてるんだ』なんて考えちゃって、なかなか寝付けないんですよ。職場にいても、彼の机がポツンと空いてて、どうしてもそこに目が行くもんだから、なかなかデスクワークに集中出来ないし……。でも会社っていうのは冷たいものですよね。支店内では、服部君の名前を口にするのはもはやタブー扱いになってるんですよ。支店長なんか、服部君は戻って来ないと決めつけてて、さっさと人事に補充の申請をしてるし……。ぼくは、それはちょっとないんじゃないかって思うんですけどね」

山本がホットドッグに手を伸ばし、大口を開けてかぶりついた。

「すいません。みなさんにご迷惑をかけて」

「いいえ。奥さんが謝ることじゃないですよ」

山本が食べながら話す。達郎とは対照的に、飾らない人柄に見えた。まだ独身のはずだが、詳しいことは何も知らない。達郎が家で職場の話をあまりしないからだ。山本はホットドッグを三口で食べ終えると、アイスコーヒーを一気に飲み、ナプキンで口を拭った。

「何度も聞いてすいませんが、奥さん、新たに思い出したことありませんか」山本が聞く。

「いいえ。ないんです」加奈子はかぶりを振った。

「そうですか。しかし、今回の服部君の失踪は不思議なことがあまりに多くて、本当に彼がしでかしたことなのかなって、疑問すら湧いてくるんですよ」

山本の言葉に加奈子は胸が痛くなった。

「ちょっと話を聞いてもらえますか」

「はい、どうぞ」

「まず第一に、斎藤さんという新規のお客さんの預金から一千万円を奥さんの口座に移し替えてますが、もし横領する気なら、銀行員はこんな馬鹿なことは絶対にしないんですよ。これは内部事情になりますが、通常、顧客の口座から大金が引き落とされたり、振り込まれたときは、支店長がすべてチェックするのが決まりなんですよ。今回のケースで言うと、先々週の水曜日に、斎藤さんの口座から一千万円が奥さん名義の口座に移し替えられた。するとその日のうちに支店長が把握して、担当者である服部君に確認するか、斎藤さんに直接電話して間違いがなかったか確かめるんです。ところがあの日、支店長は終日外出していてそれをやってなかったんですよ。本人は見落としたなんて言ってますが、ぼくはチェックしなかったんだと思ってます。つまり過失。うちの支店長、結構アバウトなところがあるんですよ」

山本が澱みなくしゃべる。加奈子は話の内容を理解しようと耳を傾けた。

「だから服部君の不正な振り込みが、支店長のチェックをスルーしたのはまったくの偶然で、本来なら発覚して当然の出来事だったわけです。本当に横領する気なら、そんな場当たり的なこと、するわけがないじゃないですか」

「そうですか……」

加奈子は聞きながら今度は背筋を冷たくした。なんと、うまく行ったのは偶然だったのか――。

「それから現金の引き出しにしたって、ＡＴＭは一日に最高百万円までというのは、銀行員には常識で、どうしてそんな非効率なことをするのか理解出来ないんですよ。ましてやＡＴＭで引き出せば防犯カメラに映像が残るわけで、そんなの今は素人だって知ってることでしょう。本当に一千万円全額を横領する気なら、別の銀行に口座を開設して、そちらに移しますよ。それで窓口で一度に下ろす。他行なら行内の調査は及ばないし、発覚にも時間がかかる。要するに、銀行員がやった犯罪にしてはあまりに素人っぽいんですよ」

加奈子はショックを隠そうと無言で俯いた。自分たちのプランは素人考えだったのか。

「うちの監査は何て言ってると思います？　服部達郎は心神喪失状態にあった、ですよ。

そりゃあ銀行員にはノイローゼが多いですけど、行動に辻褄が合わないからって、気がふれたせいにするなんて無責任過ぎますよ。行員の人格をなんだと思ってるんですか。だいたい前日まで普通に働いてた仲間をノイローゼ扱いするなんて大いなる侮辱でしょう。だからぼくはちょっと頭に来てるわけです。奥さんも怒ったほうがいいですよ」

山本はテーブルを覆うように身を乗り出していた。加奈子は圧《お》される形で体を引いた。

「でも、ノイローゼって言われれば、確かにそういう感じもあったかもしれません」

加奈子が口から出まかせを言った。自分としては、そっちの解釈のほうがありがたいからだ。

「ぶつぶつひとりごとを言ったり、急に話が飛んだり、そんなこともありましたから」

「そうなんですか？　職場ではまったく普通でしたけど」

山本が、にわかには信じがたいと言った様子で加奈子を見る。

「でも、関係ないところで、いきなり『ゆうべのシチューには、何グラムの塩を入れたわけ？』とか言い出して、この人何言ってるんだろうって、びっくりしたことがありました」

咄嗟に作り話を言った。かつてシチューの塩加減でひどく文句を言われたことがあるので、それを使った。

「うーん、そうですか。仕事でそういうことは一切なかったんですけどねえ……」

山本が首をひねっている。加奈子は、それ以外にも、真夜中に突然起きてスマートフォンをいじり始めたとか、テレビを観ていて、おかしくもない場面で笑い出したとか、アドリブで訴えた。ただし山本の反応は芳しくない。

「ところで、ATMの防犯カメラ画像を見て、奥さんはどう思いましたか？」

山本が話を変えた。

「どうって……」

「服部君だと思いましたか？」

「ええ。思いましたけど……」額にじわっと汗が滲んだが、加奈子は素知らぬ顔で通した。

「ぼくはどうも違和感があるんですけどねえ……」山本が遠い目をして言う。

「あの画像の服部君、金曜も土曜もTシャツを着てましたけど、ぼくが知る限り、英国紳士かぶれの彼はプライベートでも襟のない服を着ないはずだし……。それより何より、そもそも金曜日は勤務時間中でしょう。あいつ、その日は朝からずっと外回りをしてましたけど、どこかで背広とワイシャツを脱いでTシャツに着替えたってことですよね。それで、また背広に着替え直して支店に戻って来た。どうしてそんなことをするのかまるで意味がわからないですよ」

　山本が呈した疑問に、加奈子はするすると血の気が引いた。言われて初めて気がついた。林竜輝に池袋で金を下ろさせたとき、達郎は勤務中だったのだ。なんと迂闊《うかつ》だったことか。そんな当たり前のことにも頭が回らなかった。もしもあの時間、達郎が支店でデスクワークをしていたら、辻褄が合わなくて、プランは一巻の終わりだった——。

　唇が震え、脈が速くなった。いけない。動揺を悟られてはならない。

「どうかしましたか？」

「いえ……」加奈子はおなかに力を込め、必死に堪えた。「Tシャツにわざわざ着替えたってことは、何かをしていたってことではないでしょうか」

　苦し紛れに話を接ぐ。

「何かとか？」

「だから、それはわかりませんけど……」

　余計にしどろもどろになった。

　山本が少し間を置いてから、声を潜めて言った。

「奥さん、怒らないでくださいね。実は調査にあたった本店の人間の中には、女とラブホテルにでもしけ込んでたんじゃないかって、そんなことを言う輩もいるんですよ」

い。

「そうですか……」

ありがたい誤解に、少しだけ気持ちを持ち直した。そう思ってくれたほうが都合がい

「でも、やっぱり違和感あるんだよなあ。ぼくは防犯カメラの動画も見てますからね。細かい仕草に、あれ、こいつ本当に服部かよ、なんて——。まあ、ただのフィーリングですけどね。仮によく似た兄弟が服部君にいたとしたら、そっちなんじゃないかって、そんな想像すらしたんですよ。もちろん、やつは兄も弟もいないから、気のせいなんでしょうけど……」

加奈子はもう顔を上げていられなかった。俯き、髪で表情を隠した。完璧なプランのつもりでいたが、それは素人の浅知恵だった。実際は偶然が味方しただけだった。なんという恐ろしいことか——。

「ああ、そうだ。兄妹っていえば、服部君の妹さんから支店に電話があって、今度お会いすることになったんですけど、奥さんは承知してることですか？」

「いいえ、知りませんけど」

加奈子がかぶりを振る。陽子が山本と連絡を取った。それはどういうことか。

「どうやら妹さんも、服部君の失踪に納得がいかないらしくて、それで興信所を使って

調べたいんだけど、今現在で知ってることを全部話してもらえないかっていう電話だったんですけどね。でも知りたいのはこっちも同じで……」

「そうですか。この前、夫の実家で会ったんですが、主人が仕事のトラブルを抱えてたんじゃないかって、そういう疑いを持っているみたいです」

「ああ、だからか。じゃあ、落胆させることになるのかな」山本が吐息をつき、薄く笑った。「でも、とりあえず会うことにしました。服部君の結婚式で一度お目にかかってるし、知らない間柄でもないから。こっちからもいろいろ聞きたいし」

加奈子はいやな予感がした。しかし絶対に真相に手は届かないはずだ。このプランを誰が見破ると言うのか。死体が出ない限り、露呈するわけがない。

「ぼくがどうしても信じられないのは、失踪する前の晩に、やつと一緒に飲んでるからなんですよね。そのとき、支店長と一緒に本店の人もいて、ぼくたちを次の異動で多摩ブロックの法人営業部に移すつもりだから、当分勉強の日々が続くぞ、覚悟しろって言われて、二人とも大喜びだったんですよ。奥さん、金曜日の夜、この話を聞いてなかったですか？」

「いいえ、聞いてません」

金曜日の夜といえば、セックスを拒んでこっぴどく殴られただけだ。加奈子が受けた最後のＤＶだ。

「そうですか。服部君と二人して、ちょっと興奮してたって言うか、盛り上がったって言うか。法人営業部って出世の最初の一歩なんですよ。ここで頑張れば、次は本店ですからね。だから支店長と別れた後も、二人でハシゴしたんですよ。おれたち、頑張ろうぜって。だから自分の意思で失踪したなんて、ありえないんですよ」

加奈子はあの夜の暴力を思い出し、気分が悪くなった。最後まで達郎は面倒をかけてくれる。そんないいことがあった夜に、どうして妻を殴ったのか。

「だから余計に支店長の態度が冷たく思えちゃうんですよ。人間ってのはどんな闇を抱えてるかわからないもんだなあって。そんなんで片付けられたら、ぼくらたまりませんよ」

そのとき、胃のあたりを鷲摑《わしづか》みにされたような感覚があった。またた。嘔吐の前兆だ。

「ところで、なんで上海なんですかねえ。だってあいつ、上海なんて行ったことないはずですよ。奥さん、心当たりはありますか？」

「いいえ」

答えた途端に、胃の中の物が逆流した。加奈子は慌てて立ち上がり、トイレを目で探した。きっと奥だろう。間に合いそうにない。店を汚したら大変だ。

手で口を押さえ、外に出た。すぐ横に電柱があったので、裏側に隠れて一気にもどした。咳が出た。涙が溢れ出た。

先日といい、今夜といい、いったいどうしたことか。やはり神経が衰弱しているのだろうか。一人の人間をこの世から消したのだから、あれこれ起きても決して不思議はないのだが。

「奥さん、大丈夫ですか」

山本も外に出て心配そうに声をかけた。

「ええ、大丈夫です」かすれ声で答える。

「精神的に参ってるんですよ。わかります。当然だと思います」

こちらも善意の誤解をしてくれた。

晩御飯に食べた物を全部吐き出した。嘔吐物が街灯に照らされ、加奈子は思わず目をそむけた。

27

達郎を排除して半月ほどが経った。加奈子は毎日することがなく、家でつけっ放しのテレビを眺めるだけの無為な時間を過ごしていた。家事もろくにしないので、気持ちに張りがまるでない。

達郎の実家からの電話は、ほとんどかかって来なくなった。用がないのだから、そうなるのは自然なのだろうが。

加奈子からも連絡は取っていない。本当は陽子が興信所を雇ったかどうかを知りたいのだが、藪をつつくのが怖くて、じっと黙っている。

銀行の同僚、山本の動きも気になっていた。まさか一介の平社員に、本店の労務部を動かせるわけはないとわかっていても、今現在も何か行動を起こしているのではないかと想像すると、やにわに背筋が寒くなり、落ち着きを失った。山本からの連絡は、あの夜以降ない。

プランがいくつもの偶然が重なってばれずに済んだという事実は、加奈子をひどく動揺させたが、済んだ以上は気持ちを切り替え、幸運に感謝するしかなかった。この件は真っ先に直美にも知らせた。彼女も最初はショックを受けていたが、長い会話の最後には、「結果オーライと考えよう」と自らを慰めるように言った。

「だって人生に一度きりのことじゃない。反省したって次回はないんだもん」

なるほどその通りで、加奈子は相棒の知恵に感謝した。

石川の実家からは頻繁に電話がかかって来るようになった。母が、離婚するときは服部家に慰謝料を請求しろと言い出したのだ。どうやら父方の伯父に知恵を付けられたらしい。こちらに非がない中で、身上書に「離婚歴有り」という疵《きず》を付けられるのだから、相応の慰謝料をもらうのは当然だという理屈とのこと。加奈子はまともに取り合っていないが、家族の別の一面を垣間見た気分だった。母は「最低でも五百万はもらわんとあかん」と言っている。

人一人を殺めたという意識は、自分でも驚くほど希薄だった。もしかしたらあの夜の光景が甦り、苦しめられるのではと想像もしたが、今のところ思い出したりもしない。記憶に近づかなければいい、そんな感じだ。人間は案外動物的なのかもしれない。

直美とは一日おきに電話でおしゃべりをしていた。メールだと内容が記録に残ってしまうので、万が一に備えて通話のみを使用することに決めたのだが、話し始めるとそこは二人とも女で、取り留めもない世間話を始めてしまい、いつも一時間は話し込む始末だった。

この夜は、直美が加奈子の就職について電話をかけてきた。

「実はさ、今日、池袋の李社長にランチを御馳走になったんだけど、そのとき、わたしの大学時代の友だちで、仕事を探している子がいるって話をして、李社長の会社では社員募集をしてませんかって聞いたら、すぐに食いついてきて、わたしの友だちなら即雇うって」

「うそ。そんな簡単でいいの？　面接もしてないのに」

加奈子は呆気にとられ、苦笑した。話はうれしいが、ずいぶんいい加減な会社である。

「あのね、李社長にとって、日本人社員は喉から手が出るほど欲しい人材なんだって。中国人ばかりの会社だと、日本人はなかなか信用してくれないけど、社員に一人でも日本人がいると、商談のときにその場にいてくれるだけで、相手は会社を信用してくれるところがあるでしょう。わたし、すごくわかる。だって、わたしが最初に李社長の会社に乗り込んだとき、全員中国人だったから怖くて警戒したもの。マフィアだったらどうしようとか、いっぱい変な想像して。もし日本人が一人でもいたら、少しは安心したと思う」

「うん、そうかも」

加奈子はその理由に得心した。確かに、日本人は外国人を警戒するし、その逆で、日本人同士ならすぐに信じてしまうところがある。

「具体的な給料の話はしてないけど、日本人だってことで、それなりの金額は出してくれるみたい」

「いいって、いくらでも。わたし、役に立つかどうかもわからないし」

「だめだめ。中国人相手に謙遜《けんそん》しちゃ。わたし、外商部ですっかり華僑担当にされちゃったから、付き合い方もだいぶわかってきた。一に厚顔、二に厚顔、三四がなくて、五に居直り」

「あはは」加奈子はつい声を上げて笑った。

「だってそうなんだもん。下手《したて》に出ると弱いと思われる。譲歩は敗北。中国人には〝お互い様〟という概念がない。わたし、いつか対中国ビジネスのコンサルタントにでもなろうと思ってるんだけど」

「ふふ。直美ならなれるかも」

直美は意気盛んだった。まるであの一件などなかったかのように。その点は自分と同じなので、かなり心強い。

「李社長は正社員として迎えたがってるけど、様子がわからないうちは契約社員がいいと思う。加奈子にも選ぶ権利はあるしね。いやならすぐに辞められるポジションのほうがいいでしょ」

「うん。そのほうがいい」

「じゃあ、早速明日会ってみる？」

「どうしよう。働き始めたら、達郎さんの実家が何か言いそう」

加奈子が懸念を伝えた。いつか働くにしても、早過ぎると薄情な女と思われそうだ。

「いつから働くかは、李社長と話して相談すればいいじゃない。あんた、毎日家にいるんでしょ。外に出て誰かと会わないと、肌もくすむよ」

「わかった。じゃあ会う」

「李社長には、最近旦那と別居した友人ってことにしてあるから、話を合わせてね」

「了解」

直美との電話を終えると、いつも励まされた気分になった。両親は離婚したら石川に帰って来いと言うが、加奈子にその気はなかった。直美がそばにいなければ、自分はきっと精神の安定を失うだろう。それに、しばらくは大都会に埋もれていたかった。地方だと匿名では生きられない。

直美と話した夜は、いつもぐっすりと眠ることが出来た。

翌日の昼、池袋駅で直美と待ち合わせ、その足で李朱美の会社「李商会」へと向かった。直美はすっかりこの界隈の常連らしく、漢方薬店の中国人店主から「小田さん、コンニチハですね」と親しげに声をかけられていた。

くれるの」
「あの人も葵百貨店のお客さん。カードを作ってあげたら、大喜びでいろいろ買ってく
直美がほくそ笑んで言う。中国人はチャイナタウンの中だけで暮らしているので、そ
こに日本人が入り込み、一度信用を得ると、たちまち顔が売れて、みんなからあてにさ
れるらしい。
「加奈子も李社長の会社に勤めたら、この街で人気者になれるよ」
「そんな……。わたし、目立ちたくないのに」
加奈子はそう答えつつも、街にはいい印象を持った。さっきまでは怖い場所ではない
かと不安だったのだ。
古びた雑居ビルの中国食材店の一角に「李商会」はあった。お世辞にもきれいなオフ
ィスとは言えないが、雑然とした中にも、置物や美術品が並べられたりしていて、中国
らしい温かみと賑やかさがあった。
初めて見る李朱美は、派手好きなおばさんといった感じだった。事前情報がなければ、
水商売のママさんかと思ったかもしれない。ただ眼光は鋭く、加奈子は全身をくまなく
観察された。
「小田さんからたいたいのことは聞いてるのことですね。旦那さんと別れましたか？」

椅子に腰を下ろすなり、朱美が言った。

「あ、いえ。まだ離婚はしてません。別居中です」

「早く別れたほうがいいのことですね。男が未練がましいのは上海も日本も同じね。財産を半分こして、早く離婚するのことですね」

「はい」

朱美に勢いよく言われ、加奈子はついうなずいてしまった。

「白井加奈子さん。二十九歳。若いのことですね。とても羨ましい」

履歴書を手にして朱美が言う。「白井」という旧姓で久しぶりに呼ばれ、くすぐったい感じがした。そうか。服部姓とはもうおさらばだ。これで本当に自分は解放されるのだ。

「あなた、結婚前はシグナル電機に勤めてたですか。凄いですね。シグナルの冷蔵庫や洗濯機は壊れないので、上海でも大人気でしたね。わたしの家にもありました。でも、そんな一流企業にいた人が、うちみたいな小さな会社で本当に働いてくれるのことですか」

「はい。採用していただけるなら」

加奈子が頭を下げると、横から直美がすかさず、「もちろん、条件面で合意出来たらの話ですけど」と話を押し戻した。

「お給料はいくら欲しいのことですか」

「三カ月は契約社員ということで、その間、月に手取り三十万円でどうですか」

　これも直美が答えた。加奈子は思わず直美を見た。こんな小さな会社で、その金額は強気過ぎるだろう。

「それは高いのことですね」朱美が目を丸くし、大袈裟にかぶりを振った。「うちの従業員でそんなに取っている人はいません」

「でも社長、昨日おっしゃってたじゃないですか。これからは日本のレストランにも取引先を広げていきたいって。日本人社員がいると、会社の信用度もアップするし、メリットも大きいと思いますよ」

「それはそうだけど、三十は……」

「じゃあ二十八」

「二十三でとうですか。それでもうちでは高給です」

「だったら間を取って二十五。加奈子は英検準一級の資格を持ってるし、英文の書類も任せられますよ」

　直美が食い下がると、朱美はあらためて履歴書に目を落とした。

「エイケンとは何の資格ですか」

「日本の英語検定試験です。準一級は大卒でもそんなに受からないレベルですよ」

加奈子は横ではらはらしていた。確かに英検の資格は持っているが、実務経験はあまりないのだ。

「でもねえ……」

「ですから社長、三カ月の試用期間で判断しましょうよ。やっぱり高いということなら、その時点でまた相談すればいいじゃないですか」

直美は丁々発止《ちょうちょうはっし》のやりとりを楽しんでいるように見えた。

「じゃあ二十四」

「社長。上海の女は小さなことにはこだわらないって、この前おっしゃってたじゃないですか」

「しょうがないわねえ」朱美がため息をつく。「わかりました。向こう三カ月、手取り二十五万円でいきましょう」

「ありがとうございます」

直美がテーブルに手をついて頭を下げた。朱美が微苦笑している。直美の役者ぶりに、加奈子は感心するばかりだった。

「ねえ加奈子。いつから働ける？」

「じゃあ、来週の月曜日から」

加奈子はもう働く気になっていた。家にいてもしょうがない。

「社長はそれでいいですか」

「いいのことですね。白井さん、どうぞよろしく」

握手を求められ、加奈子が応じる。大きな指輪がたくさんはめられた手だった。

「ところで、小田さんはうちに来てくれないのことですか。小田さんはキュレーターの資格を持てますね。それがあると美術品のビジネスにいろいろと便利です。小田さんがうちに来てくれるなら、今もらてる給料と同じたけ払うのことですね」

「何度も誘っていただいてとても光栄です。転職となると、わたしも慎重になるので、もう少し考えさせてください」

直美は誘いをはぐらかした。さすがに葵百貨店を辞めるとなると、決心がいるのだろう。

「二人ともわたしの妹になるといいですね。わたしは日本人の家族が欲しいのことです。日本人はうそをつかないところがいいですね。こればかりは、中国人はかなわないね」

朱美は終始友好的だった。とりわけ直美には完全に気を許しているといった印象だ。

もっとも、直美との出会いが出会いなので、一筋縄ではいかない人物なのだろうが。

面接を終えたとき、朱美は《福禄喜寿》と刺繍《ししゅう》の入った小さなお守りをくれた。

「中に古銭が入ってます。白井さんに金運を運んでくれますように」

加奈子はこの社長に好感を持った。オフィスは粗末だし、中華食材の匂いがビル全体に漂っているが、異国情緒と思えば楽しくもある。

帰りにスーツを買おうと思った。自分はＯＬ生活に戻るのだ。


マンションに戻り、フロントの前を通り過ぎるとき、初老の管理人から声をかけられた。「服部さん、ちょっとよろしいですか」あたふたとカウンターから駆け出て来る。

これまでは笑顔で挨拶をするだけで、名前を呼ばれたことはなかったので、加奈子は何事かと思った。

「実は午前中に、興信所の調査員を名乗る男がここにやって来まして……」

管理人が声を潜めて言う。興信所と聞いて血の気が引いた。

「服部さんの御主人が失踪なさったと聞きましたが、それは本当ですか？」

「あ、はい。……実はそうなんです。半月ほど前の土曜日、会社に行くと言って、そのまま行方知れずなんです」

軽いパニックに陥り、頭の中が真っ白になった。

「そうでしたか。興信所は服部さんの実家から依頼を受けて、失踪した日の足取りを調査しているそうなんですが、マンションの防犯カメラの映像記録を見せて欲しいと言うんですよ。何時にエントランスを通過して出かけたかとか、そのときの服装はどのようなものだったかとか……。しかし、いくら親族からの依頼とはいえ、マンションの住人全員のプライバシーにかかわることなので、管理組合の了解もない中でそれは見せられないと返事しましたら、わかりましたと言って今日のところは引き上げたのですが、奥さんはご承知の話ですか」

「いいえ。夫の実家が実際に興信所を雇ったというのは知りませんでした」

今度は心臓が波打った。しかし何食わぬ顔を通す。

「うちの会社に問い合わせましたところ、警察の依頼でない限り、防犯カメラの映像は見せられないということです。もちろん、興信所もそれはわかっていて、ダメもとで来たんだと思いますが……。奥さんはどうなされます？　理事長に話してみますか？　ひょっとしたら、事情が事情ですので、理事立会いの下で、その日の映像をチェックできるかもしれませんが」

「いいえ結構です。わたしの場合は、当日夫を見送っているので……。たぶん、興信所に頼んだのは義理の妹だと思います。そういう話は以前していたので……。何でもいいから手がかりが欲しいんだと思います」

「警察には届けたんですか」

「はい。ただ事件性がないということで、家出人扱いなんですけど……。すいません、お恥ずかしい話で」

「事件性がないなら、その点だけは安心ですね。いや、もちろん心配であることに変わりはないんですが……」

管理人が気遣ってくれた。普段から温厚で礼儀正しい人物だった。

「ちなみに、防犯カメラの映像というのは、どれくらいの期間、保存するものなんですか」

「当社の決まりだと二週間です」

その回答に加奈子は安堵した。すでにあれから二週間以上過ぎている。

「もっともそれは昔の規約で、最近の装置はＤＶＤへの録画ではなくて、ハードディスクへの保存なので、上書きをしない限り、いつまでも残ります」

落胆し、今度は背筋が冷たくなった。

「ちなみに防犯カメラはどこに設置されているんですか？」加奈子が聞く。

「エントランス・ホールの外と内、郵便受けの前、非常口、それからエレベーターの天井などですね」

「エレベーターもですか」

「そうです。埋め込んであるので、普通は気づかないと思います」

自分たちはあまりに迂闊だった。大きなマンションなら防犯カメラがあるのは当たり前だ。

「ちなみに駐車場にはありますか？」

「あります。出入口のところに」

加奈子はじっとしているのも辛くなった。もし自分たちが真夜中に大きなバッグを運んでいる映像を陽子に見られたら、確実に怪しまれる。なんとかしてデータを消去出来ないものか。

「また興信所が来たらどうしましょうか」管理人が低姿勢で聞く。

「断ってください。個人情報の観点からいっても、マンション住人がランダムに映っているカメラ映像を、民間の興信所に見せるのはどうかと思います。わたしは、管理会社にも理事会にも迷惑はかけたくありません」

加奈子は答えた。映像チェックは絶対に阻止しなければならない。

「そうですか。そう言っていただけるとうちも助かります。やはり住人のプライバシー保護を第一に考えたいものですから」

管理人は、加奈子の境遇にひとしきり同情し、「困ったことがあったら何でも言ってください」と言った。

部屋に戻るため、エレベーターに乗り、天井を見上げたら、隅の窪《くぼ》みに目立たない形でカメラレンズがあった。あそこに自分たちは映っていた——。

やはり素人考えだった。けれど時間は巻き戻せない。もうやってしまったのだ。どうしよう。面倒が起きないよう、管理会社に頼んで消去してもらおうか。いや、それが実家にばれたら怪しまれるだけだ。もう出来ることはない。実家が諦めるのを待つしかないのだ。

加奈子は体の震えがしばらく止まらなかった。

28

李商会で働き始める前日の日曜日、陽子が会いたいと電話をかけてきた。加奈子は、彼女の声を聞いただけで気持ちが暗くなった。きっと興信所の一件だ。陽子は何を疑い、何をしたいのか。

　もちろん会いたくなかったが、断るわけにもいかず、訪問を受けることとなった。たちまち胃がしくしくと痛み始めた。安息の日々はいつになったら訪れるのか。

　陽子は明るい花柄のノースリーブのワンピースを着てやって来た。濃いめのメイクに、耳には大きなリングをぶら下げ、すっかり派手な義妹に戻っての登場だ。

「休みの日にごめんなさい。わたし平日は時間が取れないから」

「ううん。わたしならいつでもいい」

「お義姉さん、毎日何してるの？」陽子が部屋を見回して言った。

「とくに何も……。実は明日から知り合いの会社で事務の仕事をすることになってて。いつまでも無職ってわけにはいかないし……」

　加奈子は正直に答えた。しばらく黙っていたかったことだが、隠すと余計にややこしくなる。

「あら、そうなの。仕方ないわよね。これからは自分で稼がないと暮らせないし」

　陽子が加奈子を見つめる。些細な仕草まで何か言いたげに見えた。

「早速だけど、ひとつお願いがあって来たのよ。お兄ちゃんの失踪に関して、うちが興信所に頼んだってこと知ってた？」

「うん。マンションの管理人から、調査員が来たって聞いた」

「じゃあ話が早い。うちとしては、上海までは捜しに行けないから、せめて失踪当日の足取りだけでもつかめないかって、それで興信所を使うことにしたの。父は気乗りしない様子だったけど、母が『どんな小さなことでも知りたい』って言うことを聞かなくて」

「そう」

「わたしが思うに、お兄ちゃん、誰かと一緒だったんじゃないかって、そんな想像をしてみたりするんだけど」

「誰と？」

加奈子には、またしても予想外の疑念だった。プランを終えてからは、そんなことばかりだ。

「わからない。だから興信所に調べてもらうのよ。だって、一人で顧客のお金を横領して、土地勘も何もない上海に逃げるなんて、どう考えたって不自然過ぎるもの。誰かに犯罪に引きずり込まれたとか、騙されたとか、そういう可能性があるんじゃないかって……。だってお義姉さんも知ってると思うけど、お兄ちゃんって元来が内弁慶で気の小さい人間でしょう」

「それはわたしにはわからないけど……」

「一緒に暮らしててわからなかった？」

「うん……」

　加奈子は考え込むふりをした。妻に暴力を振るうのは、確かに気の小ささの表れなのかもしれない。しかし、振るわれる側はそれどころではないので、これまで考える余裕がなかった。

「まあ、それはいいや。わたしが今日来たのは、マンションの防犯カメラの映像の件なんだけど、これも管理人に聞いたわよね」

「うん。聞いた。興信所の人が来て、達郎さんが失踪した日の映像を見せて欲しいって言ったんでしょ」

「そう。もちろんそんなものを民間の興信所に簡単に見せるわけがないし、断られるのは承知で申し込んだんだと思うけど。でも、配偶者であるお義姉さんから頼めば、もしかして見せてもらえるんじゃないかと思って……。お義姉さん、管理会社にお願いしてもらえない？」

　加奈子は返事に詰まった。さて、どう答えるべきか。

「でも、それを見てどうするの？　達郎さんが普通に出かけるところが映ってるだけだと思うんだけど」

「何時何分にマンションを出たか、どんな服装で何を持っていたか、出たところで誰かにつかまってないか、そういうのをひとつひとつチェックして、足取りを調べたいのよ。腑に落ちない点がいっぱいあって……。服装にしても、土曜日の丸の内支店の防犯カメラにはTシャツで映ってるけど、同じ服装で出かけたのかとか……。肉親としては、お兄ちゃんが急いでいたのか、深刻な表情だったのか、そんなことまで確認したいの。ひょっとしたらマンション前に車が待ち構えていて、それに乗せられてどこかに連れて行かれたのかもしれないし。ごめんね。サスペンス・ドラマみたいなこと言って。でも、何か事件の可能性を探りたいのよ。事件となれば警察が動いてくれるだろうし、そうなると、今の世の中、防犯カメラだらけだから、駅でも空港でも、移動経路がわかるじゃない。一人だったか、連れがいたのか、それもわかるし。ねえ、お義姉さん。管理会社に頼んでみてくれない？」

「でも、この前管理人に聞いたら、映像記録は二週間保存してあとは上書き録画するみたい。だからもう手遅れだと思う」

「ううん。それは方便。興信所が言ってた。今はハードディスクに記録しているから、軽く半年くらいは保存してるって」

陽子がテーブルを指でコツコツと叩き、管理人と同じことを言った。ちゃんと調べているのだ。彼女はさぞや有能なキャリアウーマンなのだろう。加奈子は気圧《けお》された。

「……わかった。問い合わせてみる。でも期待しないでね。こっちは一介の住人だし、ましてやマンションの区分所有者じゃなくて、賃貸契約で入居してる身分だから、聞いてもらえない可能性のほうが高いと思う。管理人が言うには、住人からの要望は、すべて管理会社が審議して、それから理事会の議題に上るみたいだし……」

「そうだろうね、きっと。簡単じゃないことはわかる。でも人が一人いなくなったわけだし、犯罪の可能性もあるんだから、ここは頑張ってみて欲しいの。お願い」

陽子が手をついて低頭した。

「あ、いえ」

焦って加奈子も頭を下げた。どうしよう。形だけでも管理会社に頼むべきか。しかし万が一認められたらとんでもないことになる。ここはうそをつくしかない。けれどそのうそがばれたら……。

頭がグルグル回った。今は冷静に考えられない。

沈黙の中、二人で冷たい麦茶を飲む。窓の外は夏空だった。果たして今年の夏は、どんな夏になるのか。加奈子は、忙しくても、暑くてもいいから、心穏やかに過ごせることを望んでいる。その願いは叶えられるのだろうか。

「ねえ、お義姉さん。お兄ちゃんがいなくなって淋しい？」

陽子が唐突に聞いた。

「うん。それは夫婦だから」

加奈子が答える。けれど内心どきりとした。今度は何が言いたいのか。

「変なこと聞いて申し訳ないけど、どこかほっとしてるところはない？」

「どういうこと？」

加奈子は意味がわからないという顔で聞き返したが、喉がごくりと鳴った。

「お兄ちゃん、お義姉さんに暴力振るってたでしょう」

陽子が上目遣いに言った。

加奈子は言葉を失った。陽子は達郎のＤＶを知っていたのか。

「ごめんね、不愉快な話をして。今年の初めに、伊豆の温泉旅館に親戚で集まったことがあったじゃない。そのとき大浴場で、お義姉さんの二の腕にどす黒い痣があるのを見つけて、あ、もしかしてお兄ちゃんが暴力振るったんじゃないかって、そんな気がしたの。で、それを憶えてたから、二月にお義姉さんが、歩道橋の階段から落ちたって言って、顔に傷を作ってたときも、ああ、これはお兄ちゃんだなって――」

　加奈子は全身からするすると血の気が引いた。そんなことがあった。頬に傷を作り、唇を腫らし、避けられない用事で実家に行ったことがあった。

「お義姉さんと結婚するずっと前だけど、お兄ちゃん、前の彼女にも暴力を振るったことがあってね。そのときは向こうの親が家に怒鳴り込んできて、警察に被害届を出すって言うから、うちの親が治療費と慰謝料を払って、交際を解消して、もう会わないことを約束して、なんとか収めたことがあったのよ。母は甘いから、向こうにも責任があるなんて言って、お兄ちゃんを庇ってたけど、わたしはショックだったなあ。自分の兄がDVをする男だったなんて。しばらく近寄るのもいやなくらいだったもん。……お義姉さん、正直に言って。お兄ちゃんから暴力振るわれてたよね」

「うん。たまには……」

　加奈子は否定するほうが怪しまれると判断し、仕方なく認めた。ただし声が震えた。

「たまにって、何回ぐらい？」

「さあ、回数は憶えてないけど」

「じゃあ数えきれないほどなんだ」

「そういうわけじゃ……」

「我慢してたの？」

「……そうね。でも、そんなにひどい暴力じゃなくて、怒ると蹴飛ばすとか、そういう発作的なものだったし」

「でも大きな痣が出来るほどだから、手加減なしだよね」

「さあ、それは……」

「お義姉さん、ごめんなさいね。うすうす気づいていながら、家族が何もしなかったんだから」

「ううん。だからそんなひどいことは——」

「わたし、女として兄のＤＶは許せないし、今度会ったらわたしが代わりに殴ってやろうと思ってる。でもね、許せないことがあっても、肉親なのよね。たった一人の兄妹だし、母がこれ以上苦しむ姿も見たくないし。わたし、なんとしても捜し出したいと思ってるの。お義姉さん、いやかもしれないけど協力してね」

「いやだなんて、そんな。もちろん協力するわよ」

「お兄ちゃんのＤＶについては、帰ってきたら必ずカウンセリングを受けさせて、治すようにするから」

「うん。だから——」

「ごめんなさい」

陽子がまた頭を下げる。

加奈子の心臓がドクドクと打ち、バスドラムのように鼓膜を鳴らしていた。まさか、達郎のDVを陽子が知っていたとは思わなかった。これはどういうことなのか。少なくとも、達郎を殺害する動機はこれであったことになるのだが。いや、そこまで恐れることはない。だいいち達郎は自分の意思で国外に出たことになっていて、それは事実として実家にも銀行にも認識されているのだ。まさかその点まで疑うことはなかろう。

「お義姉さん、顔色悪い」陽子が言った。

「ちょっと、気分が悪くなって」動揺は隠しようがなかった。

「お兄ちゃんのDVを思い出させてしまったかもしれないわね」

「ううん。いいの」

加奈子は歯を食いしばり、考えを巡らせた。第一にすべきこと――。興信所の調査だけは何としても阻止しなければならない。防犯カメラの映像を見られたら、陽子は加奈子を疑うにちがいない。なにしろ、失踪当日、達郎は自分の足でマンションから出ていないのだ。

加奈子は全身が落ち着かなくなり、じっとしているのも辛かった。早く一人になりたかった。

29

週が明け、不安な気持ちを抱えたまま、加奈子は李商会で働き始めた。胸がざわめいて仕事をする気分ではないのだが、家にいれば余計に落ち着かないことは必至なので、自分を奮い立たせて、猥雑なチャイナタウンに身を投じることにした。

防犯カメラの件は先送りしていた。どうしていいかわからないし、下手に藪をつついて蛇を出したくないのである。かといって妙案はない。今は頭から追い出したいだけである。

加奈子が与えられた仕事は、日本語の商品カタログを作成することだった。土台は何もない。これまで印刷は上海の印刷会社に発注していたので、業者探しからしなければならない。

初出勤でいきなり仕事を任されたのはプレッシャーだったが、中国語が出来ない以上、自分に求められる役割を果たすしかなかった。発注伝票もパソコンの在庫管理も、すべて中国語なので、加奈子に出来る仕事は限られているのである。

「白井さん、カタログは大至急お願いするのことですね。それをダイレクトメールでいろんなところに送って営業をします。わたしは東京の一流ホテルと取引するのが目標です。それが出来たら、上海でも信用が上がります」

朱美が言うには、それは日本に来てからずっと抱いていた夢で、日本人社員が加わったことで、やっと具体的に動き出せるとのことだった。となれば、手取り二十五万円という給料もあながち高いとも言えず、加奈子はその点だけには安堵した。役に立たないと言われるのがいちばん辛い。

作業手順としては、まず制作会社を探し、見積もりを出してもらう。それで予算を組み、朱美の了承を得る——。久し振りの仕事に加奈子は緊張した。以前の職場では大企業の看板が守ってくれたが、この先は自社の説明からしなくてはならない。

加奈子は持参したノートパソコンを使って、業者の候補をリストアップしていった。前の会社では広報課に在籍していたこともあったので、知らない世界ではない。いざとなったら昔の同僚に紹介してもらう手もある。

朱美は外回りに出かけ、事務所には若い女子事務員たちしかいなかった。きっと全員年下だ。日常会話が中国語なので、何を言っているのか皆目わからない。加奈子に視線を向けてから笑い合ったりすると、もしかして自分は何か変なことでもしているのだろうかと疑心暗鬼になるのだが、みな人がよさそうなので、疎外感はなかった。

中の一人がたどたどしい日本語で話しかけてきた。

「白井さん、どこの美容院行てますか？」

加奈子は何のことかと訝った。

「五年以上通ってる表参道の美容院だけど……」

「表参道ですか」彼女の目が輝いた。「今度、連れて行てもらえませんか」

「うん、いいけど」

加奈子がうなずくと、事務員たちが「きゃあ」とはしゃいだ。

「どうしたの？　何かあった？」

「わたしたち、いつもこの近くの中国人がやてる美容院で髪を切りますが、そこはオバサンで、あまり上手でないですね。たから一度日本人がやてる美容院に行きたかたです。でもわたしたちだけだと怖くて入れませんでした。表参道ならきっと上手ですね」

「そうね。上手だと思う」

加奈子は苦笑した。なるほど、中国人にとっては日本の美容院に入ることもハードルになるのか。ひとつ勉強になった。

「そのお店は高いですか？」尚も聞いてくる。

「ううん。わたしが行く店はそんなに高くない。カラーとカットで九千八百円かな。カットだけなら五千円」

「それ高いです」事務員たちが大袈裟に身振りで示す。

「じゃあ安い店を探してあげようか」

「いいです。白井さんと同じ店に行きます。次の日曜日に行きます。予約は必要ですか」

「うん、必要。わたしが予約してあげてもいいけど」

「お願いします。ついでに連れて行ってください」

その場で約束させられ、三人ほど面倒を見ることになった。加奈子は、彼女たちの図々しさに呆れる一方、頼りにされてうれしくもあった。直美もきっとこんな感じでチャイナタウンに入り込んでいったのだろう。

家にいるよりよかったと心から思った。


昼休み、会社の近くで買った中華弁当を食べていたら、携帯電話が鳴った。画面を見ると陽子からである。途端に胃が重くなった。いい話のわけはない。

「お義姉さん、管理会社に聞いてくれた？」出るといきなり用件をぶつけられた。

昨日の今日でもう催促とは、彼女はどれだけ押しの強い人間なのか。

「ううん。まだだけど。だって今日から仕事で、朝早く家を出たから」

加奈子が言い訳をする。

「じゃあ申し訳ないけど、これから電話で聞いてくれる？　もう話は通ってるわけだし、正式に申し込んで、マンションの理事会に諮《はか》ってもらいたいのよ。でね、賃借人でこちらの身分が不確かだと言うのなら、警察に立ち会ってもらう用意もあるって、そう提案してみてよ」

「警察？」

「そう。実は依頼した興信所の顧問に警視庁のＯＢがいるのよ。だからその人に頼めば、成城東署の地域課の警察官に来てもらうことが出来るみたい。やっぱり世の中コネなんだって」

警察と聞いて、加奈子は鳥肌が立った。この要求をどうやって切り抜ければいいのか、皆目見当がつかない。

「ねえ、電話してみて」

「わかった」

そう答えるしかなかった。

「じゃあ、また明日電話する。しつこくてごめんね」

「ううん。そんなこと――」

電話を切り、今度は体に震えがきた。一瞬にして食欲が失せた。弁当に蓋をして、お茶で喉を湿らせる。それにしても警察とは……。捜索願を申し入れたとき、警察署でまるで相手にされなかったので、すっかりその点はクリア出来たと思っていた。それが何ということか。

毎日が綱渡りだ。果たしてこの状況を、自分は脱することが出来るのだろうか。こんなことなら……。いいや、あれはすべきことだった。ＤＶに脅える日々から解放されたのだ。これは何物にも代えがたい。

加奈子は、じっとしていられなくて直美に電話をした。彼女も昼休み中で、すぐに出てくれた。陽子からの電話の件を伝える。直美はしばらく考え込み、「それはうそをつくしかないね」と言った。

「管理会社に頼んでみたけど、警察からの依頼でない限り住人に見せることは出来ない、そう言って断られた、それで突っ張るしかないよ」

「でもさあ、義理の妹は警察に立ち会ってもらう用意があるって言ってるのよ」

「仮にそうだとしても、警察からの依頼じゃなくて、住人からの依頼じゃない。だから規則では無理だってことで――」

「向こうが管理会社に確認したら？」

「そこまでするかなあ。だって達郎さんがマンションを何時に、どんな恰好で出たかを知りたいだけでしょ？　食い下がるようなことでもないでしょう」

「そうだけど……」

「じゃあ、一応管理会社に申し込んでみたらどうかなあ。そのとき、無理ならいいですっていう遠慮の姿勢で言えば、管理会社だって、じゃあ無理ですって回答するだろうし。それでうそではなくなるじゃない」

「それで実家が諦めてくれるといいけど」

「成田空港の出国記録のアリバイが崩れない限り、絶対に大丈夫だって。実家が知りたいのは、達郎さんが何故顧客の預金を横領したのかと、何故逃亡先が上海なのかの二点でしょ。そんなのわかるわけがないから、すぐに壁にぶち当たって、諦めるはず。加奈子、辛いと思うけど、もう少しの辛抱だから頑張って」

「うん、わかった」

「夏休みは、本当にヨーロッパ旅行を実現しよう。わたし計画練るから」

「うん、行こう」

　直美に励まされ、少しだけ気持ちが落ち着いた。電話を終えて目の前の弁当を見やり、どうしようかと思い、再び食べることにした。

興信所を雇ったところで何も出るはずはない。交友関係を調べても、仕事のトラブルを探しても、手がかりは皆無だ。だからどんと構えていればいい。達郎は山奥の土の中で、そのことを知るのは自分と直美だけなのだ。

そのとき、胃のあたりがひくりと動いた。いけない、また嘔吐か。そう思う間もなく、食べ物が逆流した。

加奈子は口を押さえ、急いで席を立った。何事かと見上げる事務員たちを尻目に、トイレに駆け込む。目に染みるほど消毒薬の臭いがきつい個室で、今しがた食べたものを全部吐いた。

これはもしかして……。加奈子の中で疑念が頭をもたげる。そう言えば生理が遅れていた。よくあることなので気にも留めなかったが、ちょっと遅れ過ぎている。

心当たりもあった。顔に痣を作って外出ができず、病院から処方されたピルを切らしていた時期に、酔って帰宅した達郎が無理矢理求めて来て、強引に相手をさせられた夜が一月ほど前にあった。さて、どうするか。とりあえず検査が必要だが。

加奈子は吐いて流し終えると便器の蓋を閉め、腰掛けた。心の中でひとりごとを言う。難問山積だな。まったくひどい人生だ。いつからこうなったのか。昔は楽しかった。少なくとも、達郎と結婚するまでは――。そうだ。達郎がいけないのだ。わたしの人生を狂わせた。消えてもらうのは、当然のことだった。だから後悔はしていない。

達郎とは職場の同僚が主催した合コンで知り合った。第一印象はすこぶるいいものだった。一流私大出で都市銀行勤務という肩書も後押しした。翌週にはデートに誘われ、自然と付き合いが始まった。達郎は恋愛に積極的で、マメなメールと小さなプレゼントを欠かさなかった。この男は自分と結婚したがっている――。そんな思いがひしひしと伝わり、加奈子も気持ちが傾いた。結婚を強く意識する年頃だったこともあり、二度とないチャンスかもしれないと思ってしまった。平凡な女の、平凡な結婚願望だ。それが人生最大の落とし穴だったとは――。

便器に座ったまま、吐息をつく。ひとつひとつ解決していこう。直美の言う通り、もう少しの辛抱なのだ。

加奈子は近所のコンビニまでグレープフルーツを買いに行くことにした。気のせいかもしれないが、体が欲しがっている。

トイレを出て階段を歩く。ビルのあちこちから中国語が聞こえてきた。一瞬、自分がどこにいるのかわからなくなる。この現実離れした空間が、今の加奈子には救いだった。

加奈子はその日のうちにマンションの管理会社に電話をした。担当者を相手に再度事情を説明し、警察官が立ち会う用意もあることを告げ、けれども理事会や住人には迷惑をかけられないので無理なら諦めるというニュアンスを漂わせて申し込むと、向こうは当然面倒を避けたいので、「原則として住人には見せられないことをご理解ください」と、優等生的な断り方をしてきた。まずは一安心である。

そしてその日のうちに陽子にも連絡し、結果を伝えた。早く済ませたかったのだ。

「お義姉さん、必死に頼んでみた？」陽子は結果に不服そうだった。

「もちろん。警察官が立ち会う用意もあるので、何とかお願いできませんかって。でも、やっぱり賃借人だと聞き入れてもらえないみたい。だって区分所有者とちがって管理組合にも入ってないし、管理会社や理事会からすればただの店子だもの」

加奈子が言い訳をすると、陽子は受話器の向こうでため息をつき、「ほかを当たるしかないのかなあ」とつぶやいた。

「ほかって？」

「まだわからないけど……。駅の防犯カメラなんかはまず無理だろうね。鉄道会社が一般利用客の求めに応じるわけがないし」

「それはわたしも無理だと思う」

「やっぱり警察が動いてくれないと、情報は集められないってことか」

「そうね。残念だけど」

加奈子は心の中で念じた。頼むからもう諦めてくれ、と。

「わかった。また電話します」

陽子が一旦引き下がる。果たしてこれで終わってくれるかどうか。憂鬱ではあるけれど、とりあえず今日はしのぐことが出来た。

もうひとつの心配に関しては、妊娠検査薬を薬局で購入したものの、使用するのは先送りにした。心の準備がもう少し必要だったからだ。もし妊娠していたら、自分はどうするだろう。当然堕胎《だたい》することになると思うのだが、頭に何のイメージも湧いてこない。きっと思考が飽和状態なのだろう。今の加奈子には、時間の経過だけが慰めだ。

30

池袋のチャイナタウンに通う日々は、加奈子の気を紛らわせてくれた。バイタリティ溢れる朱美と話していると、つられて声が大きくなったし、若い従業員たちは日本人の知り合いが出来たことをよろこんでいる様子で、毎日質問攻めにあった。異国そのもののエリアに身を置くのは、世間と遮断された感じがして、束の間の心の安定が得られた。

偶然とはいえ、朱美の会社で働けたのは幸運だった。

　仕事も始めてみれば、すぐに勘を取り戻し、電話や人との面談に怖気づくこともなかった。カタログの件は早くも三つの業者と渡りをつけ、相見積もりを取る算段を立てている。朱美は一度任せると口をはさまないタイプらしく、その点もやりやすかった。ただ仕事に対しては厳しく、毎日誰かが叱責されていた。地声が大きいので、叱っているのか、談笑しているのか、傍目には区別がつきにくいこともあるのだが。

　陽子と興信所の動向についてはわからない。調査費用が一日数万円と高額であることを考えると、一週間もやらせて何も出てこなかったら打ち切るのではないかというのが加奈子の切なる期待だ。

　つわりのような嘔吐は、あれからやんでいた。ネットで調べたところ、ストレスや体調によって大きく頻度がちがうということなので、妊娠が事実かどうかは判断がつかないが、生理は遅れたままだ。検査はまだしていない。

　この日は手が空いたので、事務所と同じフロアにある中国食材店の日本語案内を作成することにした。客は大半が中国人で、日本人は滅多に来ないが、それでも日本語案内くらいはあったほうがいい。表の看板にしても、「日本のお客様歓迎」とひとこと入れるだけで、日本人が入りやすくなる。

それを朱美に提案すると、「やって、やって」と声を弾ませ、必要経費も認めてくれた。日本語がいちばん上手な女子従業員にアシスタントになってもらい、売り場のバックヤードの作業台で売れ筋商品の日本語ポップを作る。ここは従業員の休憩所にもなっていて、にぎやかに中国語が飛び交っていた。

加奈子は今、中国語を勉強しようかと思っている。練習台が身近にあるのだから、これほどの好環境はない。そもそもここの従業員たちは、加奈子を相手に「これは何て言えばいいのですか？」と毎日日本語の言い回しを聞いてくる。その逆をすればいいのだ。

「これはどういう調味料？」加奈子が聞く。

「これは蒜蓉豆豉醬《ソンヨウトウチジャン》といって、豆豉とニンニクを胡麻油で合わせたものです」従業員がレクチャーしてくれる。

「どういう料理に使うの？」

「蒸したアサリや貝柱にかけるとおいしいです」

「そう。じゃあこっちは？」

「これは沙茶醬《サーチャージャン》です。潮州《ちょうしゅう》料理でよく使います。串焼きのタレですね」

加奈子はメモを取り、ひとつひとつ日本語のポップを作っていった。女子従業員が興味深そうにのぞき込んでいる。

そのとき裏口が開いて、非常階段から若い男が入って来た。中国人同士、会話を交わしている。恐らくよその店の中国人がサボりに来たのだろう。溜り場だから、社員以外も自由に出入りしている。加奈子は視界の端に映るその光景にさしたる関心も抱かず、作業を続けていた。

あまり声が大きいので、ちらりと視線を向けた。男同士、ふざけ合っている。仲がいいのだろう。会話の中心人物は外光を背にしているので顔がよく見えない。

仕事に戻る。えっと思い、また見る。シルエットが達郎に似ていた。まさか――。加奈子は血の気が引いた。そこに立っているのは、もしかして林竜輝ではないのか。目を凝らす。達郎と瓜二つの男が、間違いなくそこにいた。加奈子は立ち上がると、吸い寄せられるように男に近づいた。男が何か用かと視線を向ける。そして顔色を変えた。

「林さん？　どうして？」

加奈子が声を発しながら進む。中国人たちが道を空けた。

「ねえ、林さんよね。どういうこと？」

男は何も答えず、踵を返した。速足で非常口に向かい、そのまま外へと出て行く。

「ちょっと待ちなさいよ」

加奈子は後を追った。ほかの中国人たちは呆気にとられ、ただ見守るだけだった。

カンカンと非常階段を駆け下りる音がして、手摺《てすり》から下をのぞくと、男は二段飛ばしで階段を駆け下りていた。もう間違いない。加奈子を見て逃げ出したということは、林竜輝なのだ。

「ちょっと、逃げないで。約束がちがうでしょう」

加奈子が大声で叫ぶ。その声が周囲のビルに反響して、渦を巻きながら落ちていく。加奈子も階段を駆け下りたが、若い男の逃げ足にかなうわけもなく、もう林竜輝の姿は見えなかった。

ビルとビルの間の路地を抜け、ふらふらと通りへ出る。夏の日差しが降りかかり、一瞬視界が真っ白になった。

なんということか。林竜輝が東京に舞い戻って来た。あれほど懇願し、念を押したのに。もしかして達郎のパスポートで再入国したのだろうか。頭が混乱した。それだとどうなるのか考えも浮かばない。

大粒の汗が首筋を伝った。まずは本人に問い質さねば。加奈子はそう思い、店のバックヤードに戻った。手伝ってくれている女子従業員に林竜輝のことを聞く。

「さっきの男の人は林竜輝さんよね」

「はい、そうです。白井さんは林さんのことを知っているのですか？」

「ちょっとした知り合い。で、いつ戻って来たの？」

「先週ぐらいだと思いますけど」

「どこで働いてるの？」

「そこのマッサージ店ですね」

　従業員が指で方角を指す。恐らく目と鼻の先だろう。彼らが暮らせる場所は、狭いエリアに限られている。

「ねえ、林さんは、前に来たときは不法入国だったじゃない。今回はどうなのかなあ」

「さあ、そこまでは知りませんけど」首を傾げている。

「誰かに聞いてよ」

　加奈子が頼むと、彼女はバックヤード内の男たちに中国語でなにやら話しかけた。しばらくやりとりがある。

「林さんは、自分のパスポートを作って来日したそうです」

　彼女の回答に少しだけ安堵した。達郎のパスポートが使われていたら、出入国記録では帰国したことになり、さらにややこしくなるところだった。とにかく今は、林竜輝をつかまえて抗議し、再び帰国させなくてはならない。でも拒絶されたらどうしよう。彼は確信犯だ。素直に言うことを聞く可能性は低い。

「林さんはどうして戻って来たの？」

「さあ、わたし、詳しいことは知らないですね。もし知りたいなら、みんなに聞きますけど」

「……ううん。いい」

加奈子はかぶりを振った。どうせたいした理由はない。加奈子たちが渡した金により財産証明が提出出来て、正規にビザ申請が可能になり、飛行機代も払えるようになり、さらに欲が出たのだろう。日本で二年も働けば、中国の田舎なら二十年くらいは遊んで暮らせるのだから無理もない。しかしこんなに早く舞い戻って来るとは……。

またしても甘かった。中国人を信用した自分たちが愚かだった。達郎の実家や銀行の同僚に見られなければ何も問題はないとはいえ、万が一を考えると看過出来ることではない。一刻も早く追い返したい。

また直美に電話した。出られない様子なので、留守録に至急連絡乞うと入れると、十分後にかかってきた。

「何の用？　実は今、出張で京都なんだけど」と直美。

「大変。林さんが池袋に舞い戻って来た」

直美が一瞬絶句したのち、「うそ……」と沈痛な声を発した。

「ほんと、さっき見つけて追いかけたんだけど逃げられた。でも勤め先はわかってるし、つかまえて話をすることは出来ると思う」

加奈子がこれまでつかんだ情報を伝える。直美はかなり動揺した様子で、「なんで」「どうして」を連発した。

「わかった。わたし、明日の午前中東京に帰って、そのまま休みだから、池袋に行くわ」

「お願い。でもどうしよう。開き直られたら。もっとお金を寄越せとか、言いそうじゃない」

「そういう人には見えなかったけどねえ。田舎のお兄ちゃんって感じだったけど」

「わたしもそう思って信じたけど。だから余計にショック。わたしたち、人を信じ過ぎだよ」

「とにかく会って問い質そう。このままにはしておけないし」

「なんか、予想外のことが多いね」加奈子が吐息をつく。

「ごめん。読みが甘かった」直美が謝る。

「ううん、そんなつもりで言ったんじゃないの。わたしだって読みが甘かったし、そもそも半分以上は直美に頼りっきりだったし。謝るのはこっち」

加奈子は慌てて言い足した。わずかでも誤解されたくない。救ってくれたのは直美なのだ。

「じゃあ、明日行く」

「うん。会社で待ってる」

電話を切り、作業台に突っ伏した。

「白井さん、どうかしましたか？」女子従業員が気遣ってくれた。

「中国人って悩みあるの？」

「それはあります。日本人と同じです。自殺だってあります」

「そうね。失礼なこと聞いたね」

加奈子は深々とため息をついた。平穏な日が三日と続かない。綱渡りの連続だ。しかしこれも試練だろう。加奈子はそう思うことにした。人間一人をこの世から排除しておいて、そう簡単に終わるわけがない。

バックヤードでは、中国人たちのにぎやかな会話が渦巻いていた。自分が上海に逃げて行きたくなった。

その夜、ことぶき銀行の山本から会いたいとの連絡があった。電話では話せないと言うので、また駅前のカフェで会うことになった。いやなことはたいてい津波のように押し寄せる。林竜輝の次は何なのか。

約束の午後九時を五分ほど過ぎて山本は現れた。上着を手に持ち、ネクタイを緩め、ハンカチで首筋の汗を拭っての登場だ。

「すいません。遅刻です。こっちからお呼び立てしておいて」

「いいえ、大丈夫です」

「ここ、ビールがあるなあ。すいません。飲んでもいいですか」

「もちろん。暑いですからね。どうぞ」

加奈子がうなずくと、山本は椅子の背もたれに体を預け、白い歯を見せた。態度からして、深刻な話ではなさそうに見えるのだが。

「一応お聞きしますが、その後も服部から連絡はありませんか」

「ええ、ありません」

「失踪してもう一月以上かあ。まったくどこで何をしていることやら」

「本当に……」

山本は運ばれたビールをおいしそうに飲むと、テーブルに身を乗り出し、言った。

「今日は新情報を仕入れてきました」

「何でしょうか」

「やっぱり服部は何かのトラブルに巻き込まれたんだと思います。それを裏付ける防犯カメラ映像を見つけました」

　山本がバッグから映像のコマがプリントされた紙を取り出す。

「これは彼が飛行機で成田から飛び立った日に、丸の内支店のＡＴＭから百万円引き出したときの防犯カメラに映った画像です。これまではＡＴＭ機備え付けのカメラだけを調べてましたが、店舗入口前のカメラ映像も見てみたところ、服部には同行者がいたことがわかったんです。ほら、これを見てください。女の人が二人、映っているでしょう」

　山本が指差した連続画像のコマを見て、加奈子は卒倒しそうになった。映っているのは自分と直美なのだ。

「画像が粗いのと逆光になって顔まではわかりませんが、ここにいるのは若い女ですよね。服部はＡＴＭで金を下ろしてから、外に出て、この女たちに金を手渡してます。その理由はまったくわかりませんが、これで少なくとも服部が心神喪失で失踪したという推測は打ち消せますよね」

　加奈子は返事が出来なかった。なんという迂闊さか。防犯カメラが店舗入口にあるのは当たり前のことではないか。全身から血の気が引き、それを悟られまいと、目を伏せた。

「もうひとつ、池袋のATMで下ろしたときの防犯カメラ映像なんですが、こっちは支店ではなく、地下街にあるATMブースなので、うちで確認出来るのはブース内だけなんですよ。つまり、前の通路に設置された防犯カメラはJR東日本の管轄で、そっちに許可を得ないと見せてはもらえないんです。で、本店の総務部にそれをお願いしてもらえないか頼んでるんですが、どうも反応が鈍くて……」

山本の言葉を聞きながら、加奈子は思い返した。池袋で金を下ろしたときも自分はATMブースのすぐ外にいた。あのときは直美がいなくて一人だったが、どこかのカメラに映っていることは間違いない。

「奥さん、これを見てどう思いますか？」

「さあ、ちょっと、急なことで……」

加奈子は動揺を懸命に隠して答えた。

「わかります。予想外のことですからね。いったいこの女たち、何者なんでしょうね。服部を脅していたのか、あるいは服部が金で何かの口止めをしたのか……」

山本がビールを飲み干し、息をついている。

「あの、これは主人の妹にも知らせたんですか？」加奈子が聞いた。

「ええ、もちろん、そもそもこれは陽子さんが言い出したことで、なるほど店の外にも防犯カメラはあったと気づいて、それで調べてみたわけです」

「そうですか……」

「陽子さんは、本気でお兄さんを捜し出すつもりですね。熱意が半端じゃないし。だからぼくも出来るだけの協力はするつもりです。ねえ、奥さん、この女たちに心当たりはないですかねえ」

「さあ……」

加奈子はプリントに目を向けながらも、正視する勇気はなく、視線を泳がせた。すると視界がぐるぐると回り出し、また吐き気を催した。

「ちょっと、すいません」加奈子はそう断って、トイレに立った。

31

翌日の正午少し前に、直美が李商会にやって来た。朱美は会社にいて、「今日は何ですか？　約束ありましたか？」と一瞬戸惑っていた。

「いいえ。加奈子に用事です。わたしお休みだから、一緒にランチでもと思って」

直美が笑顔を作って答える。すっかり慣れたもので、女子従業員にクッキーを差し入れ、「小田さん大好き」と抱きつかれていた。

「ランチならわたしが御馳走するのことですね」と朱美。

「ありがとうございます。でも今日は加奈子と話があって」

「わたしは仲間外れなのですね」おどけて肩をすくめている。

「そんな――。また別の機会に御馳走になります。あ、そうだ。林さんがまた日本に戻って来たそうですが、社長はご存じでしたか？」

直美は加奈子を通り越して直接聞いた。

「ええ。知ってました。今度は自分のパスポートを取って入国したので、また雇ってくださいと言って来たのことですね。でも人は補充したばかりなので、断りました」

「この近くのマッサージ店で働いてるって聞きましたけど」

「そう。通りの端のビルの店ですね。経営者は知り合いです。まだ見習いで、雑用係だと言ってました」

朱美が何か疑うような顔で、直美と加奈子を交互に見た。

「あなたたち、林さんと何かありましたか？」

朱美の問いかけに、直美は黙った。加奈子も言葉が出てこない。

「わたしは、林さんがてっきり自分から入管に出頭し、強制送還されたものだと思てました。でもそれはちがっていたのことですね。何故なら林さんはパスポートを取って、ビザ申請をして、また日本に来ました。強制送還なら再入国出来ません。わたしはそこが不思議でなりません。小田さんと白井さんは、何か知ているのことですか」

盲点を突かれ、直美と加奈子はうろたえた。確かに、こんなところにも新たな矛盾が生じている。

「いいえ。何も知りません」直美が軽く微笑んでかぶりを振った。「ただ、林さんがわたしたちとの約束を破ったので、そのことで抗議をしたくて、今日来ました」

「どういう約束ですか？」

「それは、今は言えません」

「わかりました。では小田さんは困っていますか？」

「……そうですね。少し困っています」直美が一拍置いてから、小さくうなずいた。

「だったらいつでも相談に乗ります。何度も言いますが、あなたたちはわたしの妹です。中国人は政府が信じられないので、身内だけを信じるのことですね。たからあなたたちもわたしを信じていいです」

「ありがとうございます」

直美と加奈子は、神妙な顔で頭を下げた。言葉でそう言ってくれると、本当に頼りたくなった。今の自分たちは味方に飢えている。

　正午がきて、二人で会社を出た。

「防犯カメラの件は後にしよう。深刻過ぎて、いい考えが浮かばない」

　直美が前を向いたまま言う。

「そうね。そうしよう」と加奈子。

　山本と会った件はゆうべのうちに電話で知らせてあった。二人で落ち込み、途方に暮れた。顔が映っていないだけましなのだと、自分たちに言い聞かせるしかなかった。

　速足で林竜輝が働いているマッサージ店を目指す。夏の日差しが路地にも降り注ぎ、アスファルトが白く見えた。昼休みなので、道には中国人たちが溢れ出ている。聞こえてくるのは騒々しい中国語ばかりだ。

　その店は古びた雑居ビルの二階にあった。日本人客も相手にしているのか、日本語の料金看板が立てかけられている。ドアは開けっ放しだ。二人顔を見合わせ、中に入る。

「いらっしゃいませ。お二人様ですか」受付の中国人従業員が声をかけるが、相手にせず、店内を見回した。

　林竜輝は部屋の隅でシーツをたたんでいた。人影に気づき、顔を上げる。目が合った。見る見る表情を曇らせる。

「林さん、話があるからいらっしゃい」

直美がドスを利かせて言い、人差し指を曲げて来いと合図した。加奈子も腕組みし、仁王立ちになった。田舎者の中国人青年など少しも怖くなかった。

「今、仕事中ですね」林竜輝が頰をひきつらせて言った。

「いいからいらっしゃい。でないと李社長に頼んでこの店をクビにしてもらうわよ。こっちはこの町でいろんな経営者にデパートのカードを作ってあげてるの。あんたなんかどうにでも出来るんだから」

直美が啖呵を切る。加奈子も何か乱暴なことを言いたい気分だった。

林竜輝がおずおずと立ち上がる。職員室に呼ばれた中学生のようにうなだれ、入口まで来ると、受付の従業員に何か言い、サンダルを履いた。

「どこか、話せる静かな場所はない？」直美が聞く。

「上の階にカラオケボックスがあります。経営者は李社長ですね。そこなら空いてると思います」林竜輝がぼそりと答える。

「ちょうどいい。じゃあそこへ行こう」

三人で階段を上がり、店内に入ると、受付で若い女がだるそうにたばこを吹かしていた。

「わたしたち、李社長の知り合い。歌わないんだけど、ちょっとだけ部屋を貸してくれる？　社長には断ってある」

直美が高圧的な態度でうそを言うと、女は弾かれたようにたばこを揉み消し、部屋に案内した。

「何か注文ありますか？」壁のメニューを指して聞く。

「いらない……。あ、そうね、冷たい烏龍茶を三つちょうだい」と直美。

「わたしおなかが減てます。隣の食堂に揚州炒飯を頼んでもらえますか」

林竜輝がしれっと言った。

「あんたねえ、自分の立場わかってるの」直美が声を荒らげる。

「お詫びにわたしが御馳走します。あなたたちも食べませんか」

直美は怒鳴りつけそうになるのを堪え、加奈子を見た。「どうする？」

「食欲ないけど」

「わたしもないけど……。でも何か入れておいたほうがいいだろうし……。じゃあ二人で半分ずつ食べようか」

「それがいいですね。では同じ物をふたつ」

林竜輝が指を二本立てて女に注文する。以前のおどおどした様子はなかった。恐縮しながらもどこか余裕めいた態度なのは、きっと密入国ではないからだろう。

ソファで向き合い、早速詰め寄った。

「じゃあ話をしようか。ねえ林さん、どうして戻って来たの？　あれほど頼んだじゃない」

直美が語気強く言う。

「二百万円では小さな家しか買えません。もう二百万円あると、家族がみんなで住める家が買えます。たからあと一年、日本で働こうと思てまた来ました」

林竜輝がのうのうと言い訳をするので、二人してかっとなった。

「あなたは約束を破りました。二百万円返しなさい」

「ここにはありません。わたしの奥さんに渡しました」

「じゃあ日本に送金させなさい」

「それは許してください。ほかのことなら何でも言うことを聞きます」

「だったら中国に帰ってよ。明日の飛行機で」

「お願いです。あと一年働かせてください。それで中国に帰ります」

「だめ。今すぐ」

直美が身を乗り出してテーブルを叩くと、林竜輝は下を向き、黙り込んだ。

「ねえ、せめて東京からは出て行ってよ」今度は加奈子が言った。「大阪でも、福岡でも、中国人コミュニティはどこにだってあるんでしょ。そこで一年働いて、それで帰国してよ」

「うん、そうね。それでもいいか。じゃあ、それがこっちの妥協案」

直美も賛同してくれた。

「わたしは東京がいいです。友たちも出来ました」

林竜輝が下唇を剝いて言う。

「ふざけんじゃないよ」

また直美が声を荒らげ、目の前で小さくなっている中国人青年を睨みつけた。

加奈子はあらためて林竜輝を眺め、達郎と瓜二つであることを再認識した。もし家族や同僚に見られたら、まず本人と見間違えるだろう。そうなると、ますます事態は混乱する。

「ねえ、林さん。ところで日本のパスポートはどうしたの？」加奈子が聞いた。

「中国の家にあります」

「本当のことを言いなさい。どうせ売ったんでしょ」

再度問い詰めると、林竜輝はますます肩をすくめ、「はい、売りました」と白状した。

たと思った。


「誰に売ったのよ」

「密入国のブローカーです」

「それって誰が買って使うわけ？」

「詳しくは知りません。たぶん、ほかの国に入国するのに使うと思います。カナダとか、オーストラリアとか。前にも言いましたが、日本のパスポートを持てると、アジア人はとこでも簡単に入国出来ます。たから普通では入れない人が買うと思います」

「日本に入国してる可能性もあるの？」

「その可能性は少ないと思います。イミグレーションで話しかけられたら、日本語話せなくて、ぱれます。誰でもそんな危険は冒したくないですね」

「わかった。だったらいい」

そこへ出前の炒飯が届いた。大盛りかと思うほどの量で、二人で一人前にしてよかったと思った。

林竜輝が皿を手に持ち、むしゃむしゃと口の中にかき込んでいく。

「直美、先に食べて」

「わかった」

加奈子はソファにもたれ、林竜輝を見ていた。達郎にそっくりなのに性格が正反対であるせいで、不思議な感情が湧いてきたのだ。達郎が林竜輝のように純朴な青年であってくれたなら、どれほどよかったことか。うそはつくけれど、女に暴力を振るう男ではなさそうだ。そして悪人でもない。実のところ、加奈子は、林竜輝が開き直り、こちらを脅迫するのではないかと昨日から恐れていた。今のところ、そういうことはしそうにない。

「林さん、今どこに住んでるの？」

「友たちのアパートです。歩いてすぐの場所です」

「関西とかほかの土地に友だちはいないの？」

「いません。池袋たけです」

「じゃあ、せめて当面、池袋から出ないで。新宿とか、渋谷とかには出かけないで」

「それなら大丈夫ですね。わたしたちはチャイナタウンの中たけで暮らしています」

「だめよ、加奈子。そんなんじゃ。とにかく東京はだめ」横から直美が割って入った。半分食べた炒飯の器を、加奈子のほうに滑らせる。「お願い。一週間以内に出て行って。引っ越しの費用ぐらい負担してあげてもいいから」

「そうですか……」林竜輝が食べる手を止めて言った。「でも、とうして東京にいるとまずいのですか？」

「全部聞かない約束でしょう」

「理由がわかれば、名古屋か大阪に行てもいいです」

「じゃあ本当のことを言ってあげる。あんたの身が危険なのよ」

直美が妙なことを言った。加奈子は思わず彼女の横顔を見る。

「あのパスポートの人物は暴力団に投資話を持ち掛けて、大損させて、東京中のやくざに追われているの。林さんが彼にそっくりだから、なりすまして国外に出てもらい、それで諦めさせる計画だったの。今本人は別の土地で暮らしてる。あんた、やくざに見つかったら問答無用で殺されるよ」

聞きながら、さすがは直美だと思った。よくそういううそが思いつく。

「たけど話せば他人のそら似だとわかります」

「馬鹿ねえ。何億円も損させた人間なのよ。うしろからいきなり刺されて、あんたは死ぬんだよ」

直美がせせら笑う。加奈子も調子を合わせようと、真顔でうなずいた。林竜輝の顔が見る見る蒼ざめる。

「わたし、死にたくありません」

「そりゃそうでしょう。だから一刻も早く東京を離れなきゃならないの。中国に帰ればもっと安心出来るよ。日本のやくざは全国に網を張ってるからね」

「そうですか……」

林竜輝が黙り込み炒飯に口をつける。今度は静かに食べた。加奈子も食事に取りかかった。こんなときでもおいしいから中華料理は困る。

「とうするか二、三日考えます」林竜輝がぽつりと言った。「わたし、ここのオーナーにお願いして働かせてもらってます。すぐに辞めると、わたしの村に迷惑をかけます」

「どういうことよ」

「中国人は人を信用しない代わりに、出身地で判断します。わたしが変なことをすると、村の評判が悪くなって、これからの出稼ぎの人たちにこの先迷惑かけます」

「あんたねえ、それだけ責任感があるのなら、どうして約束を破って戻って来たのよ」

直美が子供を叱るように言うと、林竜輝は首をひょいとすくめた。

「じゃあ三日間、時間をあげるから、出て行く準備をしてちょうだい。そしてその間は絶対にチャイナタウンから外に出ないこと」

加奈子が言った。

「わかりました……」

林竜輝がしおらしく返事をする。

とりあえず、やり込めることには成功した。感触としてはこちらの要求は聞いてくれそうだ。加奈子はその点だけは安堵した。この先控えている難問に比べれば、小さなことではあるのだが。

食事を終え、三人でカラオケルームを出た。受付の女にはチップとして加奈子が二千円渡した。場所を使わせてもらったのだから、これくらいはしておいたほうがいい。女は白い歯を見せ、「ありがとうございます」と少しはにかんで礼を言った。

林竜輝と別れ、今度は二人で近くの喫茶店に入った。

「暴力団の話、よく思いついたね」

加奈子が、まずは感心した旨を伝えた。

「ゆうべ考えたの。いろいろシミュレーションして、向こうが開き直った場合とか、また金を要求してきた場合とか、そういうのを箇条書にして、対応を練ったの」

直美が肩をすくめ、自嘲《じちょう》して言う。加奈子は、この心労が二人共通のものであることに改めて慰められた。やはり直美がいないと自分は生きていけない。

「じゃあ次は防犯カメラの映像の件。いちばんの難問だね」直美が大きくため息をつく。

「まず、わたしたちの顔が映らなかったのは神様の御加護だと思おう。わたしたちはまだついている」

「うん、そうね」

加奈子がうなずく。そんなふうに思えるわけはないが、一旦ネガティヴな方向に思考が進むと、ますます追い込まれそうで、余計に怖いのだ。

「池袋駅構内のＡＴＭについては、ＪＲ東日本が防犯カメラの映像を一介の興信所に提出するとは考えられない。たとえ警察ＯＢがいたとしてもね。だからそっちはいいんだけど、ことぶき銀行の本店が正式に要請したら、ちょっと怖いかな。わたしの実感としてだけど、上のほうは全部つながってるからね。とくに銀行ともなれば、顔が利かない業界はないでしょう」

直美が理路整然と言った。加奈子は黙って聞いている。

「こうなると、これも神様の御加護に期待するしかないんだけど、加奈子、その山本っていう旦那の同僚に探りを入れてみてよ。池袋駅構内のＡＴＭの防犯カメラの件はどうなりましたかって。疑心暗鬼でいるよりいいと思うんだよね。恐らく山本さんが本店に調査を直訴して、本店が動くかどうかが分かれ目だと思う」

「動くことになったら？」

「その可能性は低い。だってみんな会社員だよ。面倒は避けたいに決まってるじゃない」

「そうだけど、万が一動くことになったら？　それでATM前の通路にわたしが立っていて、お金を受け取った映像が見つかったとしたら？」

「全部わたしに聞かないでよ。いい方法なんてないんだから」

　直美の頬がかすかに引きつる。

「……ごめん」加奈子は謝った。

「でも、そうなったら新たなシナリオがいるね」

「うん」

「とにかく、服部達郎が国外逃亡を図って上海に高飛びしたっていう証拠だけは崩せないんだから、変に動揺してボロを出すのだけはやめよう」

「うん。そうだね」

「あとしばらく。旦那の妹が諦めるまでの辛抱」

「諦めるかなあ」

「少なくとも興信所を雇うのはあと数日だと思う。お金がもたないでしょう」

「そうだね」

　二人でため息をついた。憂鬱な気持ちは消えないが、会って対策を練れたことだけはよかった。二人は完全に支え合っている。直美がいなかったら、加奈子はとっくに逃げ出していることだろう。

　古い喫茶店らしく、大型のクーラーがゴーゴーと音を発して冷気を送り出していた。その音は、まるで二人を急かしているかのようだった。


　その夜、山本と連絡を取ることにした。聞くのが怖くてしょうがないのだが、直美の言う通り、状況を把握しておかないと次のシナリオが描けない。スマートフォンを手に三十分以上ためらった後、体中の勇気をかき集め、電話した。「はい山本です」山本の声は明るかった。ということはまだ疑われていないということか。

「すいません。昨日の件なんですが、池袋駅構内の防犯カメラの件はどうなりましたか」

　加奈子が恐る恐る訊ねる。

「ああ、それなんですけどね、なかなかハードルが高くてぼくも弱ってるところなんですよ。実はついさっき、陽子さんからも問い合わせがあって、芳しい返事は出来なかったんですが……」

　陽子と聞いて胃が急に重くなった。やはりいちばん警戒すべきは彼女だ。

「JR東日本に映像を見せてもらうためには、やはり警察を介する必要があるんですよね。で、そのためにはうちの本店総務部が被害届を出さなきゃならないわけで……。はっきり言って本店はこれ以上つっついてくれるなって態度なんですよ。実はぼくが総務部に直訴したことで、うちの支店長が『おれの頭越しに何やってるんだ』って激怒しまして。今、ぼくの立場は非常にまずいです」

「そうですか……」

加奈子は、この点には安堵した。警察を動かすということは、自分のところの行員の横領事件を白日の下にさらしてしまう。銀行は隠蔽すると決めたのだ。そして山本も組織の一員だ。

「ゆうべは威勢のいいことを言っておきながら、一日で態度を変えるようで心苦しいんですが、ぼくに出来るのはここまでのような気がして……。ほんと、悔しくて仕方がないんですが」

山本が申し訳なさそうに言う。

「いいえ。とんでもないです。骨を折っていただいて感謝してます」

「でも、あの防犯カメラに映った二人の女って、何なんでしょうね。ぼくは真相が知りたくて、知りたくて」

「主人もやがて帰って来るんじゃないですか。そのとき聞きましょう」

加奈子がなだめるように言った。

「帰って来ますかね」

「わたし、最近そんな気がしてきて……。だって中国語もしゃべれないのに、何年も上海で暮らすなんて無理じゃないですか。何があったか知りませんが、頭が冷えた頃、帰って来るんじゃないかって……」

「そうですね。ぼくもそれを願ってます」

山本はこれで引き下がってくれるだろうか。それはわからないが、自分が映っているかもしれないもうひとつの防犯カメラ映像が、お蔵入りしそうなのは朗報だ。

電話を終えると、重い疲労感が襲ってきた。今日を凌《しの》いだ、そんな感想しか浮かんでこない。

32

三日間、何もない日が続いた。陽子からの連絡がないのだ。もちろんそれは歓迎すべきことで、このままフェイドアウトするように、達郎の実家が諦めてくれれば申し分ないのだが、陽子の性格からしてそれは考えにくく、不安な気持ちが和らぐことはなかった。

加奈子は、いっそのこと東京を離れてみようかとも思っていた。そうすれば、陽子から何か要求があっても逃れられる。実際、朱美から上海出張の打診があった。朱美はすっかり加奈子を信用し、時機を見計らって、日本人に売れそうな中国の生活雑貨を買い付けに行ってくれないかと言っていた。カタログが一段落すれば、一週間ほど海外に避難したい気分だ。

何もないようでいて、実は陰では事が動いているのではないか。そんな疑念が一日に何度も頭をもたげ、その都度胃が重くなった。妊娠の判定についてもずっと保留のままだ。先に進みたくないという現実逃避である。

この日は休日で、加奈子は自宅にいた。ゆっくりと体を休めたいのだが、喉の奥底で蠢いている虫のような違和感が、なかなか神経を解放してはくれず、ソファで横になっていても落ち着かなかった。

ふと部屋を見渡す。達郎の持ち物はあらかた段ボール箱に詰め込み、マンション内のトランクルームに移してあった。ただオーディオセットや、達郎が選んだ椅子などはそのままで、目につくとどうしても気になった。早く引っ越して、家具を総取っ替えしたいものだ。

人間一人をこの世から排除したという点に関しては、ここに至っても思ったほどの罪悪感はなく、人は案外冷酷に出来ているものだと感じ入ったりした。直美に関しても同様だ。あらたまって話はしていないが、あの夜のことをひきずっている様子はない。人間には、自己を正当化するスイッチが生来備わっているのかもしれない。

そんな考え事をしていたとき、インターホンの内線呼び出しが鳴った。管理人室との直通で、普段かかってくることはまずない。何だろうと訝りながら出ると、一階の管理人室まで来てもらえないかとのことだった。

「何か宅配便でも届いてましたか？」加奈子が聞く。

「いいえ。以前お話しした防犯カメラのことでちょっと……」

管理人の口調は、丁寧だけれどどこか暗い感じがあった。たちまち心に影が差す。防犯カメラの件とは何だろう。あれは済んだことではないのか。

加奈子は慌てて髪を整え、部屋を出た。エレベーターで降りながら、軽い目眩のような浮遊感を味わう。何があっても慌てないこと。自分に言い聞かせる。

管理人室に行くと、そこには知らない中年の婦人が二人いた。

「あなたが服部さんですか？」そのうちの一人、休日なのにちゃんとメイクをした女が言った。

「こちら、このマンションの管理組合の理事長をなさってる松井さんです」

管理人が紹介する。加奈子は「初めまして」と頭を下げた。

「防犯カメラの映像の件なんですけどね。この前、お見せした分では足りないとかで、さらにそれ以前の映像も見せて欲しいって、管理会社に先日要請があったそうなんですが、どういうことなんでしょうか」

理事長がいかにも迷惑そうに言う。その言葉の内容に加奈子は血の気が引いた。

「あ、いえ。わたし、初めて聞いたことなんですけど……」

「あら、奥さんはご存じないんですか？」

「すいません。わたし、管理会社にお願いの電話はしましたが、むずかしいということなので取り下げたんですけど……」

「あら、そうなんですか」

理事長がトーンダウンしたところ、すかさず管理人が横から説明した。

「いや、その件でしたら、服部さんの御主人の妹さんという方が管理会社にいらして、成城東署の警察官一名に立ち会ってもらうので、どうしても見せて欲しいとおっしゃるので、松井様の了承を得て、ここで見たんです」

「えっ。そんなことがあったんですか」

加奈子は頭の中が一瞬にして真っ白になった。自分はまったく知らされていないことだ。

「三日ほど前のことなんですが、奥さんはお聞きになってないんですか？」

「いいえ。聞いてません」

「あれ、そうですか。こっちはてっきり連絡がいっているものと……。いや、奥さんは仕事なので見られませんが、わたしが報告しますからって……」

「主人の妹がそう言ったんですか？」

「そうです」

「わたしは立ち会わなかったんですよ」理事長が口をはさんだ。「だって住人のプライバシーに関することだし、あまり首を突っ込みたくなかったから。それに警察官の立ち会いもあるって聞きましたからね」

「はい……」

また管理人が話を引き継いだ。

「で、御主人が失踪なさったという土曜日の午前六時から午後三時までのエントランス・ホールとエレベーター内部の映像を早送りで見たんですよ。そしたらその中にはご主人らしき人物が映ってなかったんですよ。妹さんはおかしいなあ、おかしいなあって

——」

加奈子は膝が震えた。やはり事態は進行していた。そしてあの日、防犯カメラ映像に達郎が映っていないことが明らかにされてしまった。

「それで、その日は一旦引き上げられたんですが、昨日になって、今度は前日の夜の分から見せて欲しいって、会社のほうに電話がありまして、それを松井様にお伝えしましたところ、そこまではちょっとということで……。それで妹さんにご連絡を差し上げようとしたんですが、奥さんが上の階にいらっしゃるのなら、そちらにお話ししたほうが早いだろうと……」

「だって、きりがないと思うんですよ」理事長がぎこちない笑みを浮かべて言った。

「それに服部さんは区分所有者というわけでもないし……」

「はい。もちろんです」

「お部屋のオーナーの申し入れならともかく、賃貸契約の方々の便宜まで図る義務は管理組合にないと思うんですよ」

「ええ、その通りです」

「御主人が失踪なさったというのはお気の毒とは思うんですが、マンション住人まで巻き込むというのはちょっとねえ」

「ですから結構です。見せていただかなくて結構です」

加奈子は懸命の表情を作って言った。きっと自分の顔は蒼ざめている。

「じゃあ、この件はこれで終わりでいいわけですね」

「はい」

「ああ、よかった」ここで理事長の表情が和らいだ。「いえね、管理会社の担当者に聞かされた話だと、妹さんがかなり執拗というか、何ていうか、おほほ、ごめんなさいね。わたし、あなたたちがクレーマーみたいな人たちだったらどうしようかと思って。よかった。奥さんは話がわかる方で……」

「申し訳ありません」

加奈子は深々と頭を下げた。急な動作でまた目眩がした。

「いいえ、奥さんは悪くないのよ。気になさらないで」

理事長はこれで終わったと安堵したのか、やさしい口調になり、このマンションも近年は賃貸の住人が増えて知らない人ばかりになったと、そんな話を始めた。その言葉が加奈子の耳を素通りする。

陽子は加奈子に知らせず、防犯カメラ映像を見た。そして丸の内支店に残っていた映像に女が二人映り込んでいたことも、加奈子には告げずにいた。それはとりもなおさず、陽子が加奈子を疑い始めていることの証拠なのではないか——。そう思ったら、ますます戦慄を覚え、卒倒しそうになった。

万が一、それ以前の映像を見られたら自分たちはおしまいだ。エレベーター内で、怪しい大きな荷物を運ぶ、直美と加奈子が映っているのだ。そしてその荷物は駐車場に運ばれ、達郎のＢＭＷのトランクに積み込まれる——。

加奈子は一刻も早く直美の声が聞きたかった。

33

陽子から面会を求める電話がかかってきたのは、週明けの月曜日だった。彼女からとわかっただけで、加奈子は全身に震えがきた。陽子の声は重々しく、いつもの快活さはどこにもなかった。

「ちょっと話があるんだけど」

「何の話？」

「会って話す」

これだけで、奈落の底に突き落とされる感じがした。

「今夜マンションに行っていい？」

「ごめんなさい。今日は残業なの」

咄嗟にうそを言ったのは、少しでも時間を稼ぎたかったからだ。対策もなく会うわけにはいかない。けれど「じゃあ明日の夜」とたたみかけられ、承諾してしまった。一日、先送りしただけのことだ。

あらためて陽子の行動力に恐れおののいた。この間の経緯は容易に想像がつく。週が明け、陽子はマンションの管理会社に催促の電話を入れた。すると担当者が、「奥さんに話したらもう結構ですと言われた」と返答した。そこで陽子は秘密の行動が加奈子に気づかれたことを知った。ならばもう隠す必要はない。直接会って問い詰めるだけだ。

加奈子は――もう毎度のことになってしまったが――直美に電話をし、ピンチを訴えた。加奈子はすぐにでも直美と会いたかったが、間の悪いことに出張中で京都にいた。直美も事態の深刻さに絶句した。陽子が防犯カメラの映像を見たとわかったときから、二人で懸命に策を練っていたが、言い逃れる方法は思いつかない。とりあえず「お互い一晩考えよう」と最後は励まし合って電話を終えたものの、一夜明けても状況は変わっていなかった。どこかへ逃げようか。加奈子はそんなことまで考えている。

そしてあっさりと時間は過ぎ、火曜日の夕方になった。考え事が出来るよう、なるべく手作業で済む仕事を選んでやっていたが、何も浮かんではこなかった。直美からも連絡はない。雪山で遭難し、誰も救助に来てくれない気分だ。

陽子に電話をして明日にずらしてもらおうかと思った。急に残業が入った、と。これで二十四時間稼げる。しかし逃げていると思われ、余計に怪しまれることだろう。陽子にも消えてもらうか――。こんな突拍子もない考えまで頭に浮かび、加奈子は慌てて打ち消した。そんなこと、出来るわけがない。

ふとデスクワークをしている朱美に目が行った。この中国人の女社長なら、こういうときどうするだろう。以前、朱美が高級腕時計を万引きしたときのことは、直美から聞かされていた。きっと相手よりも大きな声で、強弁するにちがいない。

夫はマンションの非常階段で下りたのではないか。エントランスのカメラにも映っていない？　じゃあ通用口から出たにちがいない。なんのために？　それはわたしにはわからない――。朱美なら言いそうだ。しかし自分には開き直るだけの図太さはない。

「白井さん、とうかしましたか？」朱美から声がかかった。

「あ、いえ。別に」

「今日は仕事に集中出来てなかたのことですね」

朱美が冷厳な経営者の顔で一瞥した。

「すいません。明日、取り返します」

　加奈子が頭を下げる。世の中、甘くはない。彼女にとって人生は戦いだろう。自分も戦わなければならないのだ。この女社長のように、強く、逞しく。しかし今は逃げたい一心だ。

　そのとき携帯が鳴った。直美からだ。

「ごめん、まだ京都なんだ。いろいろ考えたんだけどさあ。実は旦那、あの夜は家に帰って来なかったことにしよう」

　直美はいきなり用件を切り出した。

「映像に映ってないんだから、その点に関しては言い訳のしようがないじゃない。朝起きたら旦那はもういなかったっていう言い訳もありかなと思ったんだけど、それだと、じゃあ何時に家を出たんだって、遡って防犯カメラの映像を見せろとか言い出しそうでしょう。だから金曜の夜、旦那は実は帰って来なかった」

　直美は落ち着いた口調で、噛んで含めるように言った。

「うん。それで？」加奈子が聞く。今のところ、それがいい考えだとは思えない。

「で、旦那は午前中に出かけてそれっきりだって、加奈子はうそをついていたことになるから、どうしてそういううそをついたかというと、旦那に口止めされたから」

「どういうこと？」

「土曜日の午前中、旦那から家に電話がかかってきて、ゆうべは友だちのところに泊まったけど、誰かに聞かれたら、夫はちゃんと家に帰ってきて、今朝出かけたことにしておいてくれって、そう言われたって――」

「よくわかんない」

「だから謎でいいのよ。旦那から謎の指示というか、アリバイ作りの頼みごとがあって、それに従っただけだって」

直美の説明は続いた。加奈子はうなずきながら聞いている。苦しい言い訳ではあるが、今はそれしかなさそうだ。

いずれにせよ、言い張るしかない。開き直るというほど強くはないけれど、逃げ出したい気持ちをなんとか押し留めることだけは出来た。

「直美、ありがとう」

電話の最後に礼を言うと、「ううん、自分のこと」と直美は即答した。

「わたしは共犯者だから。わたしも必死なのよ」

「そうね、わかった」

加奈子は共犯者という言葉を重い荷物のように受け止めた。そうなのだ。自分が落ちると、直美も落ちるのだ。運命を共にするとは、まさにこのことだ。

　一方では励まされる部分もあった。自分は最後まで一人ではない。


　陽子は午後九時過ぎに来訪した。八時の予定だったが、仕事が終わらず一時間ずらしてくれないかという電話があり、その時間となった。日々忙しく働きながら、探偵の真似事までこなすのだから、恐るべきバイタリティである。加奈子は、陽子が普通の女だったらと思うことが何度もあった。普通の女なら、兄の心配はしても行動にまでは移さないだろう。陽子がいなければ、自分たちのクリアランス・プランはとっくに終わっていたのだ。

　陽子は薄いグレーのパンツスーツを着ていた。黒のカットソーの胸元には金のネックレスが揺れ、こんなときでもネイルが光沢を放っている。

「駅前で買って来た。飲んで」

　陽子はそう言ってカフェラテをふたつテーブルに置いた。

「さてと、早速用件だけど。お義姉さん、日曜日にマンションの理事長と会ったんだよね」

　ストローをカップに突き差し、上目遣いに見る。

「うん、会った」

加奈子は静かにうなずいた。

「じゃあ、わたしが興信所と警察官を連れて、映像の確認をしたことも聞いてるんだよね」

「うん、聞いてる」

「それでお義姉さん、これ以上防犯カメラ映像は見なくてもいいって、言ったんだって?」

「そう。だって見ても何も映ってないから」

「どういうこと?」

「ごめんなさい。わたし、みんなにうそついてた」

加奈子の言葉に、陽子が思わず顔を上げた。さて、ここからがひと芝居だ。加奈子は椅子の背もたれに体を預け、淡々と話した。

「あの夜、達郎さんは家に帰っては来なかったの」

「そうなの?」陽子が眉間に皺を寄せる。

「わたしは、どうせ遅くなると思って先に寝てたんだけど、いつまでもベッドの隣が空いてるから、あれ、まだ帰って来ないのかなって思いながら寝てて、そのまま朝がきて……。で、どうしたんだろうって心配になって、携帯にかけてもつながらなくて……」

加奈子が話を続ける。陽子は困惑顔で聞いていた。

「そしたら正午近くになって、達郎さんから電話がかかってきて、ゆうべは飲み過ぎて同僚の家に泊めてもらった、これから仕事があるからまだ帰れない、ついてはもし誰かから家に電話がかかってきたら、ゆうべはちゃんと家に帰って、昼近くに休日出勤したことにしてくれって……。もちろん理由は聞いたんだけど、後で話すの一点張りで、とにかく外泊はなかったことにしてくれって、なんか切羽詰まった感じで、絶対にって念を押すから、じゃあ約束は守ろうって、それで今まで黙ってたの……」

加奈子は平静を装って言ったが、心臓はどくどくと波打っていた。

陽子はしばらく黙ったままだった。明かされた内容を、頭の中で咀嚼《そしゃく》している様子だ。表情は硬く、怒っているようにも見える。

「なんか、よく理解出来ないんだけど」低い声で言った。

「ごめんなさい。もし帰宅していないことをしゃべったら、達郎さんがもっと不利な立場に追い込まれるんじゃないかって、そう思って怖かったの」

「じゃあ、簡潔に言うと、お義姉さんは、お兄ちゃんのアリバイ作りに加担させられたってこと？」

「そうね。そういうことかも」

陽子はやはり聡明だ。アリバイという言葉を自分から使ってくれた。

また陽子が考え込む。どこまで疑っているのか、底のない沼のようで、見当がつかない。三十秒ほど黙った後、口を開いた。

「でもさあ、失踪した直後ならまだしも、これまでずっと隠してたっていうのは、なんか納得がいかないんだけど」

「ごめんなさい。もしかして、銀行に対してもっと隠し事があるのかもしれないって思ってたから……」

「それにしたって、わたしたち家族にまで黙ってたのはどういうこと？」

「ごめんなさい。わたしも混乱したのよ。今思えば正常な判断が出来なかったんだと思う」

「だから、混乱なんて数日間でしょ？　その後は冷静になってるわけでしょ？　だって仕事見つけて来て働いてるんだもん。お義姉さん、とっくに冷静だって」

陽子がたたみかける。加奈子は、今度は汗まで出てきた。

「お義姉さん、なんか隠してることあるでしょう」

「ううん。ないけど」即座にかぶりを振る。

「銀行の丸の内支店の防犯カメラ映像のプリントっていうのは見たんだよね」

「うん。見たけど」

「そこに女が二人映ってて、お兄ちゃんが下ろしたお金をその人たちに手渡したわけだけど、お義姉さん、心当たりある？」

「ううん。ない」

「シルエットしかわからないけど、あの女たちのうちの一人、実はお義姉さんだったりとか」

「そんな……」

加奈子は軽く苦笑したかったが、頬が引き攣った。

「わたしさあ、今、突拍子もない想像をしてたりするんだけど。お義姉さん、怒らずに聞いてくれる？」

陽子が冷たい視線を向けた。

「うん。何？」加奈子は穏やかな口調で答えるが、もはや心臓は早鐘を打っていた。

「お義姉さん、お兄ちゃんとグルなんじゃない？」

「グル？」

「そう。二人でひと芝居打っている」

「言ってること、よくわからないけど……」

何を言い出すのかと思ったが、最悪の言葉ではなかった。陽子は、加奈子が達郎に何かしたとは思っていない。

「つまり、お兄ちゃんが逃亡するのを、実はお義姉さんが手助けしたんじゃないかって、そんな推理をしてみたの。だってお義姉さん、夫が失踪したのに、あんまり取り乱したりしないし、すぐに仕事を見つけて働き出したりするし、困った様子が見られないんだもん。ごめんなさいね。わたし今、ものすごく失礼なこと言ってるけど」

「うん。いい」

「だから、実はお兄ちゃんが仕事でもっとひどいことをしでかして、お義姉さんが逃亡の手助けをさせられた。で、お義姉さんは、お兄ちゃんの居場所を実は知っている――」

まるで予期せぬ話に、加奈子は言葉の接ぎ穂を失った。そんな推理があったとは――。ただ一方では、自分たちのプランのクオリティの高さを改めて確信した。達郎がパスポートを使って海外に脱出したというシナリオが崩れない限り、殺害は疑われないのだ。

「でも、さすがに飛躍し過ぎだよね。昨日、この話を山本さんにしたら、腕組みして首をひねってた。少なくとも銀行内の不祥事は顧客の預金を着服した件だけで、ほかにトラブルは抱えていなかった、というのが山本さんの見解。それだってあまりに杜撰で、銀行員がやったとは思えないって言うんだけど」

「ごめんなさい。わたし、達郎さんとはグルじゃないし居場所も知らない」

加奈子はとりあえず否定した。そうする以外にない。

「でも何か隠してる」

「ううん。隠してない」

しばし沈黙が流れた。陽子が再び考え込んでいる。いつまでねばるつもりなのか。加奈子は壁の時計に目を向けた。午後十時近い。

「もう少しいいでしょ。大事な話なんだし」見透かしたように陽子が言う。

「もちろん」加奈子が微笑してうなずく。

「人の顔ってさ、実はあんまり見てないじゃない」陽子が突然ちがう話を始めた。「たとえ親兄弟でも、じろじろ見ることはないし、景色と一緒にぱっと見て認識するくらいのものでしょう。だから、うちのお兄ちゃんにしても、たまに写真を見て、そういえばこんな顔だったとか、お兄ちゃんももう三十男だよなあ、なんて感想を抱いたりして。要するに、印象で片付けてるわけね」

加奈子は黙って聞いていた。陽子の口調は、まるで何かのインストラクターのようだ。

「何の話かというと、ATMの防犯カメラに映ってたお兄ちゃんの映像のこと。あれ、お義姉さんが見て、すぐにお兄ちゃんだと思った？」

「うん。思ったけど」

「あ、そう。わたしは逆。印象が先に立ったから、えっ、これ、お兄ちゃんなのって思ってから、よく見て、そう言われればお兄ちゃんだって納得したんだけど、なんか第一印象がちがったのね。これは山本さんも同じことを言ってた。服部のTシャツ姿を初めて見たって――」

「それはわたしも聞いたかな」

「あれから何度もスマホにダウンロードした動画を眺めてるんだけど、妙な違和感が消えないのよね。それで、また突拍子もないことを言うんだけど……」

陽子が加奈子を見つめる。加奈子は一瞬血の気が引いた。

「お兄ちゃん、誰かに催眠術でもかけられて、それであああいう行動をしたんじゃないかなあって思ったりもするの。だって、人が変わったような印象なんだもん」

替え玉という疑念を持たれなかった点だけは安堵した。ただ油断は出来ない。狼が来たので巣穴に隠れたが、周囲をうろついて立ち去ってくれない、今の加奈子はそんな兎のような心境だ。

「銀行側が心神喪失状態だったんじゃないかって疑うのは、普段知っている服部達郎じゃないからだよね。やったことも、お金を下ろしたときの挙動も」

「だから、心神喪失状態だったんじゃないかしら」

「ううん。そうは思わない。別の何かがある気がする」

陽子はやけに確信的に言うと、立ち上がって伸びをした。

「あーあ。納得いかない。わたし、納得がいかないことは放置できない性格なのよねえ」加奈子を見下ろす。「すいません。水をもらえない？　出来れば氷を入れて」唐突に言った。

「うん、わかった」

加奈子がキッチンに行く。冷蔵庫からミネラルウォーターを取り出し、コップに注いだ。フリーザーから氷も取り出す。その間、陽子は部屋の中を歩き回り、棚に並んだ観葉植物を指でいじっていた。

「お義姉さん、インテリア変えたね。チェストとか、電気スタンドとか、北欧風になってる」

陽子の指摘に加奈子は顔が熱くなった。早く環境を変えたくて、暇を見つけては家具ショップを回り、気に入った家具を買い揃えていた。陽子の口ぶりは、夫への情はないのかとでも言いたげだ。

「この椅子なんかアンティークでしょ。高かったんじゃないの」

「ううん、それほどでも。バーゲン品だったし」

「ふうん」

陽子はまだ観葉植物をいじっている。葉がちぎれるでしょうと言いたくなった。

「ところで、お兄ちゃんが横領した預金口座のお客さんって、お義姉さんの友だちが紹介した人なんだってね」陽子がやっとテーブルに戻って言った。「小田直美さん、葵百貨店の外商で、お義姉さんとは大学時代からの親友。結婚式にも出てたんでしょ。披露宴の写真を探したら写ってた」

「ええと、そうなの。達郎さんが、投信を買いそうなお客さんを紹介してくれないかって、前に会ったときに言い出して、それで小田さんが紹介したの」

加奈子は、答えながらも瞬時にして頭の中が真っ白になった。手が震え、顔が引き攣る。いけない、落ち着いて。自分に言い聞かせるが、表情が保てない。いったいどうしてわかったのか。焦る様子を陽子が冷静に観察している。

「それも黙ってたなんて変」

「関係ないかと思って……」

「興信所って、高額なお金を取るだけあって結構優秀。その会社には警察のOBもいるしね」

「そう」

加奈子は心底恐ろしくなった。興信所はそんなことまで調べていたのか。

加奈子がコップを差し出す。陽子はそれを手にすると、一息で水を飲み干した。

「ところで、お義姉さん。スマホは何使ってる？」突然、妙なことを聞く。

戸惑いながらも加奈子は機種名を答えた。

「そう、わかった」

「それがどうかしたの？」

「ううん。参考までに聞いただけ」

陽子の頰が軽く引き攣る。この女は何を探ろうとしているのか。

「また来ます」

陽子がコップを返す。加奈子は目を合わせられなかった。恐らく今の自分は蒼白の面持ちだろう。

「お兄ちゃん、どうしているのかなあ」

陽子が天井に向かってひとりごとのように言う。

「お義姉さん、知ってる?」

さっと向き直り、カマをかけるように問いかけた。

「ううん。知らないけど」

「知ってたら隠さないで教えてね」

踵を返し、部屋を出て行く。

知るわけないじゃない——。加奈子は、追いかけてそう言わなければならないのに、言葉が出てこなかった。

「お邪魔しました。おやすみなさい」

玄関から声が届く。加奈子はリビングで立ち尽くしたままだった。

34

翌日の早朝、加奈子は仕舞ってあった妊娠検査薬の封を切り、自分で尿検査をした。昨夜はほとんど眠れず、神経はささくれ立っていた。そんな精神状態の中、なにやら凶暴な気分になって、崖から身を投げるように、行動に移したのだ。結果は陽性反応だった。確認部分にはっきりとラインが出ている。自分はおなかの中に生命を宿している。

窓の外を見たら、目の前の住宅街が、朝焼けを浴びて赤く輝いていた。

ショックを受けるのかと思ったら、そうではなく、意外と淡々としていた。それは諦念とか開き直りとかいった感情とは異なり、もっと別の次元の動物的本能と言えるものだった。母になる——。そのことが強力な光となり、辺りの景色を真っ白にしたのだ。堕胎するか、産むか。今は何も考えられない。加奈子は、大人になってからは味わったことのない空白の中にいた。今は、ついさっきまでとは正反対に、神経がしんなりと矛を収めている。

妊娠がわかったからというわけでもなかろうが、急に空腹を覚えた。昨日は食欲がなくて、ほとんど食べていなかったせいもあるのだろう。加奈子は急いで御飯を炊き、ジャガイモと玉葱の味噌汁を作り、缶詰の鰯《いわし》のかば焼きをおかずに二膳食べた。

今の自分の感情がよくわからない。ただ、脅えていないことは確かだ。

会社へ行くと、昨日の遅れを取り戻すべく精力的に仕事をした。朱美はその様子を見て「白井さん、早く正社員になるのことですね」と言い、満足そうに目を細めた。

加奈子は朱美に言った。

「社長。上海への買い付け出張の件、いつでもいいですよ。なんなら向こうにしばらく滞在して、ルート開拓をしてもいいし」

「本当ですか。それは素晴らしいのことですね。今取引している上海のトレーダーは、絶対に請求金額をごまかしていますね。でもほかがいないので、我慢して付き合っています。白井さんが行って上海支社を作てくれたら、あなたを共同経営者にするのことですね」

朱美が浮いた様子で先走ったことを言う。

「そこまでは……。わたし部下でいいです」

「日本人は謙虚過ぎるのことですね。もっと積極的になてください」

朱美は外出の支度をすると、いそいそと営業に出かけて行った。

本当に、今すぐ上海支社を作って赴任したいものだ。これ以上、陽子にほじくられたら、加奈子には持ちこたえる自信がない。

仕事をしていたら直美から電話がかかってきて、今新幹線の車内で昼にはこちらに来られるとの連絡があった。対策を練るためだが、同時に林竜輝を東京から追い払う懸案事項もあり、今日こそは引導を渡すつもりでいた。ひとつでも問題を減らしたい。

昨夜、陽子が帰った後、電話で直美に一部始終を報告した。直美は困り果てた様子で、「陽子って女、消えてくれないかな」と、加奈子と同じ気持ちを口にした。

　ゆうべは二人でこんな会話を交わした。

「加奈子と旦那が共犯関係だっていうのは予期せぬ推理だね」

「そうなのよ、想定外のことばっかり。わたし気が狂いそう」

「でも、旦那の生存に関しては疑ってないわけだから、とぼけ通すしかないよ。わたしたちがいちばん怖いのは、夜中に大きなバッグをエレベーターで運んだ映像が見られることじゃない。それは回避出来たんだからよしとしよう。加奈子、辛いとは思うけど、もうひと踏ん張りだよ」

「そうだけど、踏ん張りきれるかなあ。あの女、直美が紹介した認知症のお婆ちゃんのことまで調べ上げてるんだよ」

「うそ。そうなの？」

「そうだよ。直美がわたしの友人だってことも調査済みだよ。まだ興信所を雇ってるみたいだし、怖くてしょうがないよ」

「だけど、それがわかっても関係ないじゃん。替え玉がいたことには絶対につながらない」

「でもさあ、あの女、防犯カメラ映像を見て、お兄ちゃんとはちがうんじゃないかって言い出してるんだよ。わたしドキッとして、生きた心地がしなかった」

「兄妹の勘なんだろうかねえ。それはちょっと怖いけど……」

一時間以上、話し込んでいた。もはや二人で支え合わないと、この場に立っていられないような状況だった。

直美は十一時過ぎにやって来た。昼休みまで待てないので、二人でそのまま林竜輝の働くマッサージ店に押し掛けた。開店したばかりで客はまだいない。加奈子たちを見て、また林竜輝が表情を曇らせた。

「林さん、考える時間は充分にあげたよ。今日こそ決着をつけるからね」

直美が語気強く言い、顎をしゃくった。三人でまた同じビルの中にあるカラオケルームに行った。開店前だったが、強引に部屋を開けてもらった。

「すいません。あと少し待てください」席に着くなり林竜輝が言った。「代わりの人がもうすぐ同じ村から来るので、その人とバトンタッチしてからでないと辞められません」

「いつ来るのよ」直美が刺々しく聞いた。

「来週には来ると思います」

「思うじゃダメ。ちゃんと期日を決めなさい」

「でも、ここのボスに迷惑をかけられません」

「わたしたちなら迷惑をかけてもいいわけ。早くどこかへ行かないと、あんた、本当に殺されるよ。この前も言ったでしょう。東京中のやくざが、あなたに似た人間を捜し回ってるんだから」

「それは困ります」

「だったら一刻も早く逃げなさい」

「わかりました」

「じゃあ、いつよ」

「たから代わりの人間が来るまでです」

「待てない」加奈子も横から抗議した。

　そのとき、廊下で声がした。フロントの女子店員が、まだ営業していないというようなことを言っている。誰か客が来たのだろうか。ドアの一部がガラスなので、そこから何気なくのぞいたら、若い体格のいい男が一人、女子店員に何か聞いていた。

「ちょっと、早速殺し屋が来たんじゃないの」

　その来訪者に乗じて直美が脅した。林竜輝は一瞬息を止めた後、廊下をのぞき、人影を確認して蒼ざめた。弾かれたように立ち上がる。

「ここにいなさい。出てったら撃たれるよ」直美がささやき声で言った。

「わたし、逃げます」

「そうよ。早く逃げないとあんた命を落とすよ。そうしたら家を建てることも出来なくなるよ」

「わかりました。ボスに話してすぐほかの場所に行きます」

林竜輝が声を震わせて言った。こんなところはまったく田舎の純朴な青年だ。

会談はものの十五分で終わった。林竜輝を先に帰らせ、二人で少し話をした。

「開き直ってヨーロッパにでも行っちゃおうか」と直美。

「それいいかも。でも、ひとつ直美に打ち明けることがある。どうやらわたし、妊娠してるらしい」

加奈子は静かに言った。今朝判明したばかりのことなのに、感情はいたって落ち着いている。

「うそ。どういうことよ……」直美は眉間に皺を寄せ、しばし絶句した。

「どうやらピルの服用を間違えたみたい。ここのところ、つわりみたいな症状があって気になってたの。で、今朝、妊娠検査薬で調べたら陽性だった」

「どうするの。堕ろすんだよね」直美が低い声で聞く。

「さあ、どうしようか」

「どうしようかって、大変なことじゃない。まさか産むなんて言わないよね」

「産んじゃだめ？」

「だってあの旦那の子なんでしょ？　あなた平気なの？」

「自分でもよくわからない。でも、わたしの中では、百パーセントわたしの子って感じなんだけど」

「落ち着こうよ。少し時間を置いて、ゆっくり考えて……」

「わたし、結構落ち着いてる」

加奈子は薄く微笑んで見せた。

「ねえ、先のことも考えようよ。生まれた子が大きくなって、お父さんのことを聞かれたらどう答えるの？」

「たぶん何らかのうそをつく。で、そのうそを一生押し通す」

直美は信じられないというような顔をして、ソファにもたれた。

「何か今は不思議な気分なの。ゆうべまでは死んじゃいたいと思ってたのが、そういうの、全部吹き飛んで、生きなきゃと思ってる」

「わかった。とにかく産婦人科へ行って、ちゃんと確認すること。それからゆっくり考えよう」

直美は押し黙ったのち、何度か頭を振り、その都度ため息をついた。

「ランチの時間だけど、このへんで何か食べる？」と加奈子。

「ううん。会社に戻らないと。午後の予定もあるし」

「そう。じゃあ今日はお開き」

二人でビルを出た。狭い路地なのにワンボックスカーが道の半分をふさぐ形で停まっていた。邪魔だなあと思いながら脇をすり抜けたとき、車内からカメラのシャッターのような音がかすかに聞こえた。

加奈子がはっとして振り返る。ウインドウは黒いシールドが貼ってあって中がのぞけない。ただ運転席に若い男がいて、不自然に顔をそむけた。その男は、さっきカラオケルームで店員に何か聞いていた人物に似ていた。

興信所――。その言葉が頭に浮かび、加奈子は戦慄した。陽子は自分を尾行させているのか。もしそうだとしたら、林竜輝の存在も知られてしまったのか。

「加奈子、どうかした？」直美が聞いた。

「大変だ」

「どうしたのよ」

「いいから、立ち止まらないで先に進んで」

「何よ。何があったのよ」

「いいから」

　加奈子は直美の背中を押して歩き、路地を曲がったところで言った。

「そこにワゴン車が停まってるじゃない。中からカメラのシャッター音が聞こえた。興信所かもしれない」

「えっ」

　直美が一瞬にして蒼ざめた。ビルの陰からのぞく。

「気のせいなんじゃない？」

「運転席に座ってる男、さっきカラオケルームに来た人と似てた。いや、たぶん一緒。服装も同じだったし」

「でも、それだけで興信所とは……」

「じゃあ何よ。怪しいじゃない。こんなところに日本人がいること自体」

「わかった。確認して来よう。わたしが聞いてみる」直美が行こうとする。

「待ってよ」加奈子が腕を引っ張って止めた。「正直に言うわけないでしょう。とぼけるに決まってる」

「それもそうだけど……」

そんな話をしていたら、車のエンジンがかかり、ワンボックスカーが動き出した。まるで退散するように路地を抜け、交差点を左折する。二人は走り去る車を眺めていた。

興信所だとしたら、当然陽子の差し金だ。そのとき、加奈子の頭の中でひとつの光景が浮かび上がった。まさか――。

「ちょっと、わたし家に帰る」

「どうしたのよ」

「後でまた連絡する。ここで別れよう」

呆気にとられる直美を置いて、加奈子は走り出した。会社に戻り、ホワイトボードに《印刷会社、打ち合わせ》とうその用件を書き、再び外に出た。駅前まで走り、タクシーをつかまえる。

「千歳船橋までお願いします」

電車を使う余裕はなかった。急いだからといってどうなるものでもないが、一刻も早く確かめたいことがある。

昨夜、陽子は水が欲しいと言って加奈子を台所に行かせ、自分は部屋の中を歩き回っていた。そしてラックに並ぶ観葉植物をしきりにいじっていた。とくに何の感想も抱かなかった。ただの手持ち無沙汰による行為だと思っていた。あのときは――。

気が急いて全身が落ち着かなかった。貧乏揺すりが止まらない。口の中がからからに渇き、何度も唇を舐めた。

家に到着すると、玄関で脱いだ靴を弾き飛ばし、音を立てて廊下を走った。リビングに入り、一直線に観葉植物のところに行く。身を乗り出し、ひとつひとつを上からも下からものぞいた。その中のひとつ、幸福の木の幹の裏側に、黒い何かが貼りついていた。尻尾《しっぽ》のような短いコードが付いている。

やられた。盗聴器だ――。加奈子は目の前が真っ暗になり、その場にへたり込んだ。なんて女だ。ここまでやるとは――。恐らくマンション前の路上に興信所の車を待機させ、その中で盗聴していたのだ。ゆうべの直美との電話は、自分の声だけにしても、完全に盗み聞きされた――。

加奈子は懸命にそのときの会話を思い出そうとした。何を話したのか。自分は何を言ったのか――。

パニックに陥り、頭が回らなかった。いずれにせよ、怪しまれることは存分に言っているはずだ。もうだめかもしれない。この先の言い逃れは不可能だ。

加奈子は盗聴器を剝ぎ取り、コードを引き抜いた。

35

加奈子は朝一番で最寄りの産婦人科病院に行った。まず尿検査をしたら、やはり陽性反応が出たので、エコーをかけたところ、おなかの中に袋のようなものが映っていて、医師から「おめでたです」と笑顔で告げられた。

加奈子は顔を上気させ、「ありがとうございます」と明るく言った。もちろんそれは演技であったが、役者さながらに演じることが出来た。加奈子の中に一本の太い芯のようなものがあって、心の揺れを防いでいる。それは不思議な感覚だった。何も怖くない、は言い過ぎとしても、これまで恐れていたものがあまり怖くないのである。少なくとも動揺はなかった。

病院からは一週間以内に区役所に行って母子健康手帳をもらうよう指示された。たぶん自分は行かないだろう。なぜかそんな気がしている。

病院を出ると、急に空腹を覚えた。ランチタイムには少し早かったが、駅近くのとんかつ屋に入り、カウンター席でロースかつ定食を食べた。御飯とキャベツがおかわり自由で、両方ともおかわりをした。端の席にいた中年サラリーマンが、珍しい生き物でも見るかのように、加奈子の食べっぷりを眺めていた。

　出社して最初にしたのは、林竜輝の居場所を確かめることだった。昨日は興信所の調査員に見られたのだろうか。自分たちはともかく、林竜輝が写真に撮られていたら、とんでもない事態になる。社長の朱美は昨夜から神戸に出張していて不在なので、自由に動ける。加奈子は早速、行動を起こした。

　ビルの出入口で一度立ち止まり、通りの様子を窺う。昨日のワゴン車はいなかった。不審な人物も見受けられない。速足で路地を突き切り、マッサージ店に向かった。

　店に林竜輝はいなかった。どこに行ったのか、受付の中国人店員に聞いても要領を得ない。

「日本語のいちばん上手な人を出して。お願い」

　加奈子が懇願すると、顔を憶えていてくれたらしく、支配人を呼んで来てくれた。支配人といっても、出て来たのは三十歳かそこらの若い男だ。

「わたし、李社長の下で働いている白井という者ですけど、林さん、どこにいますか？」

　林竜輝の名前を聞いて、支配人が顔を強張らせた。

「林さん、どうかしましたか？　わたしたち、とても心配しています」

「心配って——。じゃあここにはいないわけ？」

「そうです。昨日の午後八時頃、店に日本人の男の人が二人来て、林さんに声をかけ、外に連れ出そうとしました。林さんは、真っ青になって窓から逃げました」

「窓から？　ここ二階でしょ？」

加奈子は耳を疑ったが、それより先に背筋が凍りついた。興信所が来たのだ。

「そうです。裏のビルとの間に飛び降りました」

支配人が窓を指差す。ガラスのすぐ向こうは隣接するビルだ。その薄汚れたコンクリートの壁を見て、加奈子はそのときの状況を思い浮かべた。

恐らく林竜輝は二人の男をやくざの殺し屋と勘違いしたのだろう。直美と二人でうそを吹き込み、散々脅しておいたのだから、それは慌てるはずである。

「それで二人の男は？」

「一旦、店を出て追いかけたみたいですが、見失ったらしくてすぐに戻って来ました。そして自分たちは興信所の調査員です、今逃げて行った男はどういう人ですか、とわたしに聞きました」

「それで？」

「ここの従業員ですと答えました。すると名前を聞かれました。わたしは林さんの名前を答えました。すると住んでいる家を聞かれました。わたしは考えました。知らない人にアパートの場所を教えることはとても怖いと思いました。だから教えられないと言いました」

「うん。それで？」

「一万円出すから教えて欲しいと言いました。でも断りました。だったら二万円出すと言いました。それも断りました。するといつから働いているのかと聞いてきました。わたしは、彼らに言いました。あなたたちは警察ですか？　もしちがうのなら、従業員の個人情報は教えられないですね。そしたら帰って行きました」

　支配人が小さく胸を反らし、鼻の穴を広げて言う。

「そう。教えなかったのね。頑張った。えらい。その二人組って、怪しい連中だから」

「わたしは林さんと隣同士の村の出身です。だから林さんは友だちです」

「ねえ、わたしには林さんの住んでるアパートを教えてちょうだい。わたしは李社長の部下だし、林さんの味方だから」

「林さんに何がありましたか？　私はそれが知りたいです。林さんが一度中国に帰ったとき、誰かのパスポートを使って帰ったと聞きました。そのことですか？」

「詳しくは言えないの。でも、林さんは何も悪いことはしてないし、わたしがちゃんと助けます」

加奈子が目を見据えて言うと、支配人は少し考えたのち、メモに地図を書いて手渡してくれた。歩いてすぐの場所だ。

「四人くらいで共同生活しています。たぶん誰かいるでしょう」

「ありがとう」

加奈子は礼を言い、メモを受け取ると、店を出た。再び尾行がないかを確認し、走って目的のアパートに向かう。日差しが強く、アスファルトの照り返しが目に痛かった。額に汗が滲む。ほかの音が消え、自分の吐く荒い息だけが聞こえていた。路地から飛び出て来た自転車とぶつかりそうになり、思わず悲鳴を上げる。中年の男が何か文句を言っていたが、無視して先を急いだ。

アパートはラブホテルが軒を連ねる通りに、見向きもされない落とし物のようにひっそりと建っていた。壁は汚れ、外階段の手は赤く錆《さ》びている。軒下には洗濯機が三台並んでいて、その中の一台は稼働中だった。

教えられた一階端の部屋のドアを叩く。中から中国語が聞こえ、たぶんそれは「どうぞ」という意味だろうと勝手に解釈し、ドアを開けた。

目に飛び込んだのは、土間に散乱するたくさんの靴だ。奥を見やると、敷きっぱなしの布団の上で、半ズボンにランニングシャツ姿の若い男がテレビを観ていた。何者かという視線を加奈子に向ける。

「すいません。わたし李商会の社員で李社長の部下です。林竜輝さんはいますか？」

李商会の名前を出したら、男が警戒を解き、笑顔で玄関口まで歩いて来た。

「林さんはいないですね。ゆうべ、出て行きましたですね」

たどたどしい日本語で答える。

「出て行ったって、池袋を出て行ったってこと？」

「そうですね。荷物をまとめて出て行きましたですね」

「どこへ行ったの？」

「たぶん、大阪か神戸だと思いますね。そこで同じ村の人の家で少しお世話になり、その後関西空港から中国に帰ると言ってましたね」

男はそこまで言うと、「あっ」と小さく声を発し、手で口をふさいだ。

「すいません。内緒にしておいてくださいね。誰にも言ってはいけないと命令されていましたですね」

「大丈夫。わたしは味方だから。この先はあなたも黙ってて。誰か知らない日本人が来て、林さんの居場所を聞かれても、そんな人は知らないって言い張ればいいから」

ね」

「そうですね。パスポートを持って出て行ったので、本当に中国に帰ると思いますです
「で、林さんはもう戻っては来ないわけね」

「わかりましたですね」

「わかった。ありがとう」

加奈子はドアを閉め、引き返した。歩きながら、尾行がないか何度も振り返る。昨日から癖になってしまった。一度尾行されると、恐怖のとりこになる。通行人も、停車中の車の運転手も、すべて興信所の調査員に見えてくる。

会社に戻り、一息つくと、あらためて事態の深刻さに震えがきた。林竜輝の存在を知られてしまった。達郎に瓜二つの中国人青年がいて、その男は加奈子となにやら因縁浅からぬ関係にある——。恐らく興信所は写真に撮ったにちがいない。そしてそれは陽子に届けられる。陽子はそれを見て、今度はどんな推理を働かせるのだろうか。

陽子は、防犯カメラに映っていた画像を見て、兄とはちがう印象を受けたと言っていた。となれば、その画像の主を、林竜輝と関連付けずにはいられないだろう。

おまけに盗聴器だ。一昨夜、直美と電話で交わした会話のうち、少なくとも自分の言ったことは陽子に聞かれてしまった。

「想定外のことばっかり」「わたし気が狂いそう」「あの女、防犯カメラ映像を見て、お兄ちゃんとはちがうんじゃないかって言い出してるんだよ。生きた心地がしなかった」

――。

少し思い返すだけで、嫌疑を抱かせる台詞がいっぱい出てくる。陽子は今頃どうしているのか。あの女のことだから、先送りすることなく、一気に攻め立ててくることだろう。となれば、今夜にも押しかけてくる可能性が高い。

加奈子はデスクで頰杖をつき、目を閉じた。いよいよプランが崩れ始めた。達郎が海外に逃亡したという替え玉トリックが、すべてを守ってくれるはずだったのに、それが揺らぐ事態になった。陽子は絶対にその点を突いてくる。

携帯が鳴った。直美からだ。林竜輝の動向について知らせる約束だった。忘れてはいないが、後回しにしていた。

「ごめん。連絡が遅れた。林さんは東京脱出。ゆうべのうちに逃げ出したみたい」

加奈子は電話に出るなり、先回りして告げた。

「あ、そう。それはよかったけど、そんなことより興信所がわたしのところに来た。さっき外商から帰って来て、通用口のところで男二人に呼び止められてさ。服部達郎さんの失踪について話を聞かせて欲しいって――」

直美の声は暗く沈んでいた。少し震えてもいる。本当は取り乱しそうなところを、何とか持ちこたえている様子が、受話器から伝わってきた。

「あいつらアポなしで来るんだね。考えてみれば、相手に準備させないためには不意を衝くのがいちばんいいんだろうけどさ」

「で、直美はどうしたの？」

「わたしは頼まれて顧客を紹介しただけで、あとは知りませんって答えたの。そしたら、服部さんの奥さんとの関係とか、もっと詳しく聞きたいって言うから、今忙しいからだめですって拒否したら、仕事が終わるまで待ちますって」

「うそ。じゃあ、今も葵百貨店の通用口にいるの？」

「そんな感じ。車で張られてる。まあ、閉店前に退社すれば出口なんかいくらでもあるから、逃げられるとは思うけど。でも、それってその場しのぎだし、自宅調べられたらアウトだし。わたしちょっと焦ってる」

「直美はとぼけるしかないよ。服部達郎さんにデパートの顧客を紹介した、ただそれだけ、そこから先は知りませんって――」

「うん。そうするつもりだけど」

直美は大きくため息をつくと、「じゃあ、そっちの話も」と促した。

「林さんね、東京から出て行ったのはいいけど、実はゆうべ、興信所がマッサージ店にやって来て、それを殺し屋だと勘違いして逃げて行ったみたい」

　加奈子は、マッサージ店とアパートで得た情報を直美に伝えた。

「最悪だね」直美がいっそう暗い声で言った。「達郎さんに瓜二つの中国人が東京にいることが、陽子にも知られちゃったわけだ」

「うん。今夜あたり、わたしのところに押しかけて来るんじゃないかって、そんな予感もしてるんだけど」

「加奈子こそとぼけられる？　わたし、申し訳ないけど、もう言い訳のシナリオが出てきそうにない」

「林さんについては、たまたま池袋で達郎さんにそっくりな人を見つけて、声をかけた。それは達郎さんの失踪後のこと――。そうやってシラを切り通す。で、問題は盗聴器で聞かれた会話の件。そのことを突いてきたら、何のつもりだ、プライバシーの侵害で訴えてやるって、大声でわめく」

　加奈子は思いつきを言ったが、自信も確信も何もなかった。だいたい向こうがどう出てくるかもわからないのだ。

「ほんとにそんなこと言える？」

「わからない。でも、突っぱねるしかない。死体を運び出したときのエレベーターの映像を見られない限り、まだ大丈夫」

「わかった。応援してる」

「あ、そうだ。わたし今日、産婦人科に行った」

「うん。どうだった?」

「おめでたですって言われた」

「そう……」

直美が受話器の向こうでしばらく黙った。非難も、憐憫《れんびん》も、同情も、何も感じさせない沈黙だった。

「おめでとう、でいい?」直美が言葉を発した。少し間を置いて、「ありがとう、でいい?」と加奈子が返す。互いに小さく鼻息を吐いた。

「加奈子さあ、笑わないで欲しいんだけど」直美が前置きして言った。「わたしね、今日からパスポートを持ち歩いてる。いざというときのためなんだけどね。捕まるの、絶対にいやだから」

「そりゃあわたしもよ。でも、一人でどっかに行かないでね」と加奈子。

「じゃあ、あんたも持ち歩くこと」

「そうね」

電話を切り、再び頬杖をついた。考えに耽る。今、直美は捕まるのはいやだと言った。それに加奈子も同意した。二人の会話の中で、初めて最悪の事態を想定する言葉が出てきた。このことを、自分は冷静に受け止めなければならない。

いよいよか——。ため息をつく。ここ数日で一気に状況が悪化した。林竜輝の存在がばれてしまった。そして直美のところにまで興信所が行ったとは。この先、自分たちはどうなるのか。

また陽子に消えてもらうことを考えた。あの女さえいなければ——。いや、もう手遅れなのだ。きっと義理の両親にも報告は行っている。

加奈子は自分たちの考えの甘さを後悔した。実行前は完璧なプランだと思っていた。それなのに、いざ決行すると綻《ほころ》びがいくつも出てくる。世の中、甘くはないということか——。いや、最後まで諦めない。自分の意思ではっきりしているのは、罪を認める気などさらさらないということだ。悔いてもいない。

加奈子は一人歯を食いしばった。


その夜は、定時退社して家に帰った。どこかへ雲隠れしたかったが、携帯電話がある以上、逃げようがないと思い、覚悟を決めた。

居直るしかない。林竜輝のこと、盗聴された会話のこと、説明を求められても、知らないと突っぱねる。生まれて初めての戦いだ。

携帯電話をテーブルの上に置き、ときおり目をやっては時間を過ごした。何も手につかず、テレビも見る気がせず、ソファで横になっている。

午後九時になっても陽子からの電話はなかった。少なくとも、今夜の来訪はなさそうだ。午後十一時になっても、電話はなかった。今日のところは何もなさそうだ。まるで、いつ執行されるかと脅える死刑囚の心境である。夜が明ければ、また陽子からの電話に脅える一日が始まる。

だいいち、今この瞬間にも何かが動いているのだ。陽子は、事件の謎を解こうと必死になっているはずだ。マンションの前には興信所の車が停まっているかもしれない。それを考えると、夜も眠れない。

いっそのこと、こちらからかけてやろうかとも思った。うちに盗聴器を仕掛けたのあなたでしょう、どういうつもりなのよ――。そうしてみたいが、今度は陽子が開き直るだろう。となれば一気に全面対決になりそうだ。

時間そのものが拷問《ごうもん》だった。加奈子は天井に向かって、神様助けてと、虫のいい願い事をしている。

36

四日間、何も起きなかった。陽子からの電話もなく、興信所の監視と尾行も気配としては感じない。直美のほうも同様で、興信所はあれきり訪れていないという。もちろん、陽子が諦めるわけはなく、それどころか林竜輝という新たな手掛かりを得て、興信所にさらなる追及を指示していることは間違いない。ということは、今この間にも、何かが動いているということだ。

とくに気になるのは、興信所には警察OBがいると言った陽子の言葉で、恐らく警察官を立ち会わせてマンションの防犯カメラ映像を見られたのも、警察OBの力によるものだろう。その人物が事件の臭いを嗅ぎつけ、本格的に動き出したら、自分たちはますます窮地に立たされる。エレベーターで大きなバッグを直美と二人がかりで運び、その後地下駐車場から達郎のBMWが発進した——。その防犯カメラ映像を見られたらまずアウトだ。高速道路の監視カメラによって、行先まで特定されてしまう。

加奈子は、気が気ではなかった。目の前を不意に横切る通行人にもどきりとした。電話ともなれば、心臓が止まりそうになるほど驚く。生きた心地がしないとはこのことだ。

唯一の心の支えは、おなかの中の小さな生命だった。現状では何の予定も立てられないはずなのに、なぜか頭の中には、自分と赤ちゃんが二人でしあわせに暮らしているシーンがあり、そのことを疑っていない。この不思議な感覚が、加奈子をかろうじて救ってくれている。


その朝、マンションの玄関を出るとき、フロントの管理人が不自然なほど愛想よく挨拶をした。加奈子は軽く会釈して通り過ぎたが、ちらりと見た笑顔は明らかに作られたものだった。その証拠に、玄関の自動ドアが開くとき、そのよく磨かれたガラスに映り込んだ管理人の顔は、急に険しくなり、加奈子の背中を睨んでいたのだ。

加奈子は背筋が寒くなった。何かあったのだろうか。警察が来て、防犯カメラ映像をチェックし、その内容が管理会社に知られてしまったとか。そして警察からこの件について口止めされているとか——。

いいや、考え過ぎだ。疑心暗鬼になっているから、何でも関連づけて考えてしまうのだ。そう自分に言い聞かせるが、脈拍の乱れはやまなかった。マンションを出て歩き始めても、駅までの道すがら、何度も周囲を見回してしまう。今日も無事で済みますようにと願うのだが、どうせ先送りに過ぎないと思い直し、気持ちは暗く沈み込む。夏の太陽がひたすら恨めしかった。

会社では、昼近くになって出社した朱美が、むずかしい顔をして加奈子に近づいてきた。隣の席の椅子に腰を下ろし、キャスターを転がして間合いを詰める。

「白井さん、林さんについて話があるのことですね。あなたは林さんが池袋から出て行った理由を知っていますね」

「あの……」加奈子は返答に詰まった。なんて答えようか。朱美にあまりうそはつきたくない。

「林さんが働いていたそこのマッサージ店に、ゆうべ刑事が来たそうです」

刑事と聞いて目の前が真っ暗になった。とうとう警察が動き出した。

「その前は興信所が来たそうですね。店長が聞いた話では、林さんは日本の暴力団に追われていて、それで逃げて行ったとのことです。林さんは何をしましたか？」

「いえ、何も……」

唾液が引っ込み、声がかすれた。

警察が動けば、すべての防犯カメラ映像が調べられるだろう。そうなったら自分たちは一巻の終わりだ。

「何もしていない人のところに、どうして刑事が来るのですか？　以前ならともかく、今は自分のパスポートを使って入国してるのことですね」

「すいません。詳しいことは言えませんが、林さんは悪くありません。わたしたちがいけないんです」

「わたしたちということは、小田さんも一緒ということですか？」

「そうです」

加奈子の蒼白の面持ちを見て、朱美がしばし黙ったのち、さらに距離を縮め、小声で言った。

「白井さんと小田さんは何かしましたね」

「……はい、しました」

加奈子の口から、母親に悪さを咎められた子供のように、認める言葉がするりと出た。

「何をしましたか」

「それは言えません。言うと今度は社長に迷惑がかかります。知っていてこの女を雇っていたのかと、警察の取り調べを受けます。知らないほうがいいんです。わたしは社長が好きです。だから迷惑はかけられません」

加奈子が訴えると、朱美はその言葉を咀嚼するように数秒考え込んだ。

「白井さん、あなたの旦那さんは今何をしてますか？」

朱美が突然質問を変えた。

「ええと、別居中ですが……」

最初の面接のとき、そういうことにしてあった。

「別居の理由は何ですか？」

「それは……」またしても返事に詰まる。

「以前、わたしは小田さんから相談を受けたことがありますね。友人に旦那さんから暴力を受けている人がいる、どうしたらいいですかって――。それは白井さんのことですね。そのときわたしは答えました、上海の女なら殺しているでしょう、と。あなたたちは旦那さんを殺したのことですか？」

朱美が静かに言った。加奈子ははたと顔を上げる。その目には修道女のような慈しみの色合いがあった。

加奈子は朱美の瞳に吸い込まれ、思わずうなずきそうになった。うなずいたら、助けてもらえる気がする。

「まさか旦那さんを殺すのに、林さんに頼んだとか、そういうことはありませんね」

朱美が続けて言った。

「いいえ。そんなことありません。絶対にありません」

まさかの問いかけに、加奈子は慌てて否定した。その必死の形相を、朱美は冷静に観察している。

「わかりました。信じます。わたしは、それが最初に頭に浮かび、心配していたのことですね。残念ですが中国人の中には、お金のために殺しを請け負う悪い人がいます。わたしは林さんがそうだったら、とても悲しいことだと思ていました」

「だから、ちがいます。林さんに協力してもらったことはありましたが、犯罪とは無関係です。刑事が来たというのも、わたしたちとの関係を知りたかっただけです」

「そうですか」

しばし沈黙が流れる。隣の倉庫では、若い中国人従業員たちがふざけ合っていた。その明るい声が、古いコンクリートビル全体に響いている。

もう一度聞いて来るかと思っていたら、朱美は椅子を引いて距離を空けた。視線は加奈子に向けたままだ。

「わたしはあなたたちを守てあげたいですね。何か出来ることはありますか？」

「……もしかしたら、お願いすることがあるかもしれません」

「そうですか。そのときは遠慮なく言ってください。日本人、遠慮する。それはよくないのことですね。それから、あなたはもっと御飯を食べるようにしてください。中国では痩せている女の人は不幸だと思われます」

　朱美が加奈子に視線を走らせて言った。

「わかりました……。あ、そうだ。日本語の商品カタログですが、来週には納品されます。刷り見本通りですから、問題ないと思います」

　加奈子は混乱しつつも、仕事の報告をした。仕事をおろそかにしていないことだけはアピールしておきたかったのだ。

「ありがとう。それたけでも白井さんを雇った甲斐がありました。この先もずっといて欲しいと思てますね」

　朱美は立ち上がると、加奈子の腕をそっと撫《な》で、自分の席へと戻って行った。彼女はどこまで察したのだろうか。目の前の女は夫を殺めたと、判断したのだろうか。

　加奈子は、足が地上から数センチ浮いたような、不思議な浮遊感の中にいた。ここ数日は自分の感情がわからない。脅えていながら、どこか開き直っている部分もある。少なくとも、生き抜くことへの執着はある。

　ともあれ、いよいよ警察が一人の銀行員の失踪に関心を抱き、動き出した。このことだけは受け止めなくてはなるまい。マンションのエレベーターの防犯カメラ映像は見られたと思ったほうがいい。今朝の管理人の態度も、それで辻褄が合う。直美と二人して、大きなキャスター付きバッグを深夜に運び出した。よほど呑気な人間でない限り、その中身は死体ではないかと疑うだろう。

加奈子は、直美に知らせる前に、念押しの確認をするため、ことぶき銀行の山本に電話を入れた。

「お仕事中すいません。服部の家内です。そちらにも刑事さんが行ったと思うんですが……。本当にご迷惑をかけてすみません」

加奈子がカマをかける。山本は一瞬言葉に詰まったのち、「じゃあ、奥さんのところにも行ってるわけですね。いや、ぼくもびっくりしちゃって……。いったいどういうことなんでしょうかね」とあっさり打ち明けた。

銀行にも行っていた。包囲網は狭まっている。

「わたしにもわからなくて。なんか、主人は犯罪に巻き込まれたんじゃないかって、そっちの疑いを持っているようです」

「ぼくは、前の晩のことをしつこく聞かれて。支店長も同様です。それから服部君が現金を引き出したATMの防犯カメラ映像を提出してます。おそらく駅地下通路の映像もJR東日本に提出を求めてるんじゃないですかね。そうなったら、ぼくとしても真相を知りたいというか……」

　加奈子はうんうんと相槌を打ち、仕事の邪魔をしたことを詫び、電話を切った。背中には冷たい汗が流れている。

　続いて席を外し、倉庫から今度は直美に電話をかけた。これまでわかったことを報告する。直美はすでに覚悟していたのか、狼狽することはなかった。

「そう。警察のお出ましか。これは時間の問題だね。わたし、身の回りの整理をして、現金を用意しておくわ」直美の口調には、深い諦めが感じられた。「たぶん、今は証拠集めの最中だろうね、それが揃ったところで、警察から任意同行を求められることになると思うけど、加奈子はどうする？　もう逃げる？」

「どうしようか。今逃げたら、自分が犯人ですって白状してるようなものだと思うんだけど」

　加奈子は、何のよすがもないのにまだ可能性を探っていた。追及をかわせられるものなら、なんとかそうしたい。

「でもさあ、逃げ遅れたらお仕舞いだよ」

「いきなり逮捕はないと思う。だって死体が出て来ない限りは、事件として扱えないでしょう」

「だから任意で警察署に呼んで、自白させようとするんじゃない。加奈子、それに耐えられる？」

「完全黙秘する。任意なら身柄拘束は出来ないでしょう。夜は家に帰れるし、一回ぐらいなら耐えられる」

もちろん加奈子にそんな自信はない。ただ、これで逃げ出すのはいかにも自分が惨めに思えた。理屈に合わないとわかってはいるが、もう少し堂々としていたい。

「わたしのところにも出頭要請が来るのかなあ。ビデオに映ってるし」

直美が不安そうに言った。

「あんな粗い画像、人相までわからないわよ。だからいきなりってことはないんじゃない。わたしは絶対にしゃべらないし」

「加奈子、強いね」

「そんなことはないけど」

「わたし、会社に休暇願を出すわ。逃げることになったとき、急に消えると心配されるし、顧客にも迷惑かけるし」

「直美はこんなときでも責任感あるね」

「性分なのよ」

二人で苦笑した。

電話を終えると、加奈子の中でまた新たな感情が芽生えた。たとえ何があろうと取り乱したくはない。人一人を殺めておいて言う台詞ではないかもしれないが、自分は、尊厳だけは失いたくない。死も選ばない。最後の意地だ。

加奈子は、その場でゆっくりと深呼吸をした。


少し残業をして、午後八時過ぎに帰宅した。マンションのエントランスの植木の陰に人影があり、誰かと思って見ると、陽子が立っていた。これまで見たことのない険しい表情で加奈子を見据えている。加奈子は思わず足を止めた。待ち構えていたようだ。ついに来たか。全身に武者震いが走った。

「お義姉さん、話があるんだけど。上げてくれる？　いいわよね」

陽子の声は冷たい怒気を含んでいた。加奈子は、この女が何か意を決していると直感でわかった。少なくとも感情に任せてここに来たわけではない。

「うん、いいけど……。何かしら」

加奈子は静かに答えた。自分を確かめるが、狼狽はしていない。

「この期に及んでとぼけるんだ」

「だって、わからないもの」

「そうか。そういうつもりなんだ」

陽子は頬をかすかに引き攣らせると、顎をしゃくり、先に行くよう促した。加奈子が歩を進める。フロントの管理人が「おかえりなさいませ」と挨拶を発したが、二人を見て最後は声が小さくなっていた。

無言のままエレベーターに乗り込む。落ち着け、落ち着けと自分に言い聞かせた。

廊下を歩く。ぴったりとうしろについてくる陽子の距離の取り方にぞっとして、背中に鳥肌が立った。

部屋に入る。どうぞと言わなくても、陽子は勝手に靴を脱いで上がり、ダイニングの椅子に腰を下ろした。加奈子は喉が渇いていたので、冷蔵庫からペットボトルのお茶を二本取り出し、一本は陽子の前に置いた。テーブルで向き合う。

「わたしね、ショックで二日間寝込んだ。母は卒倒して病院のベッドで点滴を打ってる」

陽子が感情を押し殺して言った。

加奈子は、どうかしたの、と言いそうになったが、反射的に口をつぐんだ。

「わたしがここへ来たのは、わたし一人の判断。両親も知らない。あんたの口から、どうしても直接聞きたくて来たわけ」

陽子は、お義姉さんではなく、あんたと言った。

「言いたいこと、わかってるよね。あんた、わたしのお兄ちゃん、殺したでしょう」

いきなり浴びせられた決定的なひとことだったが、加奈子は動揺を表に出さずにいられた。眉をひそめ、何を言い出すのかという顔をする。一方、心臓は早鐘を打った。

「もう全部見たの。防犯カメラの映像を。金曜の深夜、お兄ちゃんは家に帰って来た。エントランスのカメラにも、エレベーターのカメラにもお兄ちゃんが映ってる。だからあんたがこの前言ったことはうそ。で、それから何時間か経って、あんたともう一人の女が黒い大きなキャスター付きバッグを押してエレベーターに乗った。そして地下の駐車場に運んで、お兄ちゃんのBMWにバッグを積んだ。その車は高速道路を西に向かった。お兄ちゃんは帰宅して以降、マンション中のどの防犯カメラにも映っていない。だから、バッグの中身はきっとお兄ちゃん。その先はまだ知らない。警察もなかなか捜査状況を教えてくれなくてね。今はね、Nシステムっていうのが全国の主要道路に設置してあるんだって。だからあんたがあの日、車でどこまで行ったか、警察はおおよそ把握してるみたい。逃げられないよ」

陽子の声が次第に震えてきた。

「わたし、何のことかよくわからないんだけど」

　加奈子は動揺を隠して答えた。心の中に、何か防波堤のようなものがあり、それが懸命に心の揺れを押さえている。ただし顔は熱く、背中は寒い。

「ふうん。とぼけるんだ。まあ、最後の悪あがきだとは思うけどね。それにしてもよく考えたよね。お兄ちゃんにそっくりの中国人を見つけて来て、お兄ちゃんのパスポートで一旦国外に出させるとは。替え玉を立てたんだ。刑事もびっくりしてた。警察もゲンキンなものだよね。最初はなかなか腰を上げなかったくせに、興信所がいろいろ調査して、わたしも盗聴器を仕掛けて、不審点をいっぱい捜し出して、証拠を提出したら、連中、俄然《がぜん》色めき立ってるの。これは大事件だって」

「ほんと、何の話かしら」

「わたしはね、あんたに最後のチャンスを与えに来たの」

　陽子が妙なことを口走った。テーブルに肘をつき、身を乗り出す。

「自殺させてあげる。首を吊るなり、ベランダから飛び降りるなりして死んでちょうだい」

　加奈子は予期せぬ台詞に返事が出来なかった。それより、中国人、替え玉、警察、それらの言葉が頭の中でぐるぐると渦巻き、暗闇に引っ張られそうになった。耐えよう。

堪えよう。もう一人の自分が励ましている。そうか、自分たちのプランはすべて崩壊したのか。まるで宝物を奪われたような喪失感だ。

「もうすぐ警察が来て、あんた捕まるよ。生きて辱《はずかし》めを受けるより、死んだほうがましでしょう。マスコミは飛びつくよ。あんたの家族も表を歩けなくなるよ。その前に自分で消えたほうがいいでしょう。実を言えば、こっちもあんたに死んでもらったほうがいいのよ。裁判になれば、お兄ちゃんのDVとか、いろいろ出てくるしね。そうなったら母も父もたまらないだろうし。ねえ、お願い。死んでちょうだい」

「いやです」

加奈子は憤然と言い返した。死んでちょうだいと言われ、勝手に口が動いていたのだ。

「わたしは達郎さんを殺してません」

言葉に出して言うと、すうっと体温が戻った。

「じゃあどこに行ったのよ」

「だから上海なんじゃないの？」

「そんなわけないでしょう！」

突然、陽子が声を荒らげた。顔が見る見る赤くなる。

「あんたは仲間の女と一緒にお兄ちゃんを殺して、どこかに埋めるなり捨てるなりしたんだよ。どうしてくれるのよ。わたしのお兄ちゃんよ。暴力を振るったかもしれないけど、殺すことはないでしょう！」

「だから殺してないの」

「うそをつきなさい！　どこへ埋めたのよ。教えなさい！　わたしのお兄ちゃんを早く土の中から出してよ！」

陽子が立ち上がり、テーブルを回って加奈子の横に来た。腕をつかむ。

「やめて、痛いじゃない。落ち着いてよ」

加奈子も立ち上がり、手を振り払い壁際へと下がった。

陽子が荒い息を吐き、一歩前に出る。今にも飛びかかって来そうだ。

ふと棚の花瓶に目が行った。加奈子の手が伸びかける。自分は今、何かの境界線上にいると思った。達郎を殺めたときより、ずっと本能的なものだ。我が身とおなかの中の子供を守りたいという、生命の領域にかかる境界線上だ。

加奈子の尋常ならざる気配を感じ取ったのか、陽子が動きを止めた。血走った目で湧き起こる感情を懸命に堪えている。数秒、時間が止まったような間が生じた。互いに見つめ合う。

陽子が髪をかき上げ、口を開いた。

「あんたと一対一で話せるのは、今夜が最後だよ。だってあんた、この先は牢屋の中だからね。そうなればこっちも言いたいことが言えないから、それで来たんだよ。もう一回言うよ。死んでちょうだい」

「いやです。わたしが死ぬ理由はないの」

加奈子が繰り返す。また沈黙。今度は一分近く続いた。

陽子が肩を落とした。目に大粒の涙が浮かび、たちまち溢れ出す。その場にしゃがみ込んだ。

「殺すことはないじゃない……。わたしのお兄ちゃんなのよ……」

ぼろぼろと泣きながら、途切れ途切れに声を発する。フローリングの床がたちまち滴で濡れた。

「なんであんたみたいな、たいしたキャリアも積んでない女に、わたしの人生が汚されなきゃならないのよ。わたしは努力して、ちゃんと階段を上ってるのよ。それなのに、あんたなんかに……」

陽子が尚も泣きじゃくる。

加奈子は立ち尽くし、陽子を見下ろしていた。二人の間で、感情が入れ替わるように、落ち着きを取り戻す。自分に理がないことはわかっていた。陽子に同情する気持ちもゼロではない。ただ達郎を殺さなければ、殺されていた。あるいは一生、奴隷のように扱われた。仕方がないじゃない——。

陽子が立ち上がる。ゆっくり呼吸を整えると、涙を止め、再び加奈子を見据えた。

「警察の取り調べでお兄ちゃんの悪口言わないでよ。それがあんたのするべきせめてもの償い」

目を細くして言う。

加奈子は、陽子の言いたかったことはこれかと思った。それを言いに来たのか。安心しなさい。わたしは捕まらない——。

「ごめんなさい。あなたの言ってること、わからない」

言い終わらないうちに、陽子の右手が飛んだ。加奈子の頰がパンと鳴る。達郎に殴られ、その妹にも頰を張られた。加奈子は手で頰を押さえ、陽子を見つめた。二発目がなかったので、防御の構えはしなかった。

陽子が無言で踵を返す。背中に怒りと悲しみを漂わせ、ゆっくりと玄関へ歩いて行く。

加奈子は見送らなかった。ドアが閉まる音をリビングで聞いていた。

加奈子の頭の中に、ゲーム・オーヴァーという言葉が浮かんだ。終わった。もう工作の必要がなくなった。心が解放されている。恐れもない。陽子と対峙してよかったとも思った。禊《みそぎ》を済ませたような、ひとつケリをつけたような、自分でもよくわからない感情が、胸いっぱいに広がっている。ただ、加奈子はますます生きる決意が固まった。自分は絶対に捕まらない。

37

翌日は、感情をどこかに置き忘れたように、加奈子はただ機械的に働いた。朝から書類整理をして、日本語ホームページの新入荷商品を更新して、輸入品注文の英文タイプを打った。日本の外食チェーンの仕入れ担当が来社したので、朱美の秘書としてミーティングにも加わった。頭の奥が痺れていて、どこか思考を拒否しているような感じがあった。食欲は相変わらず旺盛だ。

狼狽したのは直美のほうだった。電話で昨夜の一件を告げると、「もう逃げるしかないね」と思い詰めた声で言い、海外ならどこがいいかと、そんなことまで口にした。

「だって国内ってわけにはいかないでしょう。あらゆる場所に防犯カメラがあって、駅も空港も利用した途端に御用なんだよ」

直美は現代社会の監視カメラ網にすっかり脅えていた。達郎を埋めたあんな山奥の峠道に、Nシステムなどあるわけがないと言っても、そこへ行く通過点で何カ所かは記録されているはずだと、悲観することをやめない。

「警察が動き出したら、わたしたちなんてひとたまりもないって。興信所とちがって強制力があるんだもん。ねえ、加奈子。今日にでも逃げたほうがいいって。手遅れになったら取り返しがつかないよ」

「そんな、いきなり。こっちから白状するようなものじゃない。直美は怖がり過ぎ。裁判所の令状がない限り、スマホひとつも押収出来ないし、身柄拘束だって出来ない。警察が来ても、わたしは平気」

加奈子が答えると、直美は信じられないといった様子で言葉を詰まらせ、無理はしないで欲しいと懇願した。

「わたしたちは共犯者だからね。運命を共にしてること、忘れないで」

「わかってる」

念のために万が一のときのことを打ち合わせておいた。警察に同行を求められたら、空メールを打つこと。以後のメール連絡は一切やめること。はぐれたときの待ち合わせ場所は池袋のカラオケルーム。現金を用意しておくこと。パスポートを持ち歩くこと――。

項目を考えながらも、加奈子に緊迫感はなかった。落ち着いているのが自分でも不思議だった。

その日の夜、帰宅するとマンション前にシルバーのセダンが停まっていた。中には男が二人乗っている。加奈子の姿を認めるなり、ドアが二枚同時に開いた。興信所か、警察か——。加奈子は、思わず身構えた。

「すいません。服部加奈子さんですね。わたし、成城東署の者です」

三十代とおぼしき刑事の明るい声だった。もう一人の男も、もちろん演技だろうが、白い歯を見せている。二人ともスーツではなく、ポロシャツにコットンパンツという軽装だった。一人の刑事が尻ポケットから身分証を取り出し、開いて見せた。

「成城東署の井上と言います。服部さん、ご帰宅早々すいませんが、ご主人の失踪のことで少しお聞きしたいことがありまして、これから署までご同行願えませんかね」

警察がとうとう来たか。額にじんわりと汗が滲む。加奈子は生唾を呑み込んだ。

「すいません。わたし、夕食も取ってないんですが。それに汗をかいたのでシャワーも浴びたいし」

加奈子は平静を装って言った。自分自身を確認する。大丈夫だ。まずまず落ち着いている。声も膝も震えてはいない。

「夕食でしたら、署に仕出し弁当があるので、それを食べていただけませんか。御馳走ってわけにはいきませんが、味も量もそこそこです」

「じゃあ、シャワーを浴びて着替えさせてください」

「すいません。それは後回しにしてもらえませんか。大事な話ですから」

刑事が二人で行く手をふさいだ。口調は柔らかだが、発する空気は威圧感に満ちている。

「ひとつ伺いますが、これは任意ですよね」加奈子が聞いた。

「そうです。任意です。よくご存じですね。最近はドラマやら映画やらで、そういうの、全部知れ渡ってるんですよね」

刑事がそう言って頭をかくが、仕草はどこか芝居じみていた。

「任意ということは、断れるんですか？」

「そうおっしゃらないでください。御主人のことですから、奥さんも他人事ではないでしょう」

「でしたら、日を改めて、たとえば明日伺うとか、それでもいいんじゃないですか？」

「今夜、お願いします」

頭を下げるものの、目は笑っていない。もう一人の男が横に移動し、屈強な男にはさまれる形となった。

「すぐに済みますから」

それは信じるわけにはいかない。すぐに済むわけがない。取調室に入ると、態度が一変するのだろうか。自分は刑事の追及に耐えなくてはならない。

ふとエントランスの中に目をやると、管理人が身を乗り出してのぞき込んでいた。その目は嫌悪と憐憫に満ちている。

「わかりました。ただし早めに帰してください。家事も溜まっているので」

加奈子は同行を了承した。果たしてどうなるのか、見当もつかない。もしかすると自分は大きな判断ミスを犯したのかもしれない。けれど、体の中の本能のようなものが、警察に立ち向かわせている。

刑事に促され、加奈子は車の後部座席に乗った。刑事二名は前に乗った。コンソールの無線機が目に飛び込む。助手席の刑事がその受信機を手に取った。

「成城東3から警視庁どうぞ」

「成城東3どうぞ」

「服部加奈子さんをこれから署に任意同行します」

「警視庁了解」

無線の短いやりとりに加奈子の緊張は高まった。警視庁と言っていた。警察はもう全体で動いているようだ。

加奈子は直美との約束を思い出し、バッグからスマートフォンを取り出した。直美のメールアドレスを呼び出す。

「あ、服部さん。電話はやめてください」

すかさず刑事が振り返り、言った。

「どうしてですか？」

「誰に連絡するんですか？」

「言う必要はないと思いますが」

「何か隠し事でもあるのかと疑われて、あなた不利になりますよ」

その間にも指で操作し、空メールを送った。

「服部さん、お願いしますよ」刑事が取り上げようと手を伸ばす。

「わかりました……」加奈子は素直に従った振りをして、スマートフォンをバッグにしまった。

数秒後、直美は空メールを受け取り、震え上がるだろう。加奈子は自分のこと以上に胸が痛んだ。直美の運命は自分にかかっている。絶対に白状してはならない。加奈子は呼吸を整えた。

外の景色に目をやる。同年代の夫婦がスーパーのレジ袋を提げ、肩を寄せ合って歩いていた。共に会社帰りだろう。楽しげな横顔が車窓を流れて行く。自分にもあんな時期があった。人生とは、本当に皮肉なものだ。

警察署の取調室は、三畳ほどの殺風景な空間だった。机がひとつと、それに長テーブルがT字形にくっついている。加奈子は奥の窓側に座らされた。飲み物は出ないようだ。任意同行した若い刑事は長テーブルに腰掛け、ノートパソコンを開いた。正面には別の刑事が座った。無精髭《ひげ》を生やした、白髪交じりの年配者だ。眠そうな目で、それでも獲物を見るように加奈子を凝視した。

「さてと、奥さん。まずは任意の出頭に応じていただいてありがとうございます」

礼を言うものの、口調は端から威圧的だった。迎えに来た二人とは物腰がまるでちがう。ここに来て全身に鳥肌が立った。

「さてと、どうして出頭を求められたか、わかってるよね」

「いいえ。わかりません」

加奈子がかぶりを振る。刑事が心外そうにふんと鼻を鳴らした。

「あ、そう。じゃあ順番に聞くがねえ。六月十七日、奥さんはうちの署にご主人の捜索願を出してるよね。それによると、六月十四日、土曜日、正午前に家を出て、その後連絡が取れなくなった、と」

刑事が、以前加奈子が提出した《行方不明者に係る届出》のコピーを広げ、内容を読み上げる。加奈子は思い出した。あのときは初老の柔和な警官が出て来て、穏やかに対応した。あれで終わってくれると思っていた。

「その後、ご主人の勤務する銀行が調査したところ、ご主人は土曜日夕方、成田から日本を出国し、上海に向かった。これは出国記録にも搭乗名簿にも記録されている。つまり、ご主人は記録上、日本にいないことになっている。出国の理由については、後回しにしよう。それで、出国した人物は金曜と土曜、二度にわたって奥さんの銀行口座から百万円ずつ、計二百万円を引き出している。それは池袋と丸の内のATMにおいてである。そのときの防犯カメラ映像を見ると、確かにご主人らしき人物が金を引き出している。ただ、ほかの防犯カメラ映像を見ると、店舗の外に女が待ち構えていて、ご主人らしき人物と接触したことが確認されている。奥さん、この女に心当たりは？」

「ありません」

加奈子は毅然と答えたつもりだったが、声が上ずった。

「それでは、ご主人がいなくなったという土曜日、奥さんはどこで何をしていたの？」

加奈子は思い出す振りをした。

「家にいたと思います」

「それを証言する人はいるの？」

「いえ、いません」

「うそを言ったらいけないよ。あんた、あの日は成田空港に行ってるでしょう」

刑事が語気を強めて言った。横に座る部下が、すかさず加奈子の表情を読み取ろうとする。

「わたし、成田空港なんか行ってません」

加奈子が否定すると、刑事は「おい」とドスの利いた声を発して、部下に紙封筒を出させた。中には画像をカラープリントした用紙の束がある。

「奥さん、これを見なさい。ここに写ってるの、全部奥さんでしょう」

刑事がプリントを突き付けた。加奈子は目を向けつつ、焦点を合わせないようにした。怖くて正視出来ないのだ。

「よく見なさい。これは十四時三十五分、東京駅丸の内地下改札の画像。三人写ってるよね。それから十五時四十七分、成田空港第二ターミナル駅改札の画像。ここにも同じ三人が写ってるでしょう。まだあるよ。これは空港内の搭乗カウンターの防犯カメラ。これは出発ロビー。全部に写ってる。この中の一人、髪の長いのはあんたでしょう」

「いえ、ちがいます。成田空港には行ってません」

加奈子は、暴れる濁流を堰《せ》き止める堤防のように懸命に言い張った。皮膚の内側では、すべての細胞が固唾を呑んでいる。頑張れ、頑張れ。自分を鼓舞する。

「じゃあ、画像に写ってるこの男は誰なのよ」

「主人かと思いますが」

「本当にそう思ってるの」

「はい……」

刑事が無精髭を撫でながら、しばし黙った。首を左右に曲げ、骨をボキボキと鳴らす。

加奈子を正面から見据え、威嚇《いかく》するように荒い息を吐く。

「奥さん、林竜輝っていう中国人は知ってるよね」

加奈子は一瞬、返事に詰まった。どう答えるべきか。

「知りませんけど」咄嗟にそう言った。

「知らないってことはないだろう。だって奥さんは先週、林竜輝に会ってるんだよ。池袋のカラオケルームで。目撃証言があるんだから」

目撃証言というのは、興信所の報告だろう。

「いいえ。そんな人とは会ってません」

「じゃあ、七月二十九日の午後、奥さんがカラオケルームで会った男は誰なのよ」

「その目撃証言というのは、誰の証言なんですか」

加奈子が言い返すと、刑事は顔を赤くし、すうっと鼻から息を吸った。

「あんた、わかってるでしょう。興信所だよ、興信所。あんたはずっと興信所に尾行されてたんだよ」

「でも、その証言が正しいとは限らないじゃないですか。刑事さんがそれを信じる根拠は何なのですか」

加奈子は、何かに押されるように抗弁していた。いつの間にか、どこかからもう一人の自分がやって来て、憑依《ひょうい》して一緒に戦っている。

「おい、写真を出せ」

刑事が部下に命じると、また封筒が出てきた。中から写真を取り出し、加奈子の目の前に並べる。

「ほら、これが証拠だ。七月二十九日、池袋の路地裏のビルから奥さんと、奥さんの友だちが出て来た。このビルにはカラオケルームと林竜輝が勤務するマッサージ店も入っている。それで知らないことはないだろう」

「これで証拠になるんですか？　いつ撮った写真かもわからないじゃないですか」

林竜輝と一緒に写った写真はなさそうだ。加奈子はそう踏んで言い返した。

「じゃあ、何をしにあのビルに行ったのよ」

「忘れました」

「思い出しなさい。大昔ってわけじゃないんだ」

刑事がこめかみを小さく痙攣させた。一介の主婦などすぐに落とせると思って出頭させたのだろう。当てが外れて苛立っているのだ。

「……たぶん、カラオケルームは静かなので、そこで出前を取ってランチしてたんだと思います。ときどきするんです、そういうこと」

「じゃあ一緒に行った女の人についても聞かせてもらおうか。奥さんの友だちだよね。名前は？」

「……ここで言う必要があるんでしょうか？　彼女は関係ないと思うんですが」

「大ありだよ！　さっきの防犯カメラ画像の写真をもう一回見てみろ！　東京駅でも、成田空港でも、一緒に写ってるのはこの女だろう！」

とうとう刑事が声を荒らげた。机をバンバンと叩く。加奈子は思わず首をすくめた。

「小田直美。葵百貨店の外商部社員。奥さんとは大学の同級生。そうだよね」

「カラオケルームのあるビルの前で写っているのは彼女ですが、東京駅や成田はちがうと思います」

「あ、そう。だったらほかの写真も見てもらおうか」

刑事が指示し、また別の封筒が出てきた。中のプリントはマンションの防犯カメラに映った画像だ。やはり出てきたか。すでに覚悟はしていたが、いざ目の当たりにすると衝撃を受けた。駅などの防犯カメラ画像とちがい、至近距離のせいで、言い逃れできないほど鮮明に映っている。

「ほら、これを見ろ。エレベーターに奥さんと小田直美が二人で乗ってるだろう。大きなバッグを押して。これはご主人が失踪したという土曜日未明の写真だよ。あんた、この女と二人して何やったんだ！」

「何もしてませんが」

「してないわけがあるか！　あんたの亭主は金曜深夜に帰宅した。その姿は防犯カメラ映像に映ってる。しかしそれ以降、亭主はマンション内のいかなる防犯カメラにも映っていない。代わりに映ってるのがこの大きな黒いバッグだ。さあ、このバッグの中身は何だ！」

「大きな声を出さないでください」

加奈子は両手で耳を押さえて訴えた。ただ、理詰めで追い込まれるより、怒鳴られるほうが怖くなかった。達郎から受けたＤＶに比べれば、身の危険はない。この刑事は、自分を殺したりはしない。

「バッグの中身は古い衣類や本です。処分するのを友人に手伝ってもらいました」

加奈子が答えた。

「真夜中にか！」

「いけませんか？　それより怒鳴らないでください。これは任意ですよね。わたし帰りたいんですけど」

腕時計を見ると、午後九時を過ぎていた。いつの間にか、警察署に連れて来られてから二時間も経っている。

「ああ、そうだ。服部さん、仕出し弁当を食べてください。すいません。出すのを忘れてました」

部下が横から言った。なだめ役なのか、この男の口調はあくまでも丁寧だ。

「いいです。うちで食べます」

「そう言わずに。用意してあるんですから」

　加奈子の返事も待たずに立ち上がり、取調室から出て行き、一分と経たずにお重とお茶を持ってきた。食欲など、もちろんない。けれど抵抗を示したくて、食べることにした。

　冷めた唐揚げを口に運び、御飯を頬張る。二人の刑事が、こんなときに飯が喉を通るのかという目で加奈子を眺めていた。

　加奈子は、食べながら自分に言い聞かせた。自白しない限り、身柄拘束は出来ないのだ。だからあと少しの我慢だ。頑張れ、頑張れ。

「奥さん、食べながらでいいよ。あんた、バッグを車に積んで、午前四時過ぎに友だちと出かけているよね。どこへ行ったの」

　刑事がトーンを下げて聞いた。怒鳴っても効果がないと方針を変えたのだろうか。

「丹沢です」

　加奈子は一瞬の判断でそう答えた。Nシステムの話をゆうべ陽子から聞かされたが、まさか三国峠までは特定されていまい、そう踏んでの回答だ。

「丹沢のどこよ」

「丹沢湖のあたりです」

「何をしに？」

「ドライブです」

「ほう。ドライブね。で、バッグの中身はどうしたの？」

「そんなの、答える必要あるんですか」

「協力してよ。一人の人間が消えてるんだ。それもあんたの亭主なんだよ」

「ですから主人は国外です。銀行からは、行先は上海だと聞いてます」

加奈子はきんぴらごぼうを口に入れた。慌てるな、慌てるな。自分に言い聞かせ、ゆっくり嚙んで食べる。ただし味は全然しない。

「だから質問に答えて。バッグの中身はどうしたの？　どこに捨てた？　それとも埋めたのか？」

「どこにも捨ててません。後日、知り合いにあげました」

「どういう知り合い？　名前は？　後日っていつ？」

「そんなことまで答えたくありません」

「だから協力してって言ってるだろう。あんたには重大な嫌疑がかかってるんだよ。だったら釈明したほうがいいだろう」

「どういう嫌疑ですか」

「あんた、それをおれに言わせるのか？」

「わたしが主人を殺したとか、義理の妹の言い分を真に受けているのだとしたら、とんだ迷惑です」

「しかし、あんたの旦那の失踪はおかしなことだらけだろう。旦那は金曜深夜に帰宅して、その後行方が知れない。旦那がマンションから出た防犯カメラの映像はどこにも残っていない。その代わり、あんたとあんたの友だちの小田直美なる人物が、黒い大きなバッグを深夜に運び出し、地下駐車場の車に積み込んだ。あんたらは午前四時過ぎにその車で丹沢まで出かけた。何がドライブだ。そんな言い訳を誰が信じるものか」

「それは刑事さんの個人的見解だと思います」

「じゃあ旦那はどうやってマンションから出た！　言ってみろ！」

刑事がまた声を荒らげた。加奈子は弁当を食べるのをやめ、中空を凝視し続けた。刑事にも、部屋の中のどこにも焦点を合わせたくない。悪夢の最中と思えばいいのだ。心の中には避難場所があり、そこに逃げ込む。達郎からDVを受けているとき、身に付けた術だ。耐えろ、耐えろ。心の中で繰り返す。

「あんたなあ、いつまでもとぼけられると思うなよ。こっちはたくさんの証拠をつかんでるんだ」

「知らないものは知らないんです」

「旦那がマンションから消えて、土曜日に成田から出国した。しかし、それは旦那に瓜二つの中国人、林竜輝だった。あんたは林竜輝に旦那のパスポートを渡して、一旦国外に出させた。だから旦那は海外に失踪したことになっている。失踪の動機もちゃんと用意されていて、それは旦那が認知症の顧客の預金をくすねたからということになっている。そしてその顧客を旦那に紹介したのはあんたの友人、小田直美だ。これはサスペンス・ドラマも真っ青のストーリーだぞ。あんた、わかってるのか！」

「すいません。もう帰してもらえませんか」

「だめだ。正直に言うまで帰さん」

「そんな、人権侵害じゃないですか。これって任意なんですよね」

「ああ任意だよ。だから正直に話してくれって頼んでるんだよ」

「帰ります」

「だめだ。帰さん」

「弁護士を呼んでください」

「洒落たことを言うな！　あんた、このまま言い逃れ出来ると思ってるのか！　警察をなめるんじゃない！」

刑事が顔を真っ赤にして怒鳴った。どんなに責められようが、加奈子に白状する気はさらさらなかった。逃げるつもりなら、ゆうべのうちに逃げている。これが最後の務めだ。そしてわたしなりの禊だ――。頭の中にはそんな漠然とした思いがあり、自分を支えている。頑張れ、頑張れ。

「あんたねえ、裁判で心証が悪くなるぞ。奥さん、聞くところによると、旦那から日頃暴力を受けてたそうじゃないか。このままじゃ殺されると思って、それで犯行に及んだんだろう。それをすべて正直に言えば、まだ情状酌量の余地ありとして、罪も軽くなるんじゃないのか」

刑事が一転して口調を和らげるが、加奈子には見え透いた芝居で、心はピクリとも動かなかった。

「知らないことは、お話し出来ません」

「まあいい。時間をかけて聞くよ」

「帰りたいんですが」

「だめだ。帰さん」

刑事がじろりと睨む。加奈子は、机に肘をつき、下を向いた。深々とため息をつく。腕時計を見ると、十時を回っていた。この事情聴取はいつまで続くのか。身柄拘束など出来るわけはないと思っていたが、そろそろ不安な気持ちが胸の中で膨らんできた。法律に関しては素人だし、警察の手口も自分にはわからない。

沈黙が流れる中、ドアがノックされ、別の男が顔をのぞかせた。「課長、ちょっとすいません」と小声で手招きする。刑事が一度席を立ち、取調室から出て行った。

「奥さん、全部話したほうがいいんじゃないですか」横にいた部下が穏やかな口調で言った。「もうこっちはわかってるんですよ。これは凄い手口だって、本部の捜査一課でも話題になってるんです。この先はさらに厳しい刑事が出てきますよ。奥さん、早く言って楽になりましょうよ」

「何のことだかわかりません」

「ご主人の死体、どこに埋めたんですか？　早く出してあげましょうよ。このままじゃ成仏も出来ないでしょう」

「だから、何のことだか――」

そこへ刑事が戻って来た。憤怒の表情で、加奈子を見下ろしている。

「あんた、弁護士が迎えに来てるってよ。どういうことだ」

加奈子は一瞬、何のことかわからなかった。弁護士？　自分に弁護士の知り合いはいない。さっき、刑事とのやりとりで弁護士を呼んで欲しいとは言ったが、自分は何もしていない。

「おい、井上。てめえ、この女にどこかへ連絡させたのか！」

続いて部下に向き直り、怒鳴りつけた。

「あ、いえ。どこにも連絡させていません。自分は対象者の同行の間、ずっと見張ってました」

部下がしどろもどろになる。

「じゃあ、なんで弁護士が署に乗り込んで来るんだよ！　逮捕ではなく任意同行なら、服部加奈子をただちに解放しろとよ。てめえが目を離した隙に電話されたんだよ。この馬鹿野郎が！」

刑事が分厚い手で部下の頭を叩《はた》いた。部下は頬をひき攣らせ、何故だという表情で加奈子を見る。

加奈子は直感した。直美だ。空メールを受け取り、急いで手を打ってくれたのだ。それ以外に考えられない――。

刑事たちが一旦外に出て、加奈子は取調室に一人取り残された。全身の力が抜ける。椅子の背もたれに体を預け、天井を見上げたら、一瞬平衡感覚がなくなり、目眩がした。自分は解放されるのだろうか。刑事たちの慌てぶりからすると、その公算が大きい。

両手で頬を包む。舌で唇を舐《な》めたらくっつくほど乾いていた。今になって動悸がした。

五分ほどして刑事が戻って来た。「おい、出ろ」とぞんざいに言う。

加奈子はバッグを胸に抱え、立ち上がった。取調室を出るとき、刑事部屋の全員から強い視線を向けられた。階段を下り、一階のホールに出る。すると、いかにも癖のありそうな人相の中年男が近寄ってきて、「あなたが服部加奈子さん？」と耳元で聞いた。

「はい、そうです」

「わたしね、弁護士の周と言います。日本に帰化した中国人ね。李社長に頼まれて来たの。依頼人は小田直美さんだけどね。もう安心していいよ。家に帰してあげるから」

そう言って、加奈子の腕をポンと叩く。中国人と言うが、日本語のイントネーションは日本人と変わりなかった。そしてあとから下りてきた刑事たちと何事か交渉を始めた。

「本人には明日あらためて出頭させますから」

「先生、絶対ですね。約束してください」

そんな両者のやりとりが聞こえる。

そうか。直美は朱美に助けを求めたのか。それに朱美が手を差し伸べてくれたのだ。

自分は危機一髪の状況に置かれていたのだろうか。頭が混乱して、これといった感情が湧いてこない。ただ、ずっと固唾を呑んでいた体中の全細胞が、熱せられたチーズのようにしんなり柔らかくなっている。

弁護士に促され、刑事たちの冷たい視線を浴びながら、警察署を出た。

「小田さんが環八沿いのデニーズで待ってるから、そこまで一緒に行きましょう」

弁護士が自家用車らしい白のメルセデスのドアを開ける。加奈子は後部座席に乗り込み、窓から警察署の建物を見上げた。磨りガラスの窓に映る鉄格子の影が、いかにも恐ろしげで、胃袋が鷲摑みにされたように圧迫された。何とか生還出来た。よく耐えた。もうここには絶対に来ない——。加奈子は放心状態だった。

車は立番の警官をからかうように、ゆっくりと発進した。


車がデニーズの駐車場に入ると、店の中から直美が走って出て来た。ずっと出入りする車に目を凝らしていたようだ。加奈子の姿を確認すると、一旦立ち止まり、手を腰に当て、安堵の息を吐く。そして一直線に駆け寄ると、加奈子にぶつかるように抱きついた。

「よかった。間に合った」抱擁《ほうよう》したまま言う。

「ありがとう。直美が弁護士を寄越してくれたとすぐにわかった」

声を発したら涙声だった。遅れて目から大粒の涙が溢れ出る。

「話はあと。弁護士に報酬を払わないと」

直美は加奈子を放すと、運転席に乗ったままの弁護士のところに行き、茶封筒を手渡した。

「ありがとうございました。おかげで救出することが出来ました」

「あ、そう。よかったね。じゃあわたしはこれで。後は知らないからね。一応、午前九時に再出頭することになってるけど。警察に聞かれたら、ゆうべのうちに解任されたって言うからね」

「わかってます」

弁護士は封筒の中身を確認すると、運転席の窓を閉め、そのまま走り去って行った。

「中に入ろう」直美が肩を抱いて歩く。「おなか空いてない？　わたしは空いた」

「警察でお弁当食べたけど、味がしなかったから食べ直す」

加奈子が答えた。瑞々《みずみず》しい生野菜が食べたかった。冷えた飲み物も欲しい。

加奈子はサラダとチキン・カレーを注文した。直美はハンバーグ・セットだ。

「いろいろ説明するね。さっきの弁護士は、李社長に紹介してもらった人」直美が言った。

「知ってる。自分で言ってた。依頼主は直美だって」加奈子が答える。

「わたし、加奈子から空メールが届いたとき、慌てちゃって、どうしていいかわからず、藁《わら》にもすがる思いで李社長に相談したのよ。そしたら李社長、任意同行なら弁護士を行かせればすぐに解放されるから、急いでそうしなさいって。手をこまねいてると、今度は別件で逮捕されて、そうなると二日間拘束されることになって、家宅捜索はされるわ、パソコンは押収されるわ、大変なことになるって――。李社長の周りでも、違法賭博を疑われて、別件逮捕された中国人がいるんだけど、その人、偽物のロレックスを腕にはめていただけで、偽ブランド品の販売目的容疑で逮捕起訴されたんだって。とにかく警察は一旦自白に追い込むと決めたら、どんな別件逮捕でもやるから、即座に弁護士を雇わなきゃだめだって――。それでわたし、弁護士に知り合いなんかいないって言ったら、紹介してあげるからすぐに会いに行きなさいって――。それで西新宿の事務所までタクシー飛ばして行って、詳しいことは言えないけど、友人が任意同行を求められて、所轄の警察署で取り調べを受けてるらしい、何とか救ってくださいってお願いしたら、任意ならそれは簡単なことだから、今すぐ行ってあげましょう、ただし報酬は五十万円だって」

「五十万円？　さっき渡してた封筒って、そのお金なんだ」

「そう。手付で二十万、成功報酬三十万。人の足元見るんだ、中国人は」

「ごめん、後で返す」

「そんなことしなくていい。わたしたち、これから当分は一緒の財布で生きていくんだよ」

直美が言った。一緒の財布とは、すなわち二人とも今の生活を捨てるという意味だ。

加奈子は「うん」と同意した。

「でも助かってよかった。わたし、生きた心地がしなかった」

「ありがとう。今聞いた別件逮捕の話、ありそうだなって思った。わたし、任意同行だから時間がくれば帰してもらえると高を括ってたけど、刑事は想像以上に強硬だったし、連中はわたしに自白させるつもりで呼んだみたいだった。だから、ただでは帰さないって感じがひしひしと伝わってきて……。わたし、もしかしたらこのまま取調室で一夜を明かすのかって、ちょっと怖くなってた」

「加奈子は強いね。わたし、一人で震えてた」

「ううん。直美こそ強い。わたしを救ってくれたじゃない」

「だからさ、何度も言うけど、わたしたちは共犯だから。加奈子が落ちたら、わたしも落ちる……」

注文の品が届き、二人で食べた。瑞々しいレタスが口の中に気持ちいい。店内に客はまばらだった。少し離れたテーブルでは、カップルが会話もせずスマートフォンをいじっている。環状八号線を通るトラックの音が、静寂を余計に際立たせていた。時計を見ると、そろそろ日付が変わろうとしていた。

「加奈子、もう気が済んだ？」直美が聞いた。

「うん。済んだ」加奈子が答える。

「じゃあ、そろそろ逃げよっか」

「うん。逃げよう」

二人とも、しばらく黙って食べた。

38

ファミリーレストランを出ると、一旦家に戻ることにした。直美も慌てて出て来たため、何の用意もしていない。二人とも、少しでもいいから仮眠をとりたかった。どうせ朝まで待たなければ飛行機にも乗れない。

行先は上海にした。直美が提案し、加奈子が同意した。同じ黄色人種の日本人が目立たないで済み、物価が安く、猥雑で、いろんなことが金で片付きそうだ。中国とは犯罪人引き渡し条約も結んでいない。李朱美の顔が利くという期待もあった。向こうに行ってからでも、東京にいる彼女に相談すれば、あれこれ助けてくれそうな気がする。朱美のことだから、裏の社会も知っていそうだ。加奈子のおなかの中には生命が宿っている。出産のことを思うと、まるで縁のない土地は避けたい。

スマートフォンで調べたところ、成田発八時五十五分の全日空便がいちばん早かった。それに乗れば現地時間の午前十一時半に上海に到着する。それでゲームが終わり、新たな人生が始まる。そう思いたい。

加奈子が自宅マンションに着いたのは午前一時過ぎだった。まずはシャワーを浴び、ドレッサーに腰掛け髪をといた。鏡に自分の顔を映す。どこか人相が変わって見えたのは、特別な体験をしたからだろうか。

ついさっきまで自分は警察の取調室にいた。それを思うと、あらためて背筋が寒くなった。あのまま解放されなかったら、どうなっていたことか。よく頑張った。ただ尻尾を巻いて逃げたわけではない。警察と対峙した。その過程を経て、自分は免罪符を手にしたような気分になっていた。もう逃げることに何の疚しさもない。

押し入れからスーツケースを取り出し、何を詰めるか考えた。やはり当面の着替えだろう。クローゼットを開き、どうしても持って行きたい服を詰め込んだら、それだけで一杯になり、仕方がないので夏物以外は諦めた。続いて靴を選ぶ。お気に入りのブーツに目が行き、少し迷ったが、入れることにした。秋なんてすぐにやってくる、そう自分に言い訳しながら。

パスポートと貴重品はショルダーバッグに入れた。部屋を見回し、もうここに戻ることはないのかと思ったら、えも言われぬ気持ちになった。感傷でも後悔でもない。あえて言うなら人生の儚《はかな》さへの諦念だ。この部屋は自分にとって鳥籠《とりかご》だった。そこから出る日が、こんな形で訪れようとは——。

少しは寝ようと、目覚まし時計をセットしてベッドに横たわった。早朝五時に直美がタクシーで迎えに来る。それで東京駅まで行って成田エクスプレスに乗る算段だ。新宿駅からでも乗れるが、本数の多い東京駅を選んだ。警察には午前九時に出頭する約束になっていた。だからその前に出国したい。

目を閉じたら、すぐに睡魔が襲ってきた。どうせ眠れないだろうと思っていたので、自分でも驚いた。

加奈子は目覚ましが鳴る五分前に目が覚めた。二時間ほどしか寝ていないが、体は重くない。疲れも感じていない。冷蔵庫を開け、紙パックの牛乳を飲んだ。残った分はシンクに流した。

身支度をして直美からの電話を待った。もう一度部屋の中を見回す。ここにはいつ警察が入るのだろう。裁判所の令状がないと家宅捜索は出来ないはずで、果たして死体が見つからない段階で、警察はそこまでやれるのか、加奈子には知識がなくてまるでわからない。ただ、いずれにせよ自分が消息を絶った段階で、誰かが入るのだろう。陽子かもしれないし、実家の母かもしれない。

実家のことは考えないようにしてきたが、今ふいに浮かんだ。ごく平凡な父と母なのである。娘が夫を殺したかもしれないと聞かされたら、卒倒するにちがいない。だからこそ、逃げ通すことがせめてもの償いだ。真相を藪の中に仕舞い込むのだ。そうすれば、親は娘を信じ続ける。

午前五時五分前に直美から電話がかかってきた。

「今タクシーの中。あと五分くらいで着くからマンションの前で待ってて」

落ち着いた声だった。とくに変わったことは起きていない様子だ。

「了解。じゃあ降りて行く」

加奈子は腰を上げると、ショルダーバッグを肩からたすき掛けにし、スーツケースを引いて玄関を出た。ショートパンツにフラットなパンプス、上はTシャツに麻のカーディガンというラフな服装だ。誰が見てもＯＬの海外旅行と思うだろう。

エレベーターを使って降り、エントランス・ホールのフロント横を通る。時間が早いので管理人の姿はなかった。この先しばらく、自分は彼らの噂話のネタになるのだろう。どうでもいいことだが、少し癪《しゃく》に障った。

ひんやりとした早朝の空気が肌を撫でる。静まり返った通りを、新聞配達のバイクがエンジン音を響かせて走っていく。東の方角を見ていたら、一台のタクシーが走ってきた。目を凝らして見ていると、後部座席に直美の姿が確認出来た。身を乗り出して、こちらに向かって手を振っている。

マンション前でタクシーが停まった。直美が降りてくるのと同時にリアのトランクの蓋が跳ね上がった。

「トランクに荷物を積んで」

直美はショートパンツにスニーカーという、加奈子以上の軽装だった。二人でスーツケースを持ち上げ、中に入れる。中年の運転手が降りて来て手伝おうとしたが、手を貸すほどでもないと思ったのか、また運転席に戻った。

そのとき、はす向かいの路地から一台のワゴン車が姿を現した。エンジン音の唸りが静かな住宅街にこだまする。加奈子が視線を向けた。急なことでただ眺めるだけだった。ワゴン車がすぐ前で急停止する。スライド式のドアが開き、人が降りて来た。加奈子はその人物を見て凍りついた。陽子だった。

「お義姉さん、どこへ行くの」

言葉は丁寧だが、声には強い怒りの色があった。

「そちらの人は小田さんですよね。初めまして。服部達郎の妹の陽子です」

直美が蒼白の面持ちで立ち尽くした。

「ねえ、どこへ行くの。まさか逃げるんじゃないわよね」

陽子が歩み寄って来る。そのうしろには男が二人いて、一人は見覚えがあった。池袋で見た興信所の調査員だ。

「ゆうべ、刑事さんから、弁護士が乗り込んできて仕方なく家に帰した、明日の朝九時にまた出頭させる、そういう連絡をもらったの。わたし、びっくりして、そんなの逃げ出すに決まってるでしょうって刑事さんに抗議したんだけど、警察は法律上拘束は出来ないって、呑気なこと言ってるから、じゃあわたしが見張りますって、深夜からここで張ってたの。よかった。行動に移して。家で寝てたら、あんたたちに逃げられるところだった」

陽子がすぐ前まで来て、加奈子の腕をつかんだ。

「逃がしませんからね。このまま警察に行ってもらいます。昨日、あなたを連行した井上っていう若い刑事さんが、当直で署にいるんだって。何かあったら電話くださいって、携帯の番号も聞いてあるの。今すぐ呼ぶから、ここを動かないで」

加奈子は陽子の腕を振りほどき、言い返した。

「勝手なこと言わないでちょうだい。どこへ行こうがわたしの自由」

「自由なわけないでしょう」陽子が声を荒らげた。「これではっきりしたね。あんたは逃げ出そうとした。荷物の大きさからして国外逃亡でしょう。そうはさせないからね」

「お客さん、これ、どういうこと？　乗るんですか？」

運転手が車内から迷惑そうな声を発した。

「乗ります」

加奈子は目で直美を促した。直美が急いで乗り込む。

「ちょっと止めて」

陽子が二人の調査員に命じた。彼らが顔を見合わせ、一瞬躊躇した。興信所に実力行使の権限などなく、判断に窮《きゅう》したのだろう。

「ねえ、止めてよ」もう一度、陽子が言う。その間に、加奈子も乗り込んだ。

「行ってください。悪い人たちなんです」

タクシーのドアが閉まる。陽子が窓を叩いた。運転手は車が傷つくことを恐れたのか、ギアを入れて発進した。

「東京駅でいいんですか」運転手が聞く。

「はい、お願いします。飛ばしてください」

「お客さん、それは無理。交通違反で捕まったら、仕事出来なくなっちゃうでしょう」

「じゃあ出来るだけ速く」

加奈子は身を乗り出して懇願した。

「ねえ、追いかけてくる」

直美がうしろを見ながら言った。ワゴン車がUターンして、追尾してきた。どんどん近づいてくる。

「お客さん、どういうこと？　カーチェイスだったらお断りだけど」

運転手がルームミラーを見ながら言った。

「すいません。助けてください。あの人たち、悪い人なんです」

「でもさっき、警察がどうとか言ってたでしょう」

「信用しないでください。違法な借金取りです」

加奈子が口から出まかせを言う。

「そうなの？　だったらどこかの警察署につけたほうがいいんじゃない？」

「お願いです。助けてください」

「助けてくださいって言われてもねえ……」

「運転手さん、十万円払います。うしろの車をまいてくれませんか」

そのとき直美が言った。運転手が一瞬返事に詰まる。

「十万円って……」

「先払いします」直美がトートバッグから財布を取り出し、中からお札を抜いて数えた。

「一、二、三……」

「いや、ちょっと待ってよ」

「八、九、十。これで十万円」

直美はお札を料金の支払いトレイに載せた。

運転手が黙る。ちらりとトレイに目をやり、続いてルームミラーで後続車を確認した。

「でもさあ、早朝で道が空いているから、まくのは難しいんだよねえ」

運転手は迷っているふうに見えた。

「お願いします」直美が頭を下げる。

「お願いします」加奈子も倣った。

「……じゃあ、信号待ちがいちばん追いつかれるから、とりあえず三茶から首都高に乗って、それで様子を見ようか」

「ありがとうございます」

「うまくいくとは限らないよ」

「それでもいいです」

タクシーが速度を上げ、加奈子と直美はシートに押し付けられた。うしろを見ると、ワゴンも速度を上げていた。中では陽子が焚《た》き付けているのだろう。

「ねえ、さっき、陽子が警察を呼ぶとか言ってたよねえ」直美がささやいた。

「うん、言ってた」加奈子が答える。

「じゃあ、もう携帯で車内からかけてるだろうね。成城東署に」

「うん、きっと」

そうなると、警察はどう動くのだろうか。まさか逮捕状もないのに緊急配備を敷くはずはないと思うのだが、加奈子には見当もつかない。

ただ、黙って放置することはないと思われた。警察は加奈子たちのやったことをほぼ見抜いている。となれば国外逃亡を阻止しようとするのが当然の行動だ。パトカーで追いかけて来るのだろうか。そうなったら逃げ切れない。その前に、なんとしても東京駅までたどり着きたい。

運転手が急ハンドルを切り、タクシーは路地に入った。加奈子と直美は、後部座席で右に左に揺さぶられた。「この裏道を知ってる人は少ないんだけどね」運転手がそんなひとりごとを言う。

うしろを見るとワゴン車も路地に入った。タクシーがまた角を曲がる。今度はもっと狭い一方通行の道だ。さらに曲がる。また曲がる。どの方角を向いているのか、さっぱりわからなくなった。

しばらく路地を走り、広い通りに出る。見覚えがあった。世田谷通りだ。うしろを見るとワゴン車の姿はなかった。

「まけたかな」運転手がミラーを見ながら満足そうに言う。

「よかった」直美が安堵してシートに崩れた。

「まだわからないって」加奈子は緊張を解かなかった。

タクシーはそのまま国道二四六号線に出て、すぐさま首都高速に乗った。道路は空いている。うまく行けば十五分くらいで東京駅にたどり着く。

「あ、また現れた」運転手がミラーを見て言った。「うしろのワゴン、そうでしょう」

二人で振り返る。確かに興信所のワゴン車だ。

「おかしいなあ。まいたはずなのに。お姉さんたち、行先が東京駅ってばれてるんじゃないの。大きなスーツケースを積んでるし」

運転手が訝る。

「それだったら、新宿駅だって羽田空港だって考えられるじゃない」

加奈子が答えた。

「まあ、そうだけど……。どうしますか？　このまま丸の内中央口まで走ってもいいですか？」

「どうしよう……」

加奈子は直美と顔を見合わせた。

「このまま東京駅に行くのはまずいよね。改札をくぐる前につかまっちゃうし」

「じゃあ二手に分かれよう」加奈子が言った。

「どういうこと？」

「運転手さん、次の出口はどこですか？」

「霞が関だけど」運転手が答える。

加奈子はスマートフォンで地下鉄の路線図を画面に呼び出した。東京の中心部だけあって、地下鉄の駅はいくらでもある。

「運転手さん、霞が関で一般道に降りてください。それで降りたところの交差点を日比谷公園のほうに行ってもらえますか」

「あそこ、右折は出来たかなあ……」

「じゃあ、一本先でもいいです」

「どうするのよ」直美が聞いた。

「わたし一人だけ降りる。向こうはわたしを追いかけるはず。それで陽子たちを引き付けるから、直美はこのままタクシーで東京駅の丸の内中央口まで乗り付けて、成田エクスプレスの切符を買って改札の前で待ってて。わたしは地下鉄であとを追う。荷物はお願いね」

「陽子に捕まったらどうするのよ。男の調査員だっているんだよ」

「でも、こうするしかない。わたしなら大丈夫」

「大丈夫なわけないじゃない。あんた足速いの？」

　直美が顔をゆがめて言う。加奈子は返事をしなかった。

「お姉さんたち、どうするの？　もうすぐ霞が関の出口だけど」

　運転手が聞いた。

「下りてください」

　溜池《ためいけ》の上り坂でタクシーが一旦地下に潜る。天井のライトがテレビゲームの銃弾のように後方に流れていく。うしろを見ると、ワゴン車が百メートルくらいの距離を置いて追尾してきた。加奈子はショルダーバッグをまさぐり、財布からスイカを抜き取った。この先は少しでも手間取ることは許されない。

タクシーはトンネルを抜け、右車線にレーンチェンジすると、首都高速を降りた。再びフロントガラス一面に青い空が広がる。六本木通りに入る。すぐ目の前が交差点で赤信号だった。

「お姉さんたち、悪いけど停まるね。信号無視は出来ないから。追いつかれちゃうね」

運転手が自分のことのように悔しがって言った。

「ちょうどいい。わたしだけ降ります」

「ここで?」

「そう」

「じゃあ、せめて左に寄せるから」

タクシーが後方を気にしながら、五車線も並ぶ道路を、右から左へと一気に車線変更した。

ドアを開けてもらう。「直美。じゃあ丸の内の改札口で」加奈子はタクシーを降りた。

「お願い。必ず改札口に来てね」

直美が悲痛な声を上げた。その言葉を背に受け、横断歩道を走った。右を見ると、首都高速を降りて来たばかりのワゴン車が、速度を落とし、どう動くか迷っていた。

アスファルトを蹴って、加奈子が大股で横断歩道を渡る。普段運動などしていないのに、体が軽く感じられた。

渡りきってうしろを振り返る。ワゴン車は中央車線で停まり、中から陽子と調査員一人が降りてきた。まさかの成り行きに戸惑っている様子だ。それでも加奈子を追って、駆けてくる。

加奈子は誰もいない官庁街を走った。植木にたむろしていた雀たちが、驚いて一斉に飛び立った。財務省を右手に見ながら地下鉄入口の階段を駆け下りる。千代田線の乗り場には行かず、そのまま左方向に走り、クランクを右に左に進み、地上への出口階段を上った。加奈子が乗りたいのは丸ノ内線だ。それだと霞ヶ関駅からは二駅で東京駅の丸の内中央口に行ける。

再び外に出て歩道を走った。ここにも人影はない。車も走っていない。カラスが一羽、どこかでうるさく啼《な》いている。

息が切れたが、繰り出す足はちゃんと動いた。加奈子の中には不思議な万能感があった。これもおなかの赤ちゃんの力なのだろうか。

およそ二百メートルのワンブロックを走り通し、今度は丸ノ内線の地下鉄入口の階段に差し掛かったところでうしろを振り返った。追っ手はなかった。さっきの地下道で、陽子たちは加奈子を見失ったのだ。やった。成功した。加奈子は走る速度を緩め、階段を下りた。心臓が早鐘を打ち、その鼓動が喉元からも鳴っている。構内にも人はいなかった。まるでSF映画の世界に迷い込んだような錯覚を覚えた。

ポケットからスイカを取り出し、速足で改札をくぐった。ホームにも人はいない。ベンチに腰を下ろし、肩で息をした。頭の中が真っ白で、とりたてて感情が湧いてこない。すごいピンチを切り抜けたはずなのに、どこか他人事のような気でいる。

到着のアナウンスがあり、電車がホームに入ってきた。車体が風を切る音がホームに響く。車内を見ると、やっと人がいた。早朝出勤の役人らしき人々が、何人か降りて来る。場違いな加奈子を怪訝そうに見たが、すぐに視線をはずし、すたすたと歩いて行く。

加奈子は電車に乗り込んだ。いちばん隅の席に腰掛け、直美に電話をした。

「わたしだけど、今どこ？」

「東京駅。丸の内側の地下中央改札口。あんたはどこ？」

直美が心配そうな声で言った。

「わたしは丸ノ内線の電車の中。陽子たちはまいたみたい。もう姿は見えない」

「ほんと？　まけたの？」

「たぶん。少なくともこの電車に陽子は乗ってない。霞ヶ関駅で乗ったの、わたし一人だから」

「よかった。わたし、もうだめかと思ってた」

直美が電話の向こうで泣きそうな声を出した。

「直美はどうなの？　あの後、興信所のワゴン車に追いかけられなかった？」

「わたしのほうは追ってこなかった。だから大丈夫」

やはり向こうも慌てていたようだ。二手に分かれて正解だった。

「じゃあ切符を買っておいて。あと十分で合流出来ると思う」

「オッケー。なんか、わたし涙が出そう」

「油断は禁物。陽子は警察に知らせてるから、もしかしたら刑事も動き出してるかもしれない」

「そうだね。目立たないようにしてる」

電話を切ると、足を投げ出し、目を閉じた。車内の冷房が心地よい。そういえば、走り回ったにしてはたいして汗をかいていない。自分の体じゃないみたいだ。何かに憑依された感じがする。

電車がトントンと小さなリズムを刻みながら、レールの上を走っていく。加奈子はそれに合わせるようにして、呼吸を整えた。

午前六時を少し回ったところで丸ノ内線の東京駅に着いた。地下道で直結している地下中央改札口へと急ぐ。JR東京駅はさすがに人がいた。成田エクスプレスがあるので、大きなスーツケースを引いた利用客の姿もちらほら見受けられた。

直美はすぐに見つかった。改札のすぐ横で、ふたつのスーツケースを両脇に置いて、通路に背中を向けて立っている。貧乏揺すりしながら、ちらちらと振り返っている。加奈子に気づくと、眉を八の字に下げ、両手を広げた。二人で抱擁する。

「早く中に入ろう。陽子がまだ捜し回ってるかもしれないし」加奈子が言った。

「そうだね。これ切符」直美が差し出す。「買った列車は六時三十一分発だけど、十八分発に間に合いそうだから、それに乗っちゃってもいいし」

「そうしよう。ホームなんかにいたくない」

スーツケースを引き、二人並んで動き出す。そのとき、加奈子の視界に走ってくる女の姿が映った。軽く振り向き、戦慄した。地下道のすぐ向こうから陽子が小走りに駆けて来た。うしろには調査員の男を従えている。

加奈子は恐ろしくて声も出なかった。陽子の顔は青白く燃え盛っている。体裁屋の陽子が、気取りもプライドもすべてをかなぐり捨て、こちらに向かって来る。調査員の男がタブレット端末を手にしているのがふと目に留まった。

「そこの二人！　待ちなさい！」

陽子が、あたりかまわず大声を発した。通行人がぎょっとして見る。

「どうしてよ」直美は目を見開き、何かに抗議するように言った。

「逃げるな！」

陽子が怒声を上げる。その姿はどこか狂気めいたオーラを発していた。

「とにかく入ろう」

二人は改札を通った。スーツケースを、ガラガラと音を立てて引き、構内を走る。陽子たちは切符売り場へと駆けて行く。入場券で入り、追いかけて来るのだろう。

「エレベーターが早い。こっち、こっち」直美が言い、先に走った。

エスカレーターを通り過ぎ、エレベーター乗り場まで行く。籠はこの階ではなく地下四階にあった。直美がボタンを押す。

「どうしよう。エスカレーターにする？」加奈子が言った。

「こっちは荷物があるから、追いかけっこしても勝てないと思う」

「そうだね」

エレベーターはなかなか上がってこなかった。通常の速度なのだろうが、意地悪でもされているように遅く感じる。

「早く、早く」直美が足踏みし、加奈子は飛び跳ねた。

エレベーターのランプがＢ2を示す。あと一階。扉のガラス窓部分をのぞくと籠の屋根が見えた。

振り返ると、陽子と調査員が改札を抜け、走って来た。エレベーターの扉が開く。スーツケースと一緒に乗り込む。閉じるボタンを押す。陽子はすぐそこまで来ていた。「待ちなさい！」と叫ぶ。尋常ではない目つきをしていた。扉がゆっくりと動く。「早く閉まれ！」今度は直美が叫んだ。扉が閉まった。陽子が手を伸ばし、開くボタンを押した。息を吞んだ。ガラス越しに陽子と見つめ合う。開かなかった。グイーンという静かな電動音を響かせ、籠が下がっていく。窓に陽子が踵を返すのが見えた。エスカレーターを駆け下りるつもりだろう。地下四階までは距離があって、しかもフロアごとにエスカレーターの位置がちがうので、時間では負けるわけがない。しかし今度は列車の中での追いかけっこになる。

加奈子は腕時計を見た。六時十五分だった。発車まで三分だ。こっちは間に合うが、陽子たちも間に合ってしまう時間だ。

「ねえ、変じゃない？」直美が言った。

「何が？」

「だって世田谷の路地でまいたはずなのに、首都高速で見つけられるし、霞ヶ関でまいたはずが、東京駅で見つけられるし。加奈子、もしかして発信機でも体に付けられてるんじゃないの？」

直美の呈した疑問に、なるほどと加奈子も思った。どうしてここまで正確に居場所がわかってしまうのか。そういえば、さっき調査員の男は七インチほどのタブレット端末を持っていた。ひょっとして、あれで加奈子のいる位置がわかっていたのではないか。

加奈子はスマートフォンを取り出した。そしてアプリ画面を見て、「きゃっ」と悲鳴を上げた。見覚えのないGPSアプリが、知らない間にインストールされていた。GPSの位置情報だったのか。どうして——。陽子の仕業だ。加奈子はすぐに思い出した。先日、唐突にスマートフォンの機種を聞かれた。あれはハッキングするためだったのか——。

「わたし、スマホのGPS機能で追跡されていた」

「どうして……」直美が絶句した。

「わからない。でもきっと犯人は陽子」

「じゃあ、それ捨てないと」

「うん」加奈子はうなずき、スマートフォンを握り締めた。そのとき、ひらめいた。

「待って。いい考えが浮かんだ」

エレベーターが地下四階に着いた。扉が開く。乗り込む利用者はいない。

「ここで待ってて」

「どうしてよ」

「いいから乗ったまま扉を開けて待ってて。すぐに戻る」

「説明してよ！」

「時間がない！」

加奈子はエレベーターから降り、ホームを走った。十八分発の成田エクスプレスはすでに到着し、出発を待っているところだった。いちばん近くの乗降口から車両に乗り込んだ。乗客はまばらで空席が目立つ。

加奈子は荷物置き場の前で立ち止まった。周囲を見回し、人の目がないことを確認してから、スーツケースを物色した。ナイロン製の、外側にジッパー式のモノ入れがついているスーツケースを選び、そっとジッパーを開けた。そこに自分のスマートフォンを突っ込む。ごめんなさい、と心の中で持ち主に詫びた。ジッパーを閉める。

　加奈子は車両を降り、再びエレベーターへと走って戻った。

「お待たせ。じゃあ上に行こう」Ｂ１のボタンを押す。

「どういうことよ」上昇する籠の中で、直美が責めるように聞いた。

「わたしのスマホ、知らない人のスーツケースに入れておいた。だから陽子たちはそれを追いかけるはず」

「あ……」直美は一語だけ発し、口をポカンと開けた。

「これから羽田に行こう。羽田空港からも中国便はたくさん出てるはずだから」

「うん、そうね……。で、わたしたち、助かったの？」

「わからない。でも陽子たちは今の列車に飛び乗って、成田まで行くはず。だから少なくとも、この場では助かったと思う」

　直美が壁にもたれ、大きく息をついた。顔色をすっかりなくしていた。

　エレベーターがＢ１へと戻る。加奈子たちは慎重に周囲を見回し、籠から出た。地下通路を歩き、山手線の乗り場を目指す。二人ともしばらく無言で歩いた。スーツケースのキャスターの音が壁と天井に反響している。

　急ぎたかったが、もう足が言うことを聞かなかった。さっき走ったことがうそのように、膝から下が重く、骨の軋む感じがする。

陽子の追跡はショックだったが、加奈子の意志が揺らぐことはなかった。最後まで戦うつもりでいた。その姿勢が自分でも不思議だった。

加奈子は周りの風景が淡色に見えた。駅構内のさまざまな音も、くぐもって聞こえる。まるでこの世界にいることを拒絶するかのように。そしておなかの中から、赤ちゃんの胎動を感じた。まだ妊娠初期で、ありえないことなのに、はっきりと感じた。

山手線で浜松町まで行き、そこから羽田空港行きのモノレールに乗った。その間、車内で直美がスマートフォンを使って調べたところ、九時二十五分発の上海行きの便があり、空席が残っていたので予約も取った。さっきのGPSの件もあって、恐ろしい世の中になったものだと、加奈子は自分が年寄りにでもなった気がした。社会人になった頃は、旅行代理店に足を運んで航空券を購入していたものだ。

モノレールの乗客は多くが空港利用者で、スーツケースが車両内のそこかしこに散見された。あくびを嚙み殺している出張のサラリーマンがいた。旅行に出かける楽しげな若者グループがいた。行楽の家族連れもいた。そういえば学生と子供たちは夏休みだ。いつの間にかそんな季節になっていた。きっと自分たちも、どこかリゾートにでも行く

ＯＬ二人組に見られているのだろう。

大きな窓の向こうには、鮮やかな夏空が広がっていた。誰かに置き去りにされたかのように、小さな雲がふたつ並んで浮かんでいる。まるで自分たちみたいだ。あの雲は、これからどこへ行くのか。

この一週間ほど、加奈子は別世界に生きているような不思議な感覚を味わってきた。それは逃避ではなく、捨て鉢になったわけでもなく、体の中の本能が懸命に現世を遮断して、肉体の主たる加奈子を乖離《かいり》させている、あるいは何かのスイッチを破壊し、感覚を麻痺させている、そんな感じだった。もしかしたら時を経て、我が身に降りかかった数々の危機がフラッシュバックし、その都度体を震わせるかもしれない。けれど今は、自分を支えた本能に自分自身が驚くばかりで、出来ることならこの状態がいつまでも続くことを願っている。このまま、前を向いていたい。

「無事に出国出来るかな」座席の隣で、直美が小声で言った。

「出来るよ、きっと。だって逮捕状は取れていないはずだもん。いくら陽子が警察に訴えても、証拠がなければ逮捕だって出来っこないし、となれば出国を止めることも出来ないでしょう」

加奈子がささやき声で答えた。

「でも加奈子は、警察に出頭する約束を破って逃げた」

「それだって任意だもん。緊急配備なんか敷けっこない」

「そうだといいけど……」

「搭乗手続きしたら、出発まで時間があるけどすぐに出国しよう」

「そうだね。レストランで時間を潰すのは危険だよね」

前の座席の背もたれから、三歳ぐらいの女児が顔をのぞかせた。母親の膝に乗って、その肩越しにこちらを見ている。直美が小さく手を振ると、少しはにかんで笑い、頭を引っ込めた。

空はソーダ色で、果てしなく澄み切っていた。ふたつあった雲は、ホイップクリームのように、まだ並んで浮かんでいる。


羽田空港の国際線旅客ターミナルで、加奈子と直美は午前七時半に搭乗手続きを済ませた。このときは心臓がどくどくと脈打った。パスポートを見た職員がどこかに電話し、空港詰めの警官がやって来る――、そんな光景を想像し、全身が緊張した。だから笑顔で「いってらっしゃいませ」と見送られたときは、肩が何センチも落ちた。チェックイン・カウンターでスーツケースを預け、身軽になる。いよいよ出国手続きだ。

　出発ロビーはさほど混んではいなかった。隅ではツアー客が手旗の下に集まり、添乗員の説明を受けている。帰国する中国人が、カートに荷物をいっぱい積んで歩いている。警察官の姿はない。私服刑事のような人物もいない。

　二人でロビー奥へと進む。ゲートをくぐり、セキュリティ・チェックを受けた。手荷物は、財布とパスポートと小物類だけだ。金属探知機を手にした係員が、明るい声で「はい、どうぞお進みください」と先を促した。

　いよいよ出国審査だ。出国カウンターを見ると、朝早い時間で利用客が少ないため、ブースは二カ所しか開いていなかった。それぞれ十人ほどの行列が出来ている。直美が右側に並び、加奈子は左側に並んだ。意識せず分かれた。

　ブースの向こうには大きな窓があり、青空が広がっていた。さっきのふたつの雲は、まだ一緒にいるのだろうか。

　加奈子はパスポートを広げ、自分の写真に目を落とした。それは結婚前に撮った写真で、今より頬がふっくらとしていた。上海で暮らすようになったら、少しぐらいは太りたい。朱美が言っていた。中国では、痩せていると不幸せに思われる。

　加奈子が並ぶブースの係員は、同年代の女だった。見た感じは、やさしそうだ。微笑みと共に送り出してくれそうな気がする。

隣の列の直美を見た。心なしか横顔が青白く映った。大丈夫だから。無事に通れるから。心の中で呼びかける。

壁の時計に目が行く。今頃、陽子はどうしているだろうと思った。追いかけて成田エクスプレスに乗ったのなら成田空港だ。そして加奈子の姿を列車の中に見つけることが出来ず、焦っているはずだ。あるいはスマートフォンだけを列車に乗せた工作に気づき、地団太を踏んでいるのかもしれない。列車の中をくまなく捜索するのに二十分とかからない。ということは、成田までの車内で、はめられたと知り、そこから警察に電話をした可能性もある。いや、きっと電話をしただろう。となれば、行先を羽田空港に変更したと推理するのが妥当な判断だ。陽子からの報《しら》せを受け、刑事たちが羽田にやって来ることもあり得る——。

そう考えたら急に背筋が寒くなった。

いや、何度も自答するが、逮捕状がなければ出国を止めることなど出来ないのだ。仮に今ここにゆうべの刑事がいたとしても、加奈子に対して何ら強制力はない。それが法律というものだ。

ひょっとして、逮捕状が出ていたりして。

何の逮捕状だ。

警察は何だってやる。道に唾を吐いただけでも、軽犯罪法違反で逮捕出来ると聞いたことがある。

ここへ来て加奈子の心臓が高鳴った。大丈夫。きっと大丈夫だ。自分に言い聞かせる。直美の列のほうが進むのが早かった。斜めうしろから見ていると、すぐに直美の番がやって来て、加奈子が緊張する間もなく、出国することが出来た。

直美はブースの裏側まで歩くと、振り返り、不安そうな目で加奈子を見た。当然、直美の心配のほうが大きいだろう。もしここで別れることになったら、一人残された直美はどうなるのか。その打ち合わせはしてなかった。もし自分が捕まったら、直美だけでも上海に行って、そこで暮らして欲しい。自分は絶対に口を割らないし、直美のことを生涯庇うつもりだ。しまったな、そのことをちゃんと伝えておけばよかった。感謝の言葉も言っておきたかった。

いよいよ加奈子の番が来た。直美が五メートルほど先で立ち止まり、加奈子を見守っている。

そのとき、目の前のブースに別の係員が現れた。中年の男だ。扉を開け、女の係員となにやら会話を交わしている。加奈子は停止線で立ち止まりながら、喉がごくりと鳴った。何かあったのか。背中を汗が伝った。

女が椅子から立ち上がり、ブースを出た。代わりに男が座る。

ただの交代だ。そうに決まっている。

心臓が早鐘を打つ。口の中は砂漠だ。

男の係員が加奈子に向かって無表情に顎をしゃくった。加奈子が歩を進めた。パスポートと航空券を差し出し、正面を見た。係員がパスポートを手にし、加奈子を一瞥した。ページをいくつかめくった。何を見ているのか。

心臓はもう躍り跳ねていた。喉の奥から飛び出て来そうだ。

係員がスタンプを手にした。ポンと音を立て、パスポートに判を捺した。航空券をはさみ、閉じて、無言でカウンターに戻す。

加奈子はそれを手にすると、九十度右に向き、震える足でブースを後にした。膝が自分の物とは思えず、自然と早足になる。

つんのめるようにして歩いた。

顔を上げると、少し先で直美が両手を広げて待ち構えていた。

この作品は二〇一四年十一月小社より刊行されたものです。

ナオミとカナコ

奥田英朗《おくだひでお》

平成29年4月15日　初版発行

発行人――石原正康
編集人――袖山満一子
発行所――株式会社幻冬舎
〒151-0051東京都渋谷区千駄ヶ谷4-9-7
電話　03(5411)6222(営業)
　　　03(5411)6211(編集)
振替00120-8-767643
印刷・製本―図書印刷株式会社
装丁者――高橋雅之

幻冬舎文庫

ISBN978-4-344-42589-7　C0193　お-13-3

幻冬舎ホームページアドレス　http://www.gentosha.co.jp/
この本に関するご意見・ご感想をメールでお寄せいただく場合は、
comment@gentosha.co.jpまで。